ars vivendi®

MARTIN VON ARNDT

SOJUS

POLITTHRILLER

ars vivendi

Originalausgabe

1. Auflage März 2019
© 2019 by ars vivendi verlag
GmbH & Co. KG, Cadolzburg
Alle Rechte vorbehalten
www.arsvivendi.com

Druck: CPI books GmbH, Leck
Gedruckt auf holzfreiem Werkdruckpapier
der Papierfabrik Schleipen.
Das eingesetzte Material stammt aus ökologisch und
sozial verantwortungsvoller Forstwirtschaft.

Printed in Germany

ISBN 978-3-86913-974-6

SOJUS

Союз нерушимый республик свободных // Сплотила навеки Великая Русь.
Славься, Отечество наше свободное, // Дружбы народов надежный оплот!
Знамя советское, знамя народное // Пусть от победы к победе ведет!

Der unverbrüchliche Sojus (Union) der freien Republiken einigte
Auf ewig die große Rus.
Rühme dich, freies Vaterland,
Feste der Völkerfreundschaft!
Die Fahne des Volkes, die sowjetische,
Möge uns führen von Sieg zu Sieg!

(Nationalhymne der ehemaligen Sowjetunion)

Teil 1

Im Traum war er den Menschen begegnet, die ihm nahestanden, und jeden
hatte er gefragt: »Meinst du, dass ich verrückt bin und ins Irrenhaus gehöre?«
Alle hatten sich abgewandt und gesagt: »Ich weiß nicht, Jim, ich bin kein Arzt.«
Dann war ihm aufgefallen, dass auch Gott anwesend war, und er hatte ihm
dieselbe Frage gestellt, und aus den Schatten hatte er Gottes tiefe dröhnende
Stimme vernommen:
»Ich weiß nicht, Jim, ich bin kein Arzt.«

Robert Lowry, Lebendig begraben

1

★

Kaum ein Lüftchen. Die Palmen bewegten sich schwach im warmen Wind, der vom Meer aufstieg, sich an den ersten Häusern hinter dem Strand brach und, ohne jeden weiteren Schwung, nur mühevoll zur Innenstadt vordrang.

Der 14. Mai 1948 war ein schwüler Tag. Den Menschen auf dem Platz vor dem Dizengoff-Haus in Tel Aviv klebten die Kleider am Leib. Zahlreiche Männer hatten den Hut gezogen und fächelten sich Luft zu. Wer besonders galant war, tat dies auch für die Frau, die neben ihm stand. Jugendliche waren auf die Palmen geklettert, die den Platz belebten; über der Menge ragten die Schirmmützen von Offizieren auf und bildeten Gruppen. Es war ein Freitag, der Tag vor dem Sabbat. Israel wollte heute seine Unabhängigkeit ausrufen. Um auf die Befindlichkeiten der gläubigen Juden Rücksicht zu nehmen, musste man den Sabbat ehren; dies schien der einzige Weg, auch sie auf den neuen säkularen Staat zu verpflichten. Denn vielen Orthodoxen war er schon jetzt ein Dorn im Auge, weil sie glaubten, dass nur ihr Gott einen neuen Staat Israel begründen könne.

Ephraim Rosenberg lief der Schweiß an den Schläfen hinab. Er war viel zu warm angezogen: Hut, weißes Leinenhemd, Jackett, Krawatte, korrekt gebunden. Seit zweieinhalb Stunden wartete er darauf, dass irgendetwas passierte. In der Schai, dem israelischen Nachrichtendienst, hatte man sich um die Mittagszeit erzählt, dass David Ben-Gurion auf den Balkon des Dizengoff-Hauses treten und eine in aller Eile zusammengestoppelte Erklärung vorlesen würde, und so hatte sich Rosenberg, wie die meisten Mitarbeiter der Schai, auf den Rothschild Boulevard begeben. Obwohl vielen nunmehr zu dämmern begann, dass sich die entscheidenden Szenen im Gebäude selbst abspielen würden, zu dem sie keinen Zugang hatten, strömten doch immer mehr Menschen heran. Allmählich verlor Rosenberg die Sicht auf den Balkon des Gebäudes. Seine Augen zuckten nervös, instinktiv begann er sich nach Fluchtwegen umzusehen.

In den Jahren, in denen er in Berlin gelebt hatte, als untergetauchter illegaler Jude, der von sicherer Wohnung zu sicherer Wohnung gezogen war – sofern in den Tagen der Naziherrschaft überhaupt eine Wohnung sicher sein konnte –, war die Gefahr, von der Gestapo entdeckt zu werden, besonders von solchen Menschenmengen ausgegangen. Von einigen Verhaltensweisen, die er damals mühsam hatte einüben müssen, würde er wohl nie wieder lassen können, sosehr er sich auch bemühte, so viele Jahre auch vergingen.

Rosenberg war ein unscheinbar wirkender Mann um die fünfzig mit Hornbrille und dicken Gläsern, kaum mittelgroß. Er besaß ein weiches, beinahe mädchenhaft wirkendes Gesicht, das ihn immer um Jahre jünger hatte erscheinen lassen und nun einen Zug ins Matronenhafte bekam. Er trug blonde, fast nicht ergraute Locken, die vor allem im Nacken endlich wieder einen sauberen Schnitt benötigten, wie seine Kollegen frotzelten.

Er atmete oberflächlich und unruhig. Um ihn herum standen die Menschen so dicht gedrängt, dass ihm der Schweißgeruch Übelkeit verursachte. Lachen, Johlen und ein vielstimmiges Dröhnen lagen in der Luft. Autos hupten, Motorräder, die im Korso um den Platz fuhren, ließen ihre Maschinen aufjaulen. Alle Menschen trugen die gleiche weiß-graue Kleidung, die Masse verschwamm zu einer einzigen weiß-grauen Uniform.

Und dann fühlte er ihn einmal mehr: den Herzschlag, der Anlauf zu nehmen schien, der von innen am Knoten seiner Krawatte rüttelte. Er drohte zu ersticken. Stand wieder in der Menge auf dem Alexanderplatz, spürte einen Blick auf sich ruhen, sah den SS-Mann, der in jenen Jahren zu seiner Nemesis geworden war, und der nun, die Menge teilend, in seine Richtung watete. Rosenberg duckte sich instinktiv, zog seinen Hut tiefer, dann drängelte er sich durch die Masse, rempelte hier einen an, stieß dort einen beiseite. Er spürte, wie Hände seinen Jackettkragen zu fassen bekamen, hörte die Wut, die ihm in mehreren Sprachen entgegenschlug, doch immer wieder gelang es ihm, die Finger abzuschütteln. Er verlor seinen Hut, hatte Mühe, die Orientierung zu behalten, doch schließlich erreichte er das Ende des Platzes und begann zu laufen. Schnell und immer schneller. Lief gegen die Todesangst an, gegen die Jahre, die die Nazis ihm gestohlen hatten. Er stolperte über einen Zeitungsjungen und einen fliegenden Händler, rappelte sich wieder auf und hastete weiter. Er kam in eine Gegend der Stadt, die er kaum kannte. Er lief und lief, bis die Oberschenkel hart waren und ihn nicht mehr trugen, bis ein Kinderwagen, der aus einer Seitengasse geschoben wurde, unvermittelt seinen Weg versperrte und er, um ihn nicht umzureißen, eine abrupte Drehung vollziehen musste, ausglitt und in ein Gebüsch fiel. Er hörte den schrillen Schrei der Mutter oder des Kindermädchens, robbte tiefer in die Hecke, bis er allen Blicken entzogen war, und spuckte Galle.

Dann lag er minutenlang nur da und atmete gegen die Schmerzen in seiner rechten Körperseite an.

Der überlebenswichtige Reflex aus Berlin war längst zu einer Last geworden. Aber er wusste nicht, wie er sich von ihr befreien hätte können. Er war ein Überlebender, wie viele in dieser Stadt; und wie viele in dieser Stadt hatte er seine Familie in den Vernichtungslagern verloren. Nur er hatte überlebt. Was konnte ein Mensch mehr verlangen, ohne undankbar gegen seinen Schöpfer zu werden? Dafür war diese Last wohl ein angemessener Preis.

Das Jackett klebte an seinem Hemd, das Hemd auf der Haut. Er hatte bei Arella vorbeischauen wollen, seiner Verlobten, doch das konnte er nun vergessen, er musste heim, sich waschen, sich umziehen. Dann würde auch schon der Sabbat beginnen.

Auf seinem Fußmarsch nach Hause hörte er einen fernen Jubelschrei, und mit einem Mal war es, als wogte eine Welle durch die Stadt.

»Was war das?«, fragte Rosenberg einen Passanten, der ihn abschätzig musterte.

»Was wohl?! Entweder hat Maccabi ein Spiel gewonnen, oder wir haben einen eigenen Staat. – Mazel tov!«

Beider Blicke wanderten in Richtung des Meers, als würde ihnen von dort eine Offenbarung kommen.

Rosenberg sah, dass die Wohnungstür nur angelehnt war, jemand hatte sich am Schloss zu schaffen gemacht. Immer wieder hatte man ihm in der Schai eine Pistole angeboten, aber er hatte das verweigert. Er sah sich im Treppenhaus um, entdeckte den Stock, mit dem man die Luke zum Dachboden aufklemmte; er zog seine Schuhe aus, öffnete die Tür ausreichend weit, um hindurchschlüpfen zu können, dann tastete er sich vorsichtig durch den Flur, den Stock vor sich ausgestreckt. Am Morgen hatte er alle Vorhänge zugezogen, damit sich die Wohnung nicht unnötig aufheizte, und nun hatte er Mühe, sich im Halbdunkel zu orientieren. Er plante, die Räume zu sichern, einen nach dem anderen, wie man es ihm in der Berliner Kripo beigebracht hatte, doch er kam nicht weit. Im Wohnzimmer wurde ihm der Stock aus den Fingern geschlagen, und im anschließenden Handgemenge traf ihn eine Faust ins Gesicht. Er prallte mit dem Hinterkopf gegen eine Wand, glitt zu Boden und drohte das Bewusstsein zu verlieren, als eine Stimme ertönte, die ihn in die Gegenwart zurückbrachte. Sie war tief, knarzend, und er hatte sie seit einiger Zeit nicht mehr gehört.

»Wenn ein Kamel *sehr* klein ist, passt es durch jedes Nadelöhr.«

Als Rosenberg die Augen aufschlug, sah er, dass Vanuzzis Gesicht ein etwas aus der Form geratenes Grinsen zeigte. Dan Vanuzzi war Anfang vierzig, gut und gern zwanzig Zentimeter größer als Rosenberg, hatte einen athletischen Körperbau, dunkelblondes, kurzes Haar mit Silbersträhnen und wässrig-graue Augen, die tief im Kopf steckten. Ein schmaler Mund mit je einer perfekt symmetrisch stehenden Falte rechts und links.

»Was zur Hölle machen Sie in meiner Wohnung?«

»Abschließen, nicht zuziehen!«

Rosenberg knurrte verächtlich. Er nahm Vanuzzis hingestreckte Rechte und ließ sich hochziehen.

»Sie standen auf dem Platz vor dem Dizengoff-Haus, Ephraim. Ich habe Ihnen Zeichen gegeben, aber dann waren Sie plötzlich weg.«

»Und deshalb brechen Sie hier ein? Haben Sie ihn wenigstens gefunden?«

»Sagen wir, ich habe *etwas* gefunden …«

Es war Wochen her, als sie sich zum letzten Mal bei der Schai gesehen hatten. Anfang März. Vanuzzi hatte sich rar gemacht, man munkelte etwas von Auslandsmissionen, niemand wusste Genaueres.

»Wo ist Eckart?«, hatte Rosenberg Vanuzzi unvermittelt gefragt.

»Ich wundere mich auch, dass wir nichts von ihm gehört haben.«

»Sie *wundern* sich? Nach über einem Jahr Schweigen …?«

»Eckart ist *Ihr* Freund, nicht meiner.«

»Was sagen Ihre CIC-Kontakte?«

»Kommen Sie schon, Ephraim! Für die Amerikaner bin ich ein Landesverräter. Hab meine Fresse auf einer Zielscheibe platziert. Wer mich kennt, will mich so schnell wie möglich vergessen, bevor er selbst ins Fadenkreuz des CIC gerät.«

Rosenberg und Vanuzzi hatten sich Anfang 1947 auf einer heiklen Mission für den US-Heeresnachrichtendienst CIC in Europa kennengelernt. Zusammen mit Eckart, Rosenbergs ehemaligem Vorgesetzten aus Berliner Kripo-Zeiten, sollten sie in Tirol flüchtige deutsche Kriegsverbrecher jagen und den amerikanischen Behörden zuführen. Doch als sie feststellten, dass der CIC mehr daran interessiert war, das Know-how der Nazis abzuschöpfen, statt ihnen den Prozess zu machen, beschlossen die drei, die ursprüngliche Operation Rattenlinien zu ändern. Eckart spielte den Lockvogel für die Amerikaner, während sich Rosenberg und Vanuzzi nach Palästina absetzten. Dort gaben sie ihre in Europa gewonnenen Informationen an den israelischen Geheimdienst weiter, zu dem Vanuzzi beste Kontakte hatte.

Sie hatten verabredet, dass sich Eckart bei erster Gelegenheit melden würde, sobald er amerikanischen Boden unter den Füßen hätte – mit mehr als einer kleinen Gefängnisstrafe für sein eigenmächtiges Handeln hatten sie nicht gerechnet, schließlich war der CIC nicht daran interessiert, die Affäre hochzukochen. Eckart würde Mittel und Wege gefunden haben, Rosenberg eine Nachricht zu übermitteln, wo auch immer er sich befand. Sie hatten sogar in Nazideutschland einen effizienten Weg gefunden, kurze Informationen auszutauschen, ohne sich oder den jeweils anderen dabei zu gefährden. Es musste etwas passiert sein, das sie nicht vorhergesehen hatten – deshalb hatte Rosenberg im März das Gespräch mit Vanuzzi gesucht.

»Was könnte schiefgelaufen sein, Dan?«

»Alles. Alles könnte schiefgelaufen sein.«

»Sie meinen, Eckart ist tot?«

»Ich meine gar nichts. Ich weiß nur, dass er dem CIC damit gedroht hat, Amerikas dreckige Geschäfte mit den Nazis der Presse zu stecken. Wenn herauskommt, dass der Geheimdienst die Leute protegiert, die die Leichenberge in den Lagern zu verantworten haben … die Bilder dieser Leichen haben meine Landsleute noch sehr genau vor Augen …«

Vanuzzi hatte versprochen, auf seiner nächsten Mission in Europa Mitte März bezüglich Eckart Nachforschungen anzustellen. Inzwischen waren Wochen vergangen, ohne dass Rosenberg von ihm gehört hatte, und nun stand Vanuzzi einfach in seiner Wohnung.

Vanuzzi hatte dafür gesorgt, dass Rosenberg einen Posten bei der Schai bekam und den Nachrichtendienst im neu entstehenden Staat etablierte. Doch sie waren einander merkwürdig fremd geblieben. Über sich selbst hatte Vanuzzi wenig erzählt, außer dass er vier Geschwister hatte (oder vielmehr: gehabt hatte, denn seine beiden älteren Brüder waren bereits tot) und früh hatte erwachsen werden müssen als Kind neapolitanischer Einwanderer, die nie wirklich in Chicago und seiner Schlachthausindustrie angekommen waren.

Vanuzzis Stimme holte Rosenberg aus seinen Gedanken zurück: »Wenn ich gewusst hätte, wie schön Sie's hier haben, wär ich schon früher eingebrochen.«

»Wo ist Eckart, Dan?«

Vanuzzi seufzte. Dann erzählte er, dass er noch einmal alle Stationen von Operation Rattenlinien in Tirol durchgegangen war. Sie hatten damals verbrannte Erde hinterlassen, Menschen waren ihretwegen gestorben. Er erinnerte sich an eine weibliche Kontaktperson Eckarts.

»Sie heißt Valentina. Ärmliche Hütte, haust da mit ihrem zehnjährigen Sohn. Ihr Mann war gebürtiger Italiener, sie spricht radebrechend Italienisch, oder was sie dafür hält ...«

»Langweilig. Weiter!«

Vanuzzi sah sein Gegenüber an. Interessant, das hätte Eckart vermutlich auch so gesagt. Je länger er mit Rosenberg zu tun hatte, desto mehr erkannte er, welche Charakterzüge und Redeweisen die beiden voneinander übernommen hatten. Dann zog Vanuzzi ein Schreiben aus der Tasche und gab es Rosenberg. Es war Eckarts Handschrift. Er hatte den Brief an Valentina offenbar in einem Zug liegen lassen und aufs Kuvert geschrieben, der Finder möge ihn zur Post bringen, es handle sich um wichtige Informationen über Vermisste.

»Ein Wunder, dass der Brief Valentina erreicht hat – wenn Sie das in Chicago machen, können Sie froh sein, wenn sich der Finder damit nicht den Hintern wischt ...«

Rosenberg sah auf, sagte: »Die USA hatten keinen Krieg im eigenen Land. Ich habe für die Vermisstenstelle des Roten Kreuzes gearbeitet. Menschen sind fünfzig Kilometer zu Fuß gekommen, um uns Briefe von Toten zu bringen. In einer Zeit, in der viele verzweifelt auf Nachrichten von Verwandten hoffen, ist so etwas möglich. Eckart hat darauf spekuliert – und es hat funktioniert.«

Rosenberg überflog die Zeilen. Es war eine Art Lebensbeichte, die Eckart für Valentina verfasst hatte. Doch kurz vor einem Seitenende brach das Schreiben plötzlich ab, ohne Verabschiedungsformel.

»Kein Papier mehr?«

»Keine Zeit, den Rest auszuformulieren. Sehen Sie sich den Umschlag an, Ephraim.«

Rosenberg erkannte zunächst nur die zwei Zeilen an den Finder des Schreibens und Valentinas Adresse. Dann sah er in einer Ecke die winzigen Buchstaben in Eckarts schwer leserlicher Handschrift:

In Genua angekommen mein Führungsoffizier Colonel Swartz ist da höre seine Stimme durch die Zugtoilette das Durchladen einer Maschinenpistole

Rosenberg drehte den Umschlag so lange in Händen, bis er sich davon überzeugt hatte, dass er keine weitere Information enthielt.

»Was bedeutet das?«

»Den worst case. Swartz wollte sich persönlich davon überzeugen, dass alles klappt.«

»Als er Eckart sieht, weiß er, dass er nur einen Lockvogel vor sich hat und ist außer sich … wie würde ihn Swartz beseitigen? ›Auf der Flucht‹ erschießen und die Leiche verscharren?«

»Zu viele Mitwisser: die Jungs vom CIC, die Eckart im Zug begleitet haben, wir beide …«

»Was dann? Tragischer Unfall auf der Schiffspassage nach Amerika?«

»Denken Sie nach, Ephraim: Tot nützt ihm Eckart gar nichts. Swartz ist klar, dass ich genauso viel über die amerikanischen Deals mit den Nazis weiß. Aber er geht davon aus, dass ich das Maul halte, solange er Eckart in seiner Gewalt hat.«

»Was macht das CIC mit Leuten, die drohen, klassifiziertes Material an die Presse weiterzugeben?«

»Psychiatrie!«

»Was …?«

»Töte nicht ihren Körper, töte ihren Leumund! Wenn Swartz Eckart in einen Knast sperrt wegen Landesverrat, ist die Gefahr zu groß, dass er dort plaudert und ihm irgendjemand glaubt. Die effizienteste Methode besteht darin, ihn in die Psychiatrie abzuschieben. Eckart bildet sich seine wilden Geschichten nur ein, weiß der Henker, was er in Europa erlebt hat! Niemand glaubt ihm. Und wenn doch, verfällt derjenige demselben Wahn. Wahnsinn ist bekanntlich ansteckend.«

Rosenberg schlug mit der Hand gegen die Wand. In der Stille, die entstanden war, hörte Vanuzzi durch die offen stehende Balkontür zwei Katzen sich im Hinterhof balgen.

»Ausgezeichneter Ansatz, Dan. Sie werden ihn in keine normale Psychiatrie gesteckt haben, die ist nicht ausbruchsicher. Gibt es in den USA Militärpsychiatrien?«

»Natürlich, ein halbes Dutzend allein an der Ostküste. Aber es ist nicht einmal klar, ob er überhaupt in den Staaten ist. Was, wenn sie ihn in Europa eingebuchtet haben?«

»Swartz will ihn unter Kontrolle halten, das kann er nur in Amerika. – Ich kenne einen in der Schai, der an Informationen über den CIC rankommen kann. Er schuldet mir ohnehin einen Gefallen …«

Vanuzzi spürte, wie ihm eine Schweißperle über die rechte Schläfe lief. Er zog seine Zigaretten hervor und bot Rosenberg eine an, obwohl er wusste, dass der mit dem Rauchen aufgehört hatte. Der Deutsche begann ihm auf die Nerven zu gehen. Seine Hartnäckigkeit in Ehren, aber warum konnte er nicht sehen, dass dies hier wirklich das Ende der Suche nach Eckart war?

Vanuzzi trat auf den Balkon hinaus. Er inhalierte den Rauch tief und blies ihn in kurzen Stößen aus. In der Ferne sah er die Sonne in einem Meer aus flüssigem Silber oder Blei verschwinden; sein Blick ging nach Westen in eine Landschaft, die nur noch aus Grautönen zu bestehen schien. Grau wie der Winter in Chicago. Er dachte daran, wie man Matt erschossen hatte, seinen ältesten Bruder. Er war zu schnell die Karriereleiter der Mafia hinaufgestiegen. Sie hatten seinem Vater einen Zettel mit dem Hinweis unter der Wohnungstür durchgeschoben, wo er die Hände, den Kopf und den Rest des Körpers finden würde. Schließlich musste man für ein Begräbnis alle Glieder wieder in einem Sarg zusammenbringen, das war man als Katholik dem lieben Gott schuldig.

Vanuzzi schnippte die Zigarette in den Hof. Er bekam Kopfschmerzen. Und eine Ahnung davon, dass es ihm nicht gelingen würde, Eckart in der Psychiatrie einfach verschimmeln zu lassen.

2

*

Dann begann der Krieg. Israel sah sich einer Koalition aus Ägypten und Syrien, dem Libanon, Jordanien und dem Irak gegenüber. Kaum dass sich der neue Staat gebildet hatte, musste er sich schon beweisen. Für die arabischen Nachbarn war er ein Stachel im Fleisch, der so rasch wie möglich entfernt werden sollte. Israel jagte von Sieg zu Sieg, und an manchen Tagen erschien es Vanuzzi, als würde sich sein neues Heimatland zu Tode siegen. Bis zum Waffenstillstandsabkommen im Juli 1949 war er in der Zentrale der Schai unabkömmlich. Anschließend mussten er und Rosenberg bei der Umstrukturierung der Nachrichtendienste helfen, aus der Schai sollte binnen Jahresfrist der Mossad werden.

Umso überraschter war er, als ihm Rosenberg Ende März 1950 mitteilte, dass er endlich die Psychiatrie gefunden haben könnte, in der Eckart sei, und bereits neue Identitäten konstruiert, Pässe gefälscht und Schiffspassagen für sie gebucht habe. Die Operation beginne in einem Monat.

»Anfang Mai bin ich in Europa, Ephraim.«

»Sind Sie nicht, dafür habe ich gesorgt. Es gibt keinen Grund, keine Entschuldigung und keinen Vorwand auszuweichen. Sie sind der israelische Staatsbeamte Ascher Zwi Levi auf einer Sondermission nach Washington. Alles andere ist unwichtig.«

Vanuzzi verdrehte die Augen. »Ascher Zwi Levi? Schlimmer kann's nicht mehr kommen!«

»Sicher? Ich hätte mich auch als Ihre Ehefrau ausgeben können …«

Sie waren eine Woche mit dem Schiff unterwegs, bis sie schließlich in dem Städtchen im östlichen Maryland ankamen, wo die Psychiatrie lag. Es war ein beschaulicher Ort mit seinen fünfzigtausend Einwohnern, niedrigen, eng aneinandergedrückten roten Ziegelhäuschen im englischen Stil und einer Kirche, die aussah, als ob sie zweimal am Tag geschrubbt würde. Von ihrem Hotel downtown hatte Vanuzzi einen guten Blick auf die Bay mit ihren weißen Fischerbooten. Umgehend zog er die Vorhänge zu. Er war ein Kind der Metropole. Das hier war das Amerika der Kernseife, der Eisdielen und biederen High-School-Sportteams. Eine suburbane Idylle, die so gar nichts zu tun hatte mit dem Leben, das ihm vertraut war.

Zudem barg sie ein Problem: In einer Großstadt hätten sie Eckart aus diesem Laden geholt und wären einfach in der Menge untergetaucht. Hier verbreiteten sich Nachrichten in Windeseile, jeder Fremde, der in einem Hotel abstieg, war sofort stadtbekannt. Zwei Juden aus Israel auf der Durchreise nach Washington – das war wahrscheinlich das größte historische Ereignis, seit Fido, der Hund von Abraham Lincoln, auf den Platz vor der Town Hall gepinkelt hatte.

Rosenberg drängte darauf, sich noch am selben Tag die Örtlichkeiten anzusehen. Sie liehen sich das Auto des Hotelbesitzers und fuhren Richtung Oststadt. Merkwürdigerweise nahm hier der Verkehr zu – Vanuzzi stellte fest, dass sich die militärpsychiatrische Einrichtung mitten in einem geschäftigen Industriegebiet befand, was ihn mit den sonstigen Umständen versöhnte.

Sie parkten in einer Distanz, die ihnen einen guten Blick erlaubte, ohne selbst auffällig zu werden, und kurbelten die Seitenscheiben herunter. Der aufgeregte Balzlärm der Vogelstimmen aus dem Park, der das Gebäude umgab und einen eher vernachlässigten Eindruck machte, drang bis hierher. Rosenberg schniefte, schien kaum Luft durch die Nase zu bekommen. Dann nieste er mehrmals herzhaft und zückte sein Fernglas. Vanuzzi hatte seines bereits an die Augen gesetzt.

Ein grauer Klotz aus dem späten neunzehnten Jahrhundert, zwei Stockwerke hoch, mit zahlreichen schmalen, aneinanderklebenden Gebäudeteilen, die ihr je eigenes Walmdach trugen und nach hinten offenbar äußerst verwinkelt waren. Trotz des warmen Frühlingswetters schossen Rauchschwaden aus allen Kaminen. Rosenberg machte Vanuzzi auf das Tor und ein Wächterhäuschen aufmerksam: rechts und links davon je ein mit einem Gewehr bewaffneter Soldat, in dem Bretterverschlag befand sich ein dritter. Vanuzzi holte die Szene näher heran: Offenbar war gerade Fütterungszeit, denn er sah einen Hund am ausgestreckten Arm des Wachmanns nach oben springen.

»Könnte schwierig werden«, sagte Rosenberg unvermittelt.

»Was hatten Sie erwartet? Eine Einladung zum Picknick?«

Der Deutsche drehte sich brüsk zu Vanuzzi hin, doch noch bevor er etwas erwidern konnte, fluchte der: »Was zum Henker macht *der* Kerl da?«

Vor dem Wächterhäuschen war plötzlich ein Mann um die sechzig aufgetaucht, klein und gedrungen. Er trug ein dunkelgraues Sportjackett und schien einen Plausch mit den Soldaten zu halten. Bärtchen, Haare und Gesichtsschnitt von Errol Flynn, Augen und Nase von Mutter Eule … verflucht, Vanuzzi kannte ihn, aber woher …?

»Ein Besucher«, assistierte Rosenberg, »das wird es selbst in dieser Klinik geben.«

Plötzlich fiel es Vanuzzi wieder ein: das »Liebeskind von Errol Flynn und einer Schleiereule«. So hatte Colonel Swartz den Kerl damals genannt. Es musste kurz nach dem Krieg gewesen sein, sie wurden einander auf einem Internentreffen vorgestellt, als Vanuzzi noch als loyaler Gefolgsmann und einer von Swartz' zuverlässigsten Special Agents galt. Als Mann für die heiklen Aufträge. Er hatte nicht lange mit der Schleiereule gesprochen, zu unterschiedlich waren ihre Welten, zu offen trat die Antipathie auf Vanuzzis Seite zutage, war der andere doch das erste Millionärssöhnchen, das er kennenlernte. Er war zwar nicht annähernd so blasiert, wie er sich die Reichen vorgestellt hatte, die für ihren Wohlstand selbst keinen Finger krumm machen mussten, doch dafür trug er eine etwas zu offensichtliche Gönnerhaftigkeit zur Schau. Vanuzzi fühlte sich behandelt wie ein Schulkind.

»Und was für ein Besucher!«, sagte er knurrend. »Liam Ciskey. Ein ehemaliger CIC-Agent. War in den Zwanzigern an der US-Botschaft in Berlin akkreditiert. Offiziell. Eigentlich war er für den Nachrichtendienst tätig. – Hey, kennen Sie ihn vielleicht, Ephraim?«

Rosenberg drehte an seinem Fernglas. Dann sagte er: »Eckart hatte einen amerikanischen Freund, der ihm damals aus Deutschland rausgeholfen hat, als die Gestapo unseren Laden übernahm. Hat mir hin und wieder von ihm erzählt, aber ich habe ihn nie gesehen … denken Sie, dass er das ist?«

»Ganz sicher. Die entscheidende Frage ist: Warum ist er *hier*?«

Sie starrten weiter durch ihre Ferngläser. Sahen, wie sich aus dem Haus eine junge Frau in einem Sommerkleid dem Mann näherte. Die Soldaten öffneten das Tor, Mann und Frau begrüßten einander. Ciskey deutete einen Handkuss an, dann hakte sie sich bei ihm unter, die Wachen salutierten, und das ungleiche Paar setzte sich in Bewegung.

Vanuzzi verfolgte die beiden mit den Augen. »Schleimer!«

»Aber einer, an dem wir dranbleiben sollten.«

Rosenberg startete den Wagen. Dann nieste er dreimal lautstark, bevor sie losfuhren.

Zwei Ecken weiter, an einer vom Fabrikverkehr stark frequentierten Kreuzung, winkte Ciskey ein Taxi herbei und stieg mit seiner Begleitung ein. Sie folgten ihnen downtown bis vor ein Café, in das das Paar eintrat.

»Mich kennt er nicht«, sagte Rosenberg und verließ den Wagen.

Das Lokal war bis auf den letzten Platz besetzt, für eine Kleinstadt brummte die Gastronomie in erstaunlichem Maße. Rosenberg steuerte den Tresen an, bestellte einen Kaffee und versuchte möglichst wenige Blicke auf sich zu ziehen, obwohl er der Einzige war, der stand. Er rückte so nahe wie möglich an den Tisch des Paares heran, doch die Stimmen der Gäste um ihn her schwirrten derart durch die Luft, dass er eher Ohrensausen als irgendetwas von Ciskeys Unterhaltung zu verstehen bekam. Nach einer Viertelstunde gab er auf und zahlte. Zurück am Auto, berichtete er Vanuzzi und schlug vor zu warten, bis das Café sich leerte oder die beiden wieder herauskämen. Etwas anderes blieb ihnen einstweilen nicht übrig.

Vanuzzi hatte begonnen, auf einem Block den vermuteten Grundriss der Psychiatrie zu skizzieren und die Hindernisse auf dem Weg zu Eckart zu notieren. Rosenberg starrte auf die Kritzeleien.

»Geht's Ihnen gut, Ephraim?«

»Wieso?«

»Sie haben geschwollene Augen.«

»Ach das … wenn es Frühling wird, spielen bei mir Augen und Nase verrückt. In Israel ist es ein bisschen besser, aber in Deutschland war es manchmal kaum auszuhalten. Gestern ging's auch hier wieder los.«

»Haben Sie das im Griff?«

»Es ist nicht ansteckend.«

»Das meine ich nicht. Aber sollten Sie anfangen zu niesen, wenn wir irgendwo im Hinterhalt liegen …«

»Können Sie mich notschlachten. Und jetzt konzentrieren wir uns wieder auf das Café.«

Es leerte sich nicht, im Gegenteil. Rosenberg sah, dass mittlerweile auch der Tresen voll besetzt war. Ein regelrecht vergnügungssüchtiges

Städtchen am Ende der Welt! Aber was sollte man am Ende der Welt auch sonst mit seiner Zeit anfangen?, dachte er.

Allmählich brach der Abend herein. Vanuzzi schien entnervt: entweder vom Hunger, der Warterei oder von der bloßen Tatsache, dass er sich zu diesem Trip hatte überreden lassen. Dann stutzte er. Rosenberg drehte sich dem Lokal zu, sah das Paar herauskommen. Ciskey winkte ein Taxi herbei, öffnete den Schlag und ließ die junge Frau einsteigen. Anschließend ging er in die Gegenrichtung davon. Rosenberg stieß die Wagentür auf, Vanuzzi hielt ihn am Mantelkragen fest.

»Moment, was soll das werden?«

»Was wohl? Er ist ein Freund von Eckart, was kann schon passieren?«

»Er ist vor allem ein CIC-Mann.«

»Gewesen.«

»Vergessen Sie nicht, dass es für mich extrem riskant ist, überhaupt in den Staaten zu sein.«

»Sie können im Auto bleiben und weiterschmollen. Oder essen Sie ein Pastrami-Sandwich, das hebt Ihre Laune.«

Rosenberg riss sich los. Er hatte Mühe, Ciskey, der trotz seiner Größe und seines Bauchumfangs schnell ausschritt, in der Ferne noch zu sehen, zumal es mittlerweile fast dunkel war. Die Straßenlaternen leuchteten schwach, funzelten wie erlöschende Sterne. Minuten später hatte Rosenberg den Eindruck, dass sie im Kreis gingen; er hätte nicht mehr sagen können, wie er zum Auto oder gar zum Hotel zurückkäme.

Dann verschwand Ciskey mit einem Mal aus seinem Blickfeld.

Rosenberg fuhr herum, blickte in die Seitenstraßen, hastete weiter geradeaus – der Kerl war wie vom Erdboden verschluckt! Der Blutdruck stieg merklich, sein Puls beschleunigte sich, er verfiel in einen Laufschritt, Schweiß trat ihm auf die Stirn.

Er hatte die Bewegung nicht kommen sehen, die ihn mit Schwung um die Ecke zerrte. Er knallte mit dem Gesicht gegen die Häuserwand, ein Brillenglas zersprang. Dann spürte er, wie ihn ein Gegenstand in seinem Nacken gegen die Mauer presste. Ein Regenschirm …?

»Wenn Sie mir schon folgen, sollten Sie das unauffälliger tun!«

Er suchte sich zu befreien, aber das erhöhte nur den Druck im Genick. Er hätte diesem Männchen eine solche Kraft gar nicht zugetraut.

»Technischer K. o., Kampf vorbei, Sie können aufhören, herumzuzappeln!«

Jetzt spürte Rosenberg, wie ihn der Angreifer routiniert nach Waffen abtastete und dabei seinen Ausweis entdeckte. Ein schlurfendes Geräusch, dann hielt der andere das Papier vermutlich ins Restlicht der Straßenlaterne.

»Ihr Pass ist eine Fälschung, guter Mann. Keine ganz schlechte Arbeit, zugegeben …«

»Mr Ciskey. Mr Liam Ciskey?«, presste Rosenberg hervor. Seine Lippen bewegten sich nur mühsam über dem Mauerputz.

»Ah, ich sehe, Sie haben Ihre Hausaufgaben gemacht.«

Rosenberg fühlte, wie sein Nacken unwillkürlich etwas mehr Freiheit bekam.

»Kann ich mich jetzt umdrehen?«

»Aber langsam, ganz langsam!«

Es *war* ein Regenschirm. Ciskey hielt ihn wie einen Degen vor Rosenbergs Kehlkopf.

»Wir haben einen gemeinsamen Freund: Dr. Andreas Eckart.«

»Nie gehört.«

Auch ohne Eckarts jahrelange psychologische Schulung, die er ihm hatte zuteil werden lassen, erkannte Rosenberg, dass sein Gegenüber log.

»Nein? Seltsam. Weil er doch in der Psychiatrie ist, vor der Sie heute Nachmittag gewartet haben.«

Ciskey hatte mittlerweile den Schirm zu Boden gleiten lassen und gab Rosenberg den Pass zurück.

»Auch wenn es Sie überhaupt nichts angeht: Ich hatte ein Rendezvous mit einer Krankenschwester. Einer sehr hübschen Schwester, was Sie ja vom Tresen im Café aus gut sehen konnten. Schönen Abend!«

Ciskey wandte sich bereits zum Gehen, als Rosenberg beschloss, dass jetzt nur noch eine Überrumpelungstaktik helfen konnte.

»Mein Name ist Ephraim Rosenberg. Ich war Andreas' Assistent bei der Kripo in Berlin. Danach bei der Politischen Polizei. Ich war bei Operation Rattenlinien dabei, ich …«

Durch eine schnelle Bewegung Ciskeys wurde er abermals mit dem Schirm gegen die Wand gepresst, diesmal von vorn, an der Kehle, und wesentlich vehementer.

Ciskey zischte wütend: »Lauter, dass die ganze Stadt uns hört …!«

Rosenberg begann nach Luft zu ringen, griff nach dem Kopf seines Gegenübers, suchte mit seinen Daumennägeln dessen Augenhöhlen. Ein unterdrückter Schmerzlaut, zwei, drei heftige Bewegungen, dann ein dumpfer Schlag, und das Gerangel fand ein jähes Ende. Der Druck wich, und Rosenberg spürte, wie der Körper vor ihm gegen den seinen fiel und mit einem Schlurfen zu Boden glitt. Im Gegenlicht erkannte er die Silhouette von Vanuzzi. Er hielt eine Pistole am Lauf.

»Was soll das, Dan?«, krächzte Rosenberg. »Ich hatte alles unter Kontrolle …«

»Sagte Hitler und schoss sich in den Kopf!«

»Haben Sie mich gerade mit Hitler verglichen? Und woher haben Sie die Waffe?«

»Ich bin Amerikaner. Glauben Sie, ich toure ohne Schießeisen durch mein Land?!«

Rosenberg verdrehte die Augen. Er wurde von einem Hustenanfall geschüttelt. Als er sich wieder beruhigt hatte, sagte er mit rauer Stimme: »Helfen Sie mir, ihn auf die Beine zu bringen.«

Sie packten jeweils einen Arm, hoben den schweren Körper mühsam an und trugen ihn wie einen Saufbold einer kleinen Grünanlage entgegen. Dort setzten sie ihn auf einer Bank ab. Immerhin schien niemand diese Eskalation mitbekommen zu haben.

Nach der dritten Ohrfeige kam Ciskey allmählich zu sich.

»Lucky Punch«, murmelte er, noch immer ein wenig orientierungslos, fuhr sich mit den Händen übers Genick und starrte zu Vanuzzi hinauf, der in voller Größe vor der Parkbank stand.

»Schau an, der bekloppte Italiener vom CIC …« Die Schleiereule schien angestrengt nachzudenken, aber vielleicht war sie auch nur auf der Suche nach einer Maus. »Vaticano …? Vaderetro …? Pinocchio …?«

»Ascher Zwi Levi, Sir«, erwiderte Vanuzzi. Er konnte sich ein Grinsen nicht verkneifen.

3
★

Die Stimme war greisenhaft und stand in auffälligem Widerspruch zu den jugendlich wirkenden braunen Haaren. Bisweilen stieß sie asthmatische Seufzer hervor, dann brach sie sich wieder an einzelnen Silben wie Lichtreflexe an feinen Wassertropfen. Die Konsonanten erstarrten, die Vokale erstarben, mehrmals schluckte die Stimme am Ende eines Satzes. Schließlich endeten die Worte in einem einzigen vehementen Schlürfgeräusch.

Vanuzzi fiel es schwer, sich auf das Gespräch der beiden Männer zu konzentrieren, denn die Frau am Nebentisch, die eine ganze Riege gleichaltriger weiblicher Wesen um sich geschart hatte, erregte immer wieder seine Aufmerksamkeit. Er bemerkte, wie seine Gedanken abschweiften.

Die Art, wie sie redete. Seine Schwester hatte ebenso gesprochen, wenn sie nervös war. Wenn er nach einer langen Zeit wieder nach

Hause kam und sie ihm endlich alles erzählen konnte, was geschehen war, schnell, unkontrolliert, beinahe erstickend an ihrer Wortspucke. Manche seiner Jugendfreunde hatten ein Haustier gehabt, einen Hund, der ihnen bedingungslos folgte. Er hatte Becca.

Sie wohnten in einer Kellerwohnung in Little Italy. Die Wände waren feucht, sommers wie winters, sie konnten den Schimmel von den Tapeten kratzen. Seine Mom schickte ihre drei Jüngsten immer auf die Stiege vor dem Haus, damit sie an die Luft kamen. Ein Leben auf zwölf Treppenstufen. Lange hatte er es gehasst, auf seine kleinen Schwestern aufpassen zu müssen. Am liebsten wollte er mit den Jungs aus der Gasse spielen, aber Rachel, seine jüngste Schwester, verpetzte ihn regelmäßig bei den Eltern. Eines Tages stellte er fest, dass Becca zwar nicht Baseball spielen, dafür aber unermüdlich zuhören konnte. Und Worte fand, die sie viel reifer und erwachsener machten, die nicht zu ihrem wirklichen Alter zu gehören schienen.

Vanuzzi steckte sich eine Zigarette an. Er vermisste Becca, hatte sie seit Operation Rattenlinien nicht mehr gesehen. Sie hatte ihnen den entscheidenden Tipp gegeben. Ohne sie wäre alles anders gekommen, ohne sie würde er heute nicht einmal für die Schai arbeiten …

Er spürte eine Faust, die ihn spielerisch gegen die Schulter boxte.

»Achten Sie auf Ihre Deckung, Mr Vanuzzi!«, hörte er Ciskey sagen, »und wenn Sie uns mit Ihrer zwischenzeitlichen Anwesenheit beglücken könnten, müsste ich nicht alles zweimal erzählen.«

»Nennen Sie mich Dan.«

Rosenbergs Überrumpelungstaktik war erfolgreich gewesen. Ciskey hatte noch einige Minuten gebraucht, um abzuwägen, ob ihm diese neue Allianz helfen könnte, dann waren sie gemeinsam zurück ins Café gegangen. Es war merklich leerer geworden, man konnte jetzt einzelne Stimmen unterscheiden. Die drei Männer waren enger aufeinander zugerückt, um leiser zu sprechen. Jeder hatte ein Glas Bier vor sich, Ciskey zusätzlich einen Brandy. Immer wieder fuhr er sich über den Nacken und massierte ihn. Dabei schickte er Blicke zu

Vanuzzi hinüber, die der mal als anerkennend, mal als nervös deutete.

Ciskey erzählte, dass er mehrere Wochen erfolglos versucht hatte, an jemanden aus der Klinik heranzukommen. Erst bei Schwester Charlotte sei es ihm gelungen, aber zu einem Plan, Eckart da rauszuholen, seien sie noch immer nicht vorgedrungen.

»Dann ist er wirklich da drin?«, fragte Rosenberg, hörbar erleichtert.

»Patient Eckart. Ein ›Chronischer‹, ja.«

»Was bedeutet das?«, wollte Vanuzzi wissen.

»Dass er auf Lebenszeit in dieser Einrichtung sein wird. Es ist eine geschlossene Psychiatrie. Man geht davon aus, dass die Insassen eine Bedrohung für sich oder andere Menschen sind.«

»Oder für die USA«, sagte Vanuzzi.

Ciskey nickte.

»Wissen Sie, wie es ihm geht, Mr Ciskey?«, fragte Rosenberg.

»Liam!«

Ciskey hob sein Glas auffordernd, und sie stießen an. Offenbar hatte die Schleiereule in ihrer Berliner Zeit die eine oder andere Sitte deutscher Kneipengemütlichkeit übernommen. Auch die, zu jedem Bier einen Schnaps zu kippen.

»Schwester Charlotte vermutet, dass sie ihm seit einiger Zeit einen Medikamentencocktail verabreichen, der ihn ins Nirwana katapultiert. Davor war er einigermaßen klar im Kopf. Das waren auch die Momente, die bei Charly Zweifel aufkommen ließen, ob alles mit rechten Dingen zugeht.«

»Charly?«, fragte Vanuzzi.

Ciskey zuckte mit den Schultern und sagte, dass sie so genannt werden möchte.

»Wie weit sind Sie mit ihr?«

»Sie ist meine Kontaktperson in der Anstalt, Ephraim. Bei ihr laufen die Fäden zusammen. Sie haben das Gebäude gesehen. Es ist vielleicht nicht Alcatraz, trotzdem ist es alles andere als einfach, da rein- und mit Andreas wieder rauszukommen. Vor allem in seiner Verfassung.«

Ciskey zog plötzlich eine Orange aus seiner Manteltasche und begann sie ungeniert mitten im Lokal zu schälen. Er bot sie mit den Worten »An orange a day …« an, doch Rosenberg und Vanuzzi lehnten ab und sahen einander irritiert an. Vanuzzi wandte sich dann Ciskey zu, der noch einen Brandy geordert hatte, und fragte: »Wie haben Sie's erfahren?«

»Ein Brief von Andreas … ein Abschiedsbrief …«

Eckart hatte Ciskey geschrieben, kurz nachdem der Streit zwischen ihm und seinem CIC-Führungsoffizier Howard Swartz eskaliert war.

»Glaub nicht alles, was sie dir von mir erzählen, ich vermute, wenn du nur die Hälfte glaubst, wird das für dich schlimm genug klingen.«

Ciskey war sichtlich irritiert über diese Schlusszeilen. Er versuchte seinen alten Freund in Italien zu erreichen, aber vergebens. Dann hielt er sich an das CIC, wurde aber immer wieder abgewimmelt: Erst hieß es, Colonel Swartz sei ebenfalls in Italien, dann war er zwar in den USA, aber für niemanden zu sprechen. Als es Ciskey dann endlich gelang, Kontakt mit dem Colonel aufzunehmen, gab der ausweichende Antworten. Er wisse nicht, wo Eckart oder Vanuzzi abgeblieben seien, seinetwegen dort, wo der Pfeffer wächst. Doch wenn Ciskey beim CIC irgendetwas gelernt hatte, dann das: penetrant zu sein, so lange nachzubohren, bis das Gegenüber die Contenance verliert. Und Swartz verlor sie, wenn auch erst Mitte 1948. Er gab zu, dass sich Eckart in einer Psychiatrie befinde, und erklärte, dass die Konfrontation mit dem kriegszerstörten Deutschland und den ganzen Nazischergen Eckart verrückt gemacht habe. Er zeige deutliche Spuren von paranoider Schizophrenie. »Lass mich ihn besuchen«, insistierte Ciskey, aber

Swartz beendete das Gespräch brüsk mit dem Hinweis, dass Eckart in den besten Händen sei, das CIC lasse sich schließlich bei Veteranen nicht lumpen; und er warnte ihn, die Sache wieder aufzurühren, um seinet- und Eckarts willen.

Konnte Ciskey das glauben? Wollte er das glauben? Sicher, der letzte Brief seines Freundes klang eigenartig, verworren, als wäre er in Europa zwischenzeitlich in seine ganz eigene Sphäre abgetaucht. Doch natürlich kannte Ciskey auch die Sprachregelungen des CIC, wusste, dass paranoide Schizophrenie auffallend häufig bei Ex-Agenten konstatiert wurde, die mit besonders heiklen Aufgaben betraut waren und die Klappen nicht halten konnten.

Mehr erfuhr er jedenfalls von Swartz nicht. Ihre Freundschaft zerbrach.

Dann dauerte es noch einmal anderthalb Jahre und bedurfte ganz neuer Höhenflüge in Sachen Penetranz, bis Ciskey herausfand, wo sich Eckart befand. Es genügte nicht, selbst beim CIC gewesen zu sein, um an solche Informationen heranzukommen, man brauchte schon zur rechten Zeit das rechte Druckmittel – von dem ihm, wie er schmunzelnd erzählte, aus dem Erbe seiner verstorbenen Mutter ein wenig zur Verfügung stand.

Als er in dem kleinen Städtchen in Maryland angekommen war, stellte sich heraus, dass die Anstalt noch intensiver abgeriegelt wurde als befürchtet. Nach zwei Wochen beschloss er, aus dem Hotel in eine kleine Wohnung überzusiedeln, die er kurz entschlossen angemietet hatte. Mehr als hin und wieder einen Blick auf ein paar der Insassen, die in den Park durften und dabei von ihren Pflegern eskortiert wurden, konnte er aber nicht erhaschen. Und unter diesen war niemals Andreas Eckart.

Dann fiel ihm eines Tages Schwester Charlotte auf.

Er folgt ihr in eine kleine Bäckerei. Der Zufall will es, dass sie an dem Tag ihre Geldbörse zu Hause vergessen und nun keinen Cent für den Bus zurück hat. Sie bittet den Bäcker darum, telefonieren zu dürfen, aber offenbar erreicht sie niemanden. Er spricht sie an, ganz Gentleman, er habe von ihrem kleinen Malheur gehört und würde sich glücklich schätzen, ihr mit ein wenig Geld für die Busfahrt aushelfen zu dürfen. Zunächst zögert sie, doch dann willigt sie ein. Er begleitet sie zum Bus, hilft ihr einzusteigen, er …

»Porca Madonna!, Liam«, Vanuzzi verdrehte die Augen, »wenn Sie jetzt auch noch beschreiben, was sie an dem Tag trug …«

»Einen zartrosa Übergangsmantel, dazu dunkelbraune Winterstiefel, die ausgezeichnet zu der Farbe ihrer Augen …«

Vanuzzis Stirn senkte sich vehement in Richtung Tischplatte. Rosenberg lachte schallend, Ciskey stimmte ein – und bestellte noch mehr Brandy.

Es war offensichtlich, dass Charly bedrückt war, und so wartete er anderntags wieder vor dem Anstaltstor, bis sie Feierabend hatte, und lud sie in eine Milchbar ein. Offenbar rannte er bei ihr offene Türen ein. Sie sprach von einem Fall, bei dem Diagnose und Medikamente nicht zueinanderpassten. Der Patient erzähle eigenartige Geschichten aus Deutschland, berichte von Vertuschungen, die die amerikanische Regierung zu verantworten hätte. Geschichten, die von den anderen Pflegern als Wahnphantasien abgetan würden, sie aber nach und nach mit Skepsis erfüllten. Skepsis, ob in dieser Anstalt alles mit rechten Dingen zugehe. Auch ohne dass sie einen Namen nannte, identifizierte Ciskey seinen alten Freund Eckart.

»Das heißt, sie ist nicht eingeweiht in die Absichten von Swartz, sie weiß nicht, warum Andreas da drin ist?«, fragte Rosenberg.

»Definitiv nicht. Die Schwestern bekommen Diagnose und Medikamentenplan mitgeteilt, dann nur noch Anweisungen, wann und bei wem Elektroschocks fällig werden. Die meisten interessieren sich auch nicht für mehr, es sind gemeingefährliche Schizophrene, die besonders streng bewacht werden müssen, fertig. Und sie haben genug damit zu tun, tobende Patienten zu ›bändigen‹.«

»Das übernehmen die *Frauen*?«

»Nein, dafür haben sie Pfleger. Ehemalige Marines, die ansonsten unehrenhaft entlassen würden. Man gibt ihnen die Chance, sich in der Anstalt zu rehabilitieren. Kerle wie Bäume, die sich einem Schnellkursus Psychiatrie unterziehen.«

Ciskey kippte seinen Brandy in einem Zug und gab Handzeichen in Richtung des Kellners. Er hatte bereits eine Aura von Orangenduft und Schnaps um sich.

»Charly sieht ständig Hämatome. Die meisten Pfleger sind Sadisten, die Spaß daran haben, die Schwächsten zu quälen. Niemand bekommt Besuch, niemand eine Möglichkeit, etwas an seiner Situation zu ändern. Wer da drin ist, ist da lebenslang.«

»Aber können wir ihr vertrauen? Ist Charly eine Militärschwester, hat sie für die Army gearbeitet?«

»Sie meinen im Lazarett? Nein, sie ist gerade mal neunzehn, den Krieg kennt sie nur aus Erzählungen, Ephraim. Dass sie überhaupt in der Anstalt arbeitet, liegt an der Personalpolitik im Verteidigungsamt, Stellenkürzungen allenthalben. Ein paar normal ausgebildete Pflegekräfte brauchen sie eben doch, aber es gibt fast keine Militärschwestern mehr. Also müssen sie Externe holen. Bei denen die Hirnwäsche der Army noch nicht greifen konnte …«

Rosenberg nickte. Dann sah er zu Vanuzzi hinüber, der schon seit Minuten auffällig geschwiegen hatte.

»Dan?«

Der Angesprochene rutschte auf seinem Stuhl hin und her, rauchte betont langsam eine Zigarette an. Dann sagte er: »Gibt es so eine Art Chefarzt? Ist der eingeweiht?«

»Davon müssen wir ausgehen.«

»Und wer sagt uns, dass Eckarts Hirn nicht wirklich Gemüse ist?«

Rosenberg fuhr auf. Ciskey zog ihn mit sanfter Gewalt zurück auf den Stuhl.

»Er hat keine psychiatrische Vorerkrankung, oder? Gut, es gibt dieses Trauma aus dem Ersten Weltkrieg, die Jahre, in denen er deshalb morphiumsüchtig war. Aber beides hatte er im Griff … Charly ist sich sicher, dass es die Medikamente sind. Als sie den Chefpsychiater darauf anspricht, raunzt der sie an, dass sie sich um ihren Dreck scheren soll, wenn sie ihren Job behalten will.«

»Und? Will sie ihren Job nicht behalten? Warum hilft sie uns?«

»Ruhm und Ehre, Dan«, sagte Ciskey mit ironischem Unterton. »Na, mag sein, mein Charme und meine Überzeugungskraft haben einiges dazu beigetragen. Aber fragen Sie sie doch morgen selbst. Selber Ort, selbe Zeit wie heute. Ich finde ohnehin, Sie sollten einander in einem kleinen Infight kennenlernen, Gentlemen.«

Ciskey ließ es sich nicht nehmen, noch einen Brandy zu kippen und die Zeche allein zu bezahlen.

Rosenberg und Vanuzzi gingen zu Fuß zurück, um frische Luft zu schnappen. Den ganzen Abend waren kurze Schauer über die Stadt gezogen, die Nacht war frisch, beide sogen die gereinigte Luft tief ein. Vanuzzi schlang sich seinen Mantel enger um den Körper und stellte den Kragen auf. Aus den Gullydeckeln konnten sie Dampfschwaden aufsteigen sehen, als sie entlang eines Bachlaufs ins Hotel zurückkehrten.

»Haben Sie das vorhin ernst gemeint? ›Dann ist er wirklich da drin?‹ Ich meine: Wie sicher waren Sie sich denn bisher, Ephraim?«

»Nun ja … Wie sicher man sich über ein Ausschlussverfahren aus Tausenden von Kilometern Distanz eben sein kann.«

Vanuzzi blieb erbost stehen. »Wir sind Tausende von Kilometern gefahren, um einem Schatten hinterherzujagen?«

Auch Rosenberg hatte angehalten. Die beiden Männer standen wenige Meter voneinander und starrten in den Bach. Dann sagte Rosenberg unvermittelt: »Einer Überlieferung nach soll der chinesische Dichter Li Bai ertrunken sein, als er in berauschtem Zustand versucht hat, das Spiegelbild des Mondes auf einem Fluss zu umarmen. Wär das nicht auch was für Sie?«

»Da würde mir kurz vorm Tod etwas Besseres zum Umarmen einfallen.«

Pause. Die beiden nahmen ihren Nachhauseweg wieder auf.

»Als ich während der Shoah im Untergrund gelebt habe, musste ich mich jahrelang vor der Gestapo und den Greifern verstecken, den Juden, die andere verpfiffen haben, um den eigenen Kopf aus der Schlinge zu ziehen … Ich zog also von Haus zu Haus, immer nur kurze Zeit an einem Ort, um die Leute nicht zu gefährden, die mir Unterschlupf gewährten … und ich hatte viel Zeit, über meinen eigenen Tod nachzudenken. Und darüber, wie ich gern sterben würde.«

»Und wie würden Sie gern sterben?«

»›Wie‹ kann nicht die Frage sein, eher ›wo‹. Nämlich überall, nur nicht hier.«

4
*

Anderntags gingen sie zunächst getrennter Wege. Vanuzzi streifte durch die Läden für »Männerbedarf«, deckte sich mit Dietrich, Brecheisen und allem ein, was ihm für eine nachrichtendienstliche Befreiungsaktion sinnvoll erschien und in seinem alten Army-Rucksack Platz fand. Rosenberg lieh sich abermals den Wagen des Hotelbesitzers.

»Wird das eigentlich gehen?«, fragte Vanuzzi, als sie auf dem Weg zur Psychiatrie waren. »Ihre Brille hat ganz schön was abgekriegt im Clinch mit Ciskey.«

»Der kleine Sprung im Glas … ich lasse ihn reparieren, wenn wir wieder in Tel Aviv sind.«

Falls wir je wieder nach Tel Aviv kommen, dachte Vanuzzi.

Selber Ort, selbe Zeit: Charlys Schichtende. Sie konnten einander gar nicht verfehlen. Und doch: Sie warteten zehn, fünfzehn, zwanzig

Minuten, aber weder Ciskey noch die Krankenschwester ließen sich blicken.

»Hab ich da irgendwas falsch verstanden?«, fragte Rosenberg schließlich.

Vanuzzi drehte am Fernglas. »Werden wir gleich sehen. Hier kommt ›Charly‹.«

Die junge Frau ging auf das schmiedeeiserne Eingangstor zu, der Wächter öffnete ihr einen Flügel.

»Was tut sie?«

»Blickt sich um, hält ein Schwätzchen mit den Wachen. Zupft nervös an ihrer Brille herum, sieht auf ihre Uhr. Ciskey hat augenscheinlich nicht nur uns versetzt …«

»Oder es ist ihm etwas passiert.«

»Dazwischengekommen, meinen Sie wohl. Vielleicht eine noch jüngere Frau.«

»Oder Ihr Pistolenkolben in seinem Nacken.«

Vanuzzi schnaubte verächtlich. Dann sagte er: »Und nun ist es auch ihr zu blöd, noch länger zu warten. – Haben wir eigentlich Ciskeys Adresse?«

»Haben *Sie* ihn danach gefragt?«

»Folgen wir ihr.«

Rosenberg fluchte laut. »Das hilft uns auch nicht. Sie kennt uns nicht, sie wird uns nicht trauen. Ohne Liam kommen wir hier nicht weiter.«

»Wir folgen ihr trotzdem, vielleicht versucht sie ihn anzurufen. Oder sie geht direkt zu ihm nach Hause.«

Rosenberg ließ den Motor an. Sie fuhren ihr in einigem Abstand hinterher, bis sie in einen Bus stieg. Dann folgten sie dem Bus, der sie in einem Wohnviertel am Südende der Stadt ausspuckte. Schwester Charlotte schlenderte müßig an frisch getünchten Häusern und winzigen Vorgärten vorbei, die für Vanuzzi alle gleich entsetzlich aussahen. Sie grüßte nach hier und da, hielt dann auf ein Haus zu, schloss die Tür auf und wurde von der Schwärze, die im Inneren auf sie zu lauern schien, vollständig verschluckt.

»Die Welt ist in einer Garage abgestellt worden und schimmelt und rostet vor sich hin.«

»Was …?«

»Immerhin wissen wir jetzt, wo *sie* wohnt.«

»Entzückend«, Rosenberg fluchte erneut, »das hat uns eine Dreiviertelstunde gekostet!«

»Dabei hätten wir sie mitnehmen können, dann hätte sie das Busgeld gespart.«

Sie klapperten die Hotels downtown ab. Zum Glück war Ciskey eine Erscheinung, die leicht zu beschreiben und nicht weniger leicht in Erinnerung zu bringen war. Außerdem kam ihnen der Umstand zugute, dass es nur wenige Übernachtungsmöglichkeiten im Städtchen gab.

Ein Portier konnte sich an die Schleiereule genau erinnern, weil sie ihm den besten Weinbrand-Umsatz seit Langem beschert hatte.

»Er hat Ihnen bestimmt eine Adresse hinterlassen, falls Sie ihm Post nachschicken müssen?«, fragte Vanuzzi.

»Mein Gott, ja, aber wo ich die habe …«

Der Portier zog eine Schublade aus dem Counter, die bis oben gefüllt war mit Notizen, Rechnungen und Werbezetteln. Als neue Gäste eintrafen, zogen sich Rosenberg und Vanuzzi damit zurück und sahen das ganze Papierchaos durch.

»Glauben Sie, dass er mit seinem richtigen Namen eingecheckt hat, Dan?«

»Ich glaube gar nichts. Aber ich weiß, dass es selbst für einen ehemaligen CIC-Mann nicht ganz leicht sein dürfte, seinen Ausweis zu fälschen. Und für die Hotelanmeldung brauchte er den.«

»Es sei denn, ein wenig Geld hat ihm auch hier den Weg bereitet.«

Vanuzzi stutzte, zog einen Zettel hervor und sagte: »Nein.«

Eine Viertelstunde später standen sie vor der Tür von Ciskeys Übergangswohnung und läuteten Sturm. Nach gefühlten zehn Minuten wurde über ihnen ein Fenster aufgerissen, eine reichlich zerzaust wirkende Mittsechzigerin goss einen Schwall vom Schimpfwörtern über ihnen aus und drohte mit der Polizei.

»Wir *sind* die Polizei«, sagte Vanuzzi und zeigte ihr seine Mantelinnenseite, an der natürlich keinerlei Abzeichen prangte. Aber es funktionierte, wie immer: Sie öffnete, und während die beiden die Stiegen erklommen, klagte die Frau, dass ihr neuer Nachbar einen Höllenlärm in das anständige Haus gebracht habe, die ganze Nacht trample er hin und her, immer wieder, wie ein Ochse trample er auf ihren Nerven herum, und selbst am Nachmittag lasse er sie nicht schlafen, weil er dann wieder trample, sich wohl ausgehfertig mache, wahrscheinlich, um zu wüsten Weibern hinzulaufen, dabei brauche sie ihren Schönheitsschlaf.

»In der Tat, den brauchen Sie«, murmelte Vanuzzi.

»Ich hoffe, dass Sie ihn gleich mitnehmen! Wenn nicht, sagen Sie ihm, er soll —«

»Tun wir«, sagte Rosenberg mit strahlendem Lächeln, »versprochen«, und schob die Dame in ihre Wohnung zurück, wo sie hinter der Tür noch immer zu hören war.

Er seufzte: »Die hätte aus Berlin sein können. Da bekommt man richtig Heimweh.«

Einen Stock höher standen sie ein weiteres Mal vor verschlossener Tür, hämmerten mit den Fäusten dagegen. Sie tauschten Blicke. Vanuzzi zog den Dietrich hervor und fummelte ein wenig im Schloss herum, bis es mit einem Klicken aufschnappte. Er griff nach seiner Pistole und stieß die Tür weit auf. Kaum dass sie eingetreten waren, wehte ihnen ein Geruch von alten Teppichen, ungewaschenen Socken, kaltem Zigarettenrauch und faulen Äpfeln entgegen. Sie bewegten sich umsichtig durch den Flur. Vanuzzi, mit vorgehaltener Waffe vorausgehend, sicherte die Küche, das Bad, zwei angrenzende

Zimmer. Im letzten fanden sie Ciskey, im Halbdunkel der herunter-gezogenen Jalousien aufs Bett niedergestreckt.

Er schnarchte, dass die Gläser im Schrank klingelten. Dabei stieß er mit jedem Ausatmen Wellen von Alkoholgeruch aus, die Rosenberg würgen ließen. Er rannte zum Fenster, riss es weit auf, zog überall die Vorhänge auf und ließ Licht und Luft herein.

Ciskey regte sich nicht, doch sein Schnarchen hatte ausgesetzt.

Vanuzzi verstaute seine Waffe in der Manteltasche. »Dann geh ich mal Kaffee kochen.«

Vanuzzi lehnte an der Wand, während die anderen am Küchentisch saßen. Rosenberg schimpfte auf sein Gegenüber ein, das mit schmerz-vollem Gesichtsausdruck den siebten Mokka seine Kehle hinabzwang. Ciskey saß in sich zusammengesunken da, die Augen blutunterlaufen. Von Zeit zu Zeit schnaufte er seufzend auf – entweder hatte er einen ungeheuer langsamen Schluckauf, oder das Herz tat Hüpfer.

»Ist mir egal, wie lange das schon so geht, Liam. Wenn Sie mit uns daran arbeiten wollen, Andreas rauszuholen, müssen Sie *funktionieren*!«

Keine Reaktion im verquollenen Gesicht, lediglich ein neuerliches Seufzen.

»Haben wir uns verstanden?«

Ciskey verschluckte sich hörbar, prustete Kaffee aus, und einige Spritzer landeten auf Rosenbergs Jackett.

»Ich werde … ich rufe gleich Charly an … ich meine, das ist mir noch nie passiert, also: bei ihr … ich war immer da … muss mich ent-schuldigen … fragen, wo sie wohnt, vielleicht können wir sie abholen und in ein Restaurant …«

»Die Mühe können Sie sich sparen, die Adresse kennen wir.«

»Oh, das ist gut, Ibrahim –«

Rosenberg rollte mit den Augen.

5

*

Sobald Ciskey das Schweigen seiner Wohnung verlassen hatte und mit Vanuzzi an der Seite in den Lärm einer Bodega eingetreten war, wo sie sich mit Schwester Charlotte verabredet hatten, schien er sich nicht länger wie ein *fish out of water* zu fühlen. Er versuchte sogar einen Brandy zu bestellen, »nur gegen das verdammte Zittern«, aber Vanuzzi schickte ihm einen derart verminten Blick, dass er sich mit einer Karaffe Zitronenlimonade zufriedengab.

Als Charlotte schließlich an der Seite Rosenbergs eintrat, der es sich nicht hatte nehmen lassen, sie ohne die beiden anderen Männer zu Hause abzuholen, hatte sie ein entspanntes Lächeln für Ciskey dabei, der, ganz Reue, damit drohte, vor ihr auf die Knie zu sinken und wie ein in Schande geratener Rittersmann um Vergebung zu bitten. Es war klar, dass sich dieser Kerl mit seinem Charme der alten Schule bei ihr nahezu alles erlauben konnte.

Vanuzzi beobachtete sie eingehender in den Minuten, in denen die anderen die Präliminarien gepflegter Unterhaltungsführung durchspielten. Das Licht des späten Nachmittags fiel in einem Winkel auf ihren Kopf, dass ihre schwarzen Haare an manchen Stellen dunkelblau schimmerten. Sie hatte ausdrucksstarke braune Augen, die ihre eckige Brille mit dem schwarzen Gestell noch größer erscheinen ließ. Sie trug kein Make-up. Oder nur so dezent, dass er nichts davon entdecken konnte. Auf den ersten Blick hätte man sie für eine Lateinamerikanerin halten können. Sie schien ein überaus höflicher Mensch zu sein, lächelte viel, lachte sogar beflissen, wenn er sich – was er bei neuen Bekannten immer tat –, bemühte, die Grenzen seiner Witze immer weiter in einen für Frauen gemeinhin unverträglichen Sektor zu verschieben. Es war überhaupt kein Misstrauen spürbar. Ihn dagegen hätten zwei plötzlich auftauchende Männer mit Sicherheit stutzig gemacht.

Rosenbergs vierfaches Niesen von der einen und Ciskeys spitzer Ellbogen von der anderen Seite beförderten ihn in die Gegenwart zurück.

»Hm?«

»Mr Rosenberg hier … Ephraim … sagte gerade, Sie sind noch nicht so ganz überzeugt davon, dass Patient Eckart nicht in die Anstalt gehört, Mr Vanuzzi.«

»Dan. – Ja, ich weiß es nicht, ich bin schließlich kein Arzt, Charly.«

»Wollen Sie hören, was die Ärzte alles mit Eckart angestellt haben?«, fragte die junge Frau und zog eine ihrer markanten Augenbrauen hoch. »Das war teilweise noch vor meiner Zeit, ich arbeite erst seit neun Monaten dort. Aber meine Kollegen sind redselig, besonders die Männer.«

»Lassen Sie hören.«

»Da wäre erst einmal die CST, die Schocktherapie mit Cardiazol. Man injiziert es dem Patienten, um epileptische Anfälle auszulösen. Eigentlich macht man das seit vielen Jahren nicht mehr, zumindest hat man mir das in der Ausbildung so beigebracht. Cardiazol führt zu Angstanfällen. Die Patienten werden panisch, rennen die Station auf und ab und sind nicht mehr ins Bett zu bekommen.«

»Was verspricht man sich davon?«, fragte Ciskey, der allmählich ein wenig Farbe ins Gesicht bekam.

»Es gibt Patienten, die gut darauf ansprechen, denen es nach einem epileptischen Anfall besser geht. Aber das sind wenige. Die anderen verlieren fast den Verstand darüber.«

Vanuzzi verschränkte die Arme, sah von einem zum anderen.

»Erzählen Sie weiter. Erzählen Sie, was Sie mir erzählt haben«, sagte Ciskey, während sich seine Augen in die Vanuzzis bohrten.

»Nach der CST hat man Eckart Insulin gegeben. Das bewirkt eine Unterzuckerung, um ihn in ein künstliches Koma zu versetzen. Auch da hofft man auf einen Krampfanfall – wenn der Patient nicht versehentlich stirbt. Oder sein komplettes Gedächtnis ausgelöscht wird ... ich bin mir nicht sicher, ob sie nicht genau das wollen ...«

Sie nippte an einem Glas frisch gepressten Orangensafts, der seit Minuten unangerührt vor ihr gestanden hatte. »Dann natürlich unser Klassiker: EST, die Elektroschocktherapie ... sie schnallen den Patienten an Handgelenken und Fußknöcheln fest, befestigen Elektroden an den Schläfen und drücken ihm einen Schlauch zwischen die Zähne. Anschließend jagen sie ihm Strom durch den Körper. Sie haben mich hingeschickt, als ich neu war, um mich daran zu gewöhnen. Ein Lichtbogen, der ganze Leib bäumt sich auf, die Finger krampfen. Wenn sie sich wieder öffnen, ziehen Rauchkringel aus den Handflächen nach oben, und es riecht nach angebranntem Steak. Und wie sie schreien ... daran gewöhnt sich keiner!«

»Auch damit soll ein Anfall ausgelöst werden?«, fragte Vanuzzi.

»Ja. Aber es verbessert nicht das Leiden, nur das Verhalten auf Station. Die Patienten toben nicht mehr, lassen sich wie die Lämmchen führen. Selbst wenn sie ihr Bewusstsein wiederhaben, sind sie ohne Erinnerung. Meist muss ich sie füttern. Aber das Schlimmste ist die präfrontale Lobotomie!«

Vanuzzi sah Rosenberg tief ausatmen, dann lehnte sich der Deutsche zurück und schloss die Augen.

»Eine Operation, bei der die Nervenbahnen zwischen dem Thalamus und dem Frontallappen durchtrennt werden. Danach ist nichts Menschliches mehr an diesen Patienten, sie sind lebende Leichen. Eckart hat Glück, dass sie das noch nicht getan haben. Aber es ist vielleicht nur eine Frage der Zeit ...«

»Sie haben Liam erzählt, dass Eckart die meiste Zeit weggetreten ist und merkwürdige Sachen macht.«

»Das stimmt schon. Aber das liegt an dem Zeug, das sie ihm einflößen. Ein Cocktail aus Barbituraten und Scopolamin ... probieren Sie das mal aus, Sie wären genauso weggetreten. Scopolamin dient der Dämpfung von Schizophrenen, aber es bewirkt auch Halluzinationen, Gedächtnis- und Koordinationsstörungen. Man hat falsche Erinnerungen, Déjà-vus, Jamais-vus –«

»Okay. Andersrum: Was hat man nicht?«

»Einen freien Willen.«

»Was macht Sie so sicher, dass es *das* ist?«, insistierte Vanuzzi. »Vielleicht ist er nur ein Verrückter unter vielen und bei Ihnen gut aufgehoben.«

Er fing einen beinahe flehentlichen Blick von ihr auf, den er nicht recht deuten konnte. Was stand auf dem Spiel für sie?

»Nichts passt hier zusammen, gar nichts. Die offizielle Diagnose ist paranoide Schizophrenie. Dagegen wären Elektroschocks normal, das leuchtete mir in den ersten Wochen auch ein. Aber dann hatte Eckart diese Phasen, in denen er erzählte, und je mehr er sprach, desto klarer war, was er erzählte. Bei Schizophrenen ist das genau andersrum: Sie verstricken sich immer mehr in ihre Wahngebilde. Und schließlich, von einem Tag auf den anderen, waren die luziden Phasen vorbei, und ich sah, dass er neue Medikamente bekam.«

Die Krankenschwester hatte atemlos gesprochen, holte tief Luft und stürzte ihren Orangensaft in einem Zug herunter. »Die Kombination der Mittel und ihre hohe Dosis haben mich endgültig misstrauisch gemacht. Außerdem gibt es keinen Heilplan. Ich glaube, dass Eckart aus außerkurativen Gründen da festgehalten wird … und das kann ich nicht zulassen, denn ich wollte immer mithelfen, aus der Psychiatrie etwas anderes zu machen als ein bizarres Gefängnis. – Sie entschuldigen mich?«

Charlotte war aufgesprungen und eilte dem WC entgegen. Alle drei sahen ihr nach.

»Also?«, fragte Rosenberg Vanuzzi.

»Es klingt überzeugend.«

»Aber?« Die Frage kam von beiden Männern gleichzeitig.

»Warum geht ihr das so nah? Sie hat – wie viele Patienten? Dreißig, vierzig? Warum will sie uns helfen, warum ist Eckart ihr so wichtig?«

»Ihr Großvater«, antwortete Ciskey.

»Eckart ist ihr Opa?«

»Quatsch!« Das Wort sprach Ciskey auf deutsch, sprach es mit breit quakendem »Qu« am Wortbeginn; er hatte es aus den Charlottenburger Neureichenspelunken mitgebracht. »Sie haben ihren Großvater in der Psychiatrie kaputtgemacht. Er war ihre wichtigste Bezugsperson, sie ist bei ihm aufgewachsen, die Eltern sind früh gestorben. Eckart scheint sie an ihn zu erinnern. Und das ist unsere Chance ... aber sagen Sie ihr nicht, dass ich geplaudert habe, sie hat es mir unter dem Siegel der Verschwiegenheit erzählt.«

»Ein Großvater-Komplex«, sagte Rosenberg nickend, »als Psychoanalytiker hätte Andreas daran sicher seine Freude ...«

»Komplex hin oder her, was hat sie danach vor? In einer amerikanischen Psychiatrie wird sie garantiert nicht mehr arbeiten. Wenn sie nicht sogar in den Knast wandert.«

»Das ist einfach«, sagte Ciskey und lehnte sich weit zurück in seinem Stuhl, »sie wird mit mir nach D. C. gehen.«

»Was?«

»Nicht, was Sie jetzt denken ... sehen Sie mich an, ich bin ein alter Knacker! Und überzeugter Junggeselle, daran wird sich nichts ändern. Aber ... hier ...«

Er schob beide Hände in die Luft über dem Tisch. Vanuzzi sah sie zittern.

»Die letzten Jahre waren schwierig ... ich lebe allein, das tut mir nicht gut ... ich meine: Gentlemen, Sie haben mich gesehen, da muss etwas passieren! Ins Krankenhaus bringen mich keine zehn Pferde, lieber hole ich mir eine Krankenschwester nach Hause, die meinen Entzug überwacht. Die Mittel dafür habe ich ... und Charly schafft mir die perfekte Gelegenheit dafür ...«

Die junge Frau hatte sich offensichtlich frisch gemacht, ihre Augen hatten wieder das tiefbraune Leuchten, das Vanuzzi zu Beginn ihres Treffens beobachtet hatte. Sie war an den Tisch herangetreten und setzte sich. Einen Moment herrschte Schweigen in der Runde. Dann sagte Vanuzzi:

»Wir haben nur diesen einen Versuch. Wenn der schiefgeht, hat uns das CIC am Wickel. Und dann können wir uns auch gleich mal an das Leben in der Anstalt gewöhnen …«

6
★

Sie hatten einen Tag zur Vorbereitung, am darauffolgenden wollten sie losschlagen. Es war ein Freitag. Schwester Charlotte hatte erzählt, kurz vor dem Wochenende breite sich stets Unruhe aus: Die Ärzte und die Pfleger fieberten der freien Zeit entgegen, die Patienten spürten die Veränderung im Tagesablauf und seien bisweilen kaum zu bändigen. Diese Unruhe wollten sie sich zunutze machen.

Charlotte war nervös, hatte sich auf der Busfahrt dabei ertappt, wie sie auf den Lippen kaute und kleine Hautfetzen mit Zähnen und Fingern abzog. Dann hatte der Bus eine Reifenpanne, und die Fahrgäste wurden gebeten, auf den nächsten zu warten, doch der war derart überfüllt, dass Charlotte beschloss, die letzte Meile zu Fuß zurückzulegen.

Sie traf gegen 5.40 Uhr auf der Station ein, eine halbe Stunde später als sonst. Dabei war sie bemüht, immer früher zu kommen als die anderen, um sich allmählich an die Geräusche und Gerüche in der Anstalt zu gewöhnen.

Sie war vom Gehen so erhitzt, dass ihre Brille am oberen Rand beschlug. Alles sollte so normal wie möglich wirken, und ausgerechnet heute hatte sie schon zu Tagesbeginn diese Abweichung von ihrer Routine. Andererseits konnte sie dadurch der Nachtschwester einen guten Grund für ihre Fahrigkeit liefern. Und offensichtlich war die derart sterbensmatt, dass ihr rein gar nichts an Charlotte seltsam vorkam. Sie beeilte sich lediglich ein wenig mehr als sonst, die Nacht war ruhig gewesen, also konnten sie die Übergabe schnell erledigen.

Charlotte durchstreifte den Tagesraum, um nachzusehen, ob alles an seinem Platz war. Anschließend warf sie einen Blick in den Badesaal und den Wannenraum, wo die Wasserbehandlungen stattfanden. Sie war sich bewusst, dass sie das vielleicht – wahrscheinlich – hoffentlich – zum letzten Mal tat. Das letzte Mal: der Weg mit einem Patienten zum Schockraum. Das letzte Mal: die mit Spezialdraht vergitterten, ausbruchsicheren Fenster. Das letzte Mal: der Geruch von Carbol und Urin, Bohnerwachs und verfaulendem Fisch.

Mit einem Lufterfrischer ging sie durch den Tagesraum, um Aprikosenduft zu verbreiten. Dann war es Zeit, die Patienten zu wecken. Mittlerweile waren die anderen Schwestern und Pfleger eingetroffen und kümmerten sich wie sie um die Toilettengänge, das morgendliche Rasieren und die Katzenwäsche.

Eckart hatte sie beim Weckritual bewusst übersehen. Durch die Medikamente war er derart in Mitleidenschaft gezogen, dass er ohne sanfte Gewalt nicht aufwachte und nicht in der Lage war, selbstständig aufzustehen. Für die anderen gab es keine Extrawurst, deshalb übernahm sie die Aufgabe, sich allmorgendlich als Erstes um ihn zu kümmern. Als alle anderen Patienten längst im Badesaal waren, sah sie zu dem Pfleger hin, der neben ihr stand, schlug sich theatralisch an die Stirn und rief: »Patient Eckart, den hab ich heute glatt vergessen!«

»Charly, wie bist du überhaupt lebensfähig?« Ihr Kollege lachte.

Sie rannte in Richtung Schlafsaal zurück, sah sich um, ob ihr jemand mit Blicken folgte. Sie änderte die Richtung abrupt, lief zu ihrem Spind und zog die Zivilkleidung heraus, die sie am Vortag eingeschmuggelt hatte: Schuhe, Hemd und Hose aus dem Bestand ihres verstorbenen Granddaddy. Er war nur um weniges kleiner und dicker als Eckart gewesen, die Kleidungsstücke sollten also passen.

Sie weckte ihren Lieblingspatienten rigoroser als sonst, horchte ihm die belegten Lungen mit ihrem sonnengelben Stethoskop ab, dann zog sie ihm die Zivilklamotten an, darüber die grüne Anstaltskleidung. Er wirkte ein wenig ausgepolstert, als hätte er über Nacht zehn Pfund zugenommen. Sie mühte sich, den obersten Hemdknopf zu schließen, damit das Holzfällerhemd nicht am Kragen hervorblickte.

Sie sah in halb tote Augen.

»Geben Sie ihm nichts mehr von diesem Zeug«, hatte Vanuzzi gesagt, als sie vor zwei Tagen den Fluchtplan besprochen hatten, »wir brauchen Eckart mit einigermaßen klarem Kopf.«

»Das geht nicht. Sie können dieses ›Zeug‹ nicht einfach von heute auf morgen absetzen. Außerdem wird er mir zu unruhig, wenn wir hinten rausgehen – da ist der EST-Raum, die Patienten drehen mir regelmäßig durch, weil sie Angst vor den Elektroschocks haben. Wir *müssen* ihn sedieren … ich werde versuchen, an etwas ranzukommen, bei dem die Wirkung schnell nachlässt. Trotzdem kann er nicht selbst gehen.«

»Können Sie ihn in einem Rollbett transportieren?«, fragte Rosenberg.

»Muss ich sogar, damit es nicht auffällt. Aber mit dem Gurney-Bett kommen wir nicht durch den Hinterausgang. Und dann sind es mehr als zwanzig Stufen.«

»Wir könnten versuchen, von außen einen Rollstuhl zu organisieren.«

»Grandiose Idee, Liam«, schimpfte Vanuzzi, »und den klemmen wir uns einfach unter den Arm, wenn wir über die Mauer hüpfen. – Es muss irgendwie gehen, Charly, zu zweit bekommen wir ihn diese Stufen runter.«

»Wissen Sie, wie schwer er ist? Haben Sie schon einmal einen sedierten Mann getragen?«

»Mehr als einmal, Schwester, mehr als einmal. Im Krieg. Notfalls schleife ich ihn da allein runter!«

Entweder war dieser Vanuzzi ein Idiot, ein entsetzlicher Angeber oder ein Teufelskerl, hatte Charlotte gedacht. Vermutlich von allem etwas.

Sie sah auf die Uhr. Noch anderthalb Stunden.

Sie schob das Stethoskop, das ihr noch immer am Hals baumelte, zurück in die Tasche, setzte Eckart ruckartig in einen Rollstuhl und fuhr ihn in den Tagesraum, wo das Frühstück mittlerweile fast vorüber war.

»Wo zum Geier hast du gesteckt? Hier ist die Hölle los!« Ein vierschrötiger Pfleger funkelte sie böse an.

»Tut mir leid, Hank, ich habe Patient Eckart fast nicht wach bekommen. Es scheint ihm heute besonders schlecht zu gehen ...«

»Abfrühstücken, aber zackig!«, hörte sie die schrille Stimme der Oberschwester, begleitet von einem lauten Händeklatschen, das alle Patienten zum Aufsehen nötigte.

Nur Minuten später, in denen sie Eckart etwas Brei und eine dünne Brühe eingeflößt hatte, die sie hier schamlos Kaffee nannten, rollte Charlotte ihn durch den Tagesraum an drei Chronischen vorbei, die zusammenstanden und bereits qualmten wie die Schlote. Andere tigerten in streng bemessenen Pfaden auf und ab.

Sie war auf dem Weg in den Badesaal, um letzte Vorbereitungen zu treffen – der einzige Ort, der um diese Uhrzeit leer war. Sie rollte Eckart am Wannenraum vorbei, wo Chefpsychiater Dr. Jones wie immer zu Tagesbeginn oder in der Pause zwischen zwei Patienten auf einem Kindertrampolin sprang und dabei lauthals vor sich hin schimpfte. Anschließend würde er das Hemd wechseln, sich die Krawatte binden und wieder ganz aufgeräumt sein, wenn er den nächsten Fall empfing.

Charlotte verschloss die Tür des Badesaals. Dann zog sie eine Spritze auf, hielt sie gegen das Licht, ließ einen Strahl daraus hervorschießen und sagte leise in das Gesicht vor ihr: »Wenn du das jetzt sehen kannst, Granddaddy, bete für uns ... bete, was das Zeug hält ... «

Die Luft war schon jetzt ungewöhnlich warm, sie kündigte einen strahlend schönen Frühlingstag an. Der Himmel war stahlblau, keine Wolke zu sehen.

Vanuzzi sah zuerst auf seine Uhr, dann mithilfe des Fernrohrs in Richtung des Eingangstors.

Die Hecke, in der er kauerte, lebte, und zwar exzessiv. Es verging kaum eine Minute, in der er sich nicht eine Spinne aus dem Gesicht wischen oder Insekten aus dem Kragen pulen musste.

7.25 Uhr. Pünktlich um halb acht nahmen die Wächter immer ihr zweites Frühstück ein, hatte Charlotte erzählt. Es war der perfekte Zeitpunkt, um die Operation zu beginnen. Wenn der Laster mit großem Getöse einträfe, wären Herr und Hund abgelenkt. Die Tiere würden anfangen zu bellen, und die Wache würde jeden Laut ignorieren, der von anderswo kam.

Im Osten lärmen, im Westen angreifen.

Er hatte die *36 Strategeme* vor Jahren von einem Soldaten der Chiang-Kai-shek-Armee übersetzt bekommen, den es nach Israel verschlagen hatte. Sie waren alte Zeugnisse der Kriegskunst, stammten angeblich von einem General aus dem fünften Jahrhundert. In Rotchina waren sie Geheimsache – wer die Strategeme ans Ausland verriet, wurde bei lebendigem Leib geröstet. Kein Wunder!, gehörten sie doch zum Effizientesten, was er in strategischer Kriegsführung kennengelernt hatte. Sie hatten ihm bei mehr als einer Operation geholfen, und jetzt bot sich wieder einmal eine gute Gelegenheit, sie zu testen.

7.28 Uhr. Vanuzzi hatte seinen Standpunkt so gewählt, dass der Weg bis zum Hinterausgang zwar möglichst kurz war, er durch das Gitter des Mauerrings aber noch Sicht aufs Tor hatte. Der Zaun war weniger hoch als befürchtet, das hatte er am Tag zuvor feststellen können; und, ja, freundlicherweise hatten die Schmiede einen querstehenden Befestigungsholm eingezogen, der das Klettern erleichterte. Allerdings wären die Spitzen nicht zu unterschätzen, und ob die von ihm mitgebrachten Decken deren Schärfe wirklich ausreichend dämpften, stand in den Sternen.

7.32 Uhr. Wo blieben die beiden bloß? Ihr Plan ließ ihnen zu Beginn der Operation dreißig Minuten. Punkt acht Uhr würde der erste Wachrundgang mit Hunden beginnen.

7.33 Uhr. Er hörte ein dumpf dröhnendes Geräusch, griff zum Fernglas, sah den Laster vor dem Tor anlangen. Die Hunde hatten bereits angeschlagen, als er sich aus der Hecke Richtung Mauer bewegte. Schmerzimpuls in der rechten Wade. Vom langen Kauern im Unterholz war sein Kreislauf am Boden, ihm wurde plötzlich schwarz vor Augen, und er musste sich an den Gitterstäben festhalten, bevor es weiterging. Das Rauschen seines Pulses in den Ohren, ein feiner Pfeifton links. Dann atmete er aus und hievte sich mit Schwung nach oben. Doch hatte er zu kurz gegriffen, erreichte mit dem rechten Bein nicht das quer liegende Gitter, das linke suchte nach Halt, glitt weg, er rutschte zurück zu Boden, riss sich den Jackenärmel ein und trug eine blutende Wunde am Arm davon.

Vom Tor her immer noch das gleiche Geräusch, das Brummen eines schweren Gefährts. Das war gut, er hatte also kaum Zeit verloren. Zweiter Versuch. Diesmal nahm er Anlauf, hechtete seitlich versetzt auf das Gitter zu wie ein Hochspringer. Sein rechter Fuß hakte im Querholm ein. Er verlagerte sein Gewicht, und das Bein stemmte ihn trotz Schmerzen nach oben, dann zog er mit beiden Armen nach. Ein Rucken durchfuhr den Arbeitshandschuh, den er sich extra hierfür gekauft hatte und dessen Handfläche an den Nähten aufplatzte. Lausige Qualität!, dachte er, als er auf etwas über halber Höhe des Zauns stand und Richtung Tor sah. Er glaubte dort eine Bewegung ausmachen zu können, aber das Geräusch hatte sich nicht verändert.

Vanuzzi nahm die Decken aus seinem Army-Rucksack und warf sie über die Gitterspitzen. Er zog sich hinauf, testete rasch die Härte der Zaunoberkante, dann schwang er ein Bein nach dem anderen auf die Stäbe, die überraschend breit waren und guten Halt gaben. Er zog den Leib nach, balancierte sich Sekunden lang aus. Dies war der Moment, in dem er von überall zu sehen wäre: Der Mann auf der Mauer rund um die Anstalt, wo die Bekloppten leben. Er ließ sich nach vorn kippen, hüpfte in den Kies, der satt aufknirschte. Wieder der Schmerz in der Wade, den er jedoch zu ignorieren versuchte, und er begann in Richtung Hinterausgang zu sprinten.

Gerade rechtzeitig, denn der Laster war im selben Moment angefahren und bewegte sich durch das geöffnete Tor auf das Anstaltsgebäude zu.

Im Tagesraum ging gerade *Only forever* von Bing Crosby zu Ende. Das Tonband lief den ganzen Tag in Dauerschleife, man ging wohl davon aus, dass Musikgedudel beruhigenden Einfluss auf die Patienten habe. Oder es war eine weitere Methode der Pfleger, ihre sadistische Ader auszuleben.

Charlotte hatte Eckart in ein Gurney-Bett verfrachtet. Im Moment war er so sediert, dass er ihr beinahe aus dem Rollstuhl gerutscht wäre. Sie bemühte sich, so entspannt wie möglich zu wirken, Routine zu spielen, aber sie merkte, wie sich die Kaumuskeln verspannten und ihr der Schweiß über die Stirn lief.

Dann spielten sie auch noch *There'll come another day* von Vera Lynn, ein Song, bei dem sich Eckart immer entsetzlich aufregte. Charlotte befürchtete das Schlimmste, aber er blieb ruhig.

Kurz vor halb acht. Auf dem Weg zum Hinterausgang musste sie zwei Schleusen passieren. Die erste markierte den Übergang von der Pflegezone zum Medikamenten- und Gerätelager. Die zweite führte anschließend in einen Bereich, der gemeinhin nur betreten wurde, wenn man zum Schockraum wollte. Wenn sich die Türen dort öffneten, ging im Verschlag der Oberschwester ein Licht an. Normalerweise prüfte die nicht, ob wirklich eine EST-Behandlung anstand, aber der Teufel liebte es zu fliegen, wie ihr Großvater sagte, und das besonders an windigen Tagen.

Sie schloss die erste Tür auf. Sachte, fast ohne Laut.

Im Flur brannte Licht. Kein gutes Zeichen! Üblicherweise war dieser Bereich stockdunkel. Sie ging einige Schritte, blieb dann mit dem Rollbett stehen, weil sie Geräusche aus dem Medikamentenlager vernahm. Sie zog ihre Schuhe aus, schlich sich vorsichtig an das Zimmer heran und spähte hinein. Die Oberschwester. Charlotte erkannte ihren blonden Zopf, der ihr über die Hälfte des Rückens herabfiel (»Walküre« nannten sie die Pfleger in einer Mischung von Furcht und Respekt, sie packte zu und teilte aus wie die männlichen Pfleger). Ihr klarzumachen, was sie hier hinten mit Patient Eckart verloren hätte, wäre unmöglich, sie würde nur einen Blick in die Patientenliste und die verordneten Anwendungen werfen und bemerken, dass sie log.

Und einfach mit dem Gurney-Bett vorbeirollen und darauf hoffen …? Viel zu laut!

Die Walküre drehte ihren Kopf abrupt der Tür zu. Charlotte huschte in ihre Deckung zurück, hielt den Atem an, lauschte. Ein Schritt, dann noch einer. Jemand gab sich hörbar Mühe, leise zu gehen.

Charlotte war entdeckt, und das schon an der ersten Schleuse! Sie hatte geahnt, dass die ganze Aktion schiefgehen würde. Dieser Vanuzzi ließ sie hier drin mit der Hauptaufgabe allein, und hatte sie etwa Erfahrung in so was? Brannte sie jeden Tag mit einem Patienten durch …?

Im nächsten Augenblick würde die Walküre sie zur Rede stellen. Sie hatte keine Antwort parat. Ihr Hirn war blank, sie fühlte sich wie ein kleines Mädchen, bei einer Obszönität ertappt.

Dann ging das Licht mit lautem Klacken aus.

Wenige Augenblicke später hörte Charlotte, wie sich die Tür zum Medikamentenlager vorsichtig schloss und ein Schlüssel von innen gedreht wurde.

Sie verharrte weitere zwanzig Sekunden, konnte nicht glauben, dass sie außer Gefahr war. Fürs Erste!

Dann holte sie Eckart, schob sein Bett Zentimeter für Zentimeter am Lager vorbei den Gang entlang, stets bemüht, nicht an der Wand entlangzuschrammen. Es war stockfinster, und ihre Augen hatten sich noch längst nicht an die Dunkelheit gewöhnt.

7

★

Alles stand und fiel mit dem Schloss am Hinterausgang. Vanuzzi atmete tief durch, zog seinen alten Army-Rucksack von den Schultern und durchwühlte ihn bis zum Boden – wo war bloß der verdammte Dietrich? Hatte er ihn verloren, als er die Decken rauszog, als er mit geöffnetem Felleisen vom Gitter sprang? Er zwang sich zur Konzentration, durchsuchte noch einmal den Tornister, ganz methodisch. Nichts.

Er warf einen Blick auf seine Armbanduhr: 7.37 Uhr, noch rund zwanzig Minuten.

Charlotte hatte keinen Abdruck des Schlosses besorgen und keinen Ersatzschlüssel beschaffen können, dafür war die Operation viel zu kurzfristig angesetzt.

»Was ist es für ein Schloss? Können Sie es beschreiben, Charly?«

»Ein Schloss. Ein ganz normales Schloss, wie jedes andere auch.«

Vanuzzi hatte die Augen verdreht.

»Wie sieht der Schlüssel aus?«

»Wie ein ganz normaler Schlüssel ...«

Es war nichts zu machen gewesen.

»Okay«, hatte Vanuzzi gesagt, »es gibt kein Schloss, das ich noch nicht aufbekommen hätte. Das lernt man, wenn man in Little Italy aufwächst.«

Aber ohne Dietrich würde auch er hier nichts ausrichten können.

7.39 Uhr. Vanuzzi stand einen Moment unschlüssig da. Dann fiel es ihm wieder ein – er fasste in die Innentasche seiner Jacke, zog den Dietrich heraus. An die Arbeit!

7.41 Uhr.

Rosenberg hatte das Gefühl, dass sein Fahrer wieder nicht ganz nüchtern war. Ciskey hatte glasige Augen, war fahrig, und alle zwei Minuten justierte er den Sitz seines falschen Schnurrbarts nach.

Dabei hatte Rosenberg extra die Nacht bei ihm verbracht, um auch ganz sicherzugehen, dass er an diesem Tag einsatzfähig wäre. Nachdem sie den gestrigen Tag mit ihren Erledigungen verbracht hatten, war er Ciskey den Abend über nicht von der Seite gewichen. Und doch …! Er schien Mühe zu haben, die Spur zu halten, und fixierte mit seinem Blick überkonzentriert die Fahrbahn.

»Alles in Ordnung, Liam?«

»Alles in Ordnung. Weshalb?«

»Sie fahren Schlangenlinien, deshalb.«

»Wirklich?« Ciskey schwieg. Dann sagte er: »Liegt am Laster. Der zieht immer nach rechts. Verdammter Rechtsausleger, die kann keiner leiden!« Er lachte. Doch für Rosenbergs Ohren klang das Lachen nicht natürlich.

Als sie vor das Eingangstor fuhren, hatte er die Befürchtung, dass Ciskey im nächsten Moment das Wachhäuschen rammen könnte. Der Laster stotterte und ächzte im Leerlauf.

»Sir?«, fragte ein Wächter und salutierte.

Rosenberg hatte Mühe, die Scheibe herunterzukurbeln. Das Gefährt war museumsreif, aber auf die Schnelle hatten sie kein anderes auftreiben können.

»Dzień dobry. Ist sich Gerät. Von Firma. Elektronengeschock«, sagte Rosenberg mit, wie er fand, mäßig überzeugendem osteuropäischen Akzent.

»Sie meinen, Sie bringen ein Elektroschockgerät?«

Rosenberg nickte. Er strich sich über den falschen Schnauzer, der in der Nase juckte. Dabei hatte er mit seinem Heufieber doch schon genug Scherereien!

Der Wächter schaute Hilfe suchend seinen beleibten Kollegen an, der auf die Beifahrerseite herübergekommen war.

»Hat keiner was gesagt. Weißt du was davon?«

Der Dicke zuckte mit den Schultern.

»Ich liefern. Schein. Chef gesagt.«

Rosenberg zog ein Papier hervor und reichte es nach draußen. Der verdammte Wisch tat hoffentlich seinen Dienst, fast drei Stunden hatten sie tags zuvor darüber gesessen, das Ding zu fälschen.

Die Wächter warfen einen gemeinsamen Blick darauf.

»No dobrze«, sagte Rosenberg und wischte sich den Schweiß von der Stirn. Über viel mehr polnische Vokabeln verfügte er nicht, das war alles, was er sich bei den Recherchen für den Suchdienst des Roten Kreuzes in Polen angeeignet hatte, als er seiner Mutter und seinen Schwestern in Auschwitz hinterhergespürt hatte.

»Wenn Problem, du Telefon. Chef wissen.«

»Wir haben hier kein Telefon.«

»Kein Tellefon?«

»Kein Telefon.«

»Das nix gutt.«

Er hatte sein Schafsgesicht aufgesetzt. So hatte es seine Mutter immer genannt, wenn der kleine Ephraim wieder etwas ausgefressen hatte und straflos davonkommen wollte.

»Und jetzt?«, fragte der Dicke.

»Es ist gleich acht Uhr, dann muss ich mit den Hunden los. Hab keine Lust, zum Haus zu marschieren und das Frühstück ausfallen zu lassen wegen so nem Scheißapparat.«

»Na, ich auch nicht!«

»Alles klar!«, rief der erste Wächter, schlug mit der flachen Hand aufmunternd auf die Beifahrertür und gab das Schreiben an Rosenberg zurück. Er machte ein Zeichen in Richtung des dritten Soldaten im Wachhäuschen, dann öffneten sich für Rosenberg und Ciskey die Torflügel zum Anstaltspark.

Charlotte hatte die Tür zur zweiten Schleuse passiert. Sie schob Eckart weiter, gleich wären sie am EST-Raum vorbei, von dem wie immer ein Säuregeruch ausging, als ob eine Autobatterie ausgelaufen wäre. Das Alarmlicht im Verschlag der Oberschwester war sicher soeben angegangen, aber da diese sich im Medikamentenlager aufhielt … vielleicht waren die Gerüchte doch wahr, dass die Walküre sich ab und an etwas von den Pillen abzweigte, um ihr Gehalt aufzubessern …

Vor sich konnte sie schon die Tür zum Hinterausgang sehen, nur noch dreißig Schritte … fünfundzwanzig … zweiundzwanzig …

»Wo willst *du* denn hin, Charly?«

Die Stimme kam von hinten. Charlotte drehte sich um. Es war Hank, ein bulliger Redneck mit einer Bajonettnarbe, die ihm quer übers Gesicht lief. Ehemaliger Marine und Kriegsheld, wie er den jungen Frauen nicht müde wurde zu erzählen, der sich dummerweise beim Stehlen von Army-Bestand hatte erwischen lassen.

»Zum Schocken.«

Sie schob sich die Brille, die flügge geworden war, nervös auf ihre Nase zurück.

Hank trat auf den Flur, warf einen Blick auf das Gesicht im Gurney-Bett. »Bei Patient Eckart? Davon weiß ich gar nichts.«

»Oh, das hat Dr. Jones kurzfristig entschieden.«

»Dr. Jones? Ist der überhaupt schon da?«

Charlotte setzte ein gewinnendes Lächeln auf und rückte auf Tuchfühlung an den Pfleger heran. »Auf dem Trampolin.«

»Boing, boing.« Hank lachte so laut über seinen eigenen Witz, dass in der Tür ein zweiter Pfleger auftauchte: Dick, der sich den Eierkopf rasiert hatte und nun wie ein borstiger Football aussah. Die beiden waren tagsüber öfter hier hinten in den eigentlich leer stehenden

Zimmern, keiner wusste so genau, warum. Im besten Fall feierten sie Schäferstündchen.

»Was is?«

»Hab gerade gesagt –«

»Patient Eckart auf dem Weg zum Schocken«, unterbrach Charlotte das Geplänkel. Sollte nicht allmählich der Alarm losgehen? Dann würden alle nach vorn rennen, und sie könnte … wann geht endlich der Alarm los …?

»Haben die dir was davon gesagt?«

»Nö. Der Raum ist aber garantiert nicht offen«, sagte Dick und fasste Charlotte genauer ins Auge. Sie spürte, dass sie wie verrückt zu schwitzen begann.

Zur Bestätigung trat Dick an die Tür und rüttelte an der Klinke. Sie war verschlossen.

»Seit wann schocken wir überhaupt freitags nach dem Frühstück?«

»Hab mich auch gewundert«, sagte Charlotte. Sie gab wirklich ihr Bestes. »Vielleicht rufen wir einfach noch mal bei der Walküre an, die weiß Bescheid.«

»Gute Idee«, sagte Dick und ging zurück in das Zimmer, aus dem er gekommen war.

Dieser verdammte Alarm …

»Schaust aus, als ob du dich gleich mit dazulegen kannst, Charly.«

»Ich glaube, ich brüte was aus.«

»Erreich sie nicht«, sagte Dick, dessen Glatzkopf wieder in der Tür aufblitzte, »wo treibt die Alte sich nur rum?«

»Na ja, dann – warte ich eben mit Patient Eckart hier, bis die EST-Leute kommen.«

»Und wir leisten dir ein bisschen Gesellschaft, was?«, sagte Hank und schob ihr seine rot behaarte Pranke um die Schulter.

Das Mistding wollte und wollte nicht aufgehen! Zwei-, dreimal hatte er es schon schnappen hören, aber dann tat sich wieder nichts.

Er konnte den Tumult von der Vordertür her erahnen. Rosenberg und Ciskey schienen ganze Arbeit zu leisten, aber er kam hier einfach nicht weiter. Von wegen ganz normales Schloss! Offenbar handelte es sich um eine Schließeinrichtung, die schlicht nicht zu knacken war. Wäre ja auch zu schön gewesen.

Vanuzzi fühlte Wut in sich aufsteigen, rang sie nieder. Konzentrier dich! Er führte den Dietrich noch einmal vorsichtig ins Schloss, fummelte ihn ein wenig nach rechts, nach oben, er hörte das kurze Schnappen – dann – nichts.

Seine Wangenmuskeln bebten. Kurz entschlossen griff er nach dem Brecheisen und zog es aus seinem Rucksack.

7.53 Uhr.

Sie war ordentlich vollgestopft mit Alteisen, das sie auf die Schnelle aufgetrieben hatten, und so hatte die Kiste ein immenses Gewicht. Beim Tragen konnte Rosenberg sehen, wie zwei Adern an Ciskeys Schläfen anschwollen. Hoffentlich bekommt er keinen Infarkt, dachte er. Er spürte, wie die unteren Ränder des Holzes in seine Handflächen schnitten.

In ihren Blaumännern mit den falschen Bärten sahen sie aus wie zwei lebendig gewordene Zeichentrickfiguren. Sie bewegten sich langsam über den unter ihren Füßen knirschenden Kies auf die Zugangsschleuse zu und atmeten schwer, als sie die Kiste endlich abstellen konnten. Dann wieder dasselbe Spiel, diesmal an der Eingangstür:

»Dzień dobry. Gerät von Firma. Elektronengeschock.«

Rosenberg wedelte mit dem Lieferschein vor der Nase eines Pflegers herum, der die Tür aufgeschlossen hatte, vielleicht eine Art Pförtner.

»Jesus!«, fluchte der, »das muss ich erst prüfen. Aber die Kiste kriegen Sie nie im Leben durch die Tür!«

»Kiste nix Problem«, sagte Rosenberg und schob sie überfallartig nach vorn. Der Pfleger tat einen Satz hinter die Schwelle und fing an zu toben. Vielleicht hatte er auch erst jetzt unsanft festgestellt, dass sich auf seiner Seite durch das Holz geschlagene Nägel befanden, die es fast unmöglich machten, manuellen Gegendruck zu erzeugen.

»Kiste gar nix Problem«, ließ sich Ciskeys Stimme über die Holzkonstruktion hinweg vernehmen, auch er rückte mit ihr weiter über die Schwelle.

»He, ihr Komiker, das geht so nicht!«

Ein halb ersticktes Rufen, dann schob jemand von innen. Rosenberg und Ciskey hielten dagegen, drückten mit vereinter Kraft. Nur langsam bewegte sich die Kiste vorwärts.

»Hören Sie, ich muss erst den Chef holen.«

»Geht gutt. Geht schnell«, stöhnte Rosenberg und presste weiter. Er spürte, wie sich der Schnurrbart durch den Schweiß, der ihm ins Gesicht rann, zu lösen begann.

Noch zehn, fünfzehn Zentimeter, dann würde die Kiste den Eingang vollständig blockieren.

Aber statt sie weiter nach vorn bugsieren zu können, spürten sie wieder, wie eine Gegenbewegung entstand. Beide Seiten drückten gegen die Kiste, mal rutschte sie einige Zentimeter in die eine, mal in die andere Richtung. Rosenberg dachte an die Schulwettbewerbe im Tauziehen. War er darin nicht sogar einmal Potsdamer Meister geworden?

Durch das Fenster, das sich neben der Tür befand und von dem aus üblicherweise die Gesichtskontrolle durch den Pförtner erfolgte, konnte er jetzt mehrere weiße Kittel aufscheinen sehen. Ärzte, Pfleger und Schwestern waren zur Zugangsschleuse gekommen, alles zeterte wild durcheinander.

In diesem Tumult hörte Rosenberg erst nach mehrmaligem Rufen die Stimme von Ciskey. »Die Holzkeile? Wo sind die verdammten Holzkeile?«

Wenn er sie nicht in der Tasche hatte … er kramte in seinem Blaumann, während er sich mit dem Rücken weiter mit seiner ganzen

Schwere gegen die Kiste stemmte … nein, hier waren sie nicht, er hatte sie im Laster vergessen!

Er gab Ciskey Handzeichen, dann rannte er los, blickte dabei in Richtung des Wächterhäuschens – dort dufte jetzt auf keinen Fall jemand stutzig werden.

Er hastete mit den Keilen und einem Hammer zurück, sah, dass sich Ciskey zu Boden hatte gleiten lassen und mit seinem Gewicht und einem möglichst tiefen Schwerpunkt bislang noch verhinderte, dass sich die Kiste wieder aus dem Eingangsbereich herausbewegte. Ein letztes Mal stemmten sie sich kraftvoll dagegen, dann legte Rosenberg die Holzkeile an allen Seiten an und hämmerte sie fest.

Er ging neben Ciskey, der schwer pumpend auf dem Boden saß, in die Knie. Beide hatten einen hochroten Kopf und atmeten wie Boxer nach der elften Runde.

Die Kiste saß bombenfest. Selbst wenn sie von innen eine Axt zu Hilfe nähmen: Die nächsten zehn Minuten bewegte sich hier vorn mit Sicherheit nichts.

Rosenberg und Ciskey hievten einander in die Vertikale. Von drinnen ertönte der Ruf: »Drückt doch endlich den Alarmknopf!«

»Herzlichen Glückwunsch! Das Geschenk habt ihr ja schon«, rief Ciskey, als sie sich auf den Weg zum Laster machten. Rosenberg schüttelte lächelnd den Kopf, dann kehrte er wieder zum Kreisen seiner Gedanken zurück. Alles hing jetzt von Charly und Vanuzzi ab.

8
★

Charlotte wand sich unter Hanks Griff. Sie versuchte an etwas Schönes zu denken, an die Ausflüge mit ihrem Großvater, der sie immer nach D. C. mitnahm. Im Sommer Eis (Eis essen), im Winter Eis (eislaufen). Und natürlich ihre legendären Besuche im East Potomac Park, wenn Granddaddy friedlich schlief und sie stundenlang lesen konnte, wozu sie während der Schulwoche nicht kam. Sie dachte an die Pläne, die sie mit Mr Ciskey geschmiedet hatte, der sie nicht nur als seine Krankenschwester, sondern auch als Reisebegleitung engagiert hatte und sie um die halbe Welt führen wollte. Ein perfekter Gentleman (na ja, nur fast perfekt, wenn man sein Alkoholproblem bedachte), so ganz anders jedenfalls als dieser Kerl hier, dessen Schweiß sie roch. Er strömte von seiner Achselhöhle aus, die sich direkt vor ihrer Nase bewegte. Und hatte er gerade versucht, sie in die Brust zu kneifen …?

»Hank, wenn uns jemand sieht!«

In diesem Augenblick stieg der Ton an, eine Kombination aus schrillem Türklingeln, das sich nach winzigen Pausen wiederholte (ein ungehaltener und sehr ungezogener Besucher), und der Sirene einer Bombenwarnung.

»Oh, verdammt, nicht schon wieder!« Hank ließ schlagartig von ihr ab.

»Wenn's wieder McMurphy ist, schlag ich ihn zu Brei«, knurrte Dick, während sich die beiden in Richtung der zweiten Schleuse bewegten, »ich schwör dir, Hank, heute schlag ich ihn zu Brei!«

»Ach, halt's Maul!«

Kaum war die Tür ins Schloss gefallen, hörte sie von der anderen Seite splitterndes Holz und aufeinanderfolgende harte Schläge. Sie griff nach dem Gurney-Bett und rannte mit ihm dem Hinterausgang entgegen. Über allen anderen Geräuschen hing das Dröhnen des Alarms.

Offenbar kam Vanuzzi nicht weiter. Charlotte zögerte kurz, dann hievte sie Eckart hoch und setzte ihn am Boden ab. Sie nahm Anlauf mit dem Rollbett und rammte es mit voller Wucht gegen die Tür. Die Angeln krachten und ächzten, aber das Holz hielt stand. Noch einmal also. Sie atmete tief ein und aus, dann vergrößerte sie den Anlauf und rammte die Tür auf.

Vanuzzi konnte gerade noch beiseitespringen, als ihm das Gurney-Bett entgegenkam, und wäre beinahe von der Treppe gestürzt. Charlotte war auf die Türschwelle gefallen, hatte sich beide Knie und einen Ellbogen aufgeschürft.

»Wo ist er?«, schrie Vanuzzi.

Charlotte deutete nach hinten in den Flur, doch da war niemand. Sie sah mit großen Augen zu ihrem Gegenüber auf. Der sprang hinein, rannte den Flur hinab. An der Tür zur zweiten Schleuse machte er kehrt, wollte schon wieder zurückgehen, als ihm eine angelehnte Tür auffiel. Er stieß sie auf. Am Boden kauerte eine Gestalt in grüner Kleidung, die sich die Ohren zuhielt. Als er nach ihr griff, blickte sie auf. Er hatte vergessen, dass Eckart verschiedene Augenfarben besaß – eine grüne und eine braune Iris starrten ihn an, das Gesicht verzerrt vor Angst oder Schmerz.

Vanuzzi streckte Eckart eine Hand entgegen, schrie gegen die Sirenen an: »Kommen Sie, Doc!«

Eckart reagierte nicht, schloss die Augen. Mittlerweile war Charlotte an die beiden herangetreten und sprach beruhigend auf ihn ein. Sie brachte ihn dazu, sich ganz langsam aufhelfen zu lassen. Dann konnte sie ihn in Trippelschritten zum Hinterausgang führen.

»Geht das nicht schneller?«

»Nein. Sie sehen doch, was mit ihm los ist, Dan.«

»Ich sollte ihn tragen.«

»Vergessen Sie's! Das wird er nicht zulassen.«

Kurz bevor sie die zerstörte Tür wieder erreicht hatten, nahm Vanuzzi plötzlich wahr, wie sich der Eingang verschattete. Er erkannte die Silhouetten zweier Wachsoldaten, nahm Schwung, sprang mit den Füßen voraus und rammte ihnen seine Stiefel in die Bäuche.

Die drei Männer gingen gemeinsam zu Boden.

Der Alarm war losgegangen, als sie sich auf dem Weg von der Zugangsschleuse zu ihrem Gefährt befunden hatten. Doch vom Lärm abgesehen tat sich nichts mehr, und das schon seit fast drei Minuten. Rosenberg begann nervös zu werden.

Falls die Pfleger den Alarmknopf nicht bereits an der Zugangsschleuse betätigten, sah der Plan vor, dass – um die Verwirrung komplett zu machen – Charlotte ihn drückte, sobald sie mit Eckart am Hinterausgang war und Vanuzzi die Tür geöffnet hatte. Dann sollten sie den Hinterausgang ebenfalls blockieren und Eckart in Richtung Laster schleppen. Ciskey war ihnen bis an den Rand des Parks entgegengerollt. Von hier aus konnten sie den Hinterausgang nicht beobachten, wurden aber selbst von den Wächtern nicht gesehen.

»Ich schau jetzt nach, was los ist«, sagte Rosenberg.

Ciskey blieb im Wagen sitzen. Man hätte denken können, er wäre die Ruhe selbst, hätten nicht seine Oberschenkel nervös auf und nieder gewippt.

Rosenberg rannte zum Hinterausgang. Schon von Weitem sah er, dass die Tür aufgebrochen war, und nahm den Tumult auf der Schwelle wahr. Auf halber Höhe der Treppe führte Charlotte einen grün gekleideten Mann hinab. Rosenberg kam näher, erkannte Eckart und – erkannte ihn nicht. Als er ihn zuletzt gesehen hatte, vor drei Jahren, hatte Eckart noch immer fast nachtschwarzes Haar gehabt, hatte hochaufgeschossen und drahtig gewirkt, trotz seiner sechzig Jahre. Jetzt schlurfte ein alter Mann mit schlohweißem Schädel und Fünftagebart vor ihm die Stufen hinab, greisenhaft spitzes Kinn, nur Haut und Knochen im Gesicht; einer, der sich offenbar vor Schmerzen nicht vollständig aufrichten konnte, dessen Hände vehement zitterten.

Mein Gott, Andreas, was haben die bloß mit dir gemacht?!, wollte er sagen, aber er brachte keinen Ton heraus.

Charlotte bedeutete ihm mit einem Kopfzucken, dass Vanuzzi dringend seine Hilfe benötigte.

Den Alarmsirenen ging auch weiterhin die Puste nicht aus.

Rosenberg hechtete die Treppenstufen hinauf. Ein Wachsoldat lag reglos am Boden, der andere kehrte ihm den Rücken zu und rang mit

Vanuzzi, hatte diesen von hinten gepackt und hielt ihn mit seinem Schlagstock fest, den er ihm an die Kehle presste.

Rosenberg blickte sich um, sah, dass ein großes Holzstück vom Türbalken abgesplittert war und nur noch an wenigen Fasern hing, stemmte sich dagegen, riss es ab, holte aus und traf den Wächter satt am Hinterkopf. Einmal, ein zweites Mal. Vanuzzi befreite sich und gab dem Soldaten mit einem Schlag in die Magengrube den Rest.

»Porca Madonna, wo bleiben Sie bloß?«

»Wie sagt man?«

»Raus hier!«

Die Tür war nicht mehr zu verrammeln, sie konnten nur hoffen, dass sie noch ein bisschen Zeit hatten, bevor die ersten Pfleger dem Hinterausgang zustürmten. Wahrscheinlich hatten sie alle Hände voll zu tun, die aufgebrachten Patienten zu bändigen, bei denen jeder Alarm, wie Charlotte versichert hatte, Grauen erregte und Panik auslöste.

Und dann waren da noch der dritte Wächter und die Hunde …!

Als sie hinabblickten, sahen sie, dass Charlotte mit ihrem Patienten erst den Fuß der Treppe erreicht hatte. In diesem Tempo würden sie nie am Laster ankommen! Vanuzzi und Rosenberg verständigten sich darauf, Eckart zu schultern. Sie griffen jeder nach einem Arm und mühten sich, ihn vorwärts zu schleifen. Da Eckart jedoch einige Zentimeter größer war als Vanuzzi und seinen ehemaligen Assistenten gar um Haupteslänge überragte, war das kein leichtes Unterfangen. Zumal sich Eckart mit allen Kräften gegen die ruppige Bewegung wehrte. Charlotte sah ihm ins Gesicht und begann zu singen. Rosenberg hielt es für ein Schlaflied. Plötzlich wurde der ehemalige Kommissar ruhiger und ließ sich tragen, zumindest solange die Schwester vor ihnen her ging und ihren Sirenengesang ertönen ließ. Als sie aus dem intensiven Alarmschrillen heraus waren, hörte Rosenberg, dass es ein Kirchenlied war, *Bis hierher hat mich Gott gebracht*. Er konnte es sich nicht recht erklären, Eckart war kein gläubiger Mensch, warum sollte ihm dieses Lied auf einmal etwas bedeuten …?

Endlich erreichten sie den Laster. Ciskey kam ihnen mit puterrotem Kopf entgegen. Er nahm Eckarts Gesicht in beide Hände, der ließ es geschehen; er strich ihm immer wieder über die Schläfen und die ausgemergelten Wangen und wiederholte dabei nur: »Andy, Andy, Andy, Andy, Andy!«

»Okay, jetzt kennt er wenigstens seinen Namen wieder«, höhnte Vanuzzi.

Sie fesselten Eckart mit einem Seil an die Seitenteile der Pritsche auf der Ladefläche, damit er auf der Fahrt nicht hin und her geschaukelt würde, und die Schwester sollte sich neben ihm einfach festhalten. Dann deckten sie beide mit einer Plane zu. Vanuzzi und Rosenberg quetschten sich auf den Beifahrersitz, Ciskey gab Gas. Die Reifen drehten einen Moment durch, bevor sie Griff bekamen.

Vanuzzi hatte vor zwei Tagen angekündigt, er werde notfalls mit vorgehaltener Waffe dafür sorgen, dass sich das Tor auftat. Aber als sie heranrollten, war es verschlossen, und im Wächterhäuschen befand sich niemand, den man zu irgendetwas hätte zwingen können. Vanuzzi zog seine Pistole, sprang vom Laster, schaute sich um: keine Hunde weit und breit. Er hastete in das Kabuff, bewegte die Hebel, drückte alle Schalter, die er sah, aber außer, dass plötzlich der Alarm erlosch, tat sich nichts.

Aus der Richtung des Parks sah er nunmehr Gestalten in weißer Kleidung auf den Laster zustürmen. Und da waren sie ja auch, die Hunde. Er rannte zur Fahrertür, riss sie auf. »Rüberrutschen!«

»Was haben Sie vor?«, riefen Rosenberg und Ciskey unisono.

»Was schon?!«

Vanuzzi klemmte sich hinters Steuer. Er schaltete in den Rückwärtsgang, das Getriebe krachte, dann drückte er das Gaspedal bis zum Anschlag durch. Der Laster ruckte zwanzig, fünfundzwanzig Meter nach hinten, bremste abrupt ab, und auf der Pritsche wurden ihre Mitfahrer gehörig durchgeschaukelt. Vanuzzi atmete tief aus, dann gab er Vollgas.

Schmiedeeiserne Gittertore gegen ihre Schwenkrichtung durchbrechen zu wollen, war, physikalisch gesehen, sicher keine gute Idee – und hätte Vanuzzi ausreichend Zeit gehabt, darüber nachzudenken …

9

★

Spreewälder Gurken, geschnitten wie gewachsen, war sein erster Gedanke danach. Ob es die mittlerweile auch in Tel Aviv gab? Vielleicht bei Schönfeldt am Strand …?

Der Aufprall war hart, und irgendwie schien es Rosenberg, als hätten sie soeben eine Mauer durchbrochen, etwas ganz und gar Statisches. Glas splitterte um ihn herum. Er biss sich auf die Lippe, als er nach vorn geschleudert wurde, und hielt die Augen noch immer geschlossen, als sie schon längst wieder mit stotterndem Motor weiterfuhren. Dann wurden die Geräusche so laut, dass er doch einen Blick riskierte. Wo die »Schnauze« des Lasters gewesen war, prangte jetzt ein Haufen schrottreifer, in sich zusammengeknäuelter Stahl. Eine weiße Dampffontäne schoss vor der Windschutzscheibe in den Himmel – oder vor dem, was vor wenigen Sekunden noch eine Windschutzscheibe gewesen war. Der Wagen holperte weiter vorwärts, doch schien es nur eine Frage der Zeit, bis der brüllende Motor endgültig seinen Geist aufgeben würde.

»Jemand verletzt?«, hörte er Vanuzzis Stimme.

»Keine Ahnung«, sagte Ciskey. Rosenberg drehte sich zu ihm hin und sah, dass der sich den Schädel rieb, aber sonst einen ganz munteren Eindruck machte. Auch Vanuzzi schien unversehrt davongekommen zu sein, außer einigen Schnittwunden im Gesicht.

Das Flappen der Reifen wurde lauter, und Rosenberg sah, wie sich kleine schwarze Fetzen lösten. Der Motor ging von Brüllen in Fauchen über, und schließlich kam jede Bewegung zum Erliegen.

»Okay, hier geht's nicht mehr weiter«, sagte Vanuzzi. Er griff nach seinem Fernglas und rammte die Fahrertür auf, die sich nur leicht verzogen hatte – im Gegensatz zur Tür auf der anderen Seite, die sich gar nicht mehr öffnen ließ. Rosenberg kletterte aus dem Führerhaus, half Ciskey bei derselben Aufgabe. Charlotte und Eckart waren ebenfalls am Leben, wenn auch arg zerschunden.

Sie hatten vielleicht eine halbe Meile Abstand zur Anstalt gewonnen. Jetzt blieb ihnen nichts anderes übrig, als zu Fuß weiterzugehen. Charlotte schlug vor, sich zum Fluss durchzuschlagen und sich dort erst einmal im Gestrüpp entlang des Ufers zu verstecken.

»Mit Hunden auf unserer Fährte? Keine gute Idee«, sagte Vanuzzi. Er zögerte, sah sie wieder an und fragte: »Wie tief ist der Fluss? Kann man durchwaten?«

Die Schwester zuckte mit den Schultern, dann nickte sie. »Vermutlich schon, wir haben Niedrigwasser.«

»Gehen wir!«

Doch sie kamen keine zwei Meter weit. Als sie sich in Bewegung setzen wollten, knickte Eckart in sich zusammen. Erst jetzt bemerkten sie die Platzwunde, die sich von der Stirn bis zum rechten Auge zog, und das Blut, das sich einen Weg in seine Augen bahnte.

»Womöglich hat er eine Gehirnerschütterung«, sagte Charlotte mit schmerzvollem Ton. Sie schob sich ihre Brille, die nach unten gerutscht war, zurück auf die Nasenwurzel, beugte sich tiefer zu ihrem Patienten hinab. Die anderen umringten sie. Vorsichtig wischte sie mit einem Taschentuch über sein Gesicht, untersuchte die Wunde genauer. Dann hob sie zwei Finger vor Eckarts Augen. »Wie viele Finger sehen Sie?«

»Vier.«

»Kann man gelten lassen.«

Alle starrten Vanuzzi an.

»Was denn?! Unter diesen Umständen ist es gut, dass er überhaupt noch was sieht, oder nicht?«

Bevor jemand etwas erwidern konnte, hob Eckart seinen verschleierten Blick und sagte: »Ein Eis, ein riesengroßes, braunes Schokoladeneis.«

»Er spricht«, sagte Ciskey mit deutlichem Überschwang in der Stimme, »hört nur, wie er spricht!«

»Jetzt halten Sie Ihre Vaterfreuden mal im Zaum, Liam«, knurrte Vanuzzi, der durch sein Fernglas geblickt hatte, »sehen Sie dort!«

Am Ende der Straße befand sich die Biegung, die sie durchfahren hatten – nun tauchten dort die Silhouetten zweier Army-Jeeps auf: Willys MB. Er konnte nicht erkennen, wie viele Mann Besatzung die Jeeps hatten. Sie waren nicht allzu schnell, fünfundzwanzig Meilen die Stunde, schätzte er.

Vanuzzi schaute zum Laster. Die Wasserfontäne aus dem Kühler war versiegt, aber weißer Dampf und schwarzer Rauch stiegen aus dem Motorraum auf. Er hatte das Lenkrad herumgerissen, bevor das Gefährt endgültig den Geist aufgab, sodass es nun quer stand, den größten Teil der Straße versperrte. Rechts und links Alleebäume, Hecken, abschüssiges Gelände. Ein Jeep würde zwar vorbeikommen, er müsste allerdings seine Fahrt verlangsamen …

Er rannte zum Laster. Im Führerhaus hatte es nach Schnaps gerochen, eigentlich schon die ganze Zeit, aber besonders intensiv nach dem Aufprall. Er kramte im Bodenbereich, zog eine Holzkiste hervor und entdeckte halb leere Schnapsflaschen. Die meisten waren zerbrochen, nur zwei unversehrt. Er kletterte auf die Pritsche und machte einen Benzinkanister los, schwenkte ihn hin und her.

»Das ist kein Diesel, oder?«

»Was? Wieso …?«

»Präzise Frage, präzise Antwort, Liam: Was hat der Tankwart Ihnen eingefüllt?«

»Benzin.«

»Gut! Ihr schleift Eckart zum Fluss, wir treffen uns auf der anderen Seite!«

»Was?«, rief Rosenberg, »aber wie wollen Sie uns finden, wenn –«

»Ich bin schneller als ihr. Schaut, dass ihr Land gewinnt!«

Ciskey und Rosenberg hakten Eckart unter, strebten den Bäumen zu. Trotz dessen Kopfverletzung schien es ihnen dabei zu gelingen, dass er ihre Bewegungen unterstützte – es sah schon beinahe nach Rennen aus, und Charlotte hatte sichtlich Mühe, hinterherzukommen.

Vanuzzi schätzte, dass ihm zwei Minuten für seine Vorbereitungen blieben. Er leerte die Schnapsflaschen, öffnete den Benzinkanister und füllte etwas von der scharf riechenden Flüssigkeit hinein. Dann trennte er vollends seinen eingerissenen Jackenärmel an der Naht ab und teilte ihn. Blieb nur zu hoffen, dass er gut brannte! Er tränkte die Fetzen mit Benzin und schob sie in die Flaschen.

Wie weit würde er mit den zwei Pullen kommen …?

Er durchsuchte die Pritsche, glaubte, eine kleine Axt gesehen zu haben, mit der man bei einem Unfall die Scheiben zerschlagen konnte. Er entdeckte sie, sprang ab, hastete dem Benzintank zu und hieb mit mächtigen Armschwüngen ein Loch hinein. Die Flüssigkeit tröpfelte erst, dann suppte sie heraus, um sich schließlich in einen kleinen Strom zu ergießen. Er musste höllisch aufpassen, dass sich das Zeug nicht versehentlich vor der Zeit entzündete!

Dann griff er nach den Flaschen und sah zu, dass er ausreichend Abstand gewann. Er postierte sich hinter einem Baum, der ihm gute Sicht auf die näher kommenden Jeeps erlaubte. Sie fuhren jetzt Kolonne, hielten einige Meter Abstand voneinander und würden versuchen, den Laster nacheinander zu umfahren. Er wartete, bis der vordere nah genug heran war. Dann zündete er den ersten Streifen an und warf den Brandsatz in Richtung der Engstelle, die Laster und Alleebäume bildeten. Nicht weit genug, doch der Überraschungseffekt gelang … der Feuerball war heftiger als erwartet. Er suchte hinter dem Baum Schutz, bedeckte seine Augen. Nach dem ersten Explosionsgeräusch hörte er einen dumpfen Aufprall. Als er wieder hinblicken konnte, sah er, dass ein Jeep gegen einen Baum gekracht war. Er war noch zu weit entfernt gewesen, um von der Detonation erfasst zu werden – wahrscheinlich hatte der Fahrer schlicht die Kontrolle über das Steuer verloren. Dumm nur, dass die Durchfahrt keinen Meter enger geworden war! Vanuzzi sah, wie der zweite Jeep zurücksetzte und sich anschickte, die Brandstätte zu umfahren, als er die zweite Flasche schleuderte, diesmal direkt auf den Laster. Im Nu ließ er sich zu Boden fallen.

Die Detonation war mächtig. Vanuzzi hörte minutenlang nichts als einen Pfeifton. Er spürte, wie brennende Kleinteile um ihn her zu Boden gingen, dann fühlte er einen stechenden Schmerz im Rücken, eine plötzliche Hitze. Er wälzte sich sofort aufs Kreuz, um das Feuer zu ersticken, riss sich die schmorende Jacke vom Leib. Er konnte den zweiten Jeep nicht mehr erkennen; im ersten waren sie offenbar noch immer damit beschäftigt, sich selbst in Schutz zu bringen. Bäume und Hecken standen in Brand, es roch beißend, chemisch, dicker schwarzer Qualm umwehte die Feuerstelle. Da der Wind vom Fluss her kam, trieb er den Rauch direkt in Richtung ihrer Verfolger.

Da sage noch einer, Alkohol sei keine Lösung!, dachte Vanuzzi und machte sich auf den Weg.

10

★

Einen neuen Wagen zu besorgen war das geringste Problem. Geld, über das Ciskey ausreichend zu verfügen schien, öffnete wie immer alle Türen. Schwieriger war es hingegen, neue Papiere zu organisieren.

Ciskey hatte vorgeschlagen, erst einmal auf unbestimmte Zeit in seinem Haus in der Nähe von Washington D. C. unterzutauchen.

»Zu gefährlich, da suchen sie zuerst!«, murrte Vanuzzi.

»Wer sollte mich so schnell mit dem Ausbruch in Verbindung bringen? Die Wohnung hab ich unter falschem Namen angemietet.« Ciskey konzentrierte sich aufs Fahren. Diesmal schien er wirklich nüchtern zu sein, und das schon seit vielen Stunden. Entsprechend fahrig und eckig wirkten seine Lenkbewegungen.

»Und der Laster?«, fragte Vanuzzi.

»Richtig, der Laster. – Nein, hohe Kaution, falscher Name.«

Es entstand eine kleine Pause, ab und an hörte man die Bremsgestänge des Wagens anschlagen.

»Hoffe ich zumindest«, schob Ciskey nach.

»Im Hotel haben Sie jedenfalls unter echtem Namen eingecheckt«, erklärte Rosenberg, »und wenn die Polizei nicht ganz blöd ist, wird sie ziemlich schnell ein Fahndungsbild haben, weil der eine oder andere in der Stadt Ihr Gesicht wiedererkennen wird.«

»Auffallend genug ist es ja«, sagte Charlotte und überwachte Eckart, der seit mehr als einer Stunde seelenruhig auf der Rückbank zwischen Rosenberg und ihr schlief.

Ciskey schien sichtlich nicht zu wissen, ob er sich beleidigt fühlen sollte. »Das mit dem Hotel war dumm, zugegeben. – Gegenvorschlag, Gentlemen?«

»Chicago«, sagte Vanuzzi.

Er hatte schon zuvor daran gedacht, die Idee aber zunächst als unsinnig verworfen – die Fahrt war lang, und in Eckarts Zustand … doch nun machten es die Umstände notwendig.

Sein Schwager Bill hatte eine Art Sommerhaus. Vanuzzi wusste, dass es, außer in den Ferien, wenn er mit seiner Schwester Rachel und ihren Kindern dort Zeit verbrachte, meist entweder leer stand oder Bill als Liebesnest diente. Es war abgelegen, an der Westseite des Michigansees, etwa vierzig Meilen hinter der Stadt, auf halbem

Weg nach Milwaukee. Und er wusste, wo sein Schwager die Schlüssel aufbewahrte.

Rosenberg und Charlotte, die am unverdächtigsten aussahen, schickten sie regelmäßig in die Stadt, um Besorgungen vorzunehmen und Informationen einzuholen. Die Gazetten waren voller Klatsch über die Hochzeit von Liz Taylor und dem Hotelerben Nicky Hilton, man hätte meinen können, in diesen Tagen werde die amerikanische Königin getraut. So fanden sie nicht mehr als eine kleine Notiz, die Rosenberg in der Zeitung unter »Vermischtes« las: dass in Maryland bei einem Ausbruch aus einer Militärpsychiatrie sechs GIs leicht verletzt wurden. Mit Sicherheit mauerte das CIC, wollte die Angelegenheit so schnell wie möglich dem Schweigen übergeben. Und da wie durch ein Wunder niemand getötet worden war (*falls* das so stimmte, erleichterte dies Rosenberg, der in Berlin genug Tote für ein ganzes Leben gesehen hatte), ließ sich das Geschehen tatsächlich unter den Tisch kehren.

In diesen Wochen gab es jedenfalls keine Begegnung mit Polizei oder FBI. Nur Bill schneite eines Abends herein, in Begleitung einer sehr jungen, sehr stark geschminkten Frau. Doch Vanuzzi brachte den Besuch mit Verweis auf den Namen seiner Schwester zu einem jähen Ende, noch bevor Bill die anderen überhaupt gesehen hatte.

Nach vier Wochen machte sich Ciskey mit Charlotte auf den Weg. Sie hatte alle Zelte hinter sich abgebrochen – auch wenn das nicht so geplant gewesen war: Vermissen würde sie niemand, ihre engsten Verwandten waren tot, echte Freunde hatte sie keine. Sie freute sich auf D. C. und darauf, Liam auf einer Weltreise den Schnaps abzugewöhnen.

Seine Freude darauf hielt sich erkennbar in Grenzen.

Ihr Abschied war kurz, Eckarts Gefühlsreaktionen waren noch immer äußerst reduziert. Also versuchten auch Ciskey und Charlotte, es sich nicht zu schwer mit ihm zu machen, auch wenn sie ahnten, dass sie einander vermutlich das letzte Mal sahen.

»Pass auf dich auf, Andy. Mach's wie Rukeli Trollmann, verpass ihnen drei Jabs und eine harte Gerade, das haben sie verdient!«

Wen auch immer Ciskey mit »ihnen« und »sie« meinte: Eckarts Gesicht hellte sich plötzlich auf. Er ergriff die von Liam hingehaltene rechte Hand mit seiner Linken und schüttelte sie lange und freudig.

Eckart erholte sich nur sehr langsam. Als sich Rosenberg und Vanuzzi sechs Wochen nach dem Ausbruch mit ihm Richtung Israel einschifften, war er noch immer nicht vollständig der Alte. Und es war unklar, ob er es je wieder wäre. Charlotte hatte zum Abschied erklärt, er würde weiterhin unter Flashbacks leiden, die ihn in ihrer Vehemenz für einige Zeit außer Gefecht setzten. Er gefror dann regelrecht in seiner Bewegung und hing seinen Gedanken nach, war durch nichts abzulenken und durch nichts dazu zu bewegen, sich aus seiner Starre zu lösen. Bis es irgendwann von selbst geschah und er seiner verschwundenen Erinnerung ein neues Stück Land abgewonnen zu haben schien.

An einem schwülwarmen Junitag 1950 stachen sie in See. Als sie aus dem New Yorker Hafen abfuhren und die allmählich kleiner werdende Küste sahen, zog Eckart plötzlich sein Taschentuch und begann es mit leichten Handbewegungen zu schwenken.

Rosenberg und Vanuzzi sahen einander an.

Es würde wohl immer sein Geheimnis bleiben, wem er zum Abschied gewinkt hatte.

Teil 2

Wer für den Kommunismus kämpft, der muss kämpfen können und nicht kämpfen; die Wahrheit sagen und die Wahrheit nicht sagen; Versprechen halten und Versprechen nicht halten. Sich in Gefahr begeben und die Gefahr vermeiden; kenntlich sein und unkenntlich sein. Wer für den Kommunismus kämpft, hat von allen Tugenden nur eine: dass er für den Kommunismus kämpft.

Bertolt Brecht: Die Maßnahme

11

★

Der Lichtreflex blitzte auf, erstarb wieder, blitzte auf und erstarb. Der rhythmische Wechsel erinnerte an Morsezeichen, die im Halbdunkel weitergegeben wurden. Immer wenn die Violinistin ihre Position änderte, empfing er weitere Buchstaben von ihrem Instrument, in dem sich das Bühnenlicht spiegelte. Gern hätte er die Zeichen zu einer Nachricht zusammengesetzt, aber sie hätte vermutlich nur eine Kette aus E, I und T ergeben, beliebig oft hintereinandergesetzt, eti, ite, tie, teiteitei, eieiei. Bestenfalls ein dadaistisches Gedicht.

Und warum, in drei Teufels Namen, dachte er bloß über so etwas nach?

Schon kurz nach Beginn des Konzerts mussten sich seine Gedanken verwirrt haben. Es fiel ihm immer noch schwer, sich länger auf einen Gegenstand zu konzentrieren, sein Bewusstsein zu fokussieren, und je mehr er sich darüber ärgerte, desto lauter und wilder sprangen die Gedanken von Ort zu Ort. Die Buddhisten hatten schon recht: Sie waren kleine Äffchen, die sich nicht bändigen ließen.

Er stieß einen leisen Seufzer aus und beschloss, es geschehen zu lassen. Um den Konzertabend mochte es schade sein, zumal er César Franck und seine *Symphonie in d-Moll* mehr und mehr liebte, je älter er wurde.

Seit einigen Tagen war er nun also älter als sein Vater bei dessen Tod. Er hatte schon im Vorfeld geahnt, dass der Moment, in dem er ihn an Jahren übertreffen würde, einer stacheldrahtbewehrten Schwelle gleichen würde. Auch wenn er gar nicht so recht hätte sagen können, warum. Zumal den Vater die Spanische Grippe dahingerafft hatte, diese verheerende Epidemie, der nach 1918 Millionen Menschen zum Opfer gefallen waren – wer weiß, wie viele Jahre er sonst noch gehabt hätte mit seiner robusten Natur, die alle Männer in der Familie besaßen. Auch Eckart schien Anteil an dieser eisernen Gesundheit zu haben, doch hatte er Raubbau an seinem Körper betrieben, vor allem in der Zeit, als er nach einem Verschüttungserlebnis an der Westfront täglich Morphium konsumiert hatte.

Dennoch fühlte er sich noch immer erstaunlich tatkräftig, schien sein Körper viele Jahre jünger zu sein als er war. Sogar das Haar, das in der Psychiatrie vollständig ergraut war, nahm an einigen Stellen wunderbarerweise wieder einen dunkleren Farbton an, den seiner Dreißiger oder Vierziger. Mochte es sich auch lediglich um eine Pigmentstörung handeln, so sah er darin doch mehr – vielleicht nicht die Rückkehr der Jugend, aber doch gewiss eine Rückkehr zu seinem ursprünglichen Selbstbild. Er fand tatsächlich nur sehr *langsam* wieder zu sich, aber dafür schien er *vollständig* zurückzufinden.

Das mehr oder weniger rhythmische Husten um ihn her, das mit einem Mal eingesetzt hatte, ließ ihn erahnen, dass soeben der erste Satz zu Ende gegangen war. Wenn er noch irgendetwas vom Konzert mit nach Hause tragen wollte, sollte er jetzt wirklich damit beginnen, sich auf die Musik zu konzentrieren. Er nahm es sich ganz fest vor. Wartete auf die Morsezeichen der Violinistin. Und dann fand er wieder hinein in diesen Tunnel in seinem Hirn. Ließ sich begierig ziehen.

Ein Etwas in seinem Körper hatte sich dennoch zu wandeln begonnen. Genauer war es wohl die chemische Zusammensetzung seines Schweißes, die sich über Nacht verändert hatte. Er roch plötzlich wie sein Vater, wenn der abends aus seiner Bibliothek ins Wohnzimmer gekommen war; noch bevor er ihn sah, konnte er bereits dessen Aura riechen, und das ganz ohne Zigarrenrauch, denn der Vater hatte nach dem allzu frühen Tod von Eckarts Mutter jäh seine geliebte Colón de Panamá aufgegeben. (Wie er insgesamt aufgehört hatte zu leben, auch wenn das natürlich ein ebenso großer wie klischeehafter Gedanke war.)

Mit den chemischen Veränderungen, die er an seinem Körper bemerkte, gingen überfallartige emotionale Regungen einher. Es waren Kleinigkeiten, die ihn mit einem Mal rührten: die Kirschblüte, wenn die Bäume im Ringpark, den er täglich besuchte, in ein weißes Meer versanken. Wenn die Wolken, die über der Marienfeste aufzogen, ihr einen Heiligenschein aufsetzten, und die Burg ihre Finger in die Luft zu strecken schien, um den Nimbus an Ort und Stelle zu halten, ihn nicht dem Spiel des Windes zu überlassen. Dann ertappte er sich dabei, wie er sein Taschentuch zog und sich die Augenwinkel rieb. War das Altersmilde? Oder schon Altersschwachsinn? Vielleicht lediglich ein Überbleibsel aus der Psychiatrie? Oder … nahm er allmählich Abschied von seiner Welt, von seinem Leben? (Was ein durchaus tröstlicher Gedanke für ihn hätte sein können.) Seit der Herbst Einzug gehalten hatte mit seinem Farbenspiel in den Bäumen, war es ihm, als ob er alles zum letzten Mal täte, alles zum letzten Mal sähe und ganz bewusst hörte, röche, schmeckte, ertastete: die zunehmend frischer werdende abendliche Luft, den Geruch der Holz- und Kohlenfeuer, den Sand und Kies unter seinen Schuhsohlen, die Vogelstimmen, die immer zeitiger in die Nacht verschwanden, Kinderlachen, das ihn aus dem Mittagsschlaf weckte, vom Ruinengrundstück nebenan, auf dem die Jungen immer Verstecken spielten. Vielleicht hatte er tatsächlich damit begonnen, Abschied zu nehmen, vielleicht wuchs er nun einfach in seinen Tod hinein, der ihm lange nicht hatte passen wollen.

Andererseits – hatte er nicht genau dies auch letzten Herbst schon gedacht? Und den Herbst davor? Und vor zehn Jahren hatte er bei Ciskey in Arlington County gesessen, Bücher aus dem Deutschen ins Englische übersetzt, Bücher, die niemand lesen würde, und auf den Magenkrebs gewartet. Vielleicht tat er seit geraumer Zeit alles, was er tat, zum letzten Mal, und überraschte sich immer wieder selbst damit, dass er es eben doch nicht zum letzten Mal getan hatte. Er hatte die Nazis überlebt, die Psychiatrie. Was würde er nicht noch alles überleben?!

Man bereut selten das, was man getan hat, aber umso häufiger das, was man nicht getan hat. Er erinnerte sich, den Satz im Buch eines mittlerweile weltberühmten Analytikers gelesen zu haben, der sein Kommilitone in Berlin gewesen war. Und, ja, er fühlte durchaus Reue, einen Tag mehr, einen weniger, aber die Empfindung der Reue selbst verging nicht.

Er dachte an seinen letzten Tag als Militärarzt an der Westfront. Novembermorgen, man hatte ihn aus der Sanitätsstation herausgerufen, weil Mangel an einfachen Rettungsleuten bestand. Er dachte an den jungen Soldaten, dem er nach einer Granatenattacke helfen wollte und der doch kaum mehr zu retten war: Ihm fehlte die linke Gesichtshälfte, ihm fehlte die linke Hand, ihm fehlte das linke Bein. Er hatte zu singen begonnen, *Bis hierher hat mich Gott gebracht*, und Eckart fand das gottverdammte Morphium nicht. Dann das Sirren in nächster Nähe, eine Detonation, über ihm kein Himmel, unter ihm kein Boden mehr. Er spürte den zur Hälfte abgetrennten Kopf des Soldaten neben seinem, den Körper des Soldaten auf seinem, dunkel war es geworden, und es wurde dunkler und immer dunkler, bis er nichts mehr hörte, nichts mehr spürte, doch das Morphium wiederfand, das nur noch ihm selbst helfen konnte, denn der Kamerad war längst tot und blieb tot, tagelang, in enger Umarmung mit ihm. Wie sie ihn im Feldlazarett wieder ins Leben brachten und ihm sagten, dass er unter einer Art Luftblase überlebt hatte, und er kaum glauben konnte, dass es ein französischer Bauer war, ein Feind, der ihn entdeckte und den Ärzten übergab. Wie dies sein Leben über Nacht verändert hatte. Was er war: einer, der allen beweisen musste, dass er treudeutsch dachte und handelte – Eckart, Sohn einer Italienerin und eines Deutschen, vom dem man glaubte, dass er kein Vaterland haben könne, weil er zwei hatte, oder vielmehr: ein Vater- und ein Mutterland, von dem man glaubte, die unklare Gesinnung aus den beiden Augenfarben, mit denen er geboren worden war, ablesen zu können. Was er wurde: ein überzeugter Pazifist und Demokrat, der seine Arbeit in der Kripo als Aufbauarbeit für das neue, freie Deutschland verstand. Er wollte dafür einstehen, dass es nie wieder Krieg in Europa geben würde.

Er dachte an seine Zeit bei der Politischen Polizei, wie er versucht hatte, Sand, nicht das Öl im Getriebe des Nationalsozialismus zu sein. An seine Flucht nach Amerika und wie er darüber Rosenberg beinahe verloren hatte, seinen ehemaligen Assistenten und besten Freund.

Dachte an Operation Rattenlinien und den amerikanischen Geheimdienst.

All das legte er vor seinem inneren Auge auf eine Waagschale. Weil er wusste, wie gewichtig es sein musste. Weil er damit rechnete, dass die Stimme der Reue davor verstummen musste. Musste!

Und dann sah er – und er sah es immer wieder in letzter Zeit –, wie sich die Waage doch zur anderen Seite neigte. Wie so oft begleitet von ein und demselben Gedanken: Dennoch war mein Vater glücklicher, weil er so etwas wie einen Ankerplatz in seinem Leben hatte. Denn er hatte – mich.

Nie hatte sich Eckart bewusst eine Lebensaufgabe gestellt, etwas, das er anstreben oder erfüllen oder erringen musste. Die großen Worte, ja, die gab es auch für ihn: Demokratie, Freiheit, Gerechtigkeit. Aber was blieb von ihnen angesichts dessen, was er in seinem politischen Kampf erleben musste, wenn die sogenannte Realpolitik zuschlug, die immer nur mehr oder weniger geschickt getarnte Machtpolitik war?

Was die Waage zur Neigung brachte, war also etwas anderes … nie war er bei einer Frau geblieben, hatte keine Familie gegründet. Oder etwas geschaffen, das wirklich bleiben würde. Aber wäre das sein Leben gewesen?

Er spürte ein Zittern, das sich von seinen Beinen aus in den Oberkörper fortzusetzen begann. Dankbar registrierte er das Anbranden des Applauses. Es führte ihn weg von sich selbst, und er kehrte zurück in den nunmehr heller werdenden »Konzertsaal«, eine ehemalige Turnhalle. Ertappte sich dabei, wie er mechanisch ebenfalls Beifall spendete, aufstand, als alle um ihn her aufstanden, Bravo rief, als alle Bravo riefen, und dem Ausgang entgegenstrebte, als alle dies taten.

Nur vergaß er im Gegensatz zu den anderen, seinen Mantel an der Garderobe abzuholen, was er erst Minuten später bemerkte, als er die Kühle der Nacht spürte, die zwischen Residenzplatz und Hofgarten nach ihm griff. Zu seinem Glück hatte man in der Turnhalle die Lichter noch nicht gelöscht, sodass er doch noch zu seinem Mantel kam.

Nach Hause zurück wollte er nicht. Noch nicht. Die Stille seiner kleinen Wohnung heute Nacht würde Schrecknisse wecken, sosehr er es sonst auch genoss, ins Haus am rechten Mainufer mit seinem Blick auf Käppele und Marienfeste zurückzukommen. Eckart entschloss sich, noch eine kleine Runde durch den Ringpark zu gehen. Es war sein Lieblingsort, und schließlich hatte er Geburtstag.

Würzburg. Mut und Aufbauwille der Menschen hier hatten ihn beeindruckt. Er hatte die Stadt lediglich im Zusammenhang mit einem Bonmot des Romanciers Italo Svevo gekannt. Auch wenn dessen Triestiner Italienisch ihm Probleme bereitete, war er einer von Eckarts erklärten Lieblingen. Svevo hatte hier eher unfreiwillig einige Jugendjahre verbracht und unkte, es sei eine »saubere, vornehme, wenig bevölkerte Stadt«, in der »Studenten mit blauen Kappen« noch für die größte Aufregung sorgten.

Als man sie im Bus in die Stadt karrte, sagte ein Mann in der Sitzreihe hinter Eckart: »Würzburg, gibt's das schon wieder?«

Während der fast einstündigen Fahrt, in der man die Passagiere aus dem Zug nach München evakuierte, weil der nach einem Bergrutsch im Spessart nicht mehr weiterfahren konnte, musste er an ein Gedicht von Brecht denken. Vordergründig ging es um eine Autopanne, ein Mann sieht seinem Fahrer dabei zu, wie der das Reserverad aufzieht. Und erzählt, dass er sich unwohl fühlt, wo er herkommt, und unwohl, wo er hinfährt – und seltsamerweise dennoch voller Ungeduld darauf wartet, dass das Rad endlich gewechselt ist.

Im späten Winter 1953 war Eckart wieder in Deutschland angekommen. Hamburg. Zwei Wochen lang war er unschlüssig, wohin es ihn zog. Er hatte keine Verwandten, keine Freunde mehr in dem neuen Staat, der ihm fremd war. Zurück in seine Heimatstadt Berlin konnte oder wollte er nicht, ihr politischer Status war unklar, man musste jederzeit damit rechnen, dass die Sowjets sie wieder abriegelten oder gar den Westteil besetzten. Seine Überlegung war, in einer Großstadt unterzutauchen, um dem möglicherweise noch immer langen Arm des amerikanischen Geheimdienstes zu entfliehen. Außerdem war er ein Stadtkind, brauchte die Metropole, um sich lebendig zu fühlen. So dachte er vor drei Jahren.

Einfach in Hamburg bleiben? Keine üble Idee, aber wenn er doch noch einmal in das Land seiner Mutter zurückkehren wollte, würde dies eine elend lange Reise. Und er wusste nicht, ob er sie in seinem Alter noch so ohne Weiteres auf sich nehmen könnte.

Er entschied sich für München. Er kannte die Stadt, hatte in seiner Zeit, als er für die Politische Polizei arbeitete, öfter dort zu tun gehabt; sie war einigermaßen nah an Italien und groß genug, um ausreichend Anonymität zu bieten. Zumal er aus Sicherheitsgründen ebenfalls den Mädchennamen seiner Mutter angenommen hatte: Andrea di Marco. Darauf hatte vor allem Rosenberg bestanden, der den Namenswechsel und den neuen Pass als letztes Geschenk des Mossad verstand.

Dann der Bergrutsch. Der Bus nach Würzburg. Das Gedicht von Brecht. Das Ankommen im Universitätsstädtchen, das tatsächlich noch immer gewaltige Kriegszerstörungen aufwies. Die Domstraße eine einzige Baustelle, am rechtsmainischen Ufer mehr Ruinen als Häuser, Behelfsbuden um Marktplatz und Einritzungen in Häusern, die Ortsfremde darüber aufklärten, wo die Familien, die hier einst gehaust hatten, jetzt lebten. Falls sie lebten. Diese Einritzungen, auch jetzt noch, acht Jahre nach dem Krieg.

Er fand keinen Schlaf in dieser Nacht, wälzte sich stundenlang. Gegen drei Uhr morgens setzte er seiner Unrast ein Ende, zog sich wieder an, überredete den Nachtportier, ihm noch einmal aufzusperren, und ging in die Dunkelheit hinaus. Der Weg führte ihn zum Main. Er sah die durch Bombentreffer fehlenden Häuser, sah sie wie Zahnlücken in einem riesenhaften, aufgesperrten Maul klaffen. Es war immer noch winterlich frisch, vom Fluss her stieg die Kälte auf, griff ihm um den Hals, zog ihn, schob ihn weiter, drängte ihn, bedrängte ihn, er wusste nicht, was es war. Er ging am Ufer entlang, spürte mit überraschender Klarheit, dass ihn nichts als Pragmatismus nach München zog. Abrupt blieb er stehen, sah sich nach rechts um, erkannte im Dämmerlicht die Silhouette der innerstädtischen Kirchtürme ... und spürte mit einem Mal, wie die Ungeduld in ihm still wurde und immer stiller. Er wusste, dass er noch nie hier gewesen sein konnte, doch eine Stimme in seinem Inneren (eindeutig war sie weiblich) flüsterte ihm ein: Du kommst hier nicht nach Hause, aber du kommst hier zur Ruhe!

Er erinnerte sich: Manchmal träumte er von einem Ort, der sich so anfühlte, als wäre er schon einmal da gewesen. Das Gefühl dieser »fremden Heimat« ließ sich auch im Wachzustand hervorrufen, wenn er nur an den Traum zurückdachte. Vielleicht trägt jeder Mensch in sich solch ein merkwürdiges Stadttraumbild, einen Ort der Sehnsucht (oder der Rückkehr? Nur ein simples Déjà-vu?). Und bei manchen blitzt dasselbe Gefühl wie im Traum auf, wenn sie zum ersten Mal eine Stadt betreten, die sie eigentlich nicht kennen dürften.

Gerade so erging es Eckart mit Würzburg. Als hätte ihn gleichsam etwas am richtigen Ort ausgespien. Er kehrte zurück ins Hotel, legte sich angezogen aufs Bett und fiel umgehend in einen traumlosen, tiefen Schlaf. Er verpasste seinen Zug am nächsten Morgen, der ihn nach München hätte bringen sollen, blieb noch eine Nacht und eine weitere. Dann fragte er den Nachtportier, ob dieser ihm behilflich sein könne, er suche eine kleine Wohnung mit Blick auf den Fluss und die linke Mainseite.

Von einer Kirche schlug es zwölf Mal. Heute war der 21. Oktober 1956. Eckart hatte seinen Geburtstag glücklich hinter sich gebracht. Seit drei Jahren sah er nunmehr, wenn er den Blick aus dem Fenster schweifen ließ, das Käppele und die Festung. Unter seinen Augen floss der Main, selten träge, meist sehr rasch, als hätte er etwas ein- oder nachzuholen. Er warf einen letzten Blick auf den Fluss, sah, wie sich die Sichel des Mondes auf der Wasseroberfläche, die ungewöhnlich ruhig war, spiegelte. Er erinnerte sich an die Geschichte von Li Bai, die Rosenberg immer wieder erzählt hatte, wie der chinesische Dichter beim Versuch, seinen Bruder, den Mond, im Fluss zu umarmen, ertrunken war.

Kein schlechter Tod, dachte Eckart. Dann machte er sich leise fröstelnd auf den Weg nach Hause.

12

★

Plötzlich stand er da. Sah unverschämt lausbubenhaft aus, trotz seiner inzwischen fast fünfzig Jahre.

Eckart hatte gerade die Haustür aufgeschlossen, als er hinter sich eine Stimme hörte. Sie sprach deutsch, mit ausgeprägtem amerikanischen Akzent. Er erkannte sie umgehend.

»Können Sie sich mal meinen Rücken ansehen, Herr Doktor? Fühlt sich an, als ob mich ein Pferd getreten hätte.«

Eckart drehte sich nicht um, atmete tief durch. Er ließ die Tür offen, damit sein Besucher nach ihm ins Haus schlüpfen konnte.

Unverschämt lausbubenhaft, unverschämt jung. Nachdem er sich in die Hände geblasen, um sie zu erwärmen, den Mantel abgelegt und sich mit gönnerhaftem Blick ein wenig in der Wohnung umgesehen hatte, fläzte er sich auf einen Sessel im Wohnzimmer, saß breitbeinig da und bediente sich an einer Schale mit Äpfeln, die auf dem Tisch stand. Eckart hörte das krachende Geräusch, leise schmatzende Laute.

Sein Besucher wirkte auf ihn … nicht heruntergekommen, das war es nicht, aber der anthrazitfarbene Trenchcoat war mit einer feinen Staubschicht überzogen, die Anzugjacke, die er darunter trug und aufgeknöpft hatte, war verschlissen, die Hose an einigen Stellen fadenscheinig. Und er roch merkwürdig, nach frischem Mörtel, Kalk und Waffenöl.

Eckart hatte Vanuzzi nicht mehr gesehen, seit dieser vor vier Jahren den Mossad verlassen hatte – unehrenhaft, wie man munkelte. (Was auch immer das bedeuten mochte bei einem Nachrichtendienst.) Er wusste nichts über dessen Verbleib, nicht einmal, ob er noch lebte. Nur selten war er Thema zwischen ihm und Rosenberg gewesen. Nach der Befreiung aus der Psychiatrie hatte Vanuzzi den Kontakt mit ihnen wieder schleifen lassen, sodass sich Rosenberg beleidigt zurückzog. Eckart selbst war zu diesem Zeitpunkt noch nicht ganz auf der Höhe, spürte lediglich, dass es in der Beziehung zwischen seinen beiden Bezugspersonen knirschte. Er war viel zu sehr damit beschäftigt, das Mosaik seiner Erinnerung an sich selbst und sein Leben wieder zusammenzufügen, um eingreifen zu können. Und dann war Vanuzzi schlagartig verschwunden. War und blieb es.

Eckart setzte sich ihm gegenüber. Wartete auf ein Wort. Doch auch jetzt kamen nichts als krachende, schlürfende Geräusche, das fachmännische Tranchieren eines Holsteiner Cox mit den Zähnen. Als es ihm endlich zu viel wurde, brach er ihr Schweigen: »Wie haben Sie mich gefunden? Hat Ihnen Rosenberg …?«

Vanuzzi lachte, nahm einen letzten Bissen, dann legte er den Apfelstrunk auf den Tisch. »Der Geburtsname Ihrer Mutter. Really?«

Seine Worte: ein Schwanken zwischen den Sprachen, den Tonlagen, die Fremdsprache höher, die Muttersprache tief.

»Wirklich keine besonders ausgefeilte Tarnung. Schneller zu finden als ein Elefant im Wohnzimmer.«

»Ihre Metapher lahmt, Dan.«

»Ja, bin noch nicht ganz auf der Höhe. War ein langer Abend, ich habe stundenlang auf Sie gewartet, dachte schon, Sie hätten sich im Fluss ertränkt.«

»Interessant, dass Sie das sagen.«

»Verdammt viele Landsleute in Uniform hier. Haben Sie nicht Angst, es könnten ein paar CIC-Leute darunter sein?«

»Ich meide die Amerikaner. Aber sie machen mir keine Angst mehr.«

»Okay. Und warum sind Sie nicht nach Berlin zurückgegangen? Sie kommen doch von da, oder?«

»Berlin ist eine Insel. Wenn es den Sowjets morgen einfällt, sie einzukesseln, was dann? Soll ich in meinem Alter noch zu den Waffen greifen?«

»Hatten Sie nicht Sympathien für die Commies?«

»Ich habe immer Sympathien für soziale Gerechtigkeit, aber keine für totalitäres Denken.«

»Und? Glücklich mit Ihrem Leben hier?«

Eckart schwieg.

»Alles klar, Doc, wenn einer glücklich ist, dann weiß er es auch.«

»Nein, wenn einer *nicht* glücklich ist, dann weiß er es.«

Vanuzzi hielt einen Moment inne, nickte, dann sagte er: »Ich komme gerade aus Ungarn. Schön da. Auch wenn es sich, nach der Blocktheorie, eigentlich anfühlen müsste wie ein Land auf dem Mond.«

Eckart setzte sich in seinen Sessel zurück, verschränkte die Arme. Endlich kam Vanuzzi zur Sache.

»Allerdings ein wenig unruhig zurzeit.«

»Wovon Sie sich natürlich aus nächster Nähe überzeugen wollten, Dan. Für wen arbeiten Sie?«

Vanuzzi machte eine vage Geste, sagte dann: »Raten Sie doch einfach mal.«

»Zurück beim Mossad? Nein. Der würde Sie nicht mal nehmen, wenn Sie der letzte Agent auf Erden wären. Die Amerikaner werden's auch nicht sein … Sie sprechen erstaunlich gut Deutsch, sie waren in der DDR oder der BRD im Einsatz … Ach herrje!, sagen Sie bitte nicht, dass Sie für einen dieser westdeutschen Nazidienste tätig sind!«

»Was halten Sie von mir?! Keiner kommt zum Koch, wenn er zum Kaiser kann.«

»Den Spruch haben Sie gerade erfunden, oder? – Für wen arbeiten Sie?«

»Ist ein bisschen kompliziert. Ich bin quasi unabhängig …«

Eckart lachte laut auf. »Sie verkaufen sich an den Meistbietenden?«

»Wenn das Material gut ist.«

»Gut bezahlt, meinen Sie.«

»Ist das nicht dasselbe?«

»Und welches Material ist gerade im Umlauf?«

»Ein Dossier. Ein Dossier von Agenten und Doppelagenten, die im Ostblock tätig sind.«

»Sowjets?«

»Sowjets, Ungarn, Polen, Deutsche, Briten, Franzosen, Amerikaner …«

Eckart pfiff leise durch die Vorderzähne. »Gratuliere. Und wer wartet auf Ihr Dossier?«

»The Firm.«

»Was ist das denn?«

»Der MI6.«

»Die Briten? Und die brauchen Leute wie Sie, Danny-Boy?«

»Zurzeit können sie keine eigenen schicken, weil die meisten zu den Fischen gegangen sind.«

Der britische Geheimdienst, erklärte Vanuzzi, sei zuletzt ziemlich glücklos gewesen, habe Operationen im Baltikum, in Wien und Ostberlin kolossal in den Sand gesetzt. Hinzu kam, dass einige seiner wichtigsten Agenten von einem eigenen Spion enttarnt wurden, der im Koreakrieg von den Sowjets »umgedreht« worden war. Zwischenzeitlich machte der KGB keine Gefangenen, ließ alles liquidieren, was ihm in die Hände geriet. Deshalb griffen die Briten auf Leute wie ihn zurück. Zumindest so lange, bis sie in der Lage waren, wieder eigene Agenten im Ostblock zu platzieren. Er selbst sei in der Tat bislang nur in der DDR aktiv gewesen, vergleichsweise unauffällig, und auf ungarischem Terrain noch nicht bekannt.

Vanuzzi nahm Eckart genauer in den Blick – der fühlte sich regelrecht angestarrt. Er wolle das Eisen schmieden, solange es heiß sei, dieses Dossier würde gutes Geld bringen, *richtig* gutes Geld. Doch je mehr er darüber in den letzten Wochen nachgedacht habe, desto klarer sei ihm geworden, dass er es allein nicht schaffen konnte. Auf Verfolgungsjagden wolle er es diesmal nicht ankommen lassen, er brauche dringend jemanden mit psychologischem Geschick, um die Verhandlungen zu führen. Es sei ein bisschen kompliziert, an den Informanten heranzukommen. Und wer, wenn nicht Eckart, wäre dafür sein Mann? Schließlich seien sie ein grandioses Team gewesen auf der Jagd nach Kriegsverbrechern.

»Oder meinen Sie nicht?«

Eckart schwieg.

»Das wird ein besserer Spaziergang!«

»Dann gehen Sie doch ein bisschen allein spazieren, Dan.«

»Ich erinnere Sie nur ungern daran, aber Sie schulden mir noch was, Doc.«

»Ach ja? Das wär mir neu.«

»Wer hat Sie denn aus der Psychiatrie befreit?«

Eckart lachte höhnisch auf, griff nach einer Schachtel Zigaretten, zündete eine an und warf die Packung über den Tisch, seinem Gegenüber zu. »Tja, da haben Sie recht. Nur: Wie bin ich da reingekommen? Daran waren Sie nicht ganz unbeteiligt.«

Auch Vanuzzi rauchte eine Zigarette an. Das Zimmer begann sich allmählich mit Qualm zu füllen. »Wenn Sie die Commies nicht mögen, ist das eine gute Gelegenheit, es ihnen heimzuzahlen. Falls dieses Dossier in die richtigen Hände gelangt, ist nichts mehr, wie es war.«

»Das ist ein saublöder Spruch.«

»Come on, Sie wissen, was ich meine.«

»Sie meinen, dass dann der Kalte Krieg entschieden ist? Die Sowjets besiegt, die Welt gehört den Amerikanern, und das Lamm liegt beim Löwen?«

»Beim Wolf. Wenn Sie schon die Tora zitieren, tun Sie's wenigstens korrekt.«

Eckart blickte überrascht. »Kein Bedarf mehr, die Welt zu verändern, Dan. Oder sie gar zu verbessern. Ich war schon vor zehn Jahren zu alt für Operation Rattenlinien. Heute bin ich zu alt für … alles. Aber Sie haben offenbar immer noch Vertrauen zu mir … mit diesen Informationen könnte ich so einiges anstellen.«

Vanuzzi grinste. »Sie stehen sich selbst viel zu sehr im Weg, um für die Commies zu spionieren oder das Ganze in die eigene Hand zu nehmen. So gesehen gibt's auf dieser Welt wirklich keinen, dem ich mehr vertraue.«

»Dann verstehen wir uns ja.«

»Sie sollten darüber schlafen. Die Sache ist wirklich heiß.«

»Passen Sie auf, dass Sie sich daran nicht die Finger verbrennen.«

»Wollen Sie ernsthaft in diesem Kaff sterben? Das Aufregendste hier sind wahrscheinlich die Blindgängeralarme.«

Eckart drückte die Glut seiner Zigarette im Aschenbecher aus. »Wann sind Sie angekommen?«

»Heute Nachmittag. Warum?«

»Haben Sie sich das ›Kaff‹ angeschaut? Nein? Holen Sie das morgen nach! Ich hatte genug Aufregungen für zwei Leben.«

Eckart war aufgestanden, ging zu einem Schrank, zog Decke und Kissen hervor, warf sie auf die Couch und sagte: »Schlafen Sie, Sie haben anstrengende Tage und Wochen vor sich, wenn Sie nach Ungarn zurückkehren.«

Er war bereits aus der Tür, als er Vanuzzis trockene Stimme hörte:

»Sie wollen also wirklich nicht mitkommen? Sie sind ein ganz mieser Dad, Doc.«

Eckart drehte sich abrupt um. »Was …?«

»Ah, Sie wissen von Ihrem Sohn. Sonst hätten Sie mir den Vogel gezeigt und wären weitergegangen.«

»Die Frage ist wohl eher, was *Sie* wissen.«

»Setzen Sie sich wieder. Ich weiß eine ganze Menge.«

»Woher?«

»Das Dossier ist ausführlich. Sehr ausführlich. Ein ÁVH-Mann, der in Moskau Einsicht in KGB-Akten –«

»ÁVH?«

»Der ungarische Geheimdienst.«

»Ungarischer Geheimdienst? Klingt ein bisschen wie ›kasachischer Chocolatier‹. Ist das ernst zu nehmen?«

»Er hat ein großes Vorbild: den KGB. Ist ziemlich effizient. Die Briten gehen davon aus, dass der ÁVH rund eine Million Akten über seine Bürger angelegt hat. Bei knapp zehn Millionen Einwohnern –«

»Gibt das Fleißbildchen. Weiter!«

»Unser ÁVH-Mann hat beim KGB in Moskau Akteneinsicht genommen. Was an sich schon verwunderlich ist, weil die Russen keinem trauen, nicht mal sich selbst. Trotzdem ist es ihm gelungen, da reinzukommen und Kopien anzufertigen.«

»Und das ist das Dossier?«

»Das ist das Dossier.«

Eckart hatte sich gesetzt, kramte vergeblich nach seinen Zigaretten. Er fing Vanuzzis Blick auf, der ihm seine Schachtel über den Tisch herüberwarf. Beide begannen wieder zu rauchen.

»Wer garantiert Ihnen, dass es echt ist?«

»Der MI6 hat natürlich eine Kostprobe angefordert. Er kauft ja nicht die Katze im Sack. Und wie der Zufall so spielt, steht auf dieser Kostprobe der Name ›Aghawni Tomasian‹ – und Ihrer …«

Aghawni. Es war eine offene Wunde in Eckarts Leben, und es reichte, den Namen auszusprechen, damit sie wieder blutete.

»In welchem Zusammenhang?«

»In welchem wohl?!«

Eckart fuhr auf. »Sie hätte nie für den KGB gearbeitet. Sie kämpfte für einen unabhängigen armenischen Staat, hasste die Sowjets, weil sie mit den Türken paktieren und die kleinen Völker unterdrücken, besonders die Armenier. Stalin hat den türkischen Völkermord unter den Tisch gekehrt, um Ruhe im Kaukasus zu haben. Eine Friedhofsruhe zwischen Armenien und Aserbaidschan!«

Vanuzzi hatte tief inhaliert, ließ den Rauch in kleinen, runden Wölkchen entweichen. »Fertig? Mag sein, dass sie freiwillig nichts preisgegeben hat. Aber wie ich aus den Unterlagen weiß, war sie Mitglied einer armenischen Terroreinheit –«

»Operation Nemesis, ja. Sie haben Anfang der Zwanziger bei uns in Berlin die für den Völkermord verantwortlichen Jungtürken liquidiert –«

»… wobei Sie einander kennengelernt haben. Und kurz darauf zusammen in Rom waren.«

Eckart begann um seine Fassung zu ringen. »Herrgott!, was wissen Sie noch alles?«

»Was *ich* weiß, ist unwichtig. Viel interessanter ist, was der KGB weiß. Der empfand das bestimmt als Geschenk des Himmels, als Ihre Aghawni plötzlich über die Grenze spaziert ist und sowjetische Staatsbürgerin werden wollte. Phänomenal, was da alles an Informationen und Erfahrungen abzugreifen war: Druckmittel gegen die Türken, gegen die Deutschen, Ideen für den Partisanenkampf … sicher musste sie, um in der UdSSR zu leben, einen Deal mit dem KGB eingehen. Und nebenbei ihr ganzes Leben offenlegen. Und Ihre Liebschaft.«

»Nennen Sie es nicht so abfällig. Es war keine ›Liebschaft‹.«

»Wie würden Sie es nennen, Doc …?«

Wie nannte man es, wenn sich jemand im Alter von achtunddreißig Jahren in ein Mädchen verliebte, das gerade erst großjährig geworden war? Vielleicht war wirklich etwas dran an der Redensart, dass die Seele niemals älter wurde als siebzehn.

Nachdem er aus dem Ersten Weltkrieg gekommen war, hatte er sein Verlöbnis gelöst. Weil er in diesen Tagen und Nächten, als er an der Westfront starb und wiederauferstand, ein ganz anderer geworden war und seine Verlobte freigeben wollte für ein Leben, das sie erfüllen würde, mit Kindern und einem Mann an ihrer Seite, der nicht jede zweite Nacht schreiend aufwachen und nach seinem Morphium verlangen würde. Er hatte sich geschworen, dass das Thema Frauen für ihn erledigt war, dass er, wie Rosenberg, langsam vom Junggesellen zum Altgesellen würde und dass daran auch Aghawni nichts würde ändern können. Der Altersunterschied war zu groß, ihre Leben viel zu unterschiedlich – die Partisanin, die den armenischen Terroristen zuarbeitete, und der deutsche Polizeimann, einfach lächerlich!

Und doch: ihr Haar, das die Tönung von gebranntem Siena besaß, die hohen geschwungenen Brauen, ihr dunkel-bronzener Teint, Schnitt und Farbe ihrer Augen, welche die Orientalin verrieten. Der Aprikosenduft, der ihr vorausging, wenn sie das Zimmer betrat …

Nachdem sie aus Berlin entkommen war, ging Eckart davon aus, sie nie wiederzusehen. Als er dann den Armenier-Fall abgeben musste, verließ er selbst die Stadt für einige Monate. Er wollte seine Onkel in Italien besuchen, die er seit Jahren nicht mehr gesehen hatte. Außer Rosenberg wusste in Deutschland niemand, wo er sich aufhielt.

Und dann erreichte ihn im Juni 1922 dieses Telegramm in seinem Hotel in Rom. Wie aus dem Nichts.

Kannst du kommen? | Campo Marzio Span. Treppe | Bitte komm | Deine Aghawni

Im ersten Moment ging er davon aus, dass etwas passiert sein musste. Aber warum erwähnte sie dann den Campo Marzio, den Stadtteil, in dem er aufgewachsen war? Er hatte ihr davon erzählt, dass er bei Westwind den Tiber riechen konnte. War es eine Falle? Und wie konnte sie wissen, wo er sich befand? Rosenberg musste geplaudert haben ... Sollte er seinem Assistenten böse oder auf immer dankbar dafür sein ...?

Er rang drei Tage mit sich. Dann telegraphierte er zurück.

Als er zur Spanischen Treppe ging, war ihm, als ob er wieder zwölf Jahre alt wäre. Einer der belebtesten Plätze Roms, er suchte fast eine halbe Stunde. Dann verschlug es ihm den Atem, als er sie dort sitzen sah, den Kopf gegen das steinerne Geländer gelehnt. Sie schien zu dösen. Er wusste nicht, ob er sie wecken oder noch einige Minuten einfach betrachten sollte.

Schon am darauffolgenden Abend stellte er sie seinen Onkeln vor.

Ihre Unbefangenheit, obwohl sie ihre halbe Familie im Genozid verloren hatte. Die Selbstverständlichkeit, mit der sie nach seiner Hand griff, sich in seinen Arm schmiegte. Sie lebten fünf Wochen lang wie ein junges Ehepaar auf Flitterwochen, und sie bestand sogar darauf, Bilder in einem Studio zu machen, das sich auf Hochzeitsfotos spezialisiert hatte.

Rom litt unter einer entsetzlichen Hitze. Nachts lagen sie nackt im warmen Luftzug, der sie durch das offene Fenster auf dem Bett erreichte, und rauchten, sprachen die ganze Nacht hindurch. Sex statt Frühstück. Anschließend ihre Spülungen mit Essig und warmem Wasser, damit sie nicht schwanger würde. Sie besuchten die Orte seiner Kindheit, seine Museen, seine Bibliotheken.

Als der August über die Stadt kam und sich wie eine erstickende Decke auf das Gesicht eines Schlafenden legte, begannen die Streitereien. Sie schienen zunächst nur Anlässe, um den Sex danach noch intensiver zu genießen. Doch dann wurden sie lauter, erbitterter geführt, fühlte sich Eckart zum ersten Mal wieder einsam, wenn ihm bewusst wurde, dass all dies keine Zukunft haben konnte. Aghawni wurde in Deutschland steckbrieflich gesucht, und in weniger als drei Wochen würde sein Sonderurlaub enden. Wollte er für sie alles aufgeben? Hier in diesem Land leben, in dem Mussolini und seine Schwarzhemden langsam die Macht übernahmen?

Sie stritten. Versöhnten sich. Stritten. Sie verließ das Hotel, blieb einen ganzen Tag weg, er war krank vor Sorge. Sie kehrte zurück, aber ihre Miene war getrübt. Diese Nacht lagen sie bekleidet auf dem Bett, hielten einander fest, krallten sich ineinander. Er wusste nicht, was es bedeuten mochte.

Dann sagte sie unvermittelt: »Ich kann so nicht leben. Zu viel von so was erstickt mich, Andreas.«

»Interessant, dass du es ›so was‹ nennst.«

»Wie soll ich es nennen? Ich bin nicht gut in solchen Gefühlen. Deshalb erstickt es mich ja.«

»Was heißt das?«

»Ich weiß es selbst nicht. Noch nicht. Aber …«

»Aber du wirst es mir sagen, wenn du es weißt?«

»Du wirst es merken.«

Er merkte es. Am nächsten Morgen war sie verschwunden. Blieb verschwunden. Es war ein Teil seiner Lebenstragik: Alle, die er liebte, waren früher oder später verschollen. Manche tauchten wieder auf: Vater, Rosenberg. Aber Aghawni war für immer fort.

Eckart wartete drei Wochen auf sie. Er war zerstört. Sammelte die Scherben seiner Liebe auf und verfrachtete sie und sich in den Zug nach Berlin.

Ein lapidarer Brief, im Oktober des darauffolgenden Jahres, anliegend eines der Bilder aus dem römischen Fotostudio. Eine junge Frau und ein nicht mehr ganz junger Mann, beide fortgetragen von der Euphorie des Moments, Zuneigung in ihren Blicken. Dem Datum nach zu urteilen war das Schreiben monatelang unterwegs gewesen, ein Wunder, dass es überhaupt in Deutschland angekommen war.

Sie sei, wo sie sei (der Poststempel deutete auf die Sowjetunion hin). Er möge nicht nach ihr suchen (was in der Sowjetunion ohnehin so gut wie unmöglich wäre). Es sei besser, wenn er nicht zu viel wisse, nur so viel: ihr plötzliches Verschwinden habe mit Operation Nemesis zu tun. Sie habe keine andere Möglichkeit mehr gesehen, den Terrorstrukturen zu entfliehen, und das einzige Land, das ihr die Chance dafür geboten habe, sei die Sowjetunion. Auch ihn habe sie nicht gefährden wollen, irgendwann hätte Nemesis ihn als Druckmittel gegen sie benutzt. Er möge ihr verzeihen, wenn er könne.

PS: Du hast einen Sohn.

»Doc …? Hey, Doc!!« Vanuzzi schrie, rüttelte ihn an den Schultern. Als Eckart endlich aufsah, zeigte Vanuzzi ein besorgtes Gesicht. »Porca Madonna! Ich dachte schon, Sie wären mal wieder weggetreten.«

Eckart wehrte Vanuzzis Arme ab. »Wenn …« Seine Stimme war jetzt heiser, brüchig, er hustete, räusperte sich, bis sie wieder in ihre gewohnte Tonlage glitt. »Wenn das alles wirklich wahr ist … wo ist mein Sohn?«

»Wo ich hingehe: Budapest.«

»Und was macht er da?«

»Ich weiß nur, dass er sich in Oppositionellenkreisen bewegt. Wenn er in diesem Dossier auftaucht … na, fragen Sie ihn doch am besten selbst …«

13

★

Vanuzzi gab Eckart eine Nacht Bedenkzeit und überließ ihm den Auszug aus dem Dossier, der von seinem Sohn handelte – und von Aghawni. Eine Handvoll Seiten auf Englisch, eine eng mit Maschine geschriebene Übersetzung aus dem Russischen. Seiten, die ihn darüber aufklärten, was mit ihr und ihrem Kind geschehen war. Oder auch nicht, schließlich handelte es sich lediglich um eine Akte, nicht mehr. Eine Akte, die der KGB als Gegenleistung für ein neues Leben unter neuem Namen in der UdSSR und zugleich als Druckmittel gegen die beiden verwenden konnte, besonders gegen seinen Sohn, sollte er jemals auf den Gedanken kommen, sich als Doppelagent anwerben zu lassen.

Eckart las. Ruhelos. Las die Akte. Dreimal. Es war halb vier, als er das Licht in seinem Schlafzimmer ausknipste, im Osten begannen sich die ersten Wolken über der Stadt aufzuhellen.

Sarkis. Die Russen nannten ihn Sergej.

Der Familienname war bloße Erfindung, auch die Legende, die sie Aghawni hatten zukommen lassen. Den Namen des Vaters hatte sie in ihren Vernehmungen zweifelsfrei gestehen müssen, ebenso wie ihre Verbindung zu Eckart und alles über Rom.

Im März 1923 geboren, war Sarkis nunmehr dreiunddreißig Jahre alt. Fast so alt wie Eckart, als er ihn gezeugt hatte.

Ledig und kinderlos.

Aufgewachsen bei seiner Mutter in der Armenischen SSR, offenbar beschützt sie dort, unter Landsleuten, bei denen die Sympathien für Operation Nemesis groß sind, die Legende des KGB (falls sie nicht gelogen hatte, als sie behauptete, die Terrororganisation sei der Grund gewesen, ihn zu verlassen). Sarkis wird früh vom Geheimdienst entdeckt. Der hat natürlich ein Augenmerk auf Kinder aus »unklaren Verhältnissen«, die es schwer haben, sich einen Platz in der Welt zu erobern. Eckart konnte nur erahnen, *wie* schwer es gewesen sein musste, ohne Vater in der Sowjetunion der Dreißigerjahre aufzuwachsen. Selbst wenn ihre Legende den Vater zu einem Helden verklärt, der für die sowjetische Sache gegen die »Weißarmisten« kämpft und 1922 stirbt. Mit vierzehn kommt Sarkis in ein Kaderinternat, um dort eine ganz und gar linientreue Ausbildung zu erhalten. Später wird er dann für ein Auslandsprogramm des KGB vorgeschlagen.

Aghawni bringt ihm Deutsch bei, gleichsam ihre zweite Muttersprache. Sie hatte Eckart erzählt, dass sie mit zwölf Jahren an der Hand ihres Vaters aus dem Osmanischen Reich nach Deutschland emigriert war und sich wie eine Besessene auf die neue Sprache gestürzt hatte. Sarkis erbt ihr besonderes Sprachtalent: Außer Armenisch, Russisch, Englisch und Deutsch spricht er fließend Ungarisch. Mit einem Stipendium, das der KGB für ihn arrangiert, studiert er nach dem Zweiten Weltkrieg in Budapest. Eckart erinnerte sich – erst vor Kurzem hatte er darüber gelesen, dass der KGB seine Leute gezielt in den sowjetischen Trabantenstaaten studieren ließ, um sie dort später an den Schaltstellen platzieren zu können. Insbesondere war dies in Ungarn der Fall, denn dort hatten die Sowjets am meisten Angst vor Abweichlern, die möglicherweise durch das bereits aus dem Ostblock ausgescherte Tito-Jugoslawien infiltriert werden konnten.

Sarkis gilt als intelligent, loyal, flexibel (was auch immer das in der Diktion des KGB bedeuten mochte). Doch ist er offenbar noch immer in der Phase, sich seinen Führungsoffizieren gegenüber beweisen zu müssen.

Natürlich, für die Sowjets ist Sarkis ein »unzuverlässiges Element« als Sohn einer armenischen Terroristin und eines Westdeutschen, eines Kapitalisten, eines Kriegsverbrechers, eines Faschisten, Imperialisten, und welche Bezeichnungen sie noch für Deutsche haben mochten. Sarkis muss sich und ihnen ständig seine Loyalität beweisen, mehr als hundert Prozent geben ... Wie sehr Eckart das aus seiner eigenen Jugend kannte!

Und Aghawni ...? Sie war schon im Januar 1942 gestorben, bei der Belagerung von Leningrad. Wahrscheinlich ein Opfer des Hungers, dachte Eckart und versuchte alle Emotionen, die der lapidare Satz in ihm auslösen wollte, von sich zu schieben. Doch konnte er nicht verhindern, daran zurückzudenken, was er im Januar 1942 in seinem amerikanischen Exil getan, gedacht, gefühlt hatte. Wahrscheinlich war er mit Nichtigkeiten beschäftigt, damit, Liams Hunde auszuführen, während Aghawni um ihr Leben, um Mehl und Getreide für einen Tag, für Sarkis und sich, gekämpft hatte.

Zwischen Dösen und Wachen überfiel Eckart dieses Gedanken-Staccato. Er wälzte sich im Bett. Warum hatte sie ihm in Rom nicht davon erzählt, dass sie schwanger war? Weil sie es nicht wusste? Er rechnete zurück: Wenn Sarkis im März 1923 zur Welt gekommen war … als sie im August verschwand, musste sie im zweiten Monat gewesen sein. Konnte sie davon nicht gewusst haben, war das überhaupt möglich …? Oder war dies nicht vielmehr der eigentliche Grund, weshalb sie überfallartig die Stadt verlassen hatte? Konnte oder wollte sie sich ein Leben mit ihm und einem Kind nicht vorstellen? Hatte sie kein Vertrauen darauf, dass er, unter diesen Umständen, für alles eine Lösung gefunden hätte, auch für ihren Aufenthaltsstatus in Deutschland? Ob sie geplant hatte, das Kind abtreiben zu lassen – im katholischen Italien ein Ding der Unmöglichkeit –, und dann einen Gewissenskonflikt bekam? Oder war das alles eine Spätfolge ihrer Traumatisierung – schließlich hatte sie im Genozid an den Armeniern ihre ganze mütterliche Familie verloren …

Würde ihm ein Gespräch mit Sarkis dabei helfen, seine Fragen zu klären? Oder waren diese Fragen im Grunde nichtig? Ging es ihm nicht vielmehr um seine quälend werdende Sinnfrage … um das Verlangen, seine Ruhe, die er in Würzburg gefunden hatte, zu tauschen gegen – ja, wogegen denn? Vielleicht gegen etwas Vertrautes, etwas Ähnliches wie – Heimat.

Oder bürdete er diesem Unbekannten, den er biologisch seinen Sohn nennen durfte, damit eine Last auf, die der unmöglich tragen konnte?

Die Frage hast du dir selbst gerade beantwortet, war sein letzter Gedanke. Dann fiel er in einen bleischweren Schlaf.

Vanuzzi sah auf seine Uhr. Es war 7.20 Uhr. Sein Nacken war verspannt, er fühlte den rechten Arm, auf dem er geschlafen hatte, nicht mehr, und er hatte einen Geschmack im Mund, der nicht von dieser Welt war. Er ohrfeigte sich zweimal mit Links, schüttelte seine Rechte aus, um sie zu neuem Leben zu erwecken, dann stand er auf und machte sich auf den Weg ins Bad. Im halbdunklen Flur stolperte er über einen Koffer, der mitten im Weg stand, und fiel auf die Knie.

»Worauf warten Sie, Dan? Wir haben einen langen Weg vor uns«, hörte er Eckart sagen.

Aus der Küche roch es nach Kaffee.

Es war der 22. Oktober 1956. Ein windiger Tag. Der Himmel trug ein helles Blau zur Schau, das Vanuzzi von den kitschigen Ansichtspostkarten seiner Mutter kannte. Hier und da zeigten sich kleine Wolken, die sich zu Formationen zusammenschlossen und schnell über den Bildausschnitt jagten. Dieser Ausschnitt war die Windschutzscheibe eines DKW F89 U, der ihm vom MI6 zur Verfügung gestellt wurde. Der Kombi war ein wenig überdimensioniert für ihre wenigen Gepäckstücke, zudem hatte er ein Problem mit der Wasserkühlung und drohte heiß zu laufen, wenn er die dreiundzwanzig PS voll ausfuhr. Definitiv kein Wagen für Verfolgungsjagden, aber wer sollte sie hier auch schon verfolgen?! In Ungarn würden sie ohnehin umsteigen.

»Was genau ist der Plan?«, hatte Eckart beim Frühstück gefragt.

Vanuzzi hatte wie immer beherzt zugegriffen, vielleicht noch etwas mehr als sonst, schließlich fühlte er sich seit gestern halb verhungert. Und wenn er Hunger hatte, konnte er nicht denken. »Wir gehen nach Budapest, schnappen uns das Dossier, Sie schauen sich Ihren Sohnemann an – ein Spaziergang!«

Eckart hatte ihn angesehen, als ob er ihm kein Wort glauben würde.

»Okay, Doc, es könnte Schwierigkeiten bei der Verhandlung mit unserem Informanten geben, deshalb wollte ich Sie ja dabeihaben.«

»Inwiefern Schwierigkeiten? Will er mit dem Dossier nicht rausrücken?«

»Doch, sonst hätte er es uns ja nicht angeboten. Aber der Kerl traut uns nicht so ganz über den Weg. Wahrscheinlich hat er Angst, dass wir ihn über den Tisch ziehen.«

»Ach, es geht eigentlich ums Geld?«

»Um sehr viel sogar. So viel, dass er sich aus Ungarn freikaufen und in den Westen gehen könnte.«

»Na so was! Und ich dachte, euch geht es um den Kampf gegen den Kommunismus.«

»Den Kommunismus müssen Sie so mit Geld zuscheißen, dass er darunter verschwindet.«

»Ja«, hatte Eckart gesagt und war vom Frühstückstisch aufgestanden, um abzuräumen, »das ist wohl so. Denken Sie darüber mal nach.«

Vanuzzi hatte Weisung erhalten, über Innsbruck zu fahren, denn dort sollte er sich mit einem in Österreich lebenden MI6-Verantwortlichen treffen, der ihm letzte Instruktionen und das Geld übergeben würde. Knapp vierhundert Kilometer lagen vor ihnen. Wenn es gut lief, würden sie die in sechs bis sieben Stunden schaffen. Anschließend müssten sie in Innsbruck übernachten, die ungarische Grenze war zu weit entfernt. Außerdem würden sie dort, am Neusiedler See, erst nach Einbruch der Nacht abgeholt werden, und Vanuzzi hatte wenig Lust darauf, früh dran zu sein und einen ganzen Tag unter der Beobachtung von Enten, Anglern oder noch Schlimmerem zu verbringen.

Er sah zu Eckart hinüber, der in die Landschaft starrte, die allmählich ihre sommerlichen Farben verlor. Obwohl es nicht kalt war im Auto, trug der Deutsche einen langen schwarzen Ledermantel, den er sogar noch mit einem Gürtel geschlossen hielt. Vanuzzi sah die Falten in Eckarts Nacken. Mittlerweile war es sechs Jahre her, dass sie ihn aus dieser Psychiatrie geholt hatten, doch schien er sich körperlich noch immer nicht erholt zu haben. Ihm war aufgefallen, dass Eckart gebeugt ging, wodurch sie nun nahezu gleich groß waren.

Er rauchte eine Zigarette an und sagte: »Erinnern Sie sich an unsere letzte Fahrt nach Innsbruck? Das ist jetzt ziemlich genau zehn Jahre her…«

»Nanu, Sie werden mir doch nicht etwa sentimental …?«

Vanuzzi lachte – etwas zu gekünstelt, wie er selbst fand. »Wissen Sie was? Hab Ihnen das nie gesagt, aber … Ihre Fähigkeit, Vertrauen herzustellen, so aus dem Nichts … das hat mich damals schon beeindruckt.«

»Vertrauen können Sie nicht ›herstellen‹, Dan. Irgendwas muss da sein, irgendeine Bindung, und die muss stärker sein als Angst. – Sie finden also wirklich, wir waren damals ein gutes Team?«

Vanuzzi nickte.

»Warum haben Sie dann einfach den Kontakt abgebrochen und sind aus Tel Aviv abgehauen? Wissen Sie, wie sich Ihr gutes Team dabei gefühlt hat? Und ich habe noch immer keine Ahnung, warum Sie der Mossad rausgeworfen hat. Was ist passiert vor vier Jahren?«

Vanuzzi kurbelte die Scheibe herunter und warf seine Zigarette aus dem Fenster. Einen Moment ließ er die frische Luft um seinen Kopf strömen. Dann sagte er: »Es gab ein Problem mit einem Vorgesetzten. Einer von uns musste verschwinden. Und da ich gerade kein Gift zur Hand hatte, war's besser, einfach zu gehen.«

»1952 hat Ben Gurion Isser Harel zum Mossad-Chef gemacht. Ging es um ihn?«

Vanuzzi fühlte sich in die Enge gedrängt. Doch musste er gute Miene zum bösen Spiel machen, schließlich brauchte er Eckart. »Harel ist ein guter Mann … Aber ich bin besser.«

»Ich glaub's ja nicht! Sie haben ernsthaft darauf spekuliert, selbst Chef zu werden?«

»Warum auch nicht?! Ich bin fünf Jahre älter, erfahrener, und im Gegensatz zu Harel habe ich eine ausgezeichnete Ausbildung durch das CIC. Der Kerl hat mir schon zu Schai-Zeiten immer wieder in die Suppe gespuckt, mich ständig auf beschissene Missionen geschickt, um mich von Israel fernzuhalten. Hier«, sagte er und hielt mit quietschenden Reifen an. Hinter ihnen ertönte wütendes Hupen; er zog an seinem rechten Hosenbein und zeigte Eckart eine großflächige Narbe an der Wade. »Schussverletzung. Kleines Souvenir aus dem Unabhängigkeitskrieg 1949. Sprinten kann ich seitdem nicht mehr. War auch keine große Hilfe bei Ihrer Befreiung. Eigentlich hätte ich bei der Mission am Golf von Akaba gar nicht dabei sein sollen, mein Einsatz war völlig überflüssig. Harel hat das anders gesehen.«

Eckarts Gesicht blieb neutral.

Nun wurde Vanuzzi wirklich wütend. »Es geht nicht um diese Verletzung. Nicht nur. Harel hatte was gegen mich, er hat mir immer wieder in die Suppe gespuckt –«

»Das sagten Sie bereits.«

»Okay, okay, okay.« Vanuzzi blickte aus dem Seitenfenster. Dann ließ er das Auto wieder an und fuhr weiter.

»Sie glauben also wirklich, ohne Harel wären Sie heute Mossad-Chef.«

»Ganz bestimmt sogar. Und wir hätten einige Probleme weniger, mit den Arabern, zum Beispiel.«

»Gott!, hören Sie sich selbst eigentlich manchmal beim Reden zu?«

»Nein. Wenn ich mir beim Reden zuhören würde, käme ich nicht mehr zum Sprechen.«

Eckart erinnerte sich an das CIC-Dossier über Vanuzzi. Und an den handschriftlichen Vermerk: »Problem mit Autoritäten«. Vermutlich war's ein wenig mehr als das. Einer, der sich nicht nach seinen Verdiensten behandelt fühlte und den es deshalb nie länger am selben Ort hielt. Er hatte viel erreicht, wenn man bedachte, aus welchen Verhältnissen er kam. Aber er sah nur, was nicht funktioniert hatte, sein Ehrgeiz war überbordend. Und er suchte die Schuld immer bei anderen ... ein tief Gekränkter, ein Narzisst. Viele Nazibonzen waren genauso, nahmen fürchterliche Rache an den Menschen, die ihnen wirklich oder vermeintlich im Weg gestanden hatten, Rache an der Welt, Rache am Leben an sich.

Ein fremdes Gefühl für Eckart.

Er dachte zurück an die Zeit nach der Psychiatrie. Rosenberg hatte darauf bestanden, Eckart nach Israel mitzunehmen. Kaum dort angekommen, war er damit beschäftigt, seine Vorgesetzten beim Mossad davon zu überzeugen, dass der ehemalige deutsche Polizeikommissar und sein Kampf gegen die Nazis seit Ende der Zwanzigerjahre eine wichtige Quelle für den Dienst wäre. Kaum jemand wusste so viel über die Faschisten, ihre internationalen Kontakte und darüber, wie man sie kaltstellen konnte. Nach wenigen Monaten hatte Eckart dadurch ein Bleiberecht in Israel erworben, auch wenn er kein Jude war oder gar als Gerechter unter den Völkern gegolten hätte.

Rosenberg wollte Eckart nicht nur um sich haben, solange dieser sich noch in seinem fragilen geistigen Zustand befand. Er spekulierte zudem darauf, dass Eckart, würde er wirklich dem Mossad zuarbeiten, für die Amerikaner tabu wäre. Er bat Vanuzzi, sich ein wenig umzuhören, falls er doch noch den einen oder anderen seiner alten CIC-Kontakte reaktivieren könnte. Er konnte.

Ende des Jahres 1950 teilte Vanuzzi Rosenberg mit, dass das CIC, allen voran Howard Swartz, das Interesse an Eckart verloren habe. Da der bislang darauf verzichtet hatte, seine Informationen über die Rattenlinien an die Presse durchzustechen, ging der Colonel wohl davon aus, dass nichts dergleichen mehr passieren würde, zumal es längst wichtigere Themen gab: Durch den kalten Krieg, der ab Juni 1950 auf der koreanischen Halbinsel zu einem heißen geworden war, hatte die amerikanische Öffentlichkeit einen neuen Aufreger – und die alten Nazigeschichten gründlich satt. Doch Vanuzzis Kontakte rieten auch, dass sich der Deutsche trotzdem für den Rest seines Lebens aus den USA fernhalten solle.

Eckart selbst war zu dieser Zeit noch viel zu sehr mit seinem Hirn beschäftigt, um die Warnung wirklich zu verstehen. Erst im Frühjahr 1951 war er so weit, dass er eine eigene Wohnung beziehen konnte, in Gehweite zu Rosenbergs Haus. Er begann für den Mossad zu arbeiten, erst nur wenige Minuten am Tag; schließlich aber fand er kaum mehr ein Ende, hätte ganze Nächte durcharbeiten können, wenn ihn sein ehemaliger Assistent nicht mit sanfter Gewalt vom Schreibtisch weggezogen hätte.

Tel Aviv-Jaffa, wie die Stadt mittlerweile hieß, entwickelte sich in rasanter Geschwindigkeit. Eckart liebte ihre Lage am Meer und ihren Namen, den ihm Rosenberg verdeutscht hatte: Hügel des Frühlings. Für ihn hätte alles so bleiben können, wie es war, aber das ließ das Leben nicht zu. 1952 tauchte Vanuzzi ab, und Rosenberg hatte seine Arella geheiratet. Endlich!, das Drama der beiden Liebenden, die einander seit Jahren umschlichen hatten, war auch für Eckart beinahe nicht mehr auszuhalten gewesen. Als sie im Herbst 1952 ihr erstes Kind bekamen, wusste er, dass seine Zeit in Israel vorbei war.

Sie saßen auf dem Balkon von Rosenbergs neuer, größerer Wohnung. Obwohl es November war, umspielte sie eine warme Brise.

»Ich würde mich wie das fünfte Rad am Wagen fühlen.«

»Na ja, wir bekommen *ein* Kind – genau genommen wärst du das vierte Rad.«

Eckart schmunzelte. Aber sein Blick verriet Schmerz.

»Du weißt, dass unsere Tür für dich offen steht, Andreas. Du bist Teil dieser Familie, das sieht auch Arella so.«

»Ich weiß, Ephraim, ich weiß. Aber da gibt es etwas, mit dem ich noch eine Rechnung offen habe, und ich werde nur in Deutschland herausfinden können, was es ist.« Und so betrat er 1953 erstmals wieder deutschen Boden. Eine Rückkehr voller Unruhe, ohne Zorn.

Eckart hörte, wie der Motor leiser drehte, und kehrte langsam wieder aus seinem Gedankentunnel zurück. Sie hatten die deutschösterreichische Grenze erreicht, es war kurz nach Mittag. In Achenkirch kehrten sie in einem Gasthaus ein, bestellten Tiroler Gröstl und Bier. Mit einiger Überraschung vernahm Eckart, wie Vanuzzi nach dem Essen zwei Williams orderte, um ihre »Tiroltaufe« zu feiern.

»Vor zehn Jahren fanden Sie das Zeug grauenhaft, Dan.«

»Finde ich immer noch«, sagte der, stürzte sein Glas und verzog angewidert das Gesicht.

»Bringen Sie mich doch mal auf den Stand der Ereignisse. Ich weiß wenig von Ungarn.«

»Dass es seit Ende des Krieges ein Trabantenstaat der UdSSR ist, wissen Sie. Väterchen Stalin hat dafür gesorgt, dass es keine Demokratie wurde. Die Commies haben keine einzige Wahl gewonnen, obwohl sie immer die Regierung stellen. Aber seit Stalin tot ist, knirscht es im Land. Und die Ungarn hassen die Russen.«

»Sie meinen: Die Ungarn hassen die *Sowjets*.«

»Nein, sie hassen die *Russen*. Die Russen haben ihnen ihre Freiheitskämpfe zusammengeschossen, und das nicht nur einmal. 1848 haben sie den Österreichern geholfen, 1918 hat eine aus Russland gesteuerte kommunistische Clique das Land derart ins Chaos gestürzt, dass ein Diktator die Macht übernahm. Kaum waren die Ungarn den Kerl los, standen die Russen wieder im Land. Und das Benehmen ihrer ›Befreier‹ hat nicht gerade dazu beigetragen, freundschaftliche Gefühle zu wecken. Die USA schicken Aufbauhilfe, die UdSSR blutet ihre Verbündeten aus: Vergewaltigungen, Plünderung von Industriemaschinen, Verschleppung von Zivilisten zur Zwangsarbeit …«

»Es muss doch einen Regierungschef geben. Wer ist das denn?«

»Mátyás Rákosi. Er nennt sich Stalins besten Schüler, hatte eine Standleitung in Stalins Büro, um das Väterchen immer um Rat fragen zu können. Er und seine Gang haben noch jede Menge offene Rechnungen. Ihr ganzes Leben ist eine Rache an allen, die ihnen früher quer gekommen sind – und an allen anderen auch. An allen, die kein so mieses Leben hatten wie sie. Rákosi war in den Vierzigern in Moskau, möchte gar nicht wissen, was er alles tun musste, um zu überleben … er schätzt Terror als politisches Instrument, nennt es ›Salamitaktik‹: Stück für Stück schneidet er allen die Macht ab, die ihm selbst gefährlich werden. Am Ende kommt die Gurgel dran.«

»Und worauf stützt er seine Macht?«

»Auf Moskau. Und seine Staatssicherheit, die ÁVH. Gesinnungsspitzelei im Betrieb und zu Hause. Hab Ihnen ja schon erzählt, dass es über fast jeden Ungarn eine Akte gibt.« Vanuzzi nippte von seinem letzten Rest Bier. »Und dann hat sich Stalins bester Schüler verspekuliert. Ging wohl davon aus, dass sein Väterchen ewig leben würde. Seit 1953 tun die im Kreml alles dafür, den Dinosaurier Rákosi wegzubekommen, er musste sogar als Ministerpräsident zurücktreten. Allerdings ist er Parteichef geblieben und zieht weiter die Strippen mithilfe der Staatssicherheit.«

»In den Zeitungen habe ich von einem Hoffnungsträger gelesen.«

»Imre Nagy. Er war Ministerpräsident nach Rákosis Absetzung. Ist zwar vom Kreml eingesetzt worden, aber gegen Rákosis Widerstand. Das hat ihm einige Sympathiepunkte im Volk gebracht. Er hat die Zwangskollektivierung der Landwirtschaft gestoppt. Und unter seiner Regierung ist der Lebensstandard gestiegen. Nagy war Reformkommunist.«

»Wieso ›war‹? Ist er tot?«

»Soviel ich weiß, nicht, auch wenn er schwer herzkrank ist. Der Kreml hat ihn vor anderthalb Jahren wieder abgesetzt.«

»Warum?«

»Weil die Sowjets politisch zickzack fahren. Besoffen hinterm Steuer ist nichts dagegen. Apropos …« Vanuzzi orderte eine neue Runde Schnaps, dann nahm er den Gesprächsfaden wieder auf. »Wahrscheinlich sind Nagys Reformen den Sowjets zu weit gegangen. Sie haben Angst, dass nach Jugoslawien noch ein Verbündeter abtrünnig wird. Und Rákosi intrigiert im Parteiapparat, er hasst Nagy. Was nichts heißen muss, weil er absolut jeden hasst.«

»Und jetzt ist wieder Rákosi am Drücker?«

»Jein. Die Sowjets haben irgendwelche Marionetten eingesetzt. Ehrlich gesagt habe ich vergessen, wie die heißen. Nagy ist trotzdem eine ständige Bedrohung für die Rákosi-Gang, deshalb haben sie ihn aus der Partei geworfen. – Und dann, im Juli ...«

»Neuer Zickzack-Kurs im Kreml?«

»Prinzip verstanden, Doc. Rákosi hat sein Amt als Generalsekretär niederlegen müssen, lebt seitdem in Moskau. Er hat Angst vor Rache. Und möchte wohl wieder näher an die Fleischtöpfe der Macht. Im Augenblick regiert ein Gesichtsloser. Austauschbar. Natürlich aus der Rákosi-Gang. Gerni. Nein. Gera. Nein. Ah: Gerő, Ernő Gerő. Wetten, den Namen haben Sie in einer halben Stunde wieder vergessen?!«

Sie stießen miteinander an, stürzten den Williams in einem Zug.

»Für einen, der nicht viel mit Ungarn zu tun hat, sind Sie erstaunlich gut informiert, Dan.«

»›Nicht viel zu tun‹ habe ich nicht gesagt. Nur, dass man mich dort noch nicht so gut kennt ... das wird sich ab sofort ändern.«

14

*

Der 23. Oktober war ein strahlend schöner, warmer Herbsttag. Sehr warm, er schien kaum in diese Jahreszeit zu passen. Sie schwitzten im Auto, und Eckart fächelte sich mit einer Straßenkarte Luft zu.

Gegen siebzehn Uhr kamen sie in dem Örtchen am Neusiedler See an, das Vanuzzi für den Grenzübertritt ausgesucht hatte. Es wurde allmählich Abend, die Sonne würde in spätestens einer Stunde untergehen.

Warum sie nicht einfach legal nach Ungarn einreisen konnten, hatte ihm Vanuzzi in dürren Worten dargelegt: Sie hatten seit Innsbruck eine ganze Menge Geld bei sich, die Kaufsumme für das Dossier, die ihnen ein Kontaktmann des MI6 übergeben hatte, und die war im Auto unmöglich so zu platzieren, dass man sie nicht fand. Wenn man sie aber fand, wäre eine solche Summe kaum damit zu erklären, dass man in Ungarn Hühner kaufen wolle. Außerdem war es besser, keine schlafenden Hunde zu wecken.

Viel mehr hatte Vanuzzi den Tag über nicht gesprochen. Seit gestern war er schweigsam. Erst war die Geldübergabe geplatzt, die für den Abend zuvor geplant gewesen war, sodass sie heute nachgeholt werden musste. Dann kam der MI6-Mann mehr als zwei Stunden zu spät und bat um eine Unterredung unter vier Augen. Seitdem antwortete Vanuzzi nicht mehr, wenn Eckart ihn etwas fragte. Es war offensichtlich, dass es schlechte Nachrichten gab.

Eckart war die meiste Zeit mit sich selbst beschäftigt. Mit der Erinnerung an Aghawni, den Erwartungen an Sarkis. Und mit den Träumen der vergangenen Nacht.

Plötzlich, er wusste nicht, ob er wachte oder träumte, war da wieder der Linoleumboden in der Psychiatrie, der eiskalt war, sommers wie winters, ob man barfuß ging oder in Schuhen. Er bemerkt, wie er vorwärtsgetrieben wird von einer Menschenmenge, die ihn verhöhnt. Keine Gesichter zu erkennen, alle tragen Mundschutz. Wenn er zu langsam geht, erhält er einen Schlag in den Rücken, der sich mehr und mehr unter einer Last zu beugen scheint, die er nicht zu erkennen vermag. Dann erstirbt jede Bewegung, vier Pfleger halten ihn fest, zwingen ihn auf den Tisch der EST-Maschine. Statt ihn festzuschnallen, treiben sie ihm Nägel durch Hände und Beine, bevor sie ihm Grafitsalbe an die Schläfen schmieren, die Eisenspäne enthält, und er spürt deutlich, wie die Späne an den Schläfen scheuern. Er sieht die Drähte, die Elektroden, beginnt zu schreien, bevor ein Schmerz seinen Kopf durchzuckt und jede Hirnaktivität zu lähmen beginnt.

Eckart war schweißgebadet erwacht. 4.28 Uhr zeigte der Wecker im Hotelzimmer. Er erwartete, dass jeden Augenblick ein Pfleger käme, der immer um diese Zeit durch die Reihen ging und den Schlafenden mit seiner Taschenlampe in die Gesichter leuchtete, hörte Stimmen im Nachbarzimmer, brauchte Minuten, bis er realisierte, dass es ein Schnarchen, kein Sprechen war. Vanuzzis Schnarchen.

Es war nicht seine erste nächtliche Kreuzigung, und es würde nicht seine letzte sein. Wieder in den Schlaf zu finden war unmöglich gewesen, und so hatte er sich angezogen, das Hotel verlassen und war durch das morgendliche Innsbruck gestreift, das nebelverhangen und noch lange nicht zum Leben erwacht war.

Vanuzzi lenkte das Auto vorsichtig in Richtung eines Wäldchens, das direkt zum See abfiel. Er war die letzten Kilometer ohne Licht gefahren und steuerte den Wagen jetzt zwischen zwei Bäume, sodass er von der Straße aus nicht sichtbar war.

»Und nun?«, fragte Eckart.

»Warten wir, bis es dunkel ist. Ist Ihnen auf der Fahrt irgendwas aufgefallen?«

»Außer dass Sie seit Innsbruck quasseln wie ein Buch? Nein.«

»Mir schon. Kommen Sie.«

Sie bahnten sich zu Fuß ihren Weg zum Ende des Wäldchens, dann ging Vanuzzi in die Knie und bedeutete Eckart, es ihm gleichzutun. Er zog ein Fernglas aus seiner Tasche und sah über die Seezunge hinweg auf die andere Uferseite. Schließlich übergab er das Gerät Eckart. Der drehte an den Okularen, bis das jenseitige Ufer klar und deutlich hervortrat – und mit ihm Grenzsoldaten, Jeeps und Lastwagen, ein hektisches Hin und Her.

»Was sehen Sie, Doc?«

»Eine ganze Batterie von Militärfahrzeugen. Aber ich dachte, das wäre klar, warum nennt man das sonst den ›Eisernen Vorhang‹?«

»Normalerweise ist das, na ja, vielleicht nicht der Arsch der Welt, aber man kann ihn von hier gut riechen. Alle zwei Stunden fährt eine Patrouille, mehr nicht. Jetzt haben sie angefangen, alles abzuriegeln.«

»Was hat Ihnen der Kontaktmann in Innsbruck erzählt?«

»Nichts.«

»Geht das schon wieder los? Kommen Sie, wenn Sie ernsthaft mit mir zusammenarbeiten möchten, dann …«

»Er hat mir wirklich nichts erzählt. Nichts, mit dem ich etwas anfangen könnte. Nur Gerüchte.«

»Was für Gerüchte?«

»Dass es Probleme geben könnte und wir uns darauf einrichten sollen, dass es etwas anstrengender wird als geplant. Irgendwas muss in Ungarn passiert sein. Er hat einen Anruf von Daria bekommen, aber die Leitung war sofort tot.«

»Wer ist Daria?«

»Sie werden sie kennenlernen.«

»In Ordnung, Dan. Was war der Plan?«

»Ein bisschen weiter unten rüberspazieren, wenn die Patrouille durch ist, auf der anderen Seite abgeholt werden. Das wird so nicht mehr funktionieren, nicht mal bei Nacht … wie gut können Sie schwimmen?«

»Ich war in meiner Jugend Moderner Fünfkämpfer.«

»Muss man da Schnorcheln?«

»Nur wenn es sich gar nicht vermeiden lässt.«

Eckart deutete auf eine Stelle vor ihnen, die vollständig mit Schilfrohr bedeckt war. »Damit etwa? Das wird allerdings eine Herausforderung.«

»Sie denken …? Porca Madonna!, für wen halten Sie mich?!«

Vanuzzi kehrte mit Eckart zurück zum Auto. Er öffnete den Kofferraum und zog eine Kiste hervor, der er Schnorchel und Tauchmasken entnahm.

»Gut, Sie sind vorbereitet, das weiß ich zu schätzen. Aber was ist mit unserer Kleidung? Und mit unseren Koffern, lassen wir die hier zurück? Wie viel Grad hat das Wasser, wie lange werden wir drin sein? Sie sind noch jung, aber ich …«

»Es gibt eine Stelle, die zu einer Insel führt, von da aus geht's auf die ungarische Seite. Wir werden nur zwei kurze Tauchwege haben.«

»Aber wir sind trotzdem nass. Wir holen uns den Tod.«

»Nicht wenn wir uns beeilen. Zu Fuß bis zum Treffpunkt auf der anderen Seite – zwei Kilometer, nicht mehr …«

»Vorausgesetzt, Ihre Leute schaffen es, dorthin durchzukommen.«

»Schlafen Sie ein bisschen. Sie brauchen Ihre Kraft.«

Selbst die angebrochene Nacht war noch warm für Oktober, doch mit nasser Kleidung am Leib oder nacktem Oberkörper zwei Kilometer durch mehr oder weniger offenes Feld … womöglich würden sie robben müssen, um nicht entdeckt zu werden … worauf hatte er sich da bloß eingelassen?

Eckart hielt sich gegen einen Baum gelehnt, schloss kurz die Augen. Tatsächlich dämmerte er vor Übermüdung weg. Als er wieder in die Gegenwart zurückfand, sah er, wie sich Vanuzzi mit einer funzeligen Taschenlampe im Mund an etwas zu schaffen machte. Es sah aus wie das Endstück ihres Auspuffs, dreißig bis vierzig Zentimeter lang. Vanuzzi drehte Papier zu kleinen Rollen, schob sie hinein. Es wirkte, als wollte er das Stahlrohr damit auspolstern. Als er fertig war, kramte er wieder in seiner Kiste, entnahm ihr etwas, das für Eckart aussah wie ein Garnknäuel. Vanuzzi teilte es mit der Hand, knetete es durch, verstopfte damit die Enden des Rohrs und blickte um sich, als wartete er auf anbrandenden Applaus.

»Könnten Sie etwas für mich mit hineinlegen?«, fragte der ehemalige Kommissar und übergab Vanuzzi einen Brief und eine Fotografie.

Weniger kalt als befürchtet. Die Sonne hatte den ganzen Tag auf das Wasser geschienen und es erwärmt. Sie gaben fast keinen Laut von sich, als sie sich, nackt bis auf die Unterhosen, hineingleiten ließen, da es um sie herum so leise war, dass man jeden Luftzug in den Baumwipfeln hören konnte.

Kein Mond zu sehen. Um die Orientierung zu behalten, würden sie alle zehn Schwimmzüge vorsichtig auftauchen müssen. Vanuzzi war optimistisch, dass das Restlicht, das über den Wassern lag, ausreichte, um ihnen die Richtung zur bewaldeten Insel zu weisen, die auf halbem Weg lag. Die Stelle auf ungarischer Seite, an der sie schließlich anlanden wollten, führte durch sumpfiges Gebiet, und die Wahrscheinlichkeit, dass sich ein Grenzer hierher verirrte, schien gering.

Eckart, der zunächst Zweifel gehabt hatte, ob er mit dem Schnorchel zurechtkommen würde, und deshalb unter Aufsicht seines Partners einige Züge Trockentauchen geübt hatte, tat sich anfangs wirklich schwer, doch dann schwamm er sich allmählich frei. Es war seine liebste Disziplin im Fünfkampf, und seine beste. Er hatte in Tel Aviv die Gelegenheit genutzt und das Meer besucht, sooft es sich einrichten ließ. Hatte sich vom Wasser tragen lassen und das Gefühl genossen, in diesen Momenten seine irdische Schwere abgeben zu können, getragen, ja, gehalten zu werden.

Als er erstmals den Kopf aus dem Wasser reckte, sah er, dass er einen Vorsprung gegenüber Vanuzzi gewonnen hatte, was so nicht geplant war, und dass er tatsächlich vor sich, schwarz auf dunkelgrau, das Ufer der Insel ausmachen konnte. Er tauchte wieder ab.

Wenige Minuten später landeten sie leise an, zogen sich ans Ufer, legten sich auf den weichen Boden. Lauschten in die Finsternis. Es roch nach Fischlaich und faulem Holz. In der Ferne waren Motorengeräusche zu hören, sonst nur das Plätschern des Wassers, das Flüstern des Windes im Schilf. Vanuzzi zog Eckart in die Vertikale und gab ihm ein Zeichen, dass er ihm folgen sollte. Als sie den Wald erreicht hatten, mit dem die Insel bestanden war, fröstelte Eckart.

»Hoffen wir mal, dass Ihre Leute etwas zum Anziehen für uns haben«, sagte er, doch Vanuzzi erwiderte nichts.

Eckart war schon so weit gegangen, jetzt konnte er nicht mehr zurück. Und etwas in ihm wollte es auch nicht. Nicht, bevor er seinen Sohn kennengelernt hatte.

Sie irrten unter den Bäumen umher, zunehmend orientierungslos, wie ihm schien. Als sie wieder an einem Ufer standen, sahen sie Lichter auf der anderen Seite. Vanuzzi fluchte leise.

»Was ist?«

»Das ist die österreichische Seite, auf der ungarischen gibt's keine Siedlung.«

»Und wenn es die Soldaten sind?«

»Blödsinn! Das sind eindeutig Häuser. Wir müssen umkehren.«

Abermals verfranzten sie sich, abermals fluchte Vanuzzi und schlug einen anderen Weg ein. Obwohl die Insel nicht groß war, hatten sie größte Mühe, sich in der nun vollständig angebrochenen Nacht zu orientieren. Eckarts Zähne klapperten, er pustete sich in die Hände.

Schließlich standen sie am richtigen Ufer.

»Und woran erkennen Sie, dass es diesmal das richtige ist?« Dann sah er die Lichter, die sich bewegten, mal ein wenig stiegen, dann wieder fielen, mal aufblitzten, wieder verschwanden.

»Die österreichische Seite ist nachts kaum bewacht«, flüsterte Vanuzzi. »Wir sind etwas weiter an der oberen Inselseite als geplant, aber dadurch auch weiter weg von den Grenzern. Ich glaube, die Schnorchel brauchen wir nicht mehr. Schwer genug, sich jetzt über Wasser zu orientieren. Können Sie noch?«

»Ja, aber mir ist kalt.«

»Ignorieren! Halten Sie sich am anderen Ende des Auspuffrohrs fest, sonst gehen Sie mir noch unterwegs verloren.«

Kurz darauf teilten sie das Schilf und verhedderten sich dabei mit dem Stahlrohr. Eckart sah noch, dass ihm Vanuzzi Zeichen gab, hinter ihm zu schwimmen und sich an seinem rechten Fuß festzuhalten. Hintereinander kamen sie leichter voran, Zug um Zug, bis sie Boden unter ihren Füßen spürten. Eckart trat etwas zu vehement auf, glitt in Schlick hinein, der ihm mit einem Mal bis über die Knöchel reichte. Er ruckte mit dem Bein nach oben, machte ausweichende Bewegungen zur Seite, doch es gelang ihm nicht, sich zu befreien.

»Vanuzzi!«

Er hatte die Silben gehaucht. Keine Antwort, nur leises Plätschern.

»Vanuzzi!«

Diesmal mit Stimmeinsatz, doch noch immer keine Reaktion.

»Vanu…«

Eine Hand klatschte auf seinen Mund, schnitt ihm das Wort ab.

»Was?«

»Ich hänge fest.«

»Das Rohr, fest zugreifen!«

Es bedurfte einiger Minuten, bis er sich mithilfe Vanuzzis befreit und an Land gezogen hatte. Sie lagen im Gras, schnauften tief durch. Immerhin war ihm mittlerweile ein wenig wärmer geworden.

Vanuzzi nestelte an dem Stahlrohr herum, dann schlug er Eckart sachte gegen die Schulter, um ihm zu bedeuten, dass sie weitermussten.

Wieder gingen sie durch ein Wäldchen, das aber nur sehr dünnen Baumbestand trug, wahrscheinlich war es erst vor dem Krieg aufgeforstet worden. Noch immer kein Mond. Eckart tappte unsicher hinter Vanuzzi her, trat in etwas hinein, spürte einen stechenden Schmerz und konnte nur mühsam ein Stöhnen unterdrücken.

Dann erreichten sie das Ende des Baumbestands. Vanuzzi trat ganz nah an Eckart heran und fuchtelte vor dessen Augen eine Richtung in die Luft. Die ersten Meter legten sie im Entengang zurück, bis sie wieder in die Deckung einiger Sträucher und Büsche kamen.

Abgesehen davon, dass Vanuzzi sich vorhin auf der Insel verirrt hatte, blieb es Eckart ein Rätsel, wie sich dieser Mann überhaupt orientierte. Es war, als hätte er Katzenaugen, die in die Nacht sehen konnten, oder einen sechsten Sinn.

Offenes Feld und Hecken wechselten einander jetzt regelmäßig ab. Einmal ließen sie sich zu Boden gleiten, als in einer Entfernung von weniger als hundert Metern ein Geräusch erklang, noch bevor ein Licht zu sehen war. Es bewegte sich rasch von rechts nach links in ihrem Blickfeld. Ein Motorrad. Vielleicht ein Meldegänger. Sie hielten sich lange in der Deckung, dann marschierten sie weiter.

Eckart hätte nicht zu sagen gewusst, wie viel Zeit inzwischen vergangen war, bis sie einen Hund anschlagen hörten.

Vanuzzis Flüstern: »Ein Bauernhof. Das muss die Siedlung sein.« Er zog seinen Partner mit sich. Sie näherten sich wieder einer Hecke, kauerten nieder. Von hier aus sahen sie eine Straße. Das Hundebellen wurde lauter.

»Wir warten hier.«

»Worauf?«

»Auf die Post.«

»Gott!, Vanuzzi, Sie machen mich wahnsinnig …«

Im nächsten Moment fiel der Schein einer Taschenlampe von schräg oben auf Eckarts Gesicht. Instinktiv hob er die Hand zum Schutz und sah im Augenwinkel eine uniformierte Gestalt. Noch bevor er wegrennen oder sonst einen Impuls in Bewegung verwandeln konnte, hörte er einen dumpfen Schlag, einen Schmerzschrei. Dann krachte die Taschenlampe auf Vanuzzis Kopf. Eckart gab der Uniform einen Schubs, sodass sie neben ihm in der Hecke landete, und die Lampe fiel ihm direkt in den Schoß. Er leuchtete die Szenerie aus, sah, wie Vanuzzi mit leicht blutendem Schädel dem Angreifer auf den Rücken sprang und ihm das Stahlrohr in den Nacken drückte. Vanuzzi rang angestrengt mit dem am Boden Liegenden, als Eckarts Blick auf die Mütze fiel, die der vermeintliche Grenzsoldat verloren hatte.

»Hatten Sie nicht was von der Post gesagt? Das ist eine Postmütze, Dan.« Eckart hielt sie seinem Partner unter die Nase und leuchtete mit der Lampe darauf. Dann hörte er eine wie erstickt klingende Stimme, die Deutsch mit etwas schleppendem Akzent sprach, die Vokale dunkel tönte und dabei immer die erste Wortsilbe betonte:

»Vonuzzi, du värfluchtes Orschloch!«

Sieh an, dachte Eckart, man kennt ihn hier. Und sogar recht gut.

15

★

Die schlanken Finger strichen das blutverklebte Haar glatt und von der Wunde weg. Dann begann die Frau unter Zuhilfenahme eines jodgetränkten Wattebauschs mit der anderen Hand die Wunde zu reinigen. Vanuzzi ließ sich den Schmerz nicht anmerken. Nur der Angreifer, ein junger Mann, der direkt neben Eckart saß und seinen Knöchel verpflegte, grummelte unaufhörlich in einer für ihn unverständlichen Sprache.

Vanuzzis Team, das aus zwei Leuten bestand, hatte sie in einem dunkelgrünen Postbus abgeholt, der versteckt hinter Büschen am Feldrain parkte. Sie würden sich hier nicht lange aufhalten können, waren zu nah an der Grenze, aber sie brauchten ein paar Minuten, um sich aufzuwärmen und zu sammeln.

Eckart hielt sich eine alte Armeedecke um den Leib. Erst jetzt spürte er, wie kalt ihm wirklich war. Der Hals brannte, die Nase lief – hoffentlich hatte er sich nicht erkältet. Die Frau hatte ihm lauwarmen Kaffee aus einer Thermoskanne eingeschenkt. Eckart versuchte sich zu beherrschen, seine klappernden Zähne in den Griff zu bekommen.

Sie saßen auf Kisten im Heck des Busses. Der hatte hier keine Scheiben und war durch eine Blechwand nach vorn ebenfalls blickdicht. Zwei Petroleumleuchten spendeten ihnen ausreichend Licht, um sich die Bescherung anzusehen.

Der junge Mann, Eckart schätzte ihn auf einundzwanzig Jahre, wurde ihm als Mihály, Russisch-Übersetzer, vorgestellt. Er war einige Zentimeter kleiner als die Frau und wirkte mit seinen schwarzen Haaren und schwarzen Augen auf Eckart wie ein Levantiner. Er hatte buschige Brauen, war schlecht rasiert. Das Gestell seiner Brecht-Brille war ein wenig verbogen, er würde es nachjustieren müssen, bevor sie wieder auf andere Menschen trafen, sonst sähe man ihm den vorangegangenen Kampf an. Sorgen schien ihm allerdings eher sein Fuß zu bereiten, an dem ihn Vanuzzi mit dem Schlagrohr getroffen hatte.

»Darf ich?«, fragte Eckart und beugte sich über den verletzten Knöchel. »Ich bin Mediziner.«

Mihály ließ es geschehen.

»Nichts gebrochen. Aber Sie werden ein paar Tage humpeln. Schonen Sie das Bein, treten Sie vorsichtig auf.«

Eckart wusste nicht, ob sein Gegenüber ihn verstanden hatte, doch der junge Mann nickte und unterbrach für einige Sekunden sein brabbelndes Staccato.

Aber eben nur für ein paar Sekunden. Dann wurde er von der Frau unterbrochen, die sich um Vanuzzis Platzwunde am Kopf kümmerte und Mihály einige Worte zuzischte.

»Was sagt er?«, fragte Vanuzzi.

Eckart hörte ihre melodiöse, volltönende Stimme, mit der sie fast ohne jeden Akzent Deutsch sprach.

»Er ist verärgert, dass du ihn geschlagen hast.«

»Erst schlagen, dann fragen.«

»Hat man Ihnen das beim CIC beigebracht?«, fragte Eckart.

»Nein, in Little Italy. Und es ist der Grund, warum ich neunundvierzig Jahre alt geworden bin.«

»Herzlichen Glückwunsch!«, sagte Eckart und schaute zu der jungen Frau hin. Die zuckte wie entschuldigend mit den Schultern und lächelte ihn an. Mein Gott, dachte er, sie muss damit aufhören, mich so anzusehen, ich bin vielleicht alt, aber noch nicht tot …

Nach ihrem kurzen Gefecht hatten sie Mihály geschultert, weil er Probleme hatte, aufzutreten. Er führte sie zu einem Bus mit der Aufschrift »Magyar Posta«, und dort nahm sie die junge Frau in Empfang, die ebenfalls Uniform trug.

Sie war hochgewachsen und hatte lange Beine, was durch die Uniform, die ursprünglich wohl für Männer geschneidert worden war, merkwürdigerweise sogar noch betont wurde. Allerdings wirkte sie in ihren Bewegungen bisweilen etwas linkisch. Sie schien der Typ Frau, der sich für hässlich hielt, wenn sie lächelte. Man sah ihr an, dass sie es nicht oft tat; ihr Lächeln war schief, saß auf ihrem Gesicht wie eine venezianische Karnevalsmaske, die zu klein war, von zu großem Gewicht oder unsymmetrisch. Eckart schätzte sie auf siebenundzwanzig oder achtundzwanzig Jahre. Hellbraunes Haar, das etwas rebellisch schien, grüngraue Augen, ein herzförmiges Gesicht. Wäre ihre Nase nicht etwas zu klein und ihr Mund etwas zu groß gewesen, Eckart hätte den Eindruck gehabt, der vielleicht schönsten Frau der Welt gegenübergetreten zu sein. So war sie einfach »nur« schön, was für ihn eindeutig ihre Attraktivität noch einmal erhöhte.

Vanuzzi behielt wie immer sein Pokerface, aber Eckart hatte bemerkt, wie die junge Frau ihn ansah und sich dabei ihre Pupillen weiteten. Keine gute Idee, Mädchen!, dachte er, dann konzentrierte er sich darauf, Mihály zum Heck des Postbusses zu bringen.

»Es ist schön, Sie zu sehen. Ich habe viel von Ihnen gehört, Herr Dr. Eckart«, sagte die junge Frau.

»Nur Schlechtes, nehme ich an.«

»Auf alle Fälle *viel*. So viel, dass ich mich auf Sie gefreut habe wie auf einen lang entbehrten Verwandten.«

Eckart wusste nicht, ob er sich über das Kompliment freuen oder darüber ärgern sollte, dass Vanuzzi seiner offenbar so sicher war und viel über den neuen Mann im Team erzählt hatte, bevor dieser überhaupt ahnte, er könne Teil eines Teams werden. Doch selbst wenn das eine von Vanuzzi inszenierte Charmeoffensive war: Er wollte diesen kleinen Flirt genießen, es gab diese Momente nur noch äußerst selten.

»Machen Sie mich nicht verlegen«, sagte er, »in meinem Alter sieht Gesichtsröte wie eine ansteckende Hautkrankheit aus.«

Ein offenes und herzliches Lachen. Woher glaubte er dessen melodische Note zu kennen? Von meiner Mutter, dachte Eckart, ich suche wirklich in allen Frauen meine Mutter.

Dann errötete er tatsächlich ein wenig, als sie ihm zur Begrüßung rechts und links einen Kuss auf die Wange gab.

»Nennen Sie mich Daria.«

Mittlerweile waren die Verletzten ausreichend versorgt, und Vanuzzi und Eckart hatten Postuniformen bekommen, die beiden zu klein waren.

»Und nun?«, fragte der ehemalige Kommissar.

»Alles hat sich geändert«, sagte Daria, »es wird schwer werden, überhaupt nach Budapest hineinzukommen.«

»Wieso?«, fragte Vanuzzi ironisch. »Ist etwa die Weltrevolution ausgebrochen?«

»Ja«, antwortete sie gänzlich unironisch. Selbst wenn es nicht die Weltrevolution sein mochte: Aufstände hatten in der Hauptstadt begonnen, die Lage war unklar. Sie schlug deshalb vor, bis kurz vor Budapest zu fahren und währenddessen die Informationen abzuwarten, die sie per Funk aus der Kapitale erwarteten.

Vanuzzi fluchte. »Hättet ihr nicht noch ein paar Tage damit warten können?«

Eckart sah, wie in Mihálys Gesicht eine Zornesader anschwoll.

»Vielleicht hätten sie dir erst eine Einladung zum Tee schicken sollen, Vanuzzi.«

»Wozu? Ich bin kein Brite, ich hasse Tee.«

»Können Sie denn Revolution machen«, fragte Eckart, »ist Budapest so schwach verteidigt?«

»4500 ungarische Soldaten«, antwortete Mihály – Eckart gegenüber war er verbindlich und freundlich –, »dazu 65 Panzer und 2500 Milizionäre des Innenministeriums.«

»Das ist allerdings nicht viel.«

»Die anderen sind an die Grenzen kommandiert worden, wir haben sie auf der Fahrt gesehen«, sagte Daria. »Sie fahren Kolonne. Ich habe mir Sorgen gemacht, dass ihr es nicht mehr rüberschafft.«

»Die Frage ist eher, wie wir es nach Budapest schaffen, Prinzessin.«

Eckart sah Mihály mit den Augen rollen, dann sagte der: »Die Post bringt uns hierher, die Post bringt uns zurück. Eine bessere Tarnung gibt es nicht, Vanuzzi.«

Vanuzzi hatte begonnen, in den Kisten zu kramen, die bis zum Rand mit Briefen gefüllt waren; von weiter unten förderte er kleine, dunkle Säcke zutage. »Ist das so?! Und was ist da drin?«

»Medikamente aus London. Eine milde Gabe deiner Landsleute.«

»Jungchen, ich hab dir schon mal gesagt, dass ich kein Brite bin. Wo habt ihr die her?«

»Sie sind hier in der Nähe deponiert worden, schon vor ein paar Tagen, als das noch etwas einfacher war«, erklärte Daria. »Wir können, wie sagt man, zwei Fliegen mit einer Klappe …«

»Prinzessin, findest du das eine gute Idee, illegale Ausländer und Medikamente *gleichzeitig* in die Stadt zu schmuggeln?«

»Niemand hat dich gebeten, wieder zurückzukommen, Vanuzzi. Die Medikamente brauchen wir, aber dich …«

»Mihály!«

Darias Augen hatten sich verfinstert, und sie überzog ihren Landsmann mit einer Tirade, die Eckart der Melodie nach irgendwo zwischen Kopfwaschen und engagierter Lyrik einsortierte. Der junge Mann ließ den Kopf hängen, öffnete die Heckklappe und zündete sich eine Zigarette an. Er humpelte rauchend ein paar Schritte, tauchte in die Nacht ein.

Vanuzzi drehte eine Petroleumlampe ab. »Was ist mit unserem Informanten?«, fragte er tonlos. »Innsbruck sagt, du hast angerufen, aber die Leitung wurde unterbrochen.«

»Ich wusste nicht, wie ich dich erreichen soll«, erwiderte Daria. Dann sagte sie in Eckarts Richtung: »Wir reden von dem Mann, der das Dossier hat.«

»Er wird einen Decknamen verwenden; wie nennt er sich?«

»Piros Báty – großer roter Bruder.«

»Großer … Gott! Hat er den Namen von Karl May geklaut?«

»Von wem …?«

»Vergessen Sie's. Erzählen Sie weiter.«

»Er muss ein ziemlich großer Fisch im ungarischen Geheimdienst sein, weiß ganz genau, wer wo für welchen Ost-Dienst unterwegs ist. Er ahnt, dass es der ÁVH an den Kragen gehen wird, egal, ob Rákosi wiederkommt oder ein anderer regiert. Er will mit dem Geld des MI6 ins Ausland. Wir haben eine Kontaktmethode ausgemacht und regelmäßige Meldungen vereinbart. Aber er ist seit einer Woche überfällig. Seit Dan weg ist.«

»Wie viele Kontakte hätten es seither sein sollen, Daria?«

»Drei.«

Eckart verzog den Mund. »Meine Erfahrung aus der Politischen Polizei sagt mir: Das ist ein Fehlkontakt zu viel. Einmal kann etwas schiefgehen, auch ein zweites Mal, aber dreimal … er wird gefangen gehalten. Oder er ist tot.«

»Gewissheit werden wir frühestens in Budapest haben.«

Mihály kam zurück und mahnte zum Aufbruch, wenn sie vor dem Morgengrauen ankommen wollten. Es waren zwar nur knapp zweihundert Kilometer, doch sie mussten die großen Straßen meiden, die sie auf dem Herweg gefahren waren – schon allein, um den Patrouillen zu entgehen, die dort lauerten und die Fahrzeuge teils ausgiebig kontrollierten. Der junge Mann räumte einige Postkisten beiseite, dann machte er sich an der Wand zu schaffen, die den Ladebereich im Heck von der Führerkabine trennte. Ein Hohlraum, breit und tief genug, um zwei Männern von der Größe Eckarts und Vanuzzis ein wenig Platz zu verschaffen. Nur die Beine konnten sie nicht ausstrecken.

»Reizend!«, kommentierte Eckart.

»Es wird ausreichend Luft durch die Fahrerkabine eindringen, wir haben Luftschlitze angebracht. Aber wir müssen den Verschlag verriegeln, weil man bei einer Kontrolle sonst sieht, dass sich hinter der Blechwand etwas verbirgt.«

»Keinen Mist bauen, Prinzessin! Wenn das Auto brennt, kommen wir ohne euch nicht mehr raus!«

»Das ist wahr«, sagte Mihály mit maliziösem Grinsen. Es war das Letzte, was Eckart sah, dann wurde neben ihm die Blechwand mit zwei dumpfen Schlägen abgeriegelt. Anschließend konnte er hören, wie die Postkisten wieder vor ihren Verschlag gestapelt wurden. Er war froh, nicht unter Klaustrophobie zu leiden. Selbst sein Verschüttungserlebnis vor Verdun hatte nie dazu geführt.

Zwei Türen fielen ins Schloss, der Wagen wurde gestartet und setzte sich ruckelnd in Bewegung. In ihrem Verschlag begann es allmählich nach menschlichen Ausdünstungen zu riechen.

Eckart hatte versucht, ein bisschen zu schlafen, doch mehr als ein kurzes Dösen mit kleinen, zaghaften Traumbildern war nicht möglich. Sie wurden durchgerüttelt. Seine Bandscheiben schmerzten. Er wäre gern aufgestanden, um den Körper ein wenig zu dehnen, doch die Gefahr, dabei zu stürzen, war einfach zu groß – die Piste schien mehr aus Schlaglöchern denn aus Asphalt zu bestehen. Er konzentrierte sich auf seinen Atem. Einatmen – Pause – Ausatmen – Pause – Einatmen.

Wie lange waren sie schon unterwegs?

Ausatmen.

Er konnte das Zifferblatt seiner Uhr nicht erkennen. Tagsüber würde durch die Luftschlitze etwas Licht eindringen, aber bei Nacht war nichts zu sehen.

Einatmen.

Da er seit einiger Zeit nur noch sporadisch rauchte, hatte er kein Feuerzeug dabei. Aber Vanuzzi …

»Dan?«

Keine Antwort.

»Dan???«

Noch immer keine Antwort. Eckart konzentrierte sich auf die Geräusche, die von der gegenüberliegenden Fahrzeugwand an sein Ohr

drangen. Er glaubte, ein leises Murmeln zu vernehmen: »Rausrausraus, ich muss rausrausraus, ich muss rausrausraus …«

Eckart kannte diese Reaktion. In den kurzen Jahren seiner psycho-
analytischen Praxis vor dem Ersten Weltkrieg hatte er mit zahlreichen
Patienten zu tun gehabt, die mit Klaustrophobie kämpften. In besänf-
tigendem Tonfall sagte er: »Konzentrieren Sie sich auf Ihren Atem,
Dan. Sie atmen ruhig ein und lang wieder aus. Dann machen Sie eine
Pause, bevor Sie wieder ruhig einatmen.«

Das Gemurmel ebbte nicht ab. »Können Sie mich hören? Kommen Sie, atmen Sie mit mir. Ein – Aus – Pause – Ein …«

Das Murmeln hatte ausgesetzt, dafür hörte Eckart ein leises rhyth-
misches Klopfen. Allmählich begann er sich ernsthaft Sorgen zu machen. Dabei fiel ihm ein, dass er Mihálys Taschenlampe wieder an sich
genommen hatte, nachdem er die Uniform angezogen hatte. Irgendwo hier musste sie sein … er kramte in seiner Jacke, fand die Leuchte,
schaltete sie etwas umständlich ein.

Vanuzzis Körper bewegte sich vor und zurück, vor und zurück, vor
und zurück. Er war knallrot im Gesicht, der Schweiß lief ihm in Strömen über die Stirn in den Kragen. Seine Augen waren zwei stechend
kleine Punkte, ihr Blick irgendwo weit in die Ferne gerichtet. Keine
Reaktion auf Licht und Akkommodation. Der Atem schien beschleu-
nigt, soweit Eckart das von hier aus sehen konnte, doch immerhin
hyperventilierte sein Partner nicht.

Das war keine Klaustrophobie. Zumindest nicht nur. Aber was …?

Vanuzzis Schaukeln wurde intensiver, jetzt kam auch wieder ein
Gemurmel hinzu. Nach wenigen Worten erkannte Eckart das Schma
Jisrael, die jüdische Gebetsformel, die Rosenberg auch ihm, dem
nichtgläubigen Protestanten, seinerzeit in Israel beigebracht hatte.

Eckart konnte sich nicht erinnern, Vanuzzi je beten gehört oder
gesehen zu haben. Er knipste die Taschenlampe aus.

Eine Viertelstunde später war es so ruhig auf der anderen Fahr-
zeugseite, dass er sie zur Sicherheit noch einmal anschaltete. Vanuzzis

Gesichtsfarbe war wieder normal, vielleicht etwas blasser als sonst. Er hielt sich eine Hand vor die Augen und maulte Eckart an, ihm mit dem Ding nicht ins Gesicht zu leuchten. Der Deutsche konnte sehen, wie durchgeschwitzt sein Gegenüber war. Vanuzzi hatte sein Hemd bis knapp über den Bauchnabel geöffnet. Dabei bemerkte Eckart etwas, das an einer Kette von seinem Hals baumelte.

»Ist das eine Kapsel? Ist es, was ich denke?«

»Zyankali. Das haben wir euch Deutschen abgeschaut. Sehr effizient, wenn man ein Geheimnis bewahren muss.«

Sollte er ihn darauf ansprechen, was gerade geschehen war? Besser nicht, Vanuzzi würde ohnehin nur abwiegeln. Stattdessen entschloss sich Eckart zu fragen: »Hat unsere Operation eigentlich einen Namen?«

»Achilles.«

»Operation Achilles? Haben Sie den ausgesucht? Weil Sie die Sowjets an ihrer schwächsten Stelle treffen wollen?«

»Achilles hieß mein Hund.«

»Das ist nicht wahr, oder?!«

»Ein Collie-Mischling, seine rechte Gesichtshälfte war braun. Manchmal sah es so aus, als würde er lächeln, dabei war ihm nur schlecht, und er musste —«

»Ja, schon gut, Dan, schon gut.«

Ein besonders tiefes Schlagloch ließ die beiden nach rechts und links purzeln, Eckart schlug mit dem Kopf unsanft gegen die Führerkabine.

»Wie gut kennen Sie die beiden eigentlich?«

»Daria und Mihály? Ich habe sie selbst überprüft. Das Jungchen ist ein wenig vernarrt in die Prinzessin, haben Sie ja gesehen.«

»Könnte das ein Problem werden, wenn es zu einer kritischen Situation kommt?«

»Er weiß, dass er keine Chance bei ihr hat. Sie war seine Dozentin.«

»Daria unterrichtet an der Universität?«

»Sie ist Dolmetscherin. Sie haben ihr unter Imre Nagy Lehraufträge gegeben. Und dann wegen ›unklarer politischer Haltung‹ wieder entzogen. Eine überzeugte Antikommunistin und Anhängerin der Befreiungsbewegung. Deshalb arbeitet sie auch für den MI6.«

»Sie hat die Hoffnung, die Kommunisten stürzen zu können?«

»Der MI6 spielt eine zentrale Rolle darin, Studentengruppen und Intellektuelle zur Revolte aufzustacheln. Und, na ja, auch darin, dass sie hier alle mit der Unterstützung des Westens rechnen, wenn es zu so was kommt.«

»Ist das nicht ein bisschen naiv?«

»Es ist Teil der Blocktheorie, die ihnen seit Jahren eingehämmert wird. Die Sowjets sagen: Wer gegen uns ist, ist ein feindlicher Agent. Im Umkehrschluss bedeutet das: Wer gegen die Commies arbeitet, wird automatisch Unterstützung aus dem Westen bekommen. Und *RFE* –«

»*RFE*?«

»*Radio Free Europe*. Ein von den USA finanzierter, antikommunistischer Sender. Sie senden fast rund um die Uhr auf Ungarisch, viele kennen und hören ihn. Und vor allem glauben sie *RFE*, wenn die erzählen, dass die Westalliierten Ungarn nicht im Stich lassen werden.«

»Und das werden sie – die Ungarn nicht im Stich lassen?«

Vanuzzi schwieg lange. Dann vermeinte Eckart leise Bläsertöne zu hören. Zuerst glaubte er an eine Halluzination, aber die Klänge wurden immer deutlicher, zumal sie gerade auf einem guten Pistenstück zu fahren schienen, das leises Dahinrollen ermöglichte.

»Wo kommt die Musik her?«

»Die beiden haben ein portables ›Batterieradio‹ dabei. Sie hören ungarischen Rundfunk, die einzige Informationsquelle, wenn sie keine Funkverbindung zu unseren Leuten in Budapest bekommen.«

Wieder entstand eine Gesprächspause. Beide lauschten sie der Musik.

»Das ist die ungarische Nationalhymne, Doc.«

»Dann spielen sie die jetzt zum dritten Mal nacheinander.«

»Wenn man keine Meldungen verbreiten darf, ist ein bisschen Patriotismus das Effektivste …«

Kurz darauf erkannte Eckart den Gefangenenchor aus Verdis *Nabucco*. Dann brach die Musik plötzlich ab, und der Bus verlangsamte seine Geschwindigkeit.

Sie hatten ihnen eingeschärft, totenstill zu sein, sobald das Fahrzeug anhielt. Sie würden bis Budapest durchfahren, eine Pause war aus Sicherheitsgründen nicht geplant, ein Halt würde eine Straßensperre bedeuten. Und nichts Gutes verheißen.

Als der Motor erstarb, konnte Eckart die Spannung, die in der Luft lag, förmlich greifen. Zunächst drangen nur vereinzelte Laute an sein Ohr, dann ein schrilles Pfeifen, Hundebellen, ein rauer, etwas versoffen klingender Bariton: »Die Post, so so … da habt ihr euch ja eine schöne Zeit ausgesucht.«

Sie hatten ausgemacht, dass in der Führerkabine nicht geraucht werden durfte, weil der Qualm auch in ihr Versteck eindringen und ihnen das Atmen erschweren würde. Doch nun schnüffelte Eckart dem eindringenden Rauch hinterher – wahrscheinlich hatte sich Mihály vor Nervosität eine Zigarette angesteckt.

»Die Post kann nicht warten, Herr Kommandant. Stellen Sie sich vor, wie viele Menschen morgen früh sehnsüchtig zum Briefkasten laufen werden …«

»Wenn du die Post bringst, würde ich auch sehnsüchtig laufen. Wohin geht's?«

»Budapest.«

Ein heiseres Lachen. »Ihr wisst schon, was da los ist?«

»Wir sind die Post, Herr Kommandant! Die Post kann nicht warten, und wenn die Konterrevolutionäre die halbe Stadt in die Luft sprengen …! Was ihnen nicht gelingen wird, solange Ungarn so fesche Volkssoldaten hat …«

Wieder das heisere Lachen. Dann eine dritte Stimme. Männlich, aufgeregt, höher als die erste: »Ladung kontrollieren, Herr Hauptmann?«

»Hast du Tomaten auf den Augen? Das ist die Post, Dummkopf! Und die kann nicht warten, stimmt's?!«

Zwei satte Schläge gegen die Fahrzeugwand.

»Die äußeren Stadtbezirke, da ist der Beschuss am heftigsten. Passt auf, dass ihr keine Querschläger abbekommt!«

Dann setzte sich das Fahrzeug wieder in Bewegung.

Obwohl er die Szene erst im Nachhinein verdeutscht bekam, beeindruckte Eckart schon während des Gesprächs mit dem Kommandanten die Kaltblütigkeit, welche die Stimme der jungen Frau ausstrahlte. Darias Anwesenheit war ein Glücksfall für Vanuzzis Operation.

Der Wagen stoppte ein zweites Mal. Eckart hörte, wie die Heckklappe aufging, machte sich bereit für einen Schlag. Aber etwas war anders als beim letzten Halt – kein Laut, nur das Kratzen der Kisten über die Ladefläche.

»Keine Angst, ich bin's nur«, hörte er die Stimme Darias, bevor sich ihr Verschlag öffnete.

»Wie viel Uhr ist es?«

»Kurz nach vier. Keine guten Nachrichten über Funk, keine guten Nachrichten im Radio. Wir bleiben erst einmal hier und warten den Morgen ab. Vielleicht beruhigt sich bis dahin die Lage.«

Erst als sich Eckart aus seiner Ecke herausbewegen wollte, wurde ihm bewusst, dass er sich ganz und gar steif fühlte und sein linkes Bein nicht mehr spürte. Langsam, Zentimeter für Zentimeter, robbte, zog, schob er sich vorwärts, kam sich vor wie ein an der Küste gestrandeter Wal.

Die drei hatten bereits den Petroleumkocher angeworfen, als er sich endlich bei ihnen sehen ließ.

16

★

Sie kochten Lecsó auf, einen Paprikaeintopf, sowie tiefschwarzen Kaffee. Mit den Küchengerüchen kam auch der Hunger, und Eckart aß mit großem Appetit.

Sie hatten in einem Forst außerhalb der Stadt haltgemacht. Die Nacht war neblig und kühl. Wäre es nicht so unberechenbar, jetzt nach Budapest zu fahren, könnten sie sich völlig ungerührt durch die Straßen bewegen, erläuterte Daria, aber angesichts der aufgepeitschten Situation … tatsächlich waren sie so nah an der Stadt, dass man in der Distanz Geschützfeuer hörte. Der Himmel im Südosten wurde immer wieder erhellt.

Daria war sichtlich hin und her gerissen. Ob sie nicht an den Erfolg des Unternehmens glaube, hatte Eckart sie gefragt, worauf sie zögerlich zur Antwort gab, dass sie natürlich auf mehr Freiheitsrechte für ihr Land hoffe, deshalb arbeite sie ja für den MI6. Aber sie mache sich auch Sorgen, dass gerade etwas geschehe, das den Einmarsch der Russen provozieren könnte.

»Das mag eine naive Frage sein, aber herrscht nach dem Tod Stalins nicht so etwas wie Tauwetter? Was versprechen sich die Sowjets davon, einzumarschieren? Für ihre internationale Reputation wäre das katastrophal.«

»Ich befürchte, die Russen wissen gerade selbst nicht genau, was sie wollen«, antwortete sie. »Ungarn ist für sie ein geopolitisch wichtiges Land. Nach Jugoslawien will man keine zusätzlichen abtrünnigen Satelliten. Das wäre auch ein Zeichen anderen Staaten gegenüber, Polen etwa: dass es kein guter Zeitpunkt ist, sich mit der UdSSR anzulegen.«

»Es ist etwas mehr als das«, unterbrach Vanuzzi. »Chruschtschow steht innerparteilich unter Beschuss. Der MI6 glaubt, dass es nur noch eine Frage der Zeit ist, bis er die Macht und seinen Hals verliert.

Kann sein, dass er jetzt den Falken gibt, um die anderen Falken in der KPdSU zu beschwichtigen und seine Stellung zu sichern.«

»Falken?«, fragte Mihály.

»Hardliner. Ideologen. Überzeugungstäter. Kriegstreiber. Musst mal deine Hausaufgaben machen, Jungchen, so wird das nichts mit dem politischen Kampf.«

»Ich muss in erster Linie schlafen, Vanuzzi. Im Gegensatz zu dir habe ich den ganzen Tag gearbeitet.«

Im nächsten Moment war Mihály in der Führerkabine verschwunden. Entschuldigend sagte Daria: »Er ist seit heute Morgen nonstop gefahren. Der Bus war seine Idee, aber er war sich selbst nicht sicher, ob es wirklich funktionieren würde.«

»Okay«, sagte Vanuzzi, »dann erzähl mal, was gestern passiert ist.«

»Ich muss es mir aus den Radiobotschaften und den Funksprüchen von Ödön zusammenreimen. Und du kennst Ödön. Er kann nicht gut zwischen wichtig und unwichtig unterscheiden.« Es sei eigentlich nur eine Solidaritätskundgebung für Polen gewesen, wo nach Zugeständnissen ans Volk, die die dortigen Kommunisten gemacht hatten, Einheiten der Sowjetarmee in Richtung Warschau vorzurücken begannen. Daraufhin hatten Budapester Studenten zwei Demonstrationszüge organisiert, denen sich immer mehr junge Arbeiter und Passanten anschlossen.

»Von wie vielen Demonstranten reden wir?«, fragte Eckart.

»Unsere Leute sagen: über zweihunderttausend.«

Der Deutsche pfiff durch die Vorderzähne, nahm einen beunruhigten Blick Vanuzzis auf.

»Sie ziehen zum Parlament am Donauufer, wollen Imre Nagy hören. Nagy ist unser wichtigster Reformkommunist. Die Ungarn setzen große Hoffnungen auf ihn. Aber er kommt und kommt nicht. Nur die Polizisten tun alles dafür, dass sich die Leute wieder zerstreuen. Sie schalten sogar die Straßenbeleuchtung ab, bis die Demonstranten Zeitungen anzünden, die sie dabeihaben. Als Nagy dann kurz nach einundzwanzig Uhr doch kommt und eine Rede hält, sind alle enttäuscht. Er ruft zur Mäßigung auf, aber das stachelt die Demonstranten erst recht auf. Um halb zehn ziehen einige zum Stalindenkmal weiter, um es mit Hämmern und Beilen zu zerschlagen. Dann verbrennen sie Bücher von Marx, Lenin und Stalin. Der Rundfunk verkündet, dass es ein von westlichen Geheimdiensten angezettelter Aufstand ist. Viel interessanter wäre, welche Rolle der KGB dabei spielt …«

»Sie meinen, er lässt die Lage bewusst eskalieren?«, fragte Eckart.

»Um eine Intervention zu rechtfertigen, ja. Ödön sagt, dass viele Aufständische sich bewaffnen, als sie hören, dass sowjetische Panzer auf Budapest zurollen. Sie stürmen Kasernen, Waffenfabriken und Polizeistationen. Es gibt immer noch Feuergefechte rund um das Rundfunkgebäude und die linientreuen Verlagshäuser.«

»Was macht Ödön?«

»Er hat sich einer Gruppe junger Fabrikarbeiter angeschlossen, die mit einem geklauten Lastwagen durch die Stadt rasen und Waffen verteilen.«

»Ist er in der Nähe von – *ihm*?«

»Ja. Sojus ist der Anführer der Gruppe.«

Eckart bemerkte, wie Vanuzzi und Daria Blicke tauschten.

»Geht es um meinen Sohn?«

Die junge Frau nickte.

»Wie haben sie ihn gerade genannt?«

»Sojus. Das ist sein Deckname. Von ›Sojus Sowjetskich Sozialistischeskich Respublik‹. ›Sowjetunion‹ auf Russisch.«

»Der Name steht nicht im Dossier.«

»Natürlich nicht. Ein bisschen Wühlarbeit mussten wir auch noch verrichten, Doc. Seit ich weiß, wer er ist, habe ich versucht, einen meiner Leute in seiner Nähe zu platzieren. Ödön macht seine Sache gut, auch wenn er ein bisschen … na ja, Sie werden ihn kennenlernen.«

»Der ganze Aufwand für einen x-beliebigen KGB-Agenten? Was verschweigen Sie mir? Welche Rolle spielt Sarkis?«

Daria blickte zu Vanuzzi hin, der ihr ein kaum sichtbares Zeichen gab. Dann sagte sie: »Wir gehen davon aus, dass Sojus schon vor einiger Zeit in den Reihen radikaler Studentengruppen platziert worden ist. Das ging problemlos, weil er hier studierte und gute Kontakte hat. Außerdem spricht er ausgezeichnet Ungarisch. Der KGB hat natürlich daran gedacht, ihn ›vertrauenswürdig‹ zu machen. Dafür ist es wichtig, dass der Betreffende eine Akte bei der Geheimpolizei hat und stalinistischen Verfolgungen ausgesetzt war. Den Studenten gegenüber behauptet er, die Seiten gewechselt zu haben. Er sagt, dass er für die Sowjetführung gearbeitet hat und Geheimpläne kennt. Dass er ihnen dadurch Material für ihre Arbeit zuspielen kann. Er gibt den Kommunistenfresser, hat sich langsam unentbehrlich gemacht, ist in der Hierarchie gestiegen.«

»In Wahrheit war das natürlich Material, das der KGB freigegeben hat, Doc.«

Eckarts Gedanken fuhren Achterbahn. Er hätte das Gehörte gern erst einmal verdaut, aber Daria setzte wieder an.

»Wir gehen davon aus, dass die Sowjets ihn ›abgeschaltet‹ hatten, solange nichts Weltbewegendes passiert ist. Nun ist seine Zeit gekommen, und es wird klar, wofür er eingesetzt werden kann.«

»Und das wäre?«

»Ödön berichtet, dass Sojus einer der Rädelsführer ist. Die Studenten haben anfangs wenig getan, um zu provozieren. Sojus trägt entscheidend dazu bei, dass es zu Gewaltexzessen kommt … es gibt die ersten Toten … alles hat den Anschein, dass er ein Agent provocateur ist.«

Eckart schaute ungläubig. »Dann würde seine Aufgabe darin bestehen, die Situation in den Straßen so lange anzuheizen, bis die Sowjets einen Vorwand haben, einzumarschieren und dadurch Ruhe und Ordnung wiederherzustellen.«

»Ich weiß, was ein Agent provocateur ist, aber – woher wissen Sie das so genau, Daria?«

»Ödön ist immer in seiner Nähe. Wir hatten Funkkontakt.«

Der ehemalige Kommissar überlegte. »Was ich nicht verstehe: Wie kann ein Einzelner so viel Unheil anrichten und die Leute aufwiegeln, dass das Wohl und Wehe der nächsten Tage und Wochen von ihm abzuhängen scheint?«

»Budapest ist ein Pulverfass. In einer derart zugespitzten Situation kann jemand mit Charisma fast alles erreichen. Dann sind Leute wie Nagy, die sich überhaupt nicht zu den Ereignissen positionieren oder zur Mäßigung aufrufen, eine massive Enttäuschung für die Menschen auf der Straße. Die Studenten vertrauen Sojus, weil er so viele Insiderinformationen hat und scheinbar die Sache der Aufständischen voranbringt. Dabei tut er alles dafür, dass die Aufständischen immer ein bisschen auf verlorenem Posten stehen. Er verrät ihre Positionen und Absichten an die Russen.«

»Aber warum kapiert keiner der Aufständischen, wohin diese Radikalisierung führt?«

»Vielleicht wollen sie es gar nicht kapieren. Weil sie weggetragen werden vom Rausch der Revolution und nicht nach morgen fragen.«

»Oder weil der KGB wirklich ganze Arbeit geleistet hat«, schaltete sich nun Vanuzzi ein.

»Was soll das heißen?« Darias Gesicht begann sich zu verfinstern.

»Was bei Sojus funktioniert, funktioniert auch bei anderen, Prinzessin. Doppelt genäht hält besser.«

»Du willst nicht ernsthaft behaupten, dass *alle* Kommandeure der Aufständischen KGB-Leute sind!«

»Wissen wir's?!«

»Das sind junge Männer, Dan. Ein paar glauben in ihrer Selbstüberschätzung bestimmt, dass es Ungarn allein mit den Sowjets aufnehmen kann. Die meisten zählen auf den Westen …«

»Keine gute Idee.«

»Wahrscheinlich, weil deine Amerikaner wieder ihr eigenes Spiel spielen?«

»Ich weiß nicht, welches Spiel die Amerikaner spielen, ich habe keine Kontakte zu den Diensten dort. Aber für die Briten und Franzosen geht Suez vor, das hat mir unser Mann in Innsbruck klipp und klar gesagt. Ihr seht es doch selbst: Budapest ist dem MI6 gerade mal einen Externen wert. Natürlich einen ausgezeichneten ...«

»Natürlich. Du bist ein ganz toller Hecht.« Daria war aufgesprungen und entfernte sich Richtung Führerhaus.

»Was hat die denn?«, zischte Vanuzzi.

»Recht. Recht hat sie.«

»Finden Sie, ja? Ich denke, dass ich hier verdammt gute Arbeit leiste. Und wenn ich das Dossier habe, werden das auch alle anderen sehen.«

»Der Mossad zum Beispiel? Ist es das, was Sie wollen? Dass die Israelis bereuen, Sie nicht zum Chef gemacht zu haben?«

»Nein«, antwortete Vanuzzi und blickte in die Nacht. »Die paar Pfund, die ich dafür bekommen werde, sind auch gute Gründe.«

Eckart glaubte ihm kein Wort. Er wusste, dass Vanuzzi gern den Zyniker gab, den abgeklärten Straßenjungen aus Chicago, den nichts mehr erschüttern konnte, der alles Elend und alle Verkommenheit der Welt gesehen hatte. Dabei war gerade er derjenige, der bei ihrer Jagd auf Nazi-Kriegsverbrecher eine Vehemenz und Konsequenz entwickelt hatte, die dafür sprachen, dass er ein enttäuschter Idealist war; einer, der sich immer wieder einer neuen Seite in diesem Krieg um die Köpfe zuwandte, weil er sich von ihr versprach, ehrlicher und moralischer zu agieren als andere. Er war noch lange nicht im Zynismus angekommen, aber vielleicht war es nur eine Frage der Zeit.

»Sie sehen aus, als ob Sie auch etwas Schlaf vertragen könnten, Doc.«

»Wohl wahr. Zwei Fragen müssen Sie mir dennoch beantworten. Solch ein Dossier aufzutun ist wie die Nadel im Heuhaufen zu finden. Und ausgerechnet hier, unter diesen chaotischen Verhältnissen, taucht es auf?«

»Ohne Heuhaufen keine Nadel.«

»Sehr philosophisch.«

»Ich meine, dass nur chaotische Verhältnisse ein solches Dossier entstehen lassen. Nur in einem Land, das gerade untergeht, kann sich jemand veranlasst fühlen, so was anzulegen. Um sich dadurch Schutz und Sicherheit im Ausland zu erkaufen.«

»Gut, das überzeugt mich für den Moment.«

»Okay. Und die zweite Frage?«

»Wenn Sie wissen, dass Sojus ein Agent provocateur ist …«

»Wir wissen es nicht, wir vermuten es.«

»Wenn Sie das *vermuten:* Warum ziehen sie ihn nicht einfach aus dem Verkehr? Offenbar richtet er nichts als Schaden an.«

»Wäre das im Sinne seines Vaters?«

»Behaupten Sie etwa, Sie würden um meinetwillen nicht eingreifen?«

»Natürlich nicht. Es ist schlicht eleganter, so zu zeigen, wie die Commies ticken … dass sie versuchen, die Revolte in den schlimmstmöglichen Zustand zu bringen, um sich anschließend als Retter in der Not aufspielen zu können. Um wieder Zugriff auf ihre Trabanten zu haben. Wenn wir das nur *behaupten*, glaubt uns das kein Mensch, aber wenn wir das mithilfe von Beweisen über die Wühlarbeit von Sojus *zeigen* können … und mithilfe des Dossiers natürlich.«

»Es enthält also mehr als nur Namen und Infos über Spione?«

»›Nur‹ ist gut. Wir kennen das Dossier noch nicht. Aber ja, unser Kontaktmann sagt, dass sich darin Gesprächsprotokolle und Hintergrundinfos zum Konflikt befinden, die beweisen werden, wie Moskau die Situation anheizt. Nicht nur in Ungarn.«

Als sie sich wenige Minuten später zwischen den Postkisten ausstreckten, fand Eckart trotz seiner bleiernen Müdigkeit nur schwer in den

Schlaf. »Operation Achilles«, dachte er, war kein guter Name. Wenn das Dossier wirklich all das enthielt, wovon Vanuzzi sprach, wäre es eher die Büchse der Pandora.

Aber warum schickte man dann einen Kerl wie Vanuzzi vor …?

17

★

Ödön hatte gemeldet, dass sich die Lage in der Stadt noch immer nicht beruhigt hatte, der Postbus ihnen aber einen gewissen Schutz verleihen sollte. Er teilte ihnen mit, welche der Einfallstraßen gesperrt und welche gefährlich zu passieren waren.

Alle waren übernächtigt und sprachen wenig beim improvisierten Frühstück. Im ungarischen Rundfunk verkündete man, dass Imre Nagy als neuer Ministerpräsident vereidigt werde; er selbst rief kurz darauf das Standrecht aus, aber auch eine Amnestie für alle, die bis vierzehn Uhr die Waffen niederlegen würden.

»Wird es jetzt besser?«, fragte Eckart.

Daria schüttelte den Kopf, während sie ihm Kaffee einschenkte. »Nein. Sie quetschen ihn in der Regierung zwischen Hegedüs und Gerő ein. Beide waren wichtige Mitarbeiter von Rákosi. Jetzt wirkt es fast so, als ob Nagy selbst den Stalinisten zuarbeitet.«

»Aber vielleicht taktiert er nur. Er muss Zeit gewinnen.«

»Ja, vielleicht …«

Bevor Eckart und Vanuzzi wieder ihre Plätze im Versteck einnahmen, schärfte Daria ihnen noch einmal ein, dass sie ab sofort auf sich allein gestellt waren. Kaum ein westlicher Nachrichtendienst war dieser Tage noch in Ungarn aktiv, selbst die Botschaften seien geschlossen. Falls sie von der Polizei aufgegriffen wurden, müssten sie angeben, Ostdeutsche zu sein, geschäftlich unterwegs. Vanuzzi solle möglichst nicht reden, damit man seinen englischen Akzent nicht hörte. Falsche Pässe gebe es noch nicht, doch werde sie sich darum kümmern.

Eckart fühlte sich aufgewühlter und unsicherer als am vorigen Tag, obwohl der Weg wesentlich kürzer war. Die Wahrscheinlichkeit, in einer umkämpften Stadt einen Granattreffer abzubekommen, war deutlich höher als bei einer nächtlichen Überlandfahrt. Vanuzzi hatte immerhin seine Zyankalikapsel, doch er selbst würde bei lebendigem Leib verbrennen …

Der Postbus verlieh ihnen tatsächlich einen gewissen Schutz. Alle Patrouillen, die Straßensperren errichtet hatten, an denen sie langsamer fuhren, winkten sie einfach durch.

Dass sie zwischenzeitlich in Budapest angekommen waren, konnten die beiden daran erkennen, dass der Gefechtslärm, der aus der Führerkabine zu ihnen durchdrang, lauter wurde. Meist waren es Maschinengewehr- oder MP-Salven und nur noch selten die markerschütternden Einschläge größerer Geschütze. Der Geruch von brennendem Diesel zog durch die Luftschlitze. Dann roch Eckart Kordit, einen Sprengstoff, der ihm das Atmen erschwerte und Tränen in die Augen trieb. Er zog sich mühevoll die Uniformjacke aus und hielt sie sich vor die Nase. Immerhin sorgte dies dafür, dass er jetzt mehr übers Ersticken als übers Verbrennen nachdachte.

Wenig später rumpelte der Bus über eine hohe Schwelle, schaukelte nach rechts und links. Dann hielt er. Mihálys Stimme war aus der Führerkabine zu hören: Er sagte, dass er sie gleich befreien würde und sie sich beeilen müssten, in den Keller zu kommen.

Eckart hatte die Bombennächte des Zweiten Weltkriegs in Deutschland nicht miterlebt, dennoch war Bombenalarm sein erster Gedanke, als er wieder Tageslicht sah und, von Mihály und Daria angetrieben, den Bus hinter sich lassend auf den Hintereingang eines Hauses zurannte. Es wirkte nicht so, als ob das Viertel derzeit unter Beschuss stand, auch wenn Eckart erkennen konnte, dass es in einigen umliegenden Häusern Granattreffer gegeben hatte. Wahrscheinlich war es eine Vorsichtsmaßnahme, um zu vermeiden, dass ein zufälliger Beobachter sah, wie sie aus dem Bus sprangen. Daria hastete voraus, hielt auf ein Gestrüpp zu. Sie wies auf eine halb überwucherte hölzerne Falltür im Boden, die sich als Einstiegsluke in die Pester Unterwelt erwies. Vanuzzi mühte sich einige Augenblicke damit ab, bevor es ihm gelang, sie zu öffnen. Daria schaltete eine Taschenlampe an, sie gingen eine Leiter hinab, Vanuzzi verrammelte die Luke hinter sich. Dann standen sie in einem dunklen Keller, der nach Schimmel und Wein roch und vom Schein der Leuchte nur wenig erhellt wurde.

»Hier entlang!«, sagte Daria und wies den Weg nach links. Sie hatte einen Moment gezögert; Eckart hoffte, dass sie wusste, was sie tat.

Nach wenigen Minuten und unzähligen Abzweigungen, halb vermoderten Türen, die sie öffneten und hinter sich wieder zuzogen, hätte Eckart den Weg zurück nicht mehr gefunden. Offenbar waren die Keller der Häuser in dieser Gegend alle miteinander verbunden und bildeten ein gigantisches Labyrinth.

»Da hinein!« Daria zeigte auf einen Kellerverschlag, den sie für sich allein zu haben schienen. Sie verriegelte die Tür.

»Wo ist Mihály?«, fragte Eckart.

»Er muss den Bus wegbringen – die Medikamente … er kommt später wieder her, Ödön wird ihn mitnehmen zur ersten Lagebesprechung.«

»Warum sind wir in diesem beschissenen Keller, Prinzessin? Sieht nicht so aus, dass die Commies noch mit Panzern schießen.«

Eckart sah, dass Vanuzzis Gesicht wieder merkwürdig rot war. Er wirkte fahrig, ging wie ein eingesperrtes Tier im Raum hin und her, *sein Blick ist vom Vorübergehn der Stäbe so müd geworden, dass er nichts mehr hält*, dachte er.

»Ödön sagt, die meisten Bewohner in der Innenstadt verstecken sich noch immer im Keller. Dann sollten wir das auch tun. Zur Sicherheit.«

134

Nur manchmal schiebt der Vorhang der Pupille sich lautlos auf, dann geht ein Bild hinein …

»Um Gottes willen, setzen Sie sich, Dan! Sie machen mich wahnsinnig.«

Vanuzzi blickte Eckart wütend an und verzog sich in einen Winkel, der vollständig dunkel war.

Sie hörten fernes Maschinengewehrfeuer.

»Wo sind wir hier genau?«, fragte Eckart.

»In diesem Haus ist unsere sichere Wohnung.«

»Nein, ich meine: in der Stadt. Wo genau befinden wir uns?«

»Kennen Sie Budapest?«

Er schüttelte den Kopf.

»Wir sind in Pest. Achter Bezirk, Josefstadt. – Budapest ist geteilt, der Fluss bildet für viele noch immer die Grenze. Sie sagen: Wenn er gewollt hätte, dass aus Buda und Pest eine Stadt wird, hätte Gott nicht die Donau erschaffen.«

Ein gedehntes Stöhnen aus Vanuzzis Finsternis.

… geht durch der Glieder angespannte Stille – und hört im Herzen auf zu sein.

»Was ist mit Dan, sollen wir –«

»Lassen Sie ihn, Daria. Er muss von selbst kommen.«

Eckart setzte sich auf einen alten Gartenstuhl, der unter seiner Last ächzte. Dann stützte er den Kopf in die Hände und lauschte auf die entfernten Gefechtsgeräusche.

Eine weitläufige Sechszimmerwohnung in einem Jugendstilgebäude, hoch droben, ohne Dachschräge. Allerdings heruntergewirtschaftet, teils waren Stuck und Putz von der Decke gefallen, teils hatte man das Parkett abmontiert, sodass man den nackten Estrich sah. Insgesamt waren außer der Küche und einem Bad nur noch zwei der kleineren Zimmer bewohnbar, die – nach Frau und Mann geschieden – als Schlafraum dienten und peinlich sauber gehalten wurden.

Die Besprechungen mussten sie am Küchentisch abhalten. Tapeten und Möbel waren derart nikotingeschwärzt, dass sich Eckart – kaum in Zivilklamotten geschlüpft, die Daria ihm und Vanuzzi im Vorfeld besorgt hatte – beim Anlehnen an eine Wand einen rostbraunen Fleck auf dem hellen Hemd zuzog. Auf dem Herd summten zwei italienische Espressokocher (von denen Daria behauptete, eigentlich hätten die Ungarn sie erfunden) und verbreiteten einen aromatischen Duft, der es in seiner Intensität immerhin mit dem Zigarettenrauch aufnehmen konnte. Seltsam, dass Strom- und Gasversorgung noch funktionierten. War das nicht das Erste, das bei einem Aufstand entweder von der einen oder der anderen Seite gekappt wurde?

Eckart hatte keine echte Erfahrung mit solchen Situationen. 1918 war er zwar in Berlin gewesen, aber statt Revolution zu machen, hatte er sich um seinen Vater gekümmert, der an der Spanischen Grippe erkrankt war. Vielleicht fühlten sich solche Umstürze viel normaler an, als man glaubte; vielleicht rochen sie oftmals weniger nach Pulver und Ausnahmezustand als nach frischem Mokka, feuchtem Tabak und dem blumigen Parfüm junger Frauen …

Als Mihály mit Ödön eintraf, war die »Kerntruppe«, wie Daria sie nannte, komplett. Ödön sei im zweiten Lehrjahr gewesen, doch habe er die Lehre abgebrochen, um sein MI6-Abenteuer leben zu können. Sie habe auf ihn eingeredet wie auf einen toten Hund, aber vergeblich. Ein Pfiffikus, hatte sie gescherzt, er habe vor niemandem Respekt. Nur Dan, zu dem schaue er auf. Er habe ihn auch »entdeckt« … in einer Altstadtgasse waren sie aneinandergeraten, Ödön in einer Gruppe mit vier seiner Mitlehrlinge. Keiner wollte dem anderen Platz machen. Sie habe Vanuzzi noch zurückhalten wollen, aber aus dem verbalen Gefecht wurde allzu schnell eines, das sie mit Fäusten und Schwitzkasten führten. Ödön war der Erste, der zu Boden ging, dann folgten die anderen. Dass ein »alter Mann« fünf von ihnen so mir nichts, dir nichts verdroschen hatte, schien Eindruck auf Ödön gemacht zu haben. Am nächsten Morgen stand er vor der Tür. Sei ihnen gefolgt, den ganzen Abend, unbemerkt, wie sie zugeben musste. Es habe eine ganze Weile gedauert, bis Ödön Dans Tests bestanden hatte, aber mittlerweile halte er große Stücke auf den Jungen. Sonst hätte er ihn nicht »auserwählt« und in der Nähe von Sojus platziert.

Feuerrote kurze Haare, einen roten Flaum auf der Oberlippe, zahlreiche Sommersprossen. Mehr als einen Kopf kleiner als er selbst, schätzte Eckart ihn auf kaum älter als siebzehn, ein halbes Kind, das Revolution spielte. Doch sein Händedruck war fest, und er schaute ihm mit einem verschmitzten Lächeln geradewegs in die Augen, ganz anders als andere Jungen in seinem Alter. Zur Begrüßung sagte er in überraschend gutem Deutsch: »Ich sag's Ihnen gleich: Ich tu mich schwer mit neuen Gesichtern.«

Eckart schluckte. Ob das der richtige »Mann« an der richtigen Stelle war? »Verstehe. Vielleicht können Sie sich meinen *Namen* merken. Ich heiße Andreas Eckart.«

»Ödön. – Duzen Sie mich, das machen alle hier.«

Sie hatten sich um den Küchentisch gesetzt, Ödön und Mihály hatten Bier und mehrere etikettlose Flaschen mit einer klaren Flüssigkeit mitgebracht.

»Was ist das?«, fragte Vanuzzi.

»Barack.«

»Barack?« Eckart war sich nicht einmal sicher, ob er das Wort richtig verstanden hatte.

»Aprikosenschnaps«, erklärte Daria. »Wo habt ihr den her?«

»Wir haben ihn befreit. Wie die Stadt und das Land«, sagte Ödön lachend.

Mihály holte fünf Saftgläser aus dem Schrank, und Ödön schenkte sie halbvoll. Eckart hob eine Augenbraue, sah Vanuzzi an. Der zuckte mit den Schultern. Dann stießen sie laut klirrend an. Die Ungarn riefen unisono: »Egészségedre!«

Sie kippten die Flüssigkeit wie Wasser. Eckart tat es ihnen mit Mühe nach, sah überrascht, wie auch Vanuzzi seinen Teil geschluckt hatte – offensichtlich war der mittlerweile kein überzeugter Schnapsverweigerer mehr wie noch vor zehn Jahren. Dann allerdings hielt Vanuzzi die Hand über sein Glas, als Ödön nachschenken wollte.

»Erst die Arbeit. Erzähl!«, sagte er mit strenger Miene.

Ödön stellte die Flasche ab. »Jawohl, Meister. Mehrere ungarische Armee-Einheiten meutern. Die haben Sympathie für unseren Kampf. Der Widerstand geht hauptsächlich vom achten Bezirk aus, aber in Ferencváros wird auch gekämpft. Die ganze Nacht ging's hin und her, mal haben unsere das Rundfunkhaus gehalten, mal die anderen. Jetzt ist es wieder in der Hand der Armee.«

Ödön hatte atemlos gesprochen, schnappte nach Luft, öffnete ein Bier, trank. Dann erzählte er weiter.

»Unsere Leute haben sich überall auf den oberen Stockwerken platziert und schießen auf Soldaten und Polizisten. Am Ring und in der Pester Straße ist die Hölle los. Am Schnittpunkt der Hauptstraßen, die von der Donau ausgehen, stehen die Panzer. Aber die Russkis sind nicht mit den neuen T55 gekommen, sondern mit T34 aus dem letzten Krieg. Die Dinger sind so alt, dass sie nur noch der Rost zusammenhält. Sojus hat Molotowcocktails auf Vorrat gebaut und eine Handvoll Dreizehnjährige rekrutiert. Die schleichen sich von hinten an sie heran, im blinden Fleck der Panzerfahrer. Sie schleudern die brennenden Flaschen aus weniger als zwei Metern, damit sie auf den Kühlventilatoren landen. Dabei wird der ganze Motor mit brennendem Benzin übergossen. Wenn's die Soldaten noch aus dem Panzer schaffen, werden sie von unseren Leuten beschossen. Wenn nicht …«

»Mein Gott …!«, sagte Daria.

»Molotowcocktails.« Vanuzzi sprach mit verächtlichem Unterton, »Glückwunsch, Doc, Ihr Sohnemann hat gerade das Rad neu erfunden! – Woher nehmt ihr das Benzin?«

»Unsere Truppe hält einen ganzen Häuserblock, dahinter ist eine Tankstelle, die haben wir auch befreit. Das ist wie eine Festung, die Russkis kommen nicht mal in die Nähe.«

»Wie viele Leute stehen unter seinem Kommando?«

»Schwer zu schätzen. Zweihundert. Vielleicht ein paar mehr.«

Vanuzzi nickte anerkennend. »Das sind viele. That's my man!«

Eckart konnte sich nicht erklären, was er damit meinte – er schien nicht der Einzige zu sein, denn auch die anderen sahen Vanuzzi irritiert an, doch der begann schon wieder damit, Fragen zu stellen:

»Was genau ist *deine* Funktion?«

»Ich bin der motorisierte Verbindungsmann, transportiere Medikamente, Munition und Handgranaten auf dem Moped.«

»Das vermutlich auch befreit wurde?«

»So ist es.«

»Das bedeutet, dass du dich ab und zu mit uns treffen kannst, ohne dass es gleich auffällt.«

»Wenn ich durch die Straßen komme. Teilweise stehen die gesprengten Panzer kreuz und quer. Wir mussten Schleichwege nehmen, um hierherzukommen. Und ich muss aufpassen, dass nicht unsere eigenen Leute auf mich schießen. Obwohl ich mit einer ungarischen Fahne fahre, aus der ich den roten Stern geschnitten habe. Das ist unser Erkennungszeichen.«

Jetzt schaltete sich Daria wieder ins Gespräch ein: »Nagy hat eine Amnestie erlassen. Gibt jemand seine Waffen ab?«

Ödön lachte auf. »Von uns nicht. Sojus versucht sogar, neue zu organisieren. Ist allerdings nicht mehr so leicht wie heute Nacht. Aber von den Jungs aus der Pester Straße, wo ich den Barack herhab, wollen einige ihre Vorkriegsgewehre loswerden. Wenn sie schon mal auf dem Polizeirevier sind, schauen sie, dass sie an was Neues rankommen.«

»Du hast Spaß, ja?«, fragte Vanuzzi.

»Irgendwie schon.«

»Okay. Aber denk dran, was deine eigentliche Funktion ist.«

»Hm.«

»Ödön, das ist verdammt wichtig!«

»Sir, yes, Sir!« Der Junge salutierte grinsend.

»Weiter! Was kannst du uns über die Aufständischen erzählen?«

»Dass es mindestens drei Gruppen sind. Da wären einmal«, Ödön zählte mit den Fingern ab, »die radikalen Studenten. Dann die Industriearbeiter. Und natürlich Soldaten, die die Seiten gewechselt haben. Sind sich alle nicht grün. Die Arbeiter wollen vor allem Rache nehmen an den Russkis und der ÁVH, die Studenten alles ausdiskutieren. Und die Soldaten halten sich für was Besseres, lassen sich nichts von niemand sagen.«

»Und Sarkis' Gruppe«, fragte Eckart schnell, bevor ihm jemand das Wort abschneiden konnte, »besteht aus Studenten?«

»Die meisten sind Lehrlinge wie ich. Dann gibt's noch einige Arbeiter. Klar, Studenten sind auch dabei, aber viele von ihnen sind abgesprungen.«

»Weil?«

»Er will nicht alles zerquatschen, sondern Taten sehen.«

Die Stimme Vanuzzis: »Er nutzt Ideen aus dem Partisanenkampf und seiner KGB-Schulung. Erfolg hat er damit auch, das imponiert, lässt ihn in einer Volksschulherde als Macher erscheinen. – Was hat er erzählt, wer er ist?«

»Die gleichen Geschichten wie den Studenten. Er hat auch gesagt, dass er Armenier ist und alle Armenier die Russkis hassen. Das verstehen alle.«

Perfide!, dachte Eckart, dass er jetzt auch noch seine Herkunft ausspielte. Seine Mutter lebte und kämpfte für die Freiheit ihres Volkes, und er benutzt Phrasen, um sich mehr Glaubwürdigkeit für sein Agentendasein zu verschaffen. »Hast du irgendwann ein Gespräch mit seinem Führungsoffizier mitbekommen. Ödön?«

Der Angesprochene grinste über beide Ohren. »Ich weiß nicht sicher, ob es der Führungsoffizier war. Ich konnte nur kurz an der Tür lauschen, und weil sie Russisch gesprochen haben, habe ich nicht alles verstanden.«

»Und was *hast* du verstanden?«

»Es ging wohl um die Frage, warum Sojus die Lage nicht total eskalieren lassen darf. Ich meine: Er tut, was er kann, aber ein paarmal gestern und heute war er doch zurückhaltender als nötig.«

»Also?«

»Weil die Russkis in der Botschaft allmählich nervös werden. Sie haben Angst, dass bei einer weiteren Eskalation die Amerikaner einmarschieren könnten. Darauf wären sie nicht vorbereitet.«

Vanuzzi schien einen Moment nachzudenken. Dann sagte er: »Das allein kann's nicht sein. Aber gut, alles Weitere werden wir schon noch rauskriegen.«

Ödön trank sein Bier aus, strich mit den Fingern verlegen über die Flasche und fragte, ohne jemanden anzuschauen: »Stimmt das denn?«

»Was?«

»Dass die Amerikaner kommen. Weil – dann wäre das ja ein guter Grund, es total eskalieren zu …«

Eckart sah, wie Vanuzzi sein Gegenüber energisch fixierte.

»Glaubst du an den Weihnachtsmann, Ödön?«

»Was?«

»Glaubst du an den Weihnachtsmann? Daran, dass Kaugummi auf Bäumen wächst?«

»Natürlich nicht.«

»Dann hör auch auf, so einen Scheiß zu glauben!«

Der Nachmittag war weit fortgeschritten, Ödön musste zurück, seine Abwesenheit hatte länger gedauert als geplant. Er teilte Vanuzzi noch mit, wo sich Sojus verschanzt hatte, falls sie ihm einen Besuch abstatten wollten.

»Wollen wir«, sagte Vanuzzi, »aber wir wissen noch nicht, wann.«

»Lass dir nicht zu viel Zeit, Meister, wer weiß, wie's weitergeht.«

Die folgenden beiden Stunden informierte und instruierte der Rest der »Kerntruppe« Eckart im Detail. Dann diskutierten sie die Vorgehensweise, was das Dossier anging, ohne auf einen grünen Zweig zu kommen. Vanuzzi und Mihály mussten wie bei einem Boxkampf mehrmals von Daria als Ringrichterin getrennt werden. Eckart zweifelte, ob die beiden auf Dauer zusammenarbeiten konnten. Doch schließlich hatte es bei ihm und Vanuzzi anfangs auch ständig gekracht – und am Ende irgendwie funktioniert.

Allmählich war es Abend geworden; sie mussten den Rauch aus der Küche lassen, sich um die Verpflegung kümmern. Eckart blickte aus dem Schlafzimmerfenster, das auf die Straße hinausging: Die Laternen waren aus, und im Restlicht des Tages sah er keine Bewegung, keine Schatten über den Boden huschen. Ab und an war die Dämmerung unnatürlich erhellt von einzelnen Schussblitzen. Noch immer Kampfhandlungen in der Ferne, doch er musste sich inzwischen darauf konzentrieren, das Gehirn hatte sich so sehr an die Schüsse gewöhnt, dass es sie nicht mehr groß zur Kenntnis nahm.

Er spürte eine Hand auf seiner Schulter. »Was sagen Sie zu Ihrem Sohn, Doc? Wird eine interessante Begegnung, nicht?!«

Er sah das Spiegelbild Vanuzzis in der Scheibe. Sie kommunizierten über das Fenster miteinander, um nicht von Angesicht zu Angesicht zu sprechen.

»Dreizehnjährige! Er benutzt Kinder, um Panzer zu sprengen …!«

»Wo gehobelt wird …«

»Der Zweck heiligt die Mittel, besser ein Dorf fällt als eine Sitte … Fällt Ihnen sonst noch etwas Kluges dazu ein?«

Schweigen.

Dann doch eine Antwort, Vanuzzi hatte unwillkürlich ins Englische gewechselt: »Das ist wie bei Wittgensteins Katze.«

»Schrödingers.«

»Hm?«

»Es ist Schrödingers Katze, Dan.«

»Ich meine Wittgensteins Katze. Der Alte aus der Wohnung über der meiner Eltern. Das Mistvieh hat uns ständig vor die Tür geschissen. Bis mein Vater es eines Tages erwischte und sein Gesicht in die Kacke tunkte. Ab dann war Ruhe.«

»Und die Russen sind … die Katze?«

»Die Russen sind –«

Vanuzzi kam nicht weiter in seinen Erläuterungen. Plötzlich klingelte ein Telefon. Überraschend nah und laut. Er sprintete in den Flur. Erst jetzt verstand Eckart, dass das Geräusch aus der Wohnung kam – und dass vermutlich so gut wie niemand diese Nummer kannte.

Mittlerweile hatte Mihály den Hörer abgenommen und sprach einige Worte in dieser melodischen, fremden Feensprache. Der ehemalige Kommissar sah, wie Daria ihm Zeichen gab, ins Schlafzimmer zu kommen, in dem sich ein Nebenstellenanschluss befand. Sie hatte den Hörer abgenommen, übersetzte leise simultan.

Mihály sagte: »Wer ist tot? Piros Báty, mein großer roter Bruder? Ich habe gar keinen Bruder. Woher haben Sie diese Nummer?«

»Woher wohl?!«

»Hören Sie, Sie müssen sich verwählt haben, ich –«

»Ich habe ihn gesehen, im … Leichenschauhaus.«

»Woher wissen Sie, wer er war?«

»Du gehst mir wirklich auf die Nerven mit deinen Fragen. Normalerweise tauchen Leute, die von denen getötet werden, nicht wieder auf. Diesmal haben sie es sich etwas zu leicht gemacht und die Leiche einfach in einen Graben geworfen. Ich habe ihn erkannt. Gesicht und Hände waren verbrannt, aber nicht von Kampfhandlungen. Das hat jemand nach seinem Tod getan, nachdem sie ihm das Genick gebrochen haben.«

Wenn das stimmte, woher wusste er es so genau?, dachte Eckart.

»Woran?«

»Woran was?«

»Sie ihn erkannt haben.«

Pause.

»An der Blutgruppentätowierung auf seinem Oberarm.«

Reizend, dachte Eckart, ihr Informant war SS-Mann.

»Sie kannten ihn persönlich?«

»Sagen wir, ich bin ein Vertrauter. Ich weiß, dass sich Piros Báty immer abgesichert hat. Immer! Und ich weiß, wie und wo er sich abgesichert hat.«

»Wer garantiert mir, dass Sie nicht lügen?«

»Das garantiert dir niemand. Und selbst wenn: Ich habe die einzige noch existierende Kopie, also bin ich derjenige, welcher. Du kannst mein Angebot annehmen oder es bleiben lassen, liegt ganz bei dir. Dann frage ich die andere Seite, was sie mir zu bieten hat.«

Vanuzzi trat in den Flur, gab Mihály Signale. Der hielt die Sprechmuschel zu.

»Das wäre Selbstmord«, sagte Vanuzzi, »und das weiß er. Frag ihn nach einem Beweis, dass er das Dossier hat.«

»Bist du noch dran?«, kam es vom anderen Ende der Leitung.

»Ja, ja. Woher soll ich wissen, dass Sie überhaupt etwas haben? Und dass das echt ist? Wir brauchen eine Kostprobe.«

Pause. Während der Mann zu überlegen schien, bewegte sich Vanuzzi auf Mihály zu und schrieb ihm auf, was er einfordern sollte.

»In Ordnung.«

»Ich will die Seite vor und die Seite nach der Probe, die ich schon habe.«

»Was? Wozu?«

Vanuzzi pendelte jetzt permanent zwischen den Anschlüssen hin und her, schrieb, horchte.

»Damit kann ich den Überhang der letzten und den Überhang auf die folgende Seite kontrollieren und sehen, ob es echt ist.«

Pause.

»Verstehe. Welche Seiten hast du schon?«

»Suchen Sie nach den Namen ›Aghawni Tomasian‹ und ›Sojus‹. Wir haben drei Seiten davor und drei danach. Wir brauchen also die vierte Seite davor und die –«

»Schon klar. Gib mir drei Tage.«

Vanuzzi sagte: »Das muss schneller gehen!«

»Hören Sie, geht das nicht schneller?«

»Drei Tage! Du weißt, was in der Stadt los ist. Und ich habe auch noch was anderes zu tun.«

»Gut, am toten Briefkasten –«

»Schwachsinn!, euer Briefkasten hat Piros Báty umgebracht. Auf der Wiese hinter der Üllői steht ein rostiger alter Pobeda. Schaut unter der Motorhaube nach.«

»Die Üllői? Aber auf der Straße wird gekämpft …«

»Das wird andere davon abhalten, genauer zu schauen, was wir da tun. Hast du etwa Schiss? In drei Tagen.«

»Warten Sie! Wie kommen wir wieder in Kontakt?«

»Ich melde mich.«

Die andere Seite hatte aufgelegt. Mihály hielt den Hörer noch immer an sein Ohr gepresst. Eckart und Daria waren in den Flur gekommen und sahen ihn ratlos an.

»Macht keine Gesichter wie sieben Tage Regenwetter, das ist doch gut! Oder haben wir etwa Schiss?«, zischte Vanuzzi.

»Wenn er sogar den toten Briefkasten kennt, muss er wirklich ein Vertrauter von Piros Báty sein«, sagte Daria.

»Und wenn es eine Falle ist …?«

»Kann schon sein. Aber das Risiko ist kalkulierbar, Doc.«

»Für wen, für Sie? Oder für diese jungen Menschen hier, die Sie in Lebensgefahr bringen, Danny-Boy?«

»Sie wissen, worauf sie sich einlassen.«

»Und welches Risiko kalkulieren Sie für das Telefonat eben? Ich nehme an, dass Gespräche beim Operator angemeldet werden müssen. Wer hört mit?«

»Darüber müssen wir uns keine Sorgen machen, Andreas«, antwortete Daria, die Eckart nachdenklich erschien. »Lauschen kann die Geheimpolizei nur, wenn sie das Telefon oder die Wohnung mit

Abhörgeräten verwanzt hat. Im Moment sind die ÁVH-Leute eher damit beschäftigt, die eigenen Hälse zu retten. Innerstädtische Gespräche laufen kaum noch über den Operator, und selbst wenn – der bekommt nichts von den Inhalten mit.«

»Seltsam, dass das Telefon überhaupt noch geht«, sagte Eckart. Aber bei diesem Aufstand war ohnehin so einiges seltsam.

»Okay«, sagte Vanuzzi, »wenn wir drei Tage in der Luft hängen, können wir morgen eine kleine Sightseeingtour machen. Ich möchte zu gern wissen, wie die Inneneinrichtung bei Sojus aussieht. Was meint ihr?«

18

★

Er lag im Schlafsaal, es war Nacht. Die Pfleger hielten ihn mit Leintüchern im Bett fixiert, die sie ihm um die Brust gebunden hatten. Er bekam keine Luft, sein ganzer Brustkorb war eingeschnürt. Er weinte, schrie nach seiner Mutter. – Schnitt: Medikamentenausgabe nach dem Frühstück, Hand auf, Pillen hinein: »Der Leib Christi«, ulkte ein vierschrötiger Pfleger mit einer Narbe, die ihm quer übers Gesicht lief. Bei jedem Patienten derselbe schale Witz. – Schnitt: nackt auf dem Rollstuhl im Waschsaal, mit einem Schlauch grob abgespritzt von einem Pfleger, aus nächster Nähe, das Wasser eiskalt, der Strahl wie Abertausende kleiner Nadeln auf seiner Haut. Ein Versuch, aufzustehen und zu fliehen, die Stimme des Chefpsychiaters Dr. Jones: »Bleiben Sie sitzen, Patient Eckart, der Stuhl bietet Ihnen Halt und Sicherheit!« – Schnitt: Sein Vater, der ihn mit sonorer Stimme in einem Berliner Café fragte: »Was möchtest du essen?« – »Ein Eis, ein riesengroßes braunes Schokoladeneis.« Vor dem Café hielten riesige Lastwagen, immer mehr von ihnen, sie fuhren Eis herbei, kippten es auf die Straße, verbreiteten einen Höllenlärm, der lauter und immer lauter wurde. »Das ist doch viel zu viel!«, sagte der kleine Andreas, aber sein Vater konnte ihn nicht hören und nicht eingreifen, und es wurden mehr und mehr und mehr Lastkraftwagen, und das Eis türmte sich immer höher, wuchs schneller an, als es schmelzen konnte, wuchs zu einem Schokoladeneisberg, der das Café zu verschlingen drohte wie eine Schlammlawine, und der kleine Andreas begann zu schreien, aber niemand konnte ihn hören, weil der Motorenlärm alle Stimmen verschluckte, niemand die Schuld von ihm nehmen, dass seine kleine Welt auf seinen Wunsch hin zu ersticken drohte unter Schokoladeneis … alle Stimmen, bis auf eine: Vanuzzi …

»Doc! Hey, Doc!«

Eckart wurde wachgerüttelt, orientierte sich nur mühsam. Der Lärm hörte nicht auf, das Rütteln auch nicht, obwohl Vanuzzi ihn nicht mehr anfasste.

»Was ist das für ein Krach?«

»Raupenketten. Die Commies fahren mit ihren T34 durch die Straßen. Panzerpatrouille. Ein Wunder, dass Sie so lange weitergeschlafen haben, wir sind schon seit einer Viertelstunde wach.«

Sie waren heute nur zu dritt, denn Mihály musste sich bei der Post sehen lassen, damit er seine Arbeitsstelle, die ihm zur Tarnung diente, nicht verlor.

»An einem solchen Tag?«

»Es ist die Post, Andreas, die Post kann nicht warten, und wenn das ganze Land in Trümmern liegt …« Daria schien beschwingter als gestern. Trotz der frühen Morgenstunde wirkte sie wie aus dem Ei gepellt. »Eines noch: eure Legenden, die beiden Ostdeutschen auf Geschäftsreise … ich denke, das sollten wir vergessen. Wir wissen nicht, wer da draußen unterwegs ist … am besten vermeidet ihr, auf der Straße überhaupt zu reden …«

Als sie das Haus verließen, sagte Vanuzzi ironisch: »Passen Sie auf die Heckenschützen auf. Es wäre wirklich blöd, durch die Aktivitäten

Ihres eigenen Sohnes ums Leben zu kommen. Jedenfalls, bevor Sie ihn kennengelernt haben.«

Budapest war ein Schlachtfeld, auch wenn ihr Viertel etwas besser aussah als die angrenzenden. Ganze Wohnblocks waren zusammengeschossen. Fensterrahmen, die nur noch an wenigen Fetzen hingen. Häuser standen schwarz, von manchen zogen Rauchfahnen in den Himmel. Feuerwehrfahrzeuge versuchten verzweifelt, an den improvisierten Barrikaden aus gefällten Straßenlaternen, Panzern, Autos und kleineren Lastwagen vorbeizukommen. Manchmal gerieten sie dabei selbst unter Feuer. In der Ferne hörte Eckart in unregelmäßigen Abständen Schüsse, Maschinengewehre, Maschinenpistolen. Er trat permanent auf Glas, überall auf den Gehsteigen lagen die Reste zerbrochener Fensterscheiben, leere Patronenhülsen und Mengen von Papier: Personalausweise, Familienfotos, Briefe. Wandtrümmer ragten auf ihren Weg, und den Passanten blieb oft nichts übrig, als darüber zu klettern.

Daria deutete nach oben, dann nach unten: Von mehreren Häusern wehte die ungarische Fahne, man hatte den roten Sowjetstern aus ihrer Mitte geschnitten. Auf dem Weg lagen Blumen, sie kennzeichneten die Stellen, an denen ungarische Aufständische gefallen waren.

Dann sehr nahes Gewehrfeuer. Sie duckten sich unwillkürlich, und eine Frau in vielleicht dreißig Metern Entfernung ging, vermutlich von einem Querschläger getroffen, zu Boden. Eckart wollte zu ihr eilen, aber Vanuzzi hielt ihn zurück, zog ihn mit sich um eine Häuserecke. Daria wies den weiteren Weg.

Eine Seitenstraße. Barrikaden aus Steinen und großen Kisten, auf die jemand in wackligen Buchstaben »Oroszok Háza!!« und »Poschli domoj!!« geschrieben hatte.

Die junge Frau nahm Eckarts irritierten Blick auf und sagte zu ihm: »Das heißt: Geht nach Hause!, einmal auf Ungarisch, einmal auf Russisch.«

148

»Was? Ach so, nein ... ich meinte die zerstörten Panzer ... die Symbole, die man draufgetüncht hat ... seitenverkehrte Hakenkreuze ... warum ausgerechnet Hakenkreuze ...?«

»Es kann alles und nichts bedeuten, Andreas. Vielleicht wollen sie damit nur sagen, dass sich die Sowjets benehmen wie die Nazis. Vielleicht waren es die Russen selbst, um die Aufständischen als Konterrevolutionäre zu brandmarken ...«

Der Geruch von nassem Putz, alten Ziegeln, Diesel und brennender Kohle hatte sie bis hierher begleitet. Er war so intensiv, dass ihn Eckart sogar auf der Zunge schmecken konnte. Dann begann es schärfer zu riechen, giftiger: Kordit. Ein Sprengstoff, der Geruch kriegsversehrter Städte. Eckart und Daria taten es anderen Passanten gleich, die sich Taschentücher vor die Nase hielten, um besser atmen zu können. Nur Vanuzzi entschloss sich, gegen die beißende Ausdünstung anzurauchen. Wenn man das Rauchen nennen konnte – meist hustete er, hin und wieder rotzte er auf den Gehweg.

Das Dach eines ganzen Häuserblocks machte das Weiterkommen unmöglich. Sie mussten auf eine Parallelstraße ausweichen. Dort: improvisierte Särge auf der Fahrbahn. Drei junge Frauen besprengten Leichen mit Branntkalk, um Epidemien zu unterbinden. Man kam mit dem Beerdigen nicht mehr nach. Manchmal ließen die drei Frauen Tote aus, und Eckart sah, dass diese Körper russische Uniformen trugen. Die meisten wiesen Einschusslöcher am Schädel auf, manche gingen bereits in Verwesung über. Russkis würden nicht gefangen genommen, sondern erschossen, hatte Ödön am Nachmittag zuvor erzählt. Niemand kümmere sich um sie, wenn sie verletzt auf der Straße lagen. Selbst schuld, hatte der junge Mann gefunkt, die Russkis schössen auf alles, was sich bewegte, auch auf Ambulanzen, da könnten sie selbst kein Mitleid erwarten.

Sie passierten eine Bäckerei. Frauen mit Kopftüchern in langen Herren-Wintermänteln, die sie sich um die Taillen enger gebunden hatten. Neben, vor und hinter ihnen: Männer in beigefarbenen

Trenchcoats mit schwarzen Hüten. Sie standen Schlange für rationierte Lebensmittel. Auf der Fahrbahn lagen mit Kalk überdeckte weibliche und Kinderleichen. Die Röcke verrutscht, zeigten sie mehr Bein, als sie im Leben hätten preisgeben wollen, als ob der Tod das Ende aller Intimität verkündete.

Als sie an die nächste Straßenecke kamen, hörte Eckart vertraute Laute. Herumstehende Männer sprachen Englisch miteinander und fotografierten die Wucht der Zerstörung. Eckart und seine Gefährten blieben einen Moment in nächster Nähe stehen, denn Vanuzzi wollte hören, was die britischen und amerikanischen Journalisten zu sagen hätten. Aber abgesehen von der Information, dass die Stadt erstaunlicherweise noch immer nicht komplett abgeriegelt war, war mäßig interessant, was sie sprachen. Sie ergingen sich in Spekulationen und prahlten voreinander damit, wer am nächsten am Kampfgeschehen oder den grausigsten Ereignissen gewesen war.

»Am Stalindenkmal«, sagte einer mit New Yorker Akzent, der permanent ausspuckte, dann wieder an einer feuchten, halb zernagten Zigarre zog, »haben sie ÁVH-Leute ausgezogen und kopfüber an die nächste Straßenlaterne gehängt.«

»Sehr ambitioniert!«, sagte sein Gegenüber, ebenfalls Amerikaner, »gleich da vorn sitzen drei, denen haben sie einfach in den Nacken geschossen, so wie es der KGB tut, und Porträts von Stalin und Rákosi umgehängt.«

»Und wie kommt's, dass sie dann noch sitzen?«

»Geschickt an der Häuserwand platziert. Sag ja: sehr ambitioniert.«

Ödön hatte sie vor den Straßenkontrollen gewarnt. Junge Männer in seinem Alter, die nervös am Abzug ihrer Waffe fummelten.

Der Erste, der sie mit vorgehaltener Maschinenpistole stoppte, zischte etwas durch die Zahnlücken, die ihn aussehen ließen wie einen kanadischen Eishockeyspieler. Er trug lange Reihen von Patronen, mehrfach um den Oberkörper gewunden, wie Eckart es aus den Western im Kino kannte, wenn Figuren als Mexikaner kenntlich gemacht werden sollten. Abgewetzter Anzug mit viel zu kurzer Hose, Schiebermütze, eine Kippe im Mundwinkel – sogar Daria schien Mühe zu haben, ihn zu verstehen. Als Vanuzzi einen Schritt zu viel auf ihn zumachte, entsicherte der junge Mann die Waffe. Daria hob die Hände, sprach beschwichtigend auf ihn ein. Sie hatte ihre Nonchalance verloren, doch ihre Stimme war noch immer ruhig. Eckart sah, wie der Lauf der Maschinenpistole sich in Richtung Vanuzzi hob und senkte, als wollte der Aufständische seine Worte in die Luft schreiben. Daria fuhr mit einer Hand vorsichtig in ihren Mantel, zog eine der von Ödön befreiten Schnapsflaschen hervor und bot sie dem Mann an. Der war sichtlich überfordert, die linke Hand stützte den Lauf, die rechte bewegte sich am Abzug, wie sollte er bloß die Flasche entgegennehmen …?! Als seine Verzweiflung dem Höhepunkt entgegenzugehen schien, trat eine junge Frau mit uralter deutscher Mauser im Anschlag an sie heran. Wattierte Jacke, schwarzes Barett, langes rotes Haar. Ihre Augen schienen zu lachen, auch Daria zeigte Zeichen eines Wiedererkennens, und die beiden gaben sich Küsschen auf die Wangen. Beide Aufständischen senkten nun ihre Waffen, die Schiebermütze nahm einen großen Schluck von dem Barack und bot ihn sogar Vanuzzi an, der die Flasche leidenschaftslos an die Lippen führte.

Minuten später setzten sie ihren Weg fort.

»Das war Eszter. Eine Studentin von mir«, sagte Daria.

»Entzückend. Wie knapp war's?«

»Keine Ahnung, Dan. Der Junge hatte einen Dachschaden, faselte etwas von Ausweis, und dass er dir den Russen ansieht.«

»Das mit den fehlenden Pässen könnte zu einem Problem werden, wenn solche Kerle die Stadt kontrollieren. Wann bekommen wir sie, Prinzessin?«

»Wir hätten sie schon längst, wenn die Situation nicht außer Kontrolle wäre. Ich kann es dir nicht sagen«, antwortete Daria, »aber wir müssen einen anderen Weg zu Sojus nehmen.«

»Warum?«

»Eszter sagt, wir sollen die Gegend um das Parlament vermeiden, weil —«

»Scheiß drauf, keine Planänderung wegen Eszter!« Vanuzzi erhöhte das Tempo.

Schon von Weitem sahen sie den Demonstrationszug. Es waren mehrere Tausend Menschen, Studenten, Arbeiter. Sie skandierten: »Wir sind keine Faschisten!« und »Der Rundfunk lügt!«. Ehe sie sich's versahen, waren Eckart, Vanuzzi und Daria mittendrin, wurden von der Menge mit fortgetragen. Der ehemalige Kommissar hakte sich rechts und links bei seinen beiden Mitstreitern ein, um nicht verloren zu gehen. Unwillkürlich begann er die Laute nachzuahmen, die er hörte. Langsam bewegten sie sich aufs Parlament zu.

Es war 11.20 Uhr, als Eckart zum letzten Mal auf die Uhr sah. Dann hörte er plötzlich Schüsse und sah Mündungsfeuer auf dem Dach eines großen Gebäudes. Einige Zeit geschah nichts, die Menge erstarrte. Dann knallten Schüsse aus der Richtung des Parlaments. Groß, wie er noch immer war, überblickte er die Reihen vor sich, sah, wie Menschen, tödlich getroffen, in sich zusammensackten. Von rechts, von links, von vorn und hinten wurde gezerrt, gezogen, geschoben, gedrückt. Panik brach aus. Körper wurden gegen den seinen geschleudert und bäumten sich auf, bevor sie in sich zusammenfielen. Eine blutige Hand klatschte ihm ins Gesicht. Die Frau vor ihm ging zu Boden, von links trampelten Menschen über sie. Erst jetzt sah er, dass sich Vanuzzi geduckt und Daria mit sich in die Hocke gerissen hatte. Über Eckart pfiffen Kugeln hinweg. Er hatte den Eindruck, sich nicht mehr rühren zu können, und sah zu seinen Mitstreitern hinab.

»Runter!«, schrie Vanuzzi.

Eckart starrte wie ein waidwundes Reh in die Ferne, Schweiß lief ihm übers Gesicht. Dann spürte er einen Tritt an seinem Schienbein, der ihn zu Boden gleiten ließ. Aus dem Augenwinkel sah er ein Knie näher kommen, dann ein satter Schlag gegen seine Schläfe. Er verlor das Bewusstsein.

Als er Momente später von Darias Ohrfeigen wieder in die Gegenwart zurückgebracht wurde, konnte er sehen, wie mit Granaten und Maschinengewehren aus Sowjetpanzern auf die Fliehenden geschossen wurde.

Sie hielten sich zu dritt eng zusammengekauert. Vor ihnen hatte sich eine regelrechte Barrikade aus Menschenleibern gebildet, die ab und an einen Schuss abhielt. Vanuzzi deutete auf den Hauseingang eines ausgebrannten Restaurants. Dann fühlte sich Eckart mitgezogen, sie stolperten und fielen, standen wieder auf, stolperten und fielen, standen immer wieder auf. Vanuzzi fasste sich an seinen linken Oberarm, Blut, und Eckart sah, dass er einen Streifschuss abbekommen hatte. Sie erreichten das Restaurant, hechteten hinter die erstbeste Wand. Schnauften durch.

Alle drei bluteten sie, aber niemand war ernsthaft verletzt. Als sich Eckart umsah, blickte er in angst- und schmerzverzerrte Gesichter. Außer ihnen hatten noch dreißig, vierzig Menschen hier Schutz gesucht. Draußen ging das Trommelfeuer weiter.

»Rache!«, sagte ein vielleicht dreißigjähriger Mann, der an der Wand neben Vanuzzi lehnte. Er schlug permanent mit dem Hinterkopf gegen die Mauer, wiederholte dabei: »Rache! Rache! Rache!«

Eckart sah sich die Wunden der Menschen in ihrer näheren Umgebung an, improvisierte hier einen Druckverband, gab dort über Daria Ratschläge, wie die Verletzungen behandelt werden sollten, wenn sie wieder hier heraus wären. Für einige, die es noch ins Innere des Restaurants geschafft hatten, kam jede Hilfe zu spät.

Irgendwann, Eckart hatte längst sein Zeitgefühl verloren, stürmten bewaffnete Aufständische herein und schrien: »Die Überlebenden versammeln sich am Freiheitsplatz! Kommt mit!«, dann waren sie wieder verschwunden. Zögerlich setzen sich die Ersten in Bewegung, Eckart und seine Mitstreiter folgten. Mittlerweile wurde nur noch in der Ferne geschossen. Sie sahen die Leichen auf dem Platz. Sahen einander an. Ratlosigkeit in den Blicken.

»Ich fürchte, Ihr Sohnemann muss noch ein wenig auf Sie warten.« Vanuzzis Stimme klang eigenartig belegt.

Über Schleichwege kehrten sie in ihre Wohnung zurück.

19

★

Vereinzelte helle Wölkchen vor schwarzblau sich auftürmenden Wolkenbergen. Der Tag begann finster.

Man sprach bereits vom »Blutdonnerstag«. Noch wusste niemand, wie viele Tote es gegeben hatte – hundert, zweihundert, sie waren nicht gezählt, konnten nicht bestattet werden. Auch die genaue Abfolge der Ereignisse war weiterhin unklar. Rekonstruieren ließ sich lediglich, dass während einer friedlichen Demonstration plötzlich Maschinengewehrsalven zu hören gewesen waren. Erst später vermochte man zu bestimmen, dass sie vom Dach des Landwirtschaftsministeriums abgefeuert worden waren. Die Schüsse waren nicht oder schlecht gezielt, die meisten ausländischen Kommentatoren glaubten an bewaffnete Einheiten der Staatssicherheit oder Agents provocateurs (Vanuzzi war der Einzige, der den Namen Sojus laut aussprach). Jedenfalls sahen sich die sowjetischen Panzerbesatzungen, die das Parlament bewachen sollten, plötzlich unter Feuer genommen, vermuteten, dass dies von den Demonstranten ausging, und hatten, überfordert, übernächtigt, das Feuer erwidert. Sie schossen in die Menge. Die Stimmung auch moderater Kreise, die zuvor noch zur Mäßigung aufgerufen hatten, kehrte sich nun allenthalben gegen die Russen, die Forderungen der Straße wurden radikaler und nationaler: Geheimdienst, Geheimpolizei, Staatssicherheit auflösen, eine Revolutionsregierung berufen, der vollständige Abzug der Sowjets aus dem Land und Ungarns Austritt aus dem Warschauer Pakt.

Mihály, der »Funk- und Radiodienst« hatte, meldete, dass ab sofort ein Ausgangsverbot herrsche, das zwischen zehn und fünfzehn Uhr aufgehoben sei. Das war der zeitliche Rahmen, den sie sich setzten, um zu Sojus zu gelangen.

Daria wollte Lebensmittel organisieren, also begleitete Mihály Eckart und Vanuzzi als Übersetzer. Eckart versuchte die Bilder auf den Straßen auszublenden, aber es gelang ihm nicht. Die Leiber, notdürftig mit Planen bedeckt. Meist russische Soldaten, die verwundet über die Straße gekrochen waren, um die Deckung auf der anderen Seite zu erreichen, und von den Aufständischen unter Feuer genommen worden waren. Panzerfahrer, die es nicht mehr aus ihren Tanks geschafft hatten, und deren verkohlte Klauen aus den Luken wuchsen. Über allem lag ein feiner Nebel, von dem Eckart nicht hätte sagen können, ob er wirklich aus Feuchtigkeit bestand und von der Donau her aufstieg oder vom Rauch noch immer schwelender Häuser und vom Staub eingestürzter Gebäude herrührte.

Trams, Lastkraftwagen und Panzer, die auch die breitesten Alleen verstopften. Je mehr dieser Wracks auf den Straßen lagen, desto schwerer war natürlich das Durchkommen für die Zugmaschinen und nachrückenden Tanks, und das spielte den Aufständischen in die Hände, denn so konnten sie ganze Viertel abriegeln und kontrollieren. In jedem Straßenzug, den die drei Männer passierten, patrouillierte eine andere Gruppe, und niemand wusste, ob man nun auf Aufständischen- oder Regierungsgebiet war.

Eckart schien es ein Wunder, dass sie unbeschadet den Häuserkomplex erreichten, den ihnen Ödön als Sarkis' Hauptquartier bezeichnet hatte. Offenbar waren alle Seiten daran interessiert, ein bisschen Ordnung in den Alltag zu bringen und die Zeit, in der das Ausgangsverbot aufgehoben war, so friedlich wie möglich zu gestalten. Schließlich ruhte der hungrige Magen nicht, und die Nächte waren so empfindlich kalt, dass die Menschen irgendwie an Heizmaterial kommen mussten.

Sarkis' Leute hielten ein Bürogebäude besetzt, das außen vergleichsweise wenige Schäden aufwies. Für die sowjetischen Panzer waren die Zufahrten zu eng, und wer sich näherte, wurde von mehreren Seiten gleichzeitig beschossen. Mihály ging allein voraus. Er trug eine ungarische Fahne, aus der er den Sowjetstern entfernt hatte. Dennoch wurde er am Haupteingang des Gebäudes so vehement von drei Burschen gepackt, gegen die Wand geschleudert und gefilzt, dass Eckart bereits alles verloren glaubte. Doch was auch immer Mihály sprach: Schon wenige Augenblicke später sah der Deutsche, wie der junge Mann ihnen zuwinkte. Nachdem auch sie grob auf Waffen durchsucht worden waren, eskortierten sie zwei vierschrötige Kerle mit Gewehren durchs Treppenhaus nach oben.

Innen sah es verheerend aus, die Zerstörungswut der Revolutionäre hatte ganze Arbeit geleistet: Die Teppiche waren mit getrocknetem Schlamm überzogen, Registraturschränke zerschlagen, zu Brennholz verarbeitet worden, ihr Inhalt hatte sich in die Büroräume ergossen; gesprengte Fensterscheiben, mit Parolen beschmierte Wände, in einigen Räumen schien man in Ermangelung funktionierender Kamine Öfen improvisiert zu haben, die nicht zogen und die Decken vollgerußt hatten. Überall standen, saßen oder lagen die Aufständischen, spielten Karten, aßen, schliefen, sichtlich froh über die kurzzeitige Einstellung der Kampfmaßnahmen. Es roch wie in einer Bärenhöhle.

Ihre Eskorte hatte sie in einen Flur bugsiert und einige schroffe Worte hervorgestoßen, dann war sie seelenruhig wieder davonspaziert. Sie setzten sich an eine Wand. Mihály erklärte, Sojus müsse jeden Moment kommen, er habe Proviant auftreiben wollen. Sie sprachen leise miteinander, um sich nicht als potenziell feindliche Ausländer zu verraten.

»Wie kriegen sie das überhaupt hin mit dem Essen?«, fragte Vanuzzi.

»Ödön sagt, dass sie Gasthäuser und Restaurants plündern. Manchmal kommen auch alte Frauen vorbei, die den Kämpfern Suppe bringen. Suppe und böse wie gute Worte – die einen, um damit aufzustacheln, die anderen, um Mut zu machen, Mut zum Durchhalten.«

Nicht weit von ihnen putzte eine Gruppe sehr junger Männer ihre Gewehre – Eckart schätzte sie auf kaum älter als fünfzehn oder sechzehn Jahre. Sie prahlten, übersetzte Mihály, wie sie die Hauptstraßen mit Seife und Öl eingeschmiert hätten; prahlten damit, wer mehr Russen auf dem Gewissen habe; damit, wie sie Töpfe und Kisten als vermeintliche Minen vor »offene Särge« – so nannten sie die gepanzerten Mannschaftswagen der Sowjetarmee – geworfen und, wenn die Soldaten ihre Deckung verließen und die verdächtigen Gegenstände prüften, sie beschossen hätten. Dass es die Idee ihres Anführers war, ließ sie vor Stolz seltsamerweise noch einmal wachsen. Sie schienen Sarkis zu vergöttern, er war ein Geschenk des Himmels, ein Sowjet, der half, die Sowjets zu bekämpfen.

Von Minute zu Minute wuchs Eckarts Nervosität. Was hatte er sich nur dabei gedacht, hierherzukommen? Was erwartete er von dieser Begegnung? Was von seinem Sohn? Was durfte er erwarten, was hoffen? Von einem solchen Sohn, einem vermeintlichen Helden der Revolution, der diese halben Kinder eiskalt in den Tod schickte, um einem korrupten System zu dienen, das sich seit vielen Jahren nur noch mit Terror und Totschlag an der Macht hielt? Hätte er nicht einfach in Deutschland seinem Ende entgegensehen können, einsam und in innerem Unfrieden …?

Im nächsten Moment rauschten zwanzig gestiefelte Füße an seinen Augen vorbei. Als er ihnen nachsah, erinnerte ihn das an eine Chefvisite im Krankenhaus, nur dass diese Männer hier lange schwarze Mäntel statt weiße Kittel trugen und nicht unbedingt auf den Erhalt von Leben aus waren. Jemand bellte ihnen einen Befehl zu, Mihály gab Eckart die Hand, um ihm aufzuhelfen, dann traten sie in einen Raum ein, der leidlich sauber war, die Fenster intakt, die Vorhänge vorgezogen. Ein grimmig blickender Blonder im Eck, vielleicht ein Leibwächter, und an einem großen dunkelbraunen Schreibtisch saß ein vielleicht Dreißigjähriger, der mit seinen Beinen auf der Tischplatte posierte. Hinter ihnen schloss sich die Tür.

Eckart durchfuhr es wie einer dieser Stromschläge, die er in der Psychiatrie erhalten hatte, als er die Züge Aghawnis im Gesicht vor sich erkannte. Die Nase. Der Mund. Die Augenpartie. Leicht orientalisch, ausdrucksvoll, fremd und einladend zugleich. Ein sehr gut aussehender junger Mann, hoch aufgeschossen, etwas schlaksig (das war vielleicht das einzige väterliche Erbe, das er bemerkte), volles Haar, dunkel-bronzener Teint mit Fünftagebart, der die letzte Gelegenheit bezeichnete, an eine Rasierklinge gekommen zu sein.

Mihály und Sarkis tauschten einige Sätze aus, die für Eckart eher russisch als ungarisch klangen. Dann blickte ihm der junge Mann erstmals direkt ins Gesicht.

Seine Augen – sie hatten unterschiedliche Farben.

Plötzlich nahm Sarkis die Stiefel vom Schreibtisch, gab einen kurzen Befehl. Seine Leibwache verließ das Zimmer, Mihály schloss sich ihm an und zog die Tür hinter sich zu. Der Armenier stand auf, trat nah an Eckart heran und musterte ihn.

»Zeig ihn mir!« Die Stimme klang auf Deutsch melodiöser als auf Russisch oder Ungarisch. Es war eben die Muttersprache, die Sprache seiner Mutter, dachte Eckart unwillkürlich.

»Wen?«, fragte der ehemalige Kommissar. Er kam sich vor wie ein zweijähriges Kind, das seine Aussprache übt.

»Du wirst nicht ohne Beweis gekommen sein. Zeig mir den Beweis! Dass du mein – Vater bist.«

Eckart fummelte mit zitternden Händen sein Portemonnaie aus der Manteltasche hervor. Er zog ein abgegriffenes Schreiben heraus und reichte es seinem Gegenüber, das ihn nicht aus den Augen gelassen hatte und ihn mit scharf gestelltem Blick fixierte. Dann schweiften die Pupillen – unendlich langsam – zu der Handschrift auf dem Brief. Sie weiteten sich. Eckart konnte sehen, wie Sarkis die mütterlichen Schriftzüge erkannte.

Verzeih mir, wenn du kannst. PS: Du hast einen Sohn.

Eckarts Finger tasteten weiter im Portemonnaie, dann förderten sie ein verblasstes Foto zutage. Sie hatte ihn damals gebeten, sich nicht zu rasieren, denn das gefalle ihr besser, und seine durch den Morphiumkonsum eingefallenen Wangen wirkten auch voller. Sarkis griff nach dem Bild, nahm es zur Kenntnis. Behielt beides in der Hand, Schreiben und Foto, als er sich einen Moment später wieder hinter den Schreibtisch setzte, eine einladende Geste an seine Gäste machte, sich ebenfalls niederzulassen, und scheinbar unbeteiligt sagte: »Wie sollte ich eurer Meinung nach jetzt reagieren?«

»Die Idee, mit Molotowcocktails Panzer zu sprengen, war nicht schlecht. Kompliment, Sojus!«, sagte Vanuzzi, der die Gesprächsführung an sich riss.

»Russische Partisanenfilme. Für irgendwas müssen sie ja gut sein.« Er stutzte, dann sagte er zu Vanuzzi: »Wie hast du mich gerade genannt? Wer bist du überhaupt?«

»Ich bin der, der dich hochgehen lassen kann.«

»*Du* bist das also. Du – und welche Armee?«

Vanuzzi lachte. »Sojus hat nie aufgehört, für den KGB zu arbeiten, aber diese Arbeit war etwas diffus. Bis vor ein paar Tagen.«

»Ach ja?! Und was wäre ›meine Arbeit‹?«

»Chaos provozieren.«

»Chaos muss nicht erst provoziert werden. Schau dich nur um!«

»Ich nehme an, Chruschtschow sucht gerade irgendjemand aus der ungarischen Regierung, der heute oder morgen erklärt, dass Ungarn allein nicht mehr Herr der Lage ist und die Hilfe des Warschauer Pakts braucht. Dafür muss vorher aber anschaulich werden, dass dieses Land im Chaos versinkt – und das ist die Stunde von Sojus.«

»Ist das nicht etwas zu sehr um die Ecke gedacht?«

»Kaum. Agents provocateurs in die Reihen der Aufständischen zu schmuggeln, ist die günstigste Variante. Zumindest für die Falken im KGB. Euer Geheimdienst kann glaubhaft belegen, dass das Chaos selbst fabriziert war und die Sowjets nur als Ordnungsmacht auftreten. Keine besonders neue Methode, aber immer noch wirksam.«

Sojus gähnte aufreizend.

»Langweile ich dich? Tut mir leid. Vielleicht sollte ich nach draußen gehen und es deinen Kumpels erzählen, die finden das möglicherweise interessanter.«

»Ich habe ihnen von Anfang an gesagt, dass ich für den KGB gearbeitet habe, deshalb bin ich ja so wertvoll für sie. Weil ich ihnen Informationen durchstechen kann und die Taktik der Sicherheitsdienste kenne.«

»Aber sie wissen nicht, dass du *immer noch* für den KGB arbeitest. Glaubst du, sie werden deine Befehle weiter ausführen, wenn sie das wissen?«

»Habt ihr dafür auch nur den kleinsten Beweis …?«

Schweigen.

»Dachte ich mir. Was glaubt ihr, wem würden meine Jungs wohl mehr trauen? Ein paar dahergelaufenen Westagenten oder einem Überläufer, der im Dienst der Revolution handelt?!«

»Wer sagt, dass wir Westagenten sind?« Eckart, der bisher geschwiegen hatte, um die Reaktionen seines Sohnes zu beobachten, schaltete sich ein. »Was glaubst du, wie das hier ausgeht, Sarkis?«

»Dieses Gespräch? Keine Ahnung, aber es wird ziemlich schnell *ausgehen* – Vater.«

»Was wird der KGB mit dir machen? Dich liquidieren, weil du zu viel weißt über die Schweinereien hier? Oder schicken sie dich woandershin? Willst du das dein ganzes Leben lang machen, Kinder in den Tod treiben? Du stehst auf der falschen Seite des Lebens!«

»Und ihr steht auf der falschen Seite der Geschichte! Was wiegt schwerer?«

»Du flüchtest dich in Phrasen, Sarkis, es geht doch um etwas ganz anderes.«

»Ach ja, worum geht's denn, Vater?«

»Du bleibst für den KGB immer der Sohn einer armenischen Terroristin und eines Westagenten. Eine ideologisch belastete Herkunft. Deshalb haben sie dich angeworben. Du wirst diesen Leuten nie etwas beweisen können, sie werden es gar nicht zur Kenntnis nehmen. Sie brauchen dich genauso, um dich für ihre Zwecke einzuspannen. Es wird nie reichen.«

»Für wen? Für sie? Oder für mich?«

»Für sie und für dich. Und die Enttäuschung darüber kann dich zerstören.«

»Klingt, als würdest du dich damit auskennen.«

»Tu ich. Wenn ich mich mit irgendetwas auskenne, dann damit.«

Eckart spürte erstmals eine menschliche Regung bei seinem Sohn – der junge Mann war irritiert, schien nachzudenken, vielleicht auch nur in seinem ideologischen Ballast zu kramen. Eckart entschloss sich, ihn darin gar nicht erst allzu tief kommen zu lassen: »Was würde deine Mutter dazu sagen, was du hier machst?«

»Lass … sie … aus dem Spiel!«

»Das kann ich nicht. Sie würde nicht wollen, dass du eine Marionette des KGB bist.«

»Ich bin keine Marionette des KGB!«

Vanuzzi war aufgestanden und trat einige Schritte näher an Sojus heran, der ihm alarmiert entgegensah. »Dein Vater hat verdammt recht: Die Commies werden versuchen, dich so schnell wie möglich loszuwerden, sobald dein Job hier erledigt ist. Vielleicht werden sie dich nicht gleich umbringen, dafür haben sie zu viel in deine Ausbildung investiert, und seit Stalin soll sich ja einiges geändert haben. Stattdessen werden sie dich auf ein Himmelfahrtskommando schicken, dann bist du ihnen wenigstens noch für ein paar Wochen nützlich, bevor du abtrittst. Du kannst nichts gewinnen.«

»Und was bietest du mir, Amerikaner?«

»Ich bin vielleicht Amerikaner, aber ich arbeite nicht für sie. Amerika ist weit, Großbritannien nah.«

Sojus lehnte sich amüsiert in seinem Stuhl zurück. »Es stimmt also, dass die Engländer Ungarn noch nicht ganz aufgegeben haben. Lass hören.«

»Wir können dich rausholen«, unterbrach Eckart – nur dass sich Vanuzzi jetzt so an dem jungen Mann festgebissen hatte, dass er sich nicht unterbrechen ließ.

»Das ist wahr, wir können dich rausholen, wenn hier alles in die Luft fliegt, Sojus. Du bekommst ein neues Leben. Kannst dir sogar aussuchen, wo du hin möchtest. London, Paris. Die armenische Community in Los Angeles ist groß, hab ich gehört, sie würde dich mit offenen Armen aufnehmen. Und wir statten dich mit den Mitteln aus, dass sich dieses Leben lohnt.«

»Na, das klingt doch niedlich. Ich bin mir nur nicht ganz sicher, was meine Mutter *dazu* sagen würde. Was meinst du, Vater, du scheinst sie ja besser zu kennen als ich: Wäre ihr ein Verräter als Sohn lieber als ein Provokateur?«

»Es wäre ihr mit Sicherheit lieber, wenn du rechtzeitig abspringst und dein Leben schonst. Und das Tausender anderer ...«

»Stimmt, euch ist der Humanismus ja so wichtig. Deshalb haben eure Regierungen in Japan Atombomben abgeworfen, um das Leben Tausender zu *schonen*. – Was ist der Deal, Mann vom MI6?«

»Ich heiße Dan. Der Deal ist: Wir holen dich hier raus, wenn's brenzlig wird, und du lieferst uns Informationen über den KGB.«

»Und was ist bis dahin?«

»Bis wohin?«

»Bis es brenzlig wird. Was tu ich die nächsten Wochen? Gepflegt in der Nase bohren?«

»Ich kann dir auch Informationen liefern, wenn es das ist, was du willst«, antwortete Vanuzzi. »Habt ihr mal an das Kanalsystem gedacht? Ich weiß, dass Leute in der ungarischen Regierung überlegen, einen unterirdischen Angriff auf euer schönes Häuschen hier vorzunehmen. Vielleicht möchtet ihr ihnen zuvorkommen.«

Eckart sah irritiert von Vanuzzi zu seinem Sohn. Der hatte die Augen weit aufgerissen – offenbar hatte er bislang tatsächlich nicht daran gedacht.

»Na, wär das was für den Anfang, Sojus? Zusammen könnten wir einiges erreichen.«

»Zusammen? Eben wolltet ihr mich noch auffliegen lassen.«

»Niemand will dich auffliegen lassen, auch wenn wir's könnten. Du bleibst auf deinem Posten und lieferst mir die eine oder andere Information …«

Eckart war aufgesprungen, wütend wechselte er ins Englische: »Moment mal, Dan, ich dachte, es geht bei dieser Operation um das Dossier …?«

In dem Augenblick, als er es ausgesprochen hatte, wusste er, dass er etwas übersehen hatte – dass sein Sohn nämlich Englisch verstand. Der fragte prompt: »Welches ›Dossier‹?«

»Ja, welches Dossier denn? Jetzt werden Sie wirklich senil, Doc.« Vanuzzi hatte wieder auf Deutsch gesprochen, aber die schlafenden Hunde waren geweckt.

»Nicht ablenken, Engländer!«, sagte Sojus und zog eine Pistole aus einer Schreibtischschublade. »Es war amüsant, dir zuzuhören und meinen Marktwert zu kennen, aber jetzt wird's wirklich interessant. Woher wisst ihr überhaupt von mir, hat das mit diesem Dossier zu tun?«

»Blödsinn! Du bist nicht der Einzige, der eine Geheimdienstausbildung hat, Sojus. Ich werde ja wohl recherchieren können …«

»Du erzählst Scheiße, die ganze Zeit erzählst du Scheiße! Aber jetzt«, er entsicherte die Waffe, stand auf und hielt sie Vanuzzi direkt an die Stirn, »kommen wir endlich zur Sache!«

Eckart spürte, wie sich die Schreckstarre des Blutdonnerstags wiederholte: Er konnte sich einfach nicht bewegen, nichts sagen, nicht darauf reagieren. Er nahm lediglich wahr, wie Vanuzzi sein Gegenüber ruhig fixierte und keinerlei Regung zeigte.

Dann ein Wummern an der Tür, im nächsten Augenblick wurde sie mit einem Ruck aufgerissen. Fünf Mann stürmten herein, allen voran der grimmige Blonde, Mihály im Schlepptau.

Sojus senkte die Pistole, hörte dem aufgeregten Schnattern zu, mit dem ihn seine Leute überschütteten. Er sah mit verächtlichem Blick zu Eckart hin, dann zischte er auf Englisch: »Heute ist euer Glückstag, ich werde euch gehen lassen.«

»Das wirst du sowieso«, antwortete Vanuzzi, noch immer ohne jegliche Regung. »Wenn wir bis fünfzehn Uhr nicht zurück sind, stechen unsere Leute durch, was wir über dich und einige andere KGB-Agenten unter den Aufständischen wissen. Du glaubst doch nicht, dass wir ohne Absicherung hierherkommen.«

»Und ich dachte, das wäre Vaterliebe …«

»Überleg dir, was du tust, Sarkis«, sagte Eckart, »es ist eine Chance, eine Zukunft …«

»Mach, dass du wegkommst, sonst werde ich dich vernichten, alter Mann!«

Wenige Augenblicke später war Sojus mit seinem Tross aus dem Zimmer. Eckart und Vanuzzi sahen Mihály verdutzt an.

»Was war das denn, Jungchen?«, zischte Vanuzzi.

Während sie sich durch die Männermassen im Gebäude bewegten, die alle in wildem Aufbruch begriffen waren, erzählte Mihály, was er gehört hatte, nachdem er das Zimmer verlassen hatte: Sándor

Kópacsi, der Polizeichef, ein alter kommunistischer Partisan, habe vor wenigen Minuten zugesagt, dass die Polizei nicht länger gegen die Studenten vorgehen würde. Er habe seine Leute angewiesen, mit den Aufständischen zu verhandeln, sich ansonsten in ihre Stationen zurückzuziehen und im Falle einer Konfrontation sofort die Waffen niederzulegen. Daraufhin hätten sich einige Hundert Polizisten verschiedenen revolutionären Gruppen angeschlossen und Waffen aus den Polizeidepots mitgebracht.

Vanuzzi knurrte: »Klar, dass Sojus das nicht passen kann. Sicher trifft er sich jetzt mit anderen Kommandeuren, um sie vor der Polizei zu warnen – weil er angeblich eine Information hat, dass das eine Finte des KGB sei.«

Mihály nickte. Seine Leute hatten jedenfalls kontrovers über die neue Situation diskutiert.

»Hefte dich an seine Fersen, Jungchen. Ich möchte wissen, wo er sich rumtreibt. Ruf mich in der Wohnung an, sobald sich etwas Neues ergibt. Und sei vorsichtig, sie kennen jetzt dein Gesicht!«

Vanuzzi strebte mit Eckart den Rückweg zur Wohnung an. »Ist doch gar nicht so schlecht gelaufen, Doc. Er war ganz schön beeindruckt von Ihrem Foto.«

Eckart hielt wütend im Gehen inne. »Könnten Sie bitte mal ein bisschen weniger überzeugt von sich selbst sein, Danny-Boy?«

»Nennen Sie mir einen Grund dafür.«

»Das war dilettantisch, das wissen Sie! Und ganz schön knapp.«

»Finden Sie? Ich würde sagen, das war kalkuliertes Risiko.«

»Das war so nicht abgesprochen.«

»Was dachten Sie denn, warum –«

»Um ihn da rauszuholen, ihn davon abzuhalten –«

»Kinder in den Kampf zu schicken. Hab's hinterm Ohr, Doc.«

»Wohl kaum!«

»Nur zur Erinnerung: Es war *Ihr* Plan, nicht meiner. Hören Sie«, sagte Vanuzzi, nun ein wenig versöhnlicher und leiser, da ihr auf Englisch geführter Streit mittlerweile von zahlreichen Passanten bemerkt worden war, »natürlich habe ich neulich schon versucht, einen Hebel zu finden, um Sojus zu knacken. Ohne persönliche Begegnung, versteht sich, deshalb habe ich ja Ödön in seiner Nähe platziert. Ich habe mich gefragt: Was könnte Sojus gewinnen, wenn er sich darauf einlässt? Geld? Macht? Eine Eintrittskarte für den Westen? Interessiert ihn eigentlich nicht, dafür ist er ein zu überzeugter Kommunist. Aber ich weiß aus eigener Erfahrung, dass die meisten Agenten Anerkennung suchen. Ein paar wollen auch Macht oder Rache, aber die meisten nur Anerkennung. Wahrscheinlich haben sie als Kinder zu wenig davon bekommen, blabla, und dann projizieren sie den verworrenen Gefühlsscheiß aufs ›Heimatland‹.«

Eckart war erstaunt – sprach Vanuzzi nun von sich selbst oder von Sarkis?

»Im CIC haben wir mit Verwandten in Verhören immer viel mehr erreicht als mit bloßer Gewalt. Mutter, Frau oder Kind hat er nicht …«

»Sie meinen, wenn Sie das Original für die Anerkennung haben, braucht er den Ramsch nicht mehr, das Heimatland. – Aber wenn Sie ernsthaft auf den wiedergewonnenen Vater spekulieren, müssen Sie dem Prozess Zeit geben –«

»Zeit, die wir nicht haben!«

»Was ist Sarkis den Briten wert?«

»Ein Doppelagent in dieser Position? Zugegeben, das wäre mehr als eine bloße Dreingabe zum Dossier.«

»Es würde Ihren eigenen Preis hochtreiben!«

»Natürlich könnte ich mich damit profilieren.«

»Bin gespannt, was Daria dazu sagt, dass Sie einen Schlächter gar nicht von seinen Schlächtereien abhalten möchten, weil er zu wertvoll ist in seiner Position.«

»Es ist besser, wenn sie nichts davon weiß. Sie sagen nichts von meinem kleinen Nebenverdienst, und ich erwähne nicht, dass Sie über das Dossier geplaudert haben. Das war auch kein Ruhmesblatt!«

»Mag sein. Vielleicht war es eine Freudsche Fehlleistung. Aber vielleicht war es auch – ›kalkuliertes Risiko‹.«

»Was meinen Sie damit?«

»Ich kann es nicht ausstehen, wenn Leute, die an einem Strang ziehen sollten, ihre eigenen Spielchen spielen. Das sollten Sie mittlerweile wissen.«

»Beleidigen Sie nicht Ihre eigene Intelligenz. Angesichts der weltpolitischen Situation würde ich das nicht als ›Spielchen‹ bezeichnen.«

»Was hat die weltpolitische Situation mit meinem Sohn zu tun?«

»Herrje, ist das noch Naivität oder schon Altersstarrsinn? – Der amerikanische Sicherheitsrat hat vor ein paar Tagen in einer Geheimsitzung beschlossen, hier nicht direkt einzugreifen. Sie wollen die nationalkommunistischen Kräfte mit nachrichtendienstlichen Mitteln unterstützen, mehr aber auch nicht. Sojus ist nur im Land hilfreich. Wir müssen Leute wie ihn umdrehen, nicht rausholen.«

»Woher wissen Sie das, wenn es eine Geheimsitzung war?«

»Die amerikanischen Dienste haben die britischen informiert, die Briten mich.«

»In Innsbruck?«

Vanuzzi nickte.

»Es geht also nur um Strategien und Machtoptionen. Man braucht das Dossier, lässt hochgehen, wen man möchte, die anderen werden warmgehalten. Was Sarkis im Namen der Sowjets vorhat, wie viele Menschen hier sterben und was das für die Zukunft dieses Landes bedeutet, ist Ihnen scheißegal, Dan.«

»Kleines Anekdötchen: Ich dachte, meine Familie nach dem Tod meiner älteren Brüder ernähren zu müssen. Am Anfang waren es nur Botengänge für die Mafia, dann stieg ich in der Hierarchie so weit auf, dass ich fast das ganze operative Geschäft führte. Ich war die rechte Hand des Paten. Als ich einundzwanzig war, kam es zum Konflikt. Der Pate mochte mich, hat mich wie seinen Sohn behandelt – nur dass er eben einen Sohn hatte, der seine rechte Hand sein wollte. Er oder ich.«

Eckart trat unruhig von einem Bein aufs andere, signalisierte Vanuzzi, er solle weiterreden.

»Der Sohn des Paten hat meine Jungs und mich in eine Falle laufen lassen. Eine rivalisierende Famiglia hat uns mit Maschinenpistolen traktiert, aber sich nicht die Mühe gemacht, nachzuschauen, ob wir wirklich alle tot sind. Drei von meinen Jungs und ich haben überlebt. Sie wollten zurück, um Rache zu nehmen, ich konnte sie nicht davon abhalten. Ich nehme an, sie sind direkt zum Sohn des Paten, der nicht gerade erfreut war, sie zu sehen, und den Rest selbst besorgte. Ich bin untergetaucht, als ich hörte, dass auch sie tot waren.«

»Und, was bedeutet das?«

»Matt, mein ältester Bruder, sagte immer: ›Es gibt Momente, da musst du dich zwischen deinem Arsch und deiner Liebe entscheiden.‹ Das war ein solcher Moment.«

»Die Liebe war Ihre Familie, und Sie haben sich für Ihren Arsch entschieden.«

»In diesem Moment habe ich verstanden, dass es um *mich* ging, um *mich ganz allein*. Natürlich hätte ich versuchen können, den Sohn des Paten zu erledigen und es so aussehen zu lassen, als ob es einer aus der anderen Famiglia war. Ich hatte jede Menge Rachepläne ausgeklügelt. Aber im Grunde wusste ich, es würde darauf rauslaufen, dass ich eines Tages auch da liegen würde, wo sie meine Brüder gefunden haben.«

»Warum erzählen Sie mir das?«

»Wenn ich nicht vor langer Zeit gelernt hätte, nach meinen Vorteilen zu sehen, wäre ich längst nicht mehr hier.«

»Danny-Boy, manchmal ist es wirklich schwer zu unterscheiden zwischen dem Arschloch, das Sie sind, und dem, das Sie spielen!« Eckart hatte sein Gegenüber angebrüllt und war in die andere Richtung davongegangen. Es war fraglich, ob er allein den Weg zurück zu ihrer Wohnung finden würde, aber er musste es wenigstens versuchen. Er hätte es keine Minute länger in Vanuzzis Nähe aushalten können.

Er fühlte sich beobachtet, konnte aber niemanden erkennen, der ihm folgte. Sein Weg führte ihn durch eine Unterführung, in der wieder ein wenig Alltag einzukehren schien. Schon von fern hörte er ein Akkordeon spielen, der Hallraum war so groß, dass die Laute weit drangen. Wenn der Akkordeonist keine Münzen für seine Lieder hingeworfen bekam, spielte er mit einem Mal so laut, dass die Passanten taub zu werden drohten.

Eckart lachte. Er blieb fast eine Viertelstunde stehen und lauschte der Musik, nur um die vermeintliche Normalität der Situation tief in sich aufzunehmen. Dann gab er dem Musiker alles Geld, das er bei sich trug, und ging weiter.

20

★

Es ging schon wieder los! Wie ein Dieb in der Nacht, dachte er.

Kaum hatte er sich von Eckart getrennt und den Weg eingeschlagen, den Sojus und seine Männer genommen hatten, spürte er, wie sich sein Herzschlag im ganzen Leib ausbreitete und dessen Frequenz immer mehr zunahm.

Seit einiger Zeit war irgendetwas in seinem Körper nicht mehr in Ordnung, und dagegen half nichts als – gehen, gehen, gehen. Möglichst schnell, möglichst lang, stundenlang, wenn's sein musste. So lange, bis die innere Unruhe, die sich ohne Vorwarnung, in den eigenartigsten Momenten und blitzschnell auf ihn stürzte wie ein Raubvogel auf seine Beute, allmählich abebbte. Es war wirklich so: Sie brandete noch in einzelnen Wogen an, doch die Wogen wurden schwächer und immer schwächer. Und schlagartig beruhigte sich dann auch sein Puls, seine Beine wurden schwer, und er hatte kalten Schweiß auf der Stirn wie nach einer übermenschlichen Anstrengung.

Er war nicht mehr er selbst. Zumindest sein Körper, auf den er sich zeitlebens hatte verlassen können, war nicht mehr der Alte. Er konnte sich nicht erklären, woher es kam, eine Herzschwäche vielleicht ... also hatte er sich in Deutschland bei einem Kardiologen gründlich untersuchen lassen – ohne Befund. Er hatte sogleich eine zweite Meinung eingeholt (deshalb war er länger fort als eigentlich geplant), doch die bestätigte nur die erste. Er spürte eine merkwürdige Enttäuschung in sich aufsteigen; fast hätte er sich eine Diagnose gewünscht, damit das Ganze endlich einen Namen bekäme, etwas greifbarer würde, er irgendein Mittel schlucken könnte, um wieder normal zu werden. Aber nein.

Diese Momente besaßen keine innere Logik. Mal überkam es ihn unter Menschen, besonders unter vielen Menschen, dann wieder, wenn er allein war. In wirklich gefährlichen Situationen nie, dafür nachts, wenn er aus dem Schlaf hochschreckte mit einem Puls von weit über einhundert Schlägen und sich nicht einmal erinnern konnte, überhaupt etwas geträumt zu haben, geschweige denn etwas Beunruhigendes. Um die Angst zu betäuben und die Angst vor der Angst dazu, hatte er sogar angefangen Schnaps zu trinken, obwohl er das Zeug seit Prohibitionszeiten verabscheute. Es half nicht.

Vanuzzi wischte sich den Schweiß aus dem Gesicht. Er begann, schneller zu gehen. Im Augenwinkel konnte er sehen, wie ihm Passanten nachblickten. Möglichst kein Aufsehen erregen ...

Ein Streitgespräch mit Eckart war es also diesmal. Seit er den Deutschen kannte, stritten sie. Es war fast so etwas wie der Kitt in ihrer Beziehung (wenn man das Beziehung nennen konnte). Er würde sich schon wieder einkriegen. Auch wenn Vanuzzi nicht verstand, wie jemand von heute auf morgen ernsthaft väterliche Gefühle entwickeln konnte, noch dazu für ein kommunistisches Monster. Aber vermutlich lag es auch daran, dass er sich grundsätzlich nicht erklären konnte, wie jemand väterliche Gefühle entwickelte oder was das überhaupt sein sollte. Sein eigener Vater war ein Dreckskerl. Er hatte in den Union Stock Yards gearbeitet, den Schlachtfabriken von Chicago, dann aber seine »gute« Hand verloren. Hin und wieder fand er dann als Tagelöhner etwas, wieder in den Schlachthöfen, aber nur untergeordnete Verrichtungen. Fing mit dem Saufen an. Das musste kurz nach Vanuzzis Einschulung gewesen sein, er erinnerte sich kaum noch daran, dass der Vater je anders gewesen war. Die Kinder hatte er nur selten verprügelt. Er war viel bei Freunden, kam dann mitten in der Nacht stockbesoffen heim, grölte und warf nach der Mutter mit allem, was ihm in die Hände geriet. Becca hatte oft Vanuzzis Nähe gesucht, war in sein Bett gekrochen und wollte von ihrem Dan beschützt werden. Von ihm, der sich doch selbst kaum beschützen konnte. So schnell wie möglich wollte er erwachsen werden, um gewappnet zu sein, wenn sein Vater mal wieder durchdrehte. Dann war Vanuzzi bei der Army, erhielt vom CIC eine Nahkampfausbildung und schien jedem und allem gewachsen.

Nur nicht diesem Körper, der sich verselbstständigt hatte …

Kaum hatte er auf seine Uhr gesehen – noch anderthalb Stunden, bis das Ausgangsverbot wieder in Kraft trat – und den Blick wieder auf die Straße vor sich gerichtet, sah er eine bekannte Gestalt auf sich zukommen.

»Vanuzzi? Was machst du hier?«

»Und du, Jungchen? Du solltest doch bei Sojus sein!«

»Ich wollte gerade in der Wohnung anrufen, aber hier in der Gegend ist nicht ein einziger Laden zu finden, der geöffnet ist und ein Telefon hat.«

Vanuzzi verdrehte die Augen. Mihály packte ihn am Arm und zog ihn vehement mit sich.

»Es ist gleich hier vorn. Wir haben noch nichts verpasst.«

Ein zur Hälfte zerbombtes Haus, die Straßenseite besaß keine Außenwände mehr. Man konnte das bürgerliche Leben, das hier bis vor wenigen Tagen geherrscht hatte, unter Staub und Schutt noch erkennen: Diwan und Sessel, die Tapeten und Bilder an den Wänden, das Grammophon auf einer Kommode. Mihály hatte sich durch den Keller eingeschlichen. Es gelang ihm schließlich, sich so in einem Nebenraum zu platzieren, dass er Sojus und seine Leute sehen und sprechen hören konnte, ohne dabei selbst entdeckt zu werden. Nur anfangs war es darum gegangen, sich mit anderen Aufständischen zu verständigen, ob man auf die Offerten des Polizeichefs eingehen sollte. Sojus schien alle davon überzeugt zu haben, lieber abzuwarten und einen harten Kurs beizubehalten. Doch kaum, dass die anderen Kommandeure gegangen waren, schickte Sojus auch seine Jungs aus dem Zimmer, bis auf den Blonden, der immer um ihn war und mehr Adjutant als Leibwache zu sein schien. Er befahl ihm auf Russisch, Major F. zu holen, und zwar dringend, nicht abwimmeln lassen! Dann geschah nichts, Sojus döste, also hatte Mihály die Gelegenheit ergriffen, sich wieder aus dem Haus zu stehlen, um Vanuzzi anzurufen.

Kein Laut im Keller und auf der Hintertreppe. Sie schlichen sich zwei Stockwerke hinauf und achteten darauf, allen Scherben, die auf den Stiegen lagen, auszuweichen, um sich nicht zu verraten. Mihály führte Vanuzzi zu einem Zimmer auf der Vorderseite des Hauses, das nach Mörtel und Urin roch. Im Entengang betraten sie es. Etwa anderthalb Meter über dem Boden fehlte die Wand zum Nebenzimmer, das wohl einmal ein Salon gewesen war, groß und prächtig. Sie knieten sich auf den Boden, lugten über das Loch auf die Szenerie. Sojus ging hin und her, der Major hatte es sich auf einer Chaiselongue bequem gemacht. Er war mittelgroß, gedrungen, hatte ein rotes Gesicht. Vanuzzi schätzte ihn auf Ende fünfzig. Bis zur Taille war er Militär, trug Reiterhose und Stiefel, darüber hatte er einen Zivilmantel angezogen, unter dem ein offener weißer Hemdkragen hervorblitzte. Vanuzzi konnte sehen, wie er beim konzentrierten Sprechen immer ein Auge zukniff, und die Falten, die sich davon gebildet hatten, verteilten sich asymmetrisch übers Gesicht.

Die wenigen Wörter Russisch, die Vanuzzi in den Jahren seit dem letzten Weltkrieg aufgeschnappt hatte, reichten nicht, um ihn verstehen zu können.

Mihály übersetzte flüsternd: »Der Mann, der das Dossier angefertigt hat, stellt kein Problem mehr dar. Dafür haben wir gesorgt.«

»Woher wissen sie dann meinen Decknamen, Herr Major? Sie kennen sogar meine Mutter. Mein Vater –«

Major F. schaute prüfend auf seine Fingernägel. »Natürlich haben die Engländer einen Auszug angefordert. Wir mussten ihn durchlassen, sonst wären wir nicht so schnell an das Verräterschwein und das restliche Material gekommen.«

»Ich hätte auffliegen können! Warum habt ihr mich nicht informiert?«

»Kein Grund, dich zu beunruhigen, Sergej. Wir hätten Maßnahmen getroffen.«

»Jetzt können die Kerle herumspazieren und meinen Leuten erzählen –«

»Was?! Was können sie denn erzählen, das neu wäre für deine Leute? Dass du für den KGB gearbeitet hast? Oder nicht wirklich die Seiten gewechselt hast, wie du behauptest? Das steht nicht im Dossier, sie vermuten es, bluffen. Wo sind die Beweise? Niemand wird ihnen glauben. Keiner wird sich für das Zeug interessieren, das sie erzählen.«

»Mag sein – aber sie sind bestimmt nicht aus reinem Spaß hier. Was, wenn es eine Kopie gibt?«

»Wir haben das Original und eine fertige Kopie gefunden. Eine weitere Kopie hatte er noch nicht zu Ende geschrieben, als wir ihn besuchten.«

»Und wenn es noch eine Kopie gibt?«

»Willst du uns unterstellen, wir hätten nicht gründlich gesucht? *Uns?* Drei Kopien! So was macht kein Mensch, schon gar nicht ein ÁVH-Mann, die sind stinkfaul.«

Sojus war stehen geblieben, blickte den Älteren besorgt an.

»Ich habe kein gutes Gefühl, Herr Major.«

»Du sollst keine Gefühle haben, Sergej, du gehorchst Befehlen. – Aber drehen wir den Spieß einfach mal um: Woher soll ich wissen, dass das hier nicht schon Teil deiner Rekrutierung durch die Engländer ist?«

»Was?« Sojus ließ einen Moment seine Schultern hängen, dann richtete er sich innerlich wieder auf. Er sprach schnell, setzte seinem Führungsoffizier die eins zu eins von ihm und seinen Leuten umgesetzten Ordern der letzten Tage auseinander, verhaspelte sich, drohte ins Stottern zu kommen.

Major F. war langsam aufgestanden, legte Sojus, der gut und gern fünfzehn Zentimeter größer war, jovial eine Hand auf die Schulter und sagte: »Aber ich versteh dich doch, mein Junge! Wenn du wirklich denkst, dass es noch eine Kopie gibt, dann – spiel mit ihnen!«

»Spielen, Herr Major? Und was ist mit meinen Leuten? Wir haben alles vorbereitet, um –«

»Iwan Serow, unser ranghöchster General, ist gerade höchstpersönlich im ungarischen Innenministerium. Natürlich nicht offiziell. Solange er keinen Entschluss fällt, gibt es in den nächsten Tagen für euch nichts zu tun.«

»Es geht mir ja nicht um meine persönliche Identität … die kann jetzt jederzeit auffliegen. Wenn es die beiden wissen, weiß sicher so gut wie jeder im MI6, wer ich bin. Es geht mir um die Sache selbst. Wenn es dieses Dossier gibt, wird es gefährlich für alle unsere Operationen in Ungarn. Was würde das ZK der Partei darüber denken, wenn ich –«

Major F. brauste auf: »Was hast du dich um das ZK zu sorgen? Du tust, was *ich* von dir verlange. Moskau ist weit, hier ist KGB-Land. Serow wird dafür sorgen, dass das ZK zu seiner Zeit das Richtige tut, aber das braucht dich nicht zu kümmern. Ich sage: Spiel mit ihnen!«

Vanuzzi, der bemüht war, kein Wort von Mihálys Geflüster zu verpassen, warf einen unwillkürlichen Seitenblick auf die Straße, die er durch die fehlende Mauer einsehen konnte. In diesem Moment begegnete er den Augen eines Mannes in langem Ledermantel, der gerade auf der gegenüberliegenden Straßenseite aus einem schwarzen Moskwitsch gestiegen war und auf ihr Haus zurannte.

»Scheiße, weg hier, Jungchen!«

Es galt, leise und schnell zugleich zu sein – waren sie zu hastig, würden sie die Aufmerksamkeit der beiden im Nebenzimmer auf sich ziehen, waren sie zu langsam, hätte Ledermantel leichtes Spiel. Als sie wieder im Flur waren, hörten sie Schritte auf der Vordertreppe, Stiefel, die über alles hinwegmalmten, was unter ihre Sohlen kam. Ein Stockwerk tiefer, vermutete Vanuzzi. Sie bewegten sich sachte auf die Hintertreppe zu, die Stimmen des Majors und Sojus' noch im Ohr. Etwas zu sachte vielleicht – Ledermantel hatte sie bereits gesehen. Vanuzzi griff nach der Tür, die lädiert in den Angeln hing, rammte sie zu und verbarrikadierte sie mit einer herumliegenden Querstrebe des Treppengeländers, das von den Granateneinschlägen zerfetzt war. Er hastete Mihály hinterher, hörte, wie jemand über ihnen versuchte, die Tür mit Tritten aufzubrechen. Kaum war das Jungchen aus dem Haus, sah Vanuzzi eine Gestalt von rechts auftauchen. Er war nahe genug heran, um ansatzlos mit dem Ellbogen zuzuschlagen. Vanuzzi hörte einen Zahn splittern, ein Mann ging neben ihm zu Boden. Er versetzte ihm einen zweiten Hieb in den Nacken. Dann nahm er ihm die Pistole ab.

»Wohin?«

Mihály zeigte nach links, die Straße hinab, die menschenleer war. Hoffentlich hatte das Ausgangsverbot nicht schon begonnen, dachte Vanuzzi noch, dann war er ganz Bewegung geworden.

Sie rannten bis zur Ecke des nächsten Blocks, wandten sich dann wieder nach links. Sein ungarischer Führer schien dabei vergessen zu haben, dass die nächste Querstraße die war, in welcher der Moskwitsch parkte. Als sie an der nächsten Ecke nach rechts abbogen, konnte Vanuzzi den Ledermantel aus einem Haus kommen sehen.

»Stoj!«, schrie der. Vanuzzi hielt kurz inne, versuchte über die Schulter in Richtung ihres Verfolgers zu schießen – doch seine Pistole hatte Ladehemmung. Dafür pfiff nun eine Kugel auf Kopfhöhe an ihm vorbei. »Zickzack!«, schrie er Mihály zu, der auf den letzten Metern bedenklich zu humpeln begonnen hatte. Sie hasteten weiter, Mihály wurde immer langsamer. Vanuzzi hatte ihn längst überholt, ohne zu wissen, wo sie waren, wohin sie rannten. Rechts, links, rechts, ein Gewirr kleiner Sträßchen, auch hier niemand, der ihnen entgegenkam. Nur Ledermantels Schritte, immer näher. Die Lungen brannten, er hatte Seitenstechen, fühlte sich, als müsste er sich übergeben. Dann ging Mihály zu Boden, hielt sich das Bein, Vanuzzi blieb stehen, dachte zuerst an eine Schussverletzung. Er sah, dass Jungchens Knöchel dick und angeschwollen war, und versuchte Mihály nach oben zu zerren, doch der stöhnte nur mit schmerzverzerrter Stimme auf und sackte wieder in sich zusammen. Eine Kugel schlug neben ihnen in einem parkenden Auto ein. Vanuzzi schoss zurück, zwang ihren Verfolger, Schutz in einem Hauseingang zu suchen. Fünfundzwanzig Meter Abstand – schwierige Pistolendistanz. Er hievte Mihály halb in die Senkrechte, um ihn hinter ein Auto zu ziehen, da hörte er einen weiteren Schuss krachen, spürte, wie eine Bewegung durch den Leib vor ihm ging. Noch ein Ruck, noch einer, das Gewicht, das er stemmte, wurde immer schwerer, aber er hatte Jungchen und sich hinters Auto gebracht. Doch der Körper entglitt ihm, der Kopf schlug hart auf den Boden auf. Dann sah Vanuzzi, wie sich das Blut auf Mihálys Brust ausbreitete. Wie unendlich langsame Wellen auf einer Wasseroberfläche.

Scheiße, scheißescheißescheiße!

Vanuzzi nimmt einen losen Pflasterstein, wirft ihn auf ein Auto einige Meter seitlich, dann rennt er los. Das Krachen des Schusses in kurzer Entfernung. Vanuzzi erreicht eine Grünfläche, mit löchrigem Zaun gesäumt, hebt den Zaun an, klettert darunter durch und rast auf ein Gebäude zu. Nachdem ihn das Dunkel hinter dessen Tür aufgenommen hat, verschnauft er einen Augenblick und hält sich die

Pistole mit beiden Händen vors Gesicht, den Lauf zur Decke gerichtet. Er lugt um den Eingang herum. Ledermantel!

Eine gute Schussposition, aber wieder hat er Ladehemmung. Sprintet ein halbes Stockwerk höher in den nächstbesten offenen Eingang. Ein heller Flur, auch hier ein Bild der Verwüstung, die Wohnung ist aufgegeben. Lautes Stiefelknallen im Treppenhaus. Vanuzzi sieht eine schmale Tür, reißt sie auf und hastet in den dunklen Raum. Besen- oder Speisekammer. Dem Geruch nach eher Letzteres. Er lehnt an der Tür, viel mehr Raum kann er nicht ertasten. Zuerst hört er draußen noch leise Bewegungen, dann wird es totenstill, und er kann seinen eigenen Atem hören, sein Herz, sein Schlucken. Er tastet die nähere Umgebung unendlich vorsichtig und leise ab, spürt eine Lücke neben sich. Im nächsten Moment fühlt er etwas wie Hitze in seinem Rücken. Eine Präsenz, er spürt, wie sich seine Nackenhaare aufstellen. Er zieht sich Zentimeter für Zentimeter von der Tür zurück in die schmale Spalte, die bleibt, bevor ein Regal beginnt. Er stellt sich seitlich. Dann kracht der erste Schuss durch das Türholz, auf Höhe der Brust. Ein zweiter: der Kopf. Ein dritter, vierter und fünfter: Oberkörper.

Instinktiv zieht er an etwas hinter sich, wahrscheinlich ein Kartoffelsack, der mit einem dumpfen Schlag zu Boden fällt.

Öffnet der KGB-Mann zur Kontrolle die Tür: Schuss oder Schlag? Besser Schlag, der Waffe ist nicht zu trauen.

Kein Laut. Nur das Rauschen in seinen Ohren.

Dann hört er, wie sich Schritte entfernen, ihrer Sache sicher.

Vanuzzi zählte die Schritte, atmete tief durch. Bückte sich nach vorn. Durch die Einschusslöcher konnte er in den lichtdurchfluteten Flur sehen. Eine makellos helle Fläche, vor die sich plötzlich etwas Dunkles schob. Er richtete sich lautlos auf, wartete einen Wimpernschlag – scheiß auf die verdammte Ladehemmung! – und feuerte nun selbst dreimal hintereinander durch die Tür. Die Stille nach den Schüssen.

Dann ein Geräusch: Der Kopf musste gegen die Tür geschlagen und unter dem Gewicht des Leibes langsam über sie schleifend nach unten gesackt sein. Als Vanuzzi die Tür vorsichtig öffnen wollte, klemmte sie. Er musste sich dagegenstemmen und die Leiche von Ledermantel, die bereits einen starren Blick bekommen hatte, zur Seite schieben. Er durchsuchte ihn, nahm dessen Pistole und Munition an sich. Dann fand er ein Schreiben in kyrillischen Buchstaben, die er zwar entziffern, nicht aber lesen konnte. Eine Art Marschbefehl, vermutete er, unterzeichnet von Major F. Er steckte es ein, um es von Mihály übersetzen zu lassen … Mihály … Er musste zurück zu ihm!

Schon von Weitem sah er, dass auf der Straße mehrere Menschen um den Toten herumstanden, und so drehte er vorher ab.

Kurz vor halb drei, Eile war geboten. Doch erst einmal in Erfahrung bringen, in welchem Viertel er sich überhaupt befand.

Auf der Straße herrschte eine nachgerade unheimliche Stille, nur unterbrochen von gelegentlichen Taubenrufen. Sie klangen wie eine Totenklage.

21

*

Sie hatten am Küchentisch gesessen, Mokka getrunken, geraucht und über ihre Länder gesprochen, ihre Herkunft, ihre Zukunft. Daria hatte hin und wieder verstohlen auf ihre Uhr geschaut.

»Sie machen sich Sorgen wegen der Ausgangssperre.«

»Ein wenig.«

»Die beiden werden sicher gleich kommen. Dan ist … er findet immer Mittel und Wege, sich durchzuschlagen.«

»Er hat keinen Pass.«

Eckart lachte.

»Er ist ein elender Großsprecher und ein Sturkopf, aber auf seine Art macht er vieles richtig. Er hat mich vor sechs Jahren rausgeholt aus den USA – aus etwas, das schlimmer war als ein Gefängnis. Er hätte nicht einmal in der Nähe des Staatsgebietes sein dürfen, er gilt dort als Landesverräter.«

»Er hat mir davon erzählt. Die wollten Sie kaputt machen. Ich freue mich, dass es Ihnen wieder gut geht, Andreas.«

Wie gut ging es ihm? Wie gut ging es wirklich? Eckart suchte dem Gespräch eine andere Wendung zu geben.

»Dan sagte, dass Sie Ihre Arbeit an der Universität verloren haben. Wovon leben Sie gerade?«

»Wollen Sie das wirklich wissen? Der MI6 zahlt gut … aber nicht, dass Sie denken, dass ich es deshalb mache.«

»Das würde ich nie von Ihnen denken!«

»Was ich Sie fragen wollte: Sie waren nicht immer Linkshänder, oder?«

»Wie haben sie das erkannt?«

»Ich bin Linkshänderin. Man hat mich gezwungen, auf rechts umzulernen. Echte Linkshänder erkenne ich sofort.«

»Sie haben recht. Das war die Gestapo. Genauer gesagt: mein ehemaliger Assistent Gerhard Wagner. Er brach mir erst die Finger einzeln, dann die ganze Hand. Mit einem Vorschlaghammer. So gezielt und kompliziert, dass sie steif wurde. Dann sagte er zum Abschied: ›Wenn wir uns das nächste Mal sehen, sind es nicht bloß die Finger!‹«

Die junge Frau schwieg, rauchte zwei Zigaretten an, gab ihm eine.

»Wie haben Sie und Dan zusammengefunden?«, fragte Eckart.

Ihr Blick schweifte ab. »Der MI6 hat Leute gesucht für eine heikle Mission im Land. Ich war gerade –«

»Kommen Sie, Daria, mir müssen Sie nichts vormachen: Sie sind ein Paar.«

Sie schmunzelte verlegen. »Es war wirklich so, der MI6 hat uns zusammengebracht. Zuerst konnte ich ihn nicht ausstehen, die ganze

Angeberei … aber dann … eines Abends hat er sich mir geöffnet. Ich weiß nicht, wie gut Sie ihn kennen, aber er kann ganz anders sein … mitfühlend … klug … verlässlich … zärtlich …«

»Stört Sie der Altersunterschied nicht?«

»In Ungarn gibt es ein altes Sprichwort: ›Wenn ein Mann nur ein wenig hübscher als der Teufel ist, sieht er gut genug aus.‹ Das gilt auch für sein Alter.«

»Flirten Sie gerade mit mir, Daria …?«

In diesem Moment hörten sie die Tür knarren.

»Sie sind da, Gott sei Dank!«

Vanuzzi trat ein. Schon sein erster Blick verriet Eckart, dass etwas schiefgegangen sein musste.

»Was ist los?«, fragte Daria.

Vanuzzi zündete sich eine Zigarette an, inhalierte tief, dann sagte er: »Mihály ist tot, das ist los.«

Der alte Mann und die junge Frau starrten erst einander, dann ihr Gegenüber an.

»Ein KGB-Mann. Er hat uns verfolgt. Das Jungchen konnte nicht schnell genug rennen.«

»Gottverdammt!«, entfuhr es Eckart. Er sah, wie Daria Tränen in die Augen stiegen. Er hätte sie gern getröstet, aber nie und nimmer die rechten Worte gefunden – außerdem war dies jetzt die verbriefte Aufgabe seines Partners.

Vanuzzi sprach weiter. Sprach und sprach, bis er allmählich etwas versöhnlicher klang. An Daria gerichtet, sagte er schließlich: »Sie werden ihn für einen Aufständischen halten … was er ja auch war … Sie werden ihm jeden Tag Blumen an die Stelle legen, wo er gestorben ist … er bekommt ein anständiges Begräbnis.«

Daria nickte. Sie wischte sich die Tränen mit einer schnellen Handbewegung aus dem Gesicht.

»Ich hätte besser auf ihn aufpassen müssen, Prinzessin.«

Eckart horchte überrascht auf. Sonst sprach Vanuzzi davon, dass jeder, der an dieser Mission beteiligt war, um die Gefahr wusste, und jetzt übernahm er plötzlich Verantwortung?

»In dieser Stadt gehen wir alle ein großes Risiko ein«, sagte Eckart beschwichtigend, »Mihály wusste das. Es bringt nichts, wenn Sie sich jetzt Vorwürfe –«

»Sie verstehen es nicht, oder? Ich habe ihn an der Grenze attackiert. Er konnte nicht schnell genug rennen, weil seine Verletzung am Knöchel nicht ausgeheilt war. Ich bin schuld, dass er tot ist. Ich ganz allein!«

Vanuzzi war aufgesprungen, angelte sich das auf dem Tisch liegende Zigarettenpäckchen, verließ die Küche und knallte eine Zimmertür zu. Für den Rest des Tages blieb er unsichtbar.

Stundenlang hatte er auf der Matratze gelegen und geraucht. Ohne Licht in der Dämmerung, ohne Licht in der Dunkelheit. Bis ihm die Zigaretten ausgegangen waren. Längst hatte man draußen die Straßenlaternen angeschaltet. Nur jede zweite funktionierte. Sie funzelten in die Finsternis, diffus und gelb. Irgendwann war Eckart ins Zimmer gekommen. Hatte kein Licht gemacht, geschwiegen, sich in die andere Ecke auf seine Matratze zurückgezogen. Vanuzzi lag noch immer regungslos im Dunkel und lauschte den Atemzügen des Deutschen.

Er hatte Kameraden verloren, im Krieg in Italien, in Deutschland. Gute Kameraden, mit denen man sich die Kippen, das Brot, die Worte geteilt hatte. Von jetzt auf gleich waren sie nicht mehr da. Auch davor, in der Mafia, hatte er sich abgehärtet. Seine Brüder starben, auch Freunde. Warum also trafen ihn die Ereignisse dieses Tages mit solcher Wucht? Mihály und er hatten einander nicht einmal gemocht.

Wie würde Matt in seiner Situation handeln …?

Sein ältester Bruder war ihm noch immer eine Richtschnur, auch wenn sein Tod über dreißig Jahre zurücklag. Was also würde er ihm raten? Sich zu besaufen? Sich an den Fluss zu setzen und so lange zu warten, bis es einfach vorüberging? »Setz dich ans Ufer und schau zu, wie Gedanken und Gefühle kommen und gehen, Kleiner«, hatte ihm Matt mehr als einmal gesagt. Aber jedes Mal, wenn er die Dreckbrühe des Chicago River vorüberfließen sah, dachte er nur an den Gestank und lief davon. Er war einfach zu nervös, Gedanken und Gefühle kommen und gehen zu sehen.

Plötzlich hatte er den Eindruck, wahnsinnig zu werden, wenn er allein bliebe. Er stand auf, schlich sich durch die Tür und den Flur ins »Frauenzimmer«. Noch bevor er leise unter ihre Decke schlüpfen konnte, hörte er ihre Stimme: »Du musst nicht heimlich tun, er weiß Bescheid.«

»Hast du …?«

»Er hat es mir an der Nasenspitze angesehen. – Soll ich Licht machen?«

»Nein.«

Vanuzzi legte sich an ihre Seite, sie breitete die Decke über ihn.

»Halt mich einfach nur fest, ja?«

Er nahm sie in die Arme. Lange lagen sie in der Finsternis. Er lauschte ihrem Atem, spürte, wie sich sein Unterhemd allmählich tränkte mit ihren Tränen. Als sie ruhiger wurde, sagte er: »Komm mit mir, Prinzessin!«

»Fang nicht schon wieder damit an.«

Sie rückte von ihm ab, rauchte zwei Zigaretten an, wie sie das sonst zu tun pflegte, nachdem sie Sex hatten, und reichte ihm eine. »Ich habe gehört, Chruschtschow soll Anfang des Jahres eine Rede auf einem Parteitag gehalten haben. Natürlich war das geheim, aber man kann nicht auf Dauer alles geheim halten.«

Sie unterbrach sich. Vanuzzi hörte das Knistern des brennenden Tabaks. »Chruschtschow hat zugegeben, dass Stalin ein Verbrecher war, auch alle seine Gefolgsleute waren Verbrecher, vor allem Rákosi. Chruschtschow soll gesagt haben, dass es ein unverbrüchliches Recht aller Staaten des Warschauer Pakts auf ihre souveräne Entwicklung gibt. So wie in Jugoslawien.«

Er hatte ihr regungslos zugehört. Dann sagte er: »Und ich habe gehört, dass Iwan Serow, der KGB-Chef, schon seit Tagen im Land unterwegs ist. Was glaubst du, was er hier macht? Ferien am Plattensee?«

Schweigen.

»Chruschtschow mag den internen Machtkampf in der Partei *vorläufig* für sich entschieden haben, Prinzessin. Aber wenn es hart auf hart kommt, wird er den Falken spielen müssen, schon um den wirklichen Falken zu zeigen, dass er die Situation im Griff hat. Sonst fliegt ihm sein schöner neuer Warschauer Pakt um die Ohren.«

Schweigen.

»Stalin lebt. Und er wird nie sterben.«

»Stalin hat mir den Vater nach Sibirien verschleppt. Er ist verhungert und meine Mutter am Kummer gestorben. Aber du …? Dein Pessimismus, dein Hass auf die Kommunisten … ich weiß nicht, ob ich ihn verstehe. Woher kommt er?«

»Es ist kein Hass, nur gesundes Misstrauen. Bei uns in Little Italy waren die marxistischen Gewerkschaftsbosse alle eng mit der Mafia verbandelt. Diese Leute waren Schlächter, und damit meine ich nicht, dass sie in den Schlachthäusern gearbeitet haben … niemand schlachtet schlimmer als der, der glaubt, für die gerechte Sache von Benachteiligten zu kämpfen. Davon lebt Fanatismus.«

Schweigen. Im aufflackernden Schein des Feuerzeugs sah er ihr Gesicht, die Augen, die, wenn sie geweint hatte, grüner leuchteten, die langen Wimpern, den Mund, der sich locker um die Zigarette geschlossen hatte, und er wurde von einer warmen Welle weggerissen.

Er zog sie an sich und sagte noch einmal raunend, wie beschwörend: »Komm mit mir!«

»Du tust mir weh, Dan.« Sie machte sich los. Dann sagte sie: »Wohin denn? Was ist deine Heimat? Die USA? Ach nein, da darfst du gar nicht sein. Hast du ein Zuhause? Du hast keines.«

»Ich dachte immer, Zuhause ist da, wo man seine Dreckwäsche auf dem Boden liegen lassen kann.«

»Vielleicht kannst du so leben, ich kann es nicht.«

»Und wenn hier die Lichter ausgehen?«

»Dann gewöhne ich mich an ein Leben im Dunkel. – Aber bis dahin werde ich alles dafür tun, dass sie *nicht* ausgehen.«

In der Ferne fielen Schüsse. Vanuzzi bemerkte sie mit einiger Überraschung, es war ansonsten ein ruhiger Tag gewesen, jedenfalls ruhiger als die letzten. Dann hörte er wieder die Stimme Darias:

»Ich weiß nicht einmal, wer du bist, Daniele Vanuzzi.«

»Was möchtest du wissen?«

»Ich weiß nichts von deinen Brüdern.«

»Da gibt es nicht viel zu wissen. Matt war ein guter Kerl, und Beppe hat mich dauernd geschlagen. Er war brutal, in der Mafia hat ihm das geholfen, bis er dann an den Falschen gekommen ist. Sein Tod hat mein Leben kaum verändert. Nur das Geld, das er Mutter zugesteckt hatte, fehlte uns.«

»Was war mit deinem Vater? Hatte er keine Arbeit?«

»Er hat bei einem Unfall seine Hand verloren, danach war alles aus. Er wollte, dass meine Brüder in die Schlachthöfe gehen, aber damit war kaum Geld zu verdienen. Matt hatte einen Freund, der seit seiner Kindheit für die Mafia unterwegs war, der hat ihn und Beppe da reingebracht.«

»Und du? Musstest du nicht arbeiten?«

»Mutter hatte sich in den Kopf gesetzt, dass ich der Klügste bin, also musste ich zur Schule und auf meine Schwestern aufpassen. Dann ist Beppe erschossen worden, kurze Zeit später Matt. Innerhalb von nicht mal einem Jahr. Ich war vierzehn, war plötzlich der, der das Geld nach Hause bringen musste. Eines schönen Tages hat mich Matts Freund nach der Schule angequatscht, ob ich nicht ab und zu mal ein paar Laufburschendienste übernehmen kann. Kurze Zeit später hatte ich schon einen Trupp mit acht Jungs unter mir. Ich, der Chef! Ein Knirps, der sonst nur von seinen Brüdern rumgeschubst worden war!«

»Hast du Menschen töten müssen?«

»Als die Verdrängungskämpfe losgingen. Vorher hatte jeder ordentlich Geld mit Alkoholschmuggel verdient, aber dann wollten drei Gangs alles unter sich aufteilen. Und dann kam plötzlich die Chance mit der US-Army. Niemand hat mich überprüft, weil sie dringend Leute brauchten. Erst als das CIC kurz vor Kriegsende Agenten in Italien suchte, gab's ein bisschen Ärger wegen meiner Vergangenheit.«

»Warum hast du mir nie erzählt, dass du Jude bist?«

»Woher weißt du?«

Daria deutete auf Vanuzzis Körpermitte.

»Ich kenne es nicht anders, meine Familie hat das schon immer geheim gehalten. Das Gesetz der Mafia lautet: Du kannst jedes Verbrechen begehen, solange du nur an unseren Gott glaubst. Italienische Mafia ohne Katholizismus – das funktioniert nicht! Als der Holocaust losging, hab ich Hebräisch gelernt, um die Schriften lesen zu können. Sie haben mir geholfen, durch diese Jahre zu kommen. Ich habe für den israelischen Geheimdienst gearbeitet, wollte, dass dieses Land funktioniert. Aber für mich hat das alles nicht funktioniert. Deshalb ist das mit dem Zuhause so eine Sache für Dan Vanuzzi.«

Daria tastete im Dunkeln nach Vanuzzis Gesicht. Als sie es endlich gefunden hatte, küsste sie ihn sachte und zog seinen Kopf an ihre Brust.

22

★

In aller Herrgottsfrühe erwachte Eckart von einem sägenden Geräusch. Er sah auf seine Uhr, halb sechs, dann zu Vanuzzis Matratze hinüber, die leer war. Er lauschte in den anbrechenden Morgen. Ein Rumpeln, das eindeutig aus der Küche kam. Er stand behutsam auf, schlich sich aus dem Zimmer in den Flur und traf dort auf die schlaftrunkene Daria im Morgenrock, die aus ihrem Zimmer gekommen war und Eckart besorgt und fragend zugleich ansah. Seine Lippen formten das Wort »Vanuzzi«, die junge Frau schüttelte den Kopf und wies auf die Tür hinter sich. Eckart hielt einen Zeigefinger vor die Lippen, und mit dem anderen bedeutete er ihr, stehen zu bleiben – er wolle nachsehen, was sich in der Küche tat. Auf dem Weg dorthin griff er nach dem nächstbesten Gegenstand, einem Regenschirm, den er zur Abwehr vor sich hielt. Als er um den Türrahmen in die Küche blickte, sah er einen kleinen, schmächtig wirkenden Mann, der aus dem Fenster schaute und ein Brotmesser in der Rechten hielt. Er wies Eckart den Rücken. Leises Schmatzen war zu hören. Dann erkannte Eckart trotz der schlechten Lichtverhältnisse, dass der Mann ein Rotschopf mit kurzen Haaren war, und stellte den Regenschirm ab.

»Du hast uns ganz schön erschreckt!«

Der junge Mann fuhr herum, blickte ihn irritiert an, ließ das Brotstück fallen, auf dem er herumgekaut hatte, und war mit einem Satz direkt vor ihm, das Messer drohend erhoben. Eckart sah den Augen seines Gegenübers sofort an, dass er ihn nicht erkannte.

»Ich bin's doch, Andreas Eckart.«

Noch immer kein Erkennen. Ödön hielt das Messer stichbereit.

»Der Partner von Dan Vanuzzi.«

Der Blick aus den Augen vor ihm wurde immer beängstigender. Bis er Darias Stimme hörte: »Ödön! Das ist unser Mann!«

Sie kam vorsichtig näher. Noch immer hielt der Körper vor Eckart seine Spannung.

»Hörst du, Ödön? Unser Mann! Leg das Messer weg, Ödön.«

Sie schob sich unendlich langsam zwischen Eckart und seinen Angreifer. Wie aus einem Traum erwacht, ließ der sich von ihr das Messer abnehmen. Plötzlich grinste er Eckart an, sichtlich aus Verlegenheit.

»Aber Ödön«, sagte der ehemalige Kommissar, »hattest du nicht gesagt, du tust dich schwer mit *Gesichtern*?«

»Ja, aber *Namen* kann ich mir auch nicht merken.«

Eckart wusste nicht, ob er lachen oder weinen sollte.

»Ich glaube, unser Ödön ist heute ein wenig durcheinander«, sagte Daria, die einen Arm um die Schultern des jungen Mannes gelegt hatte und ihn sanft auf einen Küchenstuhl schob, »er hat das von Zeit zu Zeit.«

»Stimmt, früher war's noch schlimmer, da habe ich halbe Stunden lang vergessen, wo ich bin und wo ich hinwollte.«

»Ist es wegen Mihály?«, fragte Daria, während sie eine weitere Scheibe Brot abschnitt und Ödön hinhielt, der sie rasch ergriff, davon abbiss und nickte.

Eckart erinnerte sich: Daria hatte sich am Abend zuvor früh zurückgezogen, und dabei musste sie versucht haben, Ödön zu erreichen. Oberflächlich betrachtet trug der den Tod seines Mitstreiters mit Fassung, aber offenbar war er auf eine ihm eigentümliche Weise nervlich aufgewühlt.

»Was machst du um diese Uhrzeit hier?«, fragte Daria. »Die Ausgangssperre …«

Ödön lachte höhnisch auf. Dann sagte er, er habe Kohldampf gehabt, und dass sie allmählich alle hungerten, seit zwei Tagen keinen neuen Proviant mehr auftreiben könnten, und Sojus nicht weiter darauf reagiere. Augenscheinlich habe er Besseres zu tun, obwohl sie jetzt kaum mehr Scharmützel auszufechten hätten und er sich wirklich auf die Versorgung konzentrieren könne.

»Wahrscheinlich haben wir ihn gestern ein wenig aus dem Konzept gebracht«, erklang mit einem Mal Vanuzzis Stimme. Alle drei fuhren herum. Er lehnte im Türrahmen, schien sich wieder gefangen zu haben und grinste Ödön an.

»Sojus hat zwei Leute zu eurer Beschattung abgestellt, Meister, deshalb bin ich eigentlich hier. Hab sie gesehen, als ich durch das Fenster neben der Haustür linste.«

»Sie müssen mir gestern gefolgt sein«, sagte Eckart, der sich die ganze Zeit unerklärlich beobachtet gefühlt hatte.

Ödön nickte.

»Warum nur mir, warum nicht Dan? Sie waren doch zu zweit.«

»Gestern noch nicht«, erwiderte Ödön, »erst seit heute sind es zwei, weil Sojus jetzt weiß, dass ihr ab und an getrennte Wege geht.«

»Hat er eine Ahnung, wo ich war?« Vanuzzi war nähergetreten, fasste Ödön genauer in den Blick.

Der zuckte mit den Schultern: »Wo warst du denn, Meister?«

»Lange Geschichte. Wie bist du ins Haus gekommen?«

»Durch den Keller.«

»Gut. Sojus darf nicht wissen, dass wir von den Verfolgern wissen, sonst fliegst du womöglich auf, Ödön. Glaubst du, sie haben sich unsere Gesichter gut gemerkt?«

»Bei dir wär ich mir nicht sicher, Meister. Bei ihm schon.«

»Weil sie das Bild haben, das ich Sarkis gab?«, fragte Eckart.

Ödön nickte.

»Das macht alles etwas komplizierter«, knurrte Vanuzzi.

Die Untertreibung des Jahres!, dachte Eckart, aber da er nicht wollte, dass Daria und Ödön von den Spannungen zwischen ihm und Dan erfuhren, hielt er sich zurück.

»Die beiden sind nicht besonders helle«, sagte Ödön und tippte sich mit dem Zeigefinger gegen die Stirn.

»Warum hat er dann ausgerechnet sie genommen?«

»Sie sind Vertrauensleute aus Sojus' engstem Umfeld und schon länger dabei als ich. Und sie sprechen Deutsch, verstehen euch also.«

»Sind Sie Ungarn?«

»Sie sprechen ohne Akzent. Keiner von uns traut ihnen, sie sind immer für sich. Es gibt das Gerücht, dass sie für den ÁVH arbeiten.«

»Stasi-Männer?«

»Wohl keine ausgebildeten. Vielleicht Inoffizielle Mitarbeiter.«

»Gut möglich, Ödön. Der ÁVH wird eigene Männer in die Reihen der Aufständischen geschleust haben. Und der KGB hat ihnen Unterordnung befohlen, unter seine eigenen Leute. Leute wie Sojus.«

»Meister? Wenn wir wissen, dass er weiß, dass wir wissen, was er vorhat … was folgt daraus für uns?«

»Nichts«, antwortete Vanuzzi, »zumindest für den Moment. Wir sammeln Informationen, die wir später vielleicht brauchen können, das ist unser Kerngeschäft im Kalten Krieg. Aber du solltest vorsichtig sein und dich erst einmal von uns fernhalten. Wir wickeln alles über Funk ab. Ist die Funkanlage noch sicher? Hat dich jemand gesehen?«

Ödön schüttelte den Kopf.

»Gut. Morgen sehen wir weiter.«

»Wer weiß schon, was morgen ist?!«, sagte Ödön und versuchte ein schiefes Grinsen.

Vanuzzi rückte ganz nah an den Jungen heran, umfasste dessen Hinterkopf fast zärtlich mit beiden Händen und sagte beschwörend: »Das ist kein Spiel, Ödön. Es ist schlimm, dass Mihály tot ist, ich will dich nicht auch noch verlieren. Hast du mich verstanden?«

Sichtlich eingeschüchtert antwortete sein Gegenüber: »Ja, Meister … ich pass auf mich auf. Versprochen.«

Eckart begleitete Ödön aus der Tür, hielt ihn dann aber im Treppenhaus einen Moment zurück. »Erzähl mir etwas von meinem Sohn. Von Sarkis. Sojus. Wie nennst du ihn?«

»Kommandant. Wir nennen ihn einfach nur Kommandant.«

»Hast du ihn beobachtet, wenn er allein ist?«

»Ja.«

»Was tut er?«

»Er schlägt mit dem Kopf gegen die Wand.«

»Was …?«

»Na – mit dem Kopf … gegen die Wand …« Ödön versuchte für Eckart die Bewegung pantomimisch nachzustellen. »Manchmal nimmt er auch die Faust. Schlägt gegen die Wand wie ein Boxer, bis das Blut spritzt. Danach hat er Verletzungen.«

»Sagt er dabei irgendetwas?«

»Ja, aber ich kann es nicht verstehen. Wahrscheinlich Armenisch.«

»Wann tut er das?«

»Wenn etwas schiefläuft. Manchmal aber auch, wenn gar nichts Besonderes ist. Einer der Jungs hat mir erzählt, dass er nachts kaum mehr schlafen kann. Tags rennt er wie ein Verrückter durch die Gänge, und nachts kann er nicht schlafen. Ich würde das auch nicht aushalten.«

»Wie ist er – als Kommandant?«

»Er ist … nein, das möchte ich nicht sagen, er ist Ihr Sohn.«

»Er ist mein Sohn, aber ich kenne ihn nicht. Was tut er?«

»Er sucht häufig Streit. Dann zeigt er uns, wie überlegen er ist. Er spricht ein gebildeteres Ungarisch als die meisten von uns. Viele sind auch körperlich schwächer als er. Er schlägt uns, kanzelt uns ab. Er kann ein solcher Sauhund sein! Wenn ich nicht da sein müsste, ich hätte mir längst einen anderen Chef gesucht …«

»Aber er wird von allen als Kommandant akzeptiert?«

»Sie brauchen ihn. Er weiß so viel über die Pläne der Sowjets. Und er hat zwei Gesichter. So wie er zwei Augenfarben hat …«

»Wie meinst du das?«

»Ich glaube, dass er sehr einsam ist. Manchmal erzählt er uns nachts von seiner Heimat, von den Bergen, den armenischen Frauen. Und singt traurige Lieder. Dann zeigt er viel mehr von sich, als er eigentlich zeigen dürfte. Dann ist er fast wie ein älterer Bruder. Aber diese Momente sind selten und kurz …«

Wieder zurück in der Wohnung, besprachen sie die weitere Vorgehensweise für diesen Tag. Vanuzzi übergab Daria das Schreiben des Majors, das er bei Ledermantel gefunden hatte, zur Übersetzung. Er selbst musste zum neuen toten Briefkasten. Hielt ihr Informant Wort, würde er heute die zweite Kostprobe aus dem Dossier finden. Wenn sie, wie Ödön, das Haus durch den Keller verließen, würden ihre Beschatter rasch Verdacht schöpfen und einen zweiten Eingang suchen gehen – schließlich war es ziemlich unwahrscheinlich, dass Eckart und er sich in diesen Tagen mit Brettspielen in der Wohnung beschäftigten. Nachdem sie sich nicht trennen konnten, weil sich sonst auch ihre Eskorte aufteilte, erklärte sich Eckart trotz der Spannungen mit Vanuzzi bereit, die Ablenkung ihrer Beschatter zu übernehmen. Er bat Daria, ihren Bekanntenkreis durchzugehen und nach einem verlässlichen Mann Ausschau zu halten, der in etwa Vanuzzis Statur hatte und für die Aufgabe geeignet wäre. Nach kurzem Zögern rief sie ihren ehemaligen Universitätskollegen Zoltán an, der das gegen einige Schachteln Zigaretten für den Schwarzmarkt übernahm. Sie hatten etwas Mühe, ihn durch die unterirdischen Verbindungsgänge ins Haus zu lotsen – ansonsten war er perfekt: blond, gleich groß und nur ein wenig jünger als Vanuzzi, dessen Kleidung ihm wie angegossen passte. Zoltán schob den Mantelkragen hoch und zog sich den Hut tief ins Gesicht: An der Seite Eckarts hätte ihn jeder für das Original gehalten.

»Und was machen wir jetzt?«, fragte seine neue Begleitung, als sie das Haus verlassen hatten und einige Schritte gegangen waren. Er sprach mit demselben schleppenden Akzent, den auch Mihály hatte. Eckart sah aus dem linken Augenwinkel, wie sich zwei Männer mit längst aus der Mode gekommenen Trilby-Hüten und beigefarbenen Trenchcoats von der Mauer eines gegenüberstehenden Hauses lösten und ihnen in kurzem Abstand folgten.

»Zoo fällt vermutlich aus«, sagte der Deutsche, »Museum auch, das würde unsere Freunde stutzig machen. Ich bin Tourist, lassen Sie sich etwas einfallen. Es ist nur wichtig, dass den Jungs dabei nicht allzu langweilig wird.«

Bevor Eckart mit Zoltán das Haus verließ, hatte Vanuzzi ihm die Pistole und einige Patronen übergeben, die er dem toten KGB-Mann abgenommen hatte.

»Ein russisches Fabrikat. Wo haben Sie die her?«

»Das wollen Sie nicht wissen, Doc.«

»Stimmt. Will ich nicht, und ich will sie auch nicht haben.«

»Machen Sie sich nicht lächerlich! Sie können nicht ohne Waffe durch diese Stadt spazieren.«

»Wenn ich in eine Patrouille komme, keinen Ausweis, dafür aber eine Pistole habe, wird das ein sehr kurzer Spaziergang.«

»Es gibt keine Leibesvisitationen, das haben Sie doch gesehen.«

»Die gab es gestern nicht. Wie sagte Ödön so schön? Wer weiß schon, was morgen ist?!«

Als Vanuzzi einen letzten Gang durch das »Männerzimmer« machte, um nachzusehen, ob er nichts vergessen hatte, sah er tatsächlich die Pistole auf Eckarts Matratze liegen. Verdammter Idiot!, dachte er. Dann machte er sich auf den verwirrenden Weg durch die aneinandergebauten Keller nach draußen. Er fand ihn wie immer nur mithilfe einer Übersichtszeichnung von Daria. Statt des mühevollen Einstiegs, den sie bei ihrer Ankunft vor drei Tagen genommen hatten, suchte Vanuzzi einen einfacheren Ausgang über ein Haus, das eine Straßenecke weiter stand. Er hatte genügend Zeit verstreichen lassen; Eckart war mit ihren Beschattern sicher längst weg, keine Gefahr also, ihnen direkt in die Arme zu laufen. Dennoch sah er sich erst einmal gründlich um, bevor er aus der Haustür trat und seinen Weg Richtung toter Briefkasten einschlug.

Es werde nur noch an wenigen Orten gekämpft, hatte Ödön am frühen Morgen berichtet, faktisch herrsche ein unausgesprochener Waffenstillstand. Sojus sitze seit einem Tag auf Kohlen. Nur zu verständlich! Er hatte eine unsichere Zukunft, niemand konnte ihm zu diesem Zeitpunkt sagen, wie es weiterging, zumal nun auch für ihn die Bedrohung durch das Dossier im Raum stand, allen Beschwichtigungen seines Führungsoffiziers zum Trotz; und es nicht nur ihm an den Kragen gehen könnte, sondern allen KGB-Agenten im Land.

Die Straßen waren nun wieder viel bevölkerter als in den letzten Tagen. Er musste höllisch aufpassen, nicht von Passanten dabei beobachtet zu werden, wie er die Kostprobe an sich brachte. Ein öffentlicher Ort bot Sicherheit und Risiken zugleich – oft waren es nicht feindliche Agenten, die einem dabei in die Suppe spuckten, sondern Kinder, die zufällig sahen, was sich tat, und in den nächsten Tagen alles nahmen, was an der Austauschstelle bereitlag, ohne zu ahnen, was sie dabei anrichteten.

Es fiel ihm schwer, sich auf seinen Weg und sein Tun zu konzentrieren. Wie ernst war der Streit mit Eckart wirklich? Sie hatten einander bei der morgendlichen Besprechung selten angesehen, waren den Blicken des jeweils anderen ausgewichen. Immerhin übernahm Eckart die Ablenkung ihrer Beschatter, das war ein Schritt auf ihn zu. Noch mehr Unruhe im Team konnte er jetzt nicht brauchen.

Und dann war er auch noch mit Daria in Streit geraten.

Als Eckart und Zoltán das Haus verlassen hatten, war sie wie verloren durch die Zimmer geschlichen. Er hatte sie zur Rede gestellt, und sie sagte, dass sie verwirrt sei, verwirrt von den Ereignissen. Sie hatte eine Quelle »angezapft«, ebenfalls aus der Riege ihrer ehemaligen Universitätskollegen, die sich nun im engsten Kreis um Imre Nagy befand. Nagy halte sich die meiste Zeit in der streng bewachten Parteizentrale auf. Er bereite eine Regierungserklärung im Rundfunk vor, in der er den Aufstand nicht »Konterrevolution«, sondern »nationale und demokratische Erhebung« nennen wolle. Bedingungsloser allgemeiner Waffenstillstand, Amnestie für alle, Verhandlungen mit den Aufständischen über die Errichtung einer Nationalgarde, die Auflösung der Staatssicherheit ÁVH, der sofortige Abzug der sowjetischen Truppen aus Budapest, ja, aus dem ganzen Land – all das werde er thematisieren.

»Auch der Schriftstellerverband hat nun das Wort ergriffen«, sagte sie mit unüberhörbarer Euphorie in der Stimme.

»Ich bin beeindruckt, Prinzessin. Und jetzt? Wollen sie die Commies totdichten?«

Sie reagierte empört, verließ das Zimmer. Er ging ihr hinterher, sagte: »Der sofortige Abzug der sowjetischen Truppen. Womöglich noch freie Wahlen, Austritt aus dem Warschauer Pakt, staatliche Neutralität … wir sollten unsere Wachsamkeit nicht verlieren, das ist zu gut, um wahr zu sein … und jeden Tag neue, maximale Forderungen – ihr überdreht die Schraube! Welche Konzessionen wird Moskau Nagy noch machen, bevor sie wieder zuschlagen, das ist die einzige Frage.«

»Was sagt denn dein MI6 dazu?«, fragte Daria kühl.

»Das weiß leider auch mein MI6 nicht.«

»Nein? Dann hör dich um, tu was für dein Geld, Dan!« Sie hatte die Wohnungstür hinter sich zugeknallt und war gegangen.

Er bog jetzt von der Üllői út ab und steuerte die von ihrem Informanten bezeichnete Wiese an. Am anderen Ende stand der Pobeda, der ehemals rote Farbe und Rost schon längst nicht mehr voneinander unterscheiden ließ. Bevor Vanuzzi näher heranging, setzte er sich auf einen umgestürzten Baumstamm in einiger Entfernung und beobachtete die Umgebung. Spielende Kinder, mehr zu hören als zu sehen. Die Wiese war an einigen Stellen von Granattreffern regelrecht umgepflügt worden. An drei Seiten war sie abgeschirmt von Baumgruppen und Hecken, auf der vierten gab sie die Sicht frei auf eine Häuserzeile in vielleicht dreihundert Metern Distanz. Zu weit, um mit bloßem Auge erkennen zu können, was er an dem Pobeda trieb. Mit einem Fernglas allerdings … nun, er musste es riskieren. Vanuzzi trat an das Auto heran und kickte zweimal gegen dessen einzigen verbliebenen Reifen, der in Fetzen hing – als würde er einen Kauf erwägen und sich vergewissern, dass der Wagen ansonsten in gutem Zustand wäre. Vorsichtig setzte er sich auf einen Kotflügel, hoffte, dass er nicht gerade in diesem Moment abfiele, und prüfte, ob die Motorhaube verriegelt war. Sie war es nicht, offenbar ließ sie sich gar nicht mehr verschließen. Während er sie mit der linken Hand einige Zentimeter anhob, tastete er mit der anderen unter ihr nach etwas, das seine Aufmerksamkeit erregen könnte. Er schnitt sich, die Wunde blutete. Vanuzzi saugte am verletzten Finger, dann fluchte er, knurrte

»Scheiß drauf!« und hob die Motorhaube einfach an. Die Eingeweide eines alten Autos, ein verlassenes Rattennest, ein kleines ledernes Bündel. Er nahm es in die Hand, wog es, sah hinein: Papiere, trocken, sie konnten noch nicht lange hier liegen. Er steckte sie in die Manteltasche, schaute sich noch einmal im Motorraum und in seinem Umfeld um, dann klappte er die Haube sachte wieder herunter und machte sich mit seiner Beute auf den Weg.

Er ging im Zickzackkurs durch die Stadt, falls er doch verfolgt würde, auch wenn er niemanden sehen konnte. Unterwegs prüfte er die beiden Blätter: Mit hoher Wahrscheinlichkeit waren sie echt! Ganz sicher konnte er erst sein, wenn er die beiden Kostproben miteinander verglichen hatte.

Diesmal nutzte er den Kellereinstieg über die im Garten verborgene Falltür, fand sich aber wieder nur mühsam im Kellerlabyrinth zurecht. Als er nach einer Viertelstunde schließlich in der Wohnung ankam, war er allein. Er hatte keine Idee, wohin Daria gegangen sein mochte. Auf dem Tisch fand er das Schreiben des Majors und eine handschriftliche Übersetzung. Es enthielt nur Banalitäten.

Dann verglich er die beiden Auszüge aus dem Dossier: Die Seitenübergänge passten, ihr Informant hatte tatsächlich das Erbe von Piros Báty angetreten. Jetzt musste Vanuzzi ihn nur noch dazu bekommen, so schnell wie möglich die Übergabe des Konvoluts zu veranlassen.

Wie nah war ihnen Sojus schon? Wusste er, dass sie das Gespräch mit seinem Führungsoffizier mitgehört hatten? Der eine Mann aus dem Moskwitsch, der ihn von der Straße aus gesehen hatte, starb, bevor er etwas sagen konnte, doch der zweite …? Allerdings war Vanuzzi schnell gewesen, Mihály mochte er gesehen haben, ihn nicht, bevor der Ellbogenschlag kam … im günstigsten Fall erinnerte er sich an nichts mehr. Doch selbst dann – Sojus musste es nicht wissen, es reichte, wenn er ahnte, dass Vanuzzi oder ein anderer von ihnen dort gewesen war. Alles, was jetzt passierte, war vielleicht schon Teil des Spiels mit ihnen, das der Major eingefordert hatte.

Vanuzzi hatte sich einen Mokka aufgesetzt und trank ihn in kleinen Schlucken, als das Telefon klingelte. Eigentlich war vereinbart, dass außer Daria niemand rangehen würde, aber ein Instinkt riet ihm dazu, den Hörer abzunehmen – die Wahrscheinlichkeit war groß genug, dass es ihr Informant war, um nachzufragen, ob sie die zweite Kostprobe bekommen hatten.

Vanuzzi sagte kein Wort. Am anderen Ende meldete sich niemand. Ein Rauschen, unterbrochen von einzelnen verwaschenen Stimmfetzen im Hintergrund. Das konnte auf einen frequentierten Ort hindeuten. Oder es waren die Geisterstimmen anderer Telefongespräche, die einander überlagerten. Dann hörte er ein Ausatmen.

»Ich weiß, dass jemand dran ist«, sagte Vanuzzi auf Deutsch, »können Sie mich verstehen?«

Eine kurze Pause. Dann erwiderte die Stimme ebenfalls auf Deutsch: »Ich kann dich verstehen. Wo ist der andere, der Ungarisch gesprochen hat?«

»Er kann … im Moment nicht telefonieren. Es ist besser, wir zwei regeln das. Er war mein Untergebener.«

»*War* er das?«

»Ist. Er ist mein Untergebener. Hör zu: Ich habe die Probe bekommen. Es ist alles in Ordnung. Wann kann die Übergabe stattfinden?«

»Wer garantiert mir, dass du nicht einer von denen bist?«

»Wie hast du das letzte Mal so schön gesagt? ›Das garantiert dir niemand.‹«

Wieder entstand eine quälende Pause. Vanuzzi hoffte, dass er den Bogen nicht überspannt hatte. Dann hörte er die Stimme: »Gut. Aber durch die Situation in den Straßen ist alles teurer geworden … es ist mir immer noch zu heikel für eine Übergabe.«

»Was? Blödsinn! Du konntest die Kostprobe ablegen, ich sie abholen, mehr brauchen wir für die Übergabe nicht.«

»Schon ein Unterschied, ob wir das eine oder das andere austauschen. Wir müssen ein paar Tage warten, bis sich alles etwas beruhigt.«

»Nein, wir müssen das Material so schnell wie möglich haben.«

»Kann mir vorstellen, dass du raus möchtest, aber das ist dein Problem. Wir spielen nach *meinen* Regeln oder gar nicht.«

»Warte! Gib uns wenigstens eine Chance, mit dir Verbindung aufnehmen zu können, wenn wir ein Problem haben.«

»Schreib dir die Nummer auf, die ich dir jetzt diktiere. Um drei, halb vier Uhr nachmittags kannst du mich dort oft erreichen. Wenn du meine Stimme nicht erkennst, leg sofort wieder auf.«

Vanuzzi fand nichts zu schreiben, versuchte sich die Ziffern einzuprägen, wollte sie zur Sicherheit noch einmal wiederholen, doch der Mann hatte bereits aufgelegt. Er wählte umgehend die Nummer, die der andere ihm gegeben hatte. Belegt. Er probierte es ein zweites, drittes, viertes Mal, Minuten vergingen. Schließlich hob jemand ab. Vanuzzi glaubte den Namen eines Kaffeehauses gehört zu haben, es war eindeutig nicht die Stimme des Informanten.

»Guten Tag, sprechen Sie Deutsch?«, fragte er.

»Ein bisschen.«

»Ich bin auf der Suche nach meinem Bruder, er soll in Budapest sein. Haben Sie mich gerade angerufen?«

»Nein, ich bin der Oberkellner.«

»Konnten Sie den Mann sehen, der vor Ihnen telefoniert hat?«

»Ich habe niemanden gesehen.«

»Wo steht Ihr Telefon denn?«

»Es ist ein Wandapparat für unsere Gäste, ein wenig separiert von Gastraum und Küche. Der Telefonhörer lag nicht auf, deshalb war vielleicht besetzt. Wer genau sagten Sie, dass Sie …?«

Vanuzzi legte auf. Wütend hieb er mit der Faust auf das Telefontischchen ein.

Als Daria und Eckart wieder zurück waren, informierte sie Vanuzzi rasch über die neuen Ereignisse.

»Mehr Geld … ist das ein Problem?«, fragte sie.

»Nein. Ich habe in Innsbruck wohlweislich noch Spielgeld bekommen. Mehr Sorgen macht mir dieses Zaudern …«

Vanuzzi sagte, dass er sich am folgenden Tag in das Kaffeehaus begeben wolle, vielleicht würde er irgendetwas über ihren Informanten erfahren. Eckart erklärte sich bereit, noch einmal die Ablenkung ihrer Bewacher zu übernehmen. Abermals nahmen sie Kontakt mit Zoltán auf, der rasch zusagte.

Es war der 28. Oktober, ein Sonntag. Das Wetter war diesig, die Sonne stand verschwommen am Himmel. Wie durch einen Milchschleier fielen einzelne Strahlen auf die Erde. Spaziergänger trauten sich erstmals seit Tagen aus ihren Wohnungen; sicher waren auch einige Katastrophentouristen darunter, Briten allen voran, die sich die beschädigten Häuser im achten und neunten Bezirk ansahen.

Imre Nagy hielt tatsächlich die Rede, die Darias Quelle vollmundig angekündigt hatte. Er hoffte darauf, dass die Aufständischen nun ihre Waffen zurückgeben und ihre Kampfverbände auflösen würden, doch das Gegenteil war der Fall: Immer mehr junge Männer strömten in deren Reihen, trotz der schwierigen Versorgungslage.

In New York tagte der Sicherheitsrat der Vereinten Nationen, die Sowjetunion hatte die Sitzung einberufen. Der Führung in Moskau wurde immer klarer, dass sie wegen der internationalen Proteste gegen ihren Einmarsch ein formelles Ersuchen der ungarischen Regierung um Beistand gegen die vermeintliche Konterrevolution brauchten. Natürlich müsste das Ersuchen rückdatiert werden. Nagy lehnte ab, doch Hegedüs, der stellvertretende Premierminister, erklärte sich dazu bereit – um sich wenige Stunden später für alle Fälle nach Moskau abzusetzen, wo sein Ziehvater Rákosi schon auf ihn wartete.

Vor Aufhebung der Ausgangssperre unternahmen die Sowjets noch den Versuch, eine Bastion der Aufständischen zu schleifen; es war nicht der von Sojus gehaltene Gebäudekomplex (Vanuzzi deutete dies als Zugeständnis an dessen Aufgabe), sondern das Wohnviertel um das Corvin-Kino. Dort hielten sich seit Tagen einige Hundert junge Männer verschanzt und waren zum schlechthinnigen Symbol dieser Revolution geworden. Um 8.00 Uhr begann die sowjetische Panzeroffensive, die von dreihundert ungarischen Fußsoldaten begleitet wurde, doch die Aufständischen steckten die T-34-Tanks, die als Späher entsandt waren, allesamt in Brand, und von den T-54, die anschließend herausfinden sollten, was mit ihren Kundschaftern geschehen war, kehrte nur ein einziger unbeschädigt zurück. Eine Blamage sondergleichen für die Sowjets, die sogleich einen zweiten Angriff entwarfen. Doch der wurde von Imre Nagy untersagt.

Vom Budaer Burgberg aus blickten Eckart, Zoltán, mit dem er sich mittlerweile angefreundet hatte, und ihre Beschatter auf die Tumulte in der anderen Stadthälfte und sahen den mehr oder weniger geordneten Rückzug der Truppenkräfte auf der Pester Seite. Weil ansonsten kaum mehr gekämpft wurde und Buda ohnehin vergleichsweise ruhig war, hatte Zoltán beschlossen, heute wirklich eine kleine Sehenswürdigkeitentour einzulegen. Sie überquerten die Donau, unterhielten sich lange mit Wildfremden, sahen sich das Burgviertel und die Gegend um die Fischerbastei an und versuchten alles so konspirativ wie möglich aussehen zu lassen. Schwer vorstellbar, dass ihre Schatten nicht misstrauisch wurden. Doch Sarkis konnte nicht auf geschulte Leute zurückgreifen, musste sich mit denen begnügen, die ihm verlässlich genug schienen. Schon die Tatsache, dass Eckart jederzeit wusste, wo sich diese Leute befanden, bewies, dass sie von polizeilicher Verfolgungsarbeit keine Ahnung hatten. Ein paarmal musste er sich selbst davon abhalten, einfach zu ihnen hinüberzugehen, ein Gespräch zu beginnen oder ihnen jovial ein Bier auszugeben. Auch blinder Eifer durfte schließlich von Zeit zu Zeit belohnt werden.

Vanuzzi begab sich unterdessen in das Kaffeehaus, aus dem ihr Informant angerufen hatte. Es hielt während der vogelwilden Tage der sowjetischen Invasion mit einem gewissen Trotz die ganze Zeit seine Türen offen. Der Oberkellner, den Vanuzzi auszuhorchen suchte, sprach mit Herablassung von den Kollegen, die ihre Läden schon schlössen, wenn eine Handgranate vor der Tür explodierte. Selbst als die Nazis kurz vor Kriegsende aus Budapest eine Festung machen wollten und die Sowjets die Stadt von den angrenzenden Höhen aus unter Beschuss genommen hatten, wurde Kaffee ausgeschenkt; wozu also sollte man schließen, nur weil auf den Straßen ein paar Radaubrüder unterwegs seien?

Vanuzzi war davon ausgegangen, dass es nicht einfach würde, den Mann zum Reden zu bringen – doch die Schwierigkeit bestand vielmehr darin, ihn dazu zu bekommen, die Klappe wieder zu halten. Der Ober hatte sich mittlerweile sogar ungeniert an seinen Tisch gesetzt und plapperte ohne Unterlass, während Vanuzzi schweigend implodierte.

23
*

Er wusste, dass er dieses Spiel nicht mehr so weitertreiben konnte, irgendwann würden auch die dümmsten Beschatter merken, dass diese Spaziergänge nichts weiter waren als – Spaziergänge. Abgesehen davon hatte Zoltán am Montag keine Zeit. Dennoch bot Eckart an, sie für einen weiteren Tag abzulenken. Oder zumindest einen von ihnen, denn wäre er allein unterwegs, würde der andere sicherlich vor dem Haus auf Vanuzzi warten. Der war am Tag zuvor im Kaffeehaus keinen Schritt weitergekommen und wollte sich nun in »konspirativen Kreisen« umhören, ob nicht dort etwas über ihren Informanten herauszubekommen wäre.

Eckart lenkte seine Schritte Richtung Donau. In jedem unversehrten Schaufenster spiegelte sich die Silhouette seines Verfolgers.

An diesem 29. Oktober sah es tatsächlich so aus, als ob die Aufständischen gewinnen würden. Die Sowjetpanzer bildeten lange Linien und zogen sich aus der Stadt zurück. Eine eigenartige, fast unheimlich zu nennende Stille lag über dem Fluss. Gruppen von jungen Männern sprengten die Türen der Staatssicherheitsbehörde ÁVH und warfen, was sie fanden, auf die Straße: Akten, Ordner, Briefe, Vermerke. Alles, was papieren war, wurde dem Feuer übergeben, das sie auf dem Bürgersteig entzündet hatten. Eckart sah sich die Bescherung ein paar Minuten an, wusste nicht so recht, was er davon halten sollte, und ging dann weiter.

Ihm wurde auf einmal bewusst, dass er seit ein paar Tagen nicht mehr in den Tunnel in seinem Hirn gefallen war. Mit ihrer Ankunft in Ungarn waren auch die selbstquälerischen Gedanken in den Hintergrund getreten. Doch nun, während er durch die vom Kampf gezeichneten Straßen schritt, wo man die Leichen geborgen hatte und sich nun allmählich auch daran machte, den Schutt abzutransportieren, dachte er an Würzburg zurück und an den Satz: Man bereut selten das, was man getan hat, aber umso häufiger das, was man nicht getan hat.

Es gab also tatsächlich diesen Sohn. Und etwas in ihm schien wirklich alles daranzusetzen, die Leerstelle in seinem Leben, dieses sinnlos gewordene Etwas, mit Sinnhaftigkeit anfüllen zu wollen. Was auch immer das sein mochte: Leere, Leben, Sinn …

War nicht auch das ein egoistisches Motiv, nicht mehr? Auf Libido oder Aggressionstrieb verweisend, wie ihm sein psychoanalytischer Ausbilder nicht müde geworden war, einzuhämmern? Und welches Recht hatte er, Dan vorzuwerfen, rücksichtslos seine eigenen Interessen zu verfolgen, wenn es ihm selbst hauptsächlich darum ging, seinen Sohn aus zweifelhaften Motiven für sich haben zu wollen? Einen Sohn wie Sarkis! Wie absurd, sagte Eckarts Ich, warum nicht, schien sein Es zu sagen, besser als ein Mund voll Reißnägel, und vielleicht trugen ihn deshalb seine Schritte nun dorthin.

Als er den Gebäudekomplex erreichte, der Sarkis noch immer als Unterschlupf diente und genauso streng bewacht war wie vor drei Tagen, obwohl offiziell mit dem Abzug der Sowjets jetzt erst einmal keine Gefahr mehr drohte – höchstens für Sarkis selbst, die nämlich, enttarnt zu werden –, hätte Eckart etwas darum gegeben, das Gesicht seines Beschatters sehen zu können, als der feststellte, dass er von ihm »nach Hause« geführt worden war.

Es dauerte wieder fast eine Stunde, bis ihm eine Audienz gewährt wurde.

»Du traust dich was, noch mal hier reinzuschneien«, sagte Sojus beim Eintreten in das Zimmer, in dem Eckart bereits wartete. Er schnallte Holster und Patronengurte ab und gab seinem blonden Adjutanten einen Wink mit den Augen, woraufhin der den Raum verließ und die Tür hinter sich schloss. »Hatte ich nicht gesagt, dass –«

»... du mich vernichten wirst. Meinetwegen. Mir liegt nicht viel an meinem Leben.«

Es wurde still im Raum. Sojus blickte seinem Vater forschend in die Augen. Für Eckart war es wie ein Blick in einen Spiegel. In einen Spiegel aus Blut und Fleisch und einem eigenen Willen.

»Weiß der Engländer, dass du hier bist?«

»Nein, und das ist gut so. Ich möchte mit dir nicht über Politik sprechen.«

»Ach nein? Worüber dann?«

»Über deine Mutter.«

Sojus' Augen irrlichterten. Offenbar suchte er nach einer passenden Erwiderung.

Bevor ihm eine eingefallen war, fragte Eckart: »Du wusstest, wer ich bin?«

»Im Moment, als ich dich gesehen habe. Bisher warst du nur ein Name und eine Geschichte meiner Mutter ... viele Geschichten von Mutter ... sie hat oft von dir erzählt, als ich klein war. Von dem Mann, der zwei Augenfarben hat, so wie ich.«

»Wenn sie so oft von mir erzählt hat, hat sie auch darüber gesprochen, warum sie mich verlassen hat?«

»Glaubst du das? Dass man darüber mit einem Kind spricht, das nach dem Vater fragt?«

»Einem Kind nicht, aber dem jungen Erwachsenen. Du warst neunzehn, als sie starb.«

»Es war Krieg, wir hatten anderes zu besprechen.«

»Warum wart ihr überhaupt in Leningrad? Ihr habt doch in der Armenischen SSR gelebt?«

»Eine Verkettung unglücklicher Umstände. Der NKWD wollte mich … egal, das geht dich nichts an. Wir mussten eben nach Leningrad. Schon die Hinfahrt war ein Abenteuer. Und dann hatten deine Leute bereits den Ring um die Stadt geschlossen.«

»Das waren nicht meine Leute. Ich verabscheue die Nazis, habe sie immer verabscheut.«

»Ist das so?«

»Sie haben mich ins Exil nach Amerika getrieben.«

»Und warum bist du abgehauen? Warum hast du nicht gegen sie gekämpft, in deinem eigenen Land?«

»Du hast keine Ahnung, wie das war!«

Sojus zuckte mit den Schultern.

»Ich wollte doch nicht über Politik sprechen«, sagte Eckart. Solange Sarkis gedanklich bei seiner Mutter war, schien er ihm durchaus zugänglich.

»Deine Mutter sagte immer: Ich habe die Weisheit sicher nicht mit dem Löffel gefressen, allenfalls mit einer Gabel.«

Eckart sah, wie Sarkis zu schmunzeln begann. Er hatte den rechten Ton getroffen.

»Ich fand die Vorstellung wunderbar: Die Weisheit als Suppe, die wir uns mühsam mit der Gabel einflößen.«

»Mir hat sie ein Gedicht beigebracht. Ich weiß nicht, von wem es ist, vielleicht von ihr selbst. Es geht so:

Lerne.

Lerne jeden Tag.

Lerne jeden Tag ein wenig.

Lerne jeden Tag ein wenig mehr.

Lerne jeden Tag ein wenig mehr, nach vorne zu sehen.«

Eckart nickte. Er spürte Traurigkeit in sich aufsteigen. Das war die Aghawni der ersten Wochen in Rom. Die auf das Bild im Fotostudio gedrängt hatte, das sie beide aussehen ließ wie ein jung verheiratetes Paar. Nicht die, die ihn wortlos wenige Tage später verlassen hatte.

Dann hörte er die Stimme von Sarkis: »Nachdem ich diesen Brief gelesen habe, den du mir gabst … wenn man das überhaupt Brief nennen kann … sie war mir oft ein Rätsel. Sie muss unter enormem Druck gestanden haben. Da war diese armenische Terrorgruppe –«

»Operation Nemesis.«

»Ja. Und der Völkermord im Osmanischen Reich. Unter Stalin durften wir nicht darüber sprechen. Er wollte verhindern, dass es Krieg gab zwischen Aserbaidschanern, die sich als Brüder der Türken sehen, und uns Armeniern. Ihre Mutter, die ganze Familie ihrer Mutter ermordet – und das nur, weil sie von ihrem Mann verstoßen worden war. Mein Großvater hatte meine Mutter mit nach Deutschland genommen, die Familie meiner Großmutter war arm, konnte sich die Flucht nicht leisten. Sie sind in die Wüste deportiert worden, einfach auf dem Weg verreckt wie die Tiere. Mutter hat das nie verwunden. Auch darüber nicht sprechen zu können. Mich hat sie geliebt, das habe ich gespürt, aber sie hat auch geklammert. Vielleicht hat sie sich verboten, einen anderen Menschen zu lieben. Einen, bei dem sie nicht so offensichtlich klammern durfte.«

»Sie hat mich verlassen, um nicht selbst verlassen zu werden?«

»Vielleicht. Es gab jedenfalls nie einen anderen Mann.«

»Das geht mich nichts an«, sagte Eckart. Er atmete tief durch. »Aber trotzdem ist es gut, das zu wissen. Danke, Sarkis.«

Wieder begegnete er dem Blick seines Sohnes. Er war offen. Erstaunlich offen für einen KGB-Mann.

»Wie hast du … ich meine … es war bestimmt schrecklich, ohne Vater durch diese Jahre zu kommen …«

»Den Vater hab ich mir früh aus dem Kopf geschlagen. Einmal, in der dritten Klasse, war ich traurig. Es gab einen Tag, an dem gingen die Väter mit den Söhnen fischen. Nur ich nicht. Ich blieb bei den Mädchen in der Schule. Meine Lehrerin sagte: Die haben vielleicht irgendeinen Vater, aber du, du hast den besten Vater, den ein Kind überhaupt haben kann. Denn du hast Stalin zum Vater. Stalin liebt die Waisenknaben, vergiss das niemals!«

»Und das hast du geglaubt?«

»Es hat vieles vereinfacht.«

»Hätte ich damals nur gewusst, wo ihr seid –«

»Gib's zu, du kannst gar nicht fischen – Vater.«

Das Wort war wie ein Schlag, der ihm die Besinnung zu rauben drohte. Er brauchte Minuten, um sich zu erholen.

Sie sprachen fast eine Stunde, tauschten Erinnerungen an Aghawni aus. Dann änderte Sojus abrupt seine Körperhaltung. Er starrte Eckart in die Augen, seine Stimme wechselte ihre Tonlage – fast unmerklich, aber dem ehemaligen Kommissar fiel es doch sogleich auf.

»Sag deinem Engländer, dass ich an Bord bin. Und gib ihm das als Zeichen meines guten Willens.« Sojus griff unter sein offen stehendes Hemd, zog einen Schlüssel hervor, der ihm an einer Kette um den Hals baumelte, und öffnete damit umständlich eine verschlossene Schreibtischschublade. Er nahm einen dicken Packen Papiere und legte ihn vor Eckart auf den Tisch.

»Das könnte den MI6 interessieren. Es ist auf Ungarisch, aber ihr werdet Übersetzer haben. Wo das herkommt, gibt es noch mehr. Und du weißt, wo du mich finden kannst.«

Eckart griff nach dem Konvolut, blätterte es oberflächlich durch. »Warum tust du das?«

»Wenn du wüsstest, was ich weiß … Budapest wird eine Totenstadt. Und auch für jemand wie mich ist es gut, einen Plan B zu haben. Falls ich schnell wegmuss.«

Eckart hatte seinen Sohn nicht aus den Augen gelassen. Das penetrante Starren, die Ärgermimik, die kurzzeitig aufgeblitzt war, hatten ihn verraten.

»Jetzt gehst du besser, sonst fangen meine Leute an zu tuscheln.«

Eckart versteckte die Papiere unter seinem Mantel. Sie gaben sich zum Abschied nicht die Hand. Als er aus dem Haus in die Nachmittagssonne trat, die nur schwach schien, bemerkte er mit einem Seitenblick, wie sich der Beschatter wieder an seine Fersen heftete. Willkommen zurück, dachte Eckart.

Sarkis hatte seine Körpersprachenkanäle ordentlich im Griff, die Schulung des KGB war nicht schlecht. Wäre die Veränderung zwischen dem ersten Teil des Gesprächs über seine Mutter, in dem er vollkommen ehrlich war, und dem zweiten Teil nicht so deutlich gewesen … ein Mensch kann einfach nicht mehr als zwei oder drei der wichtigsten Kanäle gleichzeitig kontrollieren. Konzentrierte er sich auf die Augen und den Gesichtsausdruck, offenbarte sich die Lüge durch die weniger gut beobachtete Körperhaltung oder die Stimme. Er hatte Rosenberg bei Verhören immer angehalten, genau hinzusehen und hinzuhören, um den Lügner zu entlarven. Und nun war es sein eigener Sohn, den er demaskierte.

Bei der abendlichen Besprechung rang er mit sich. Er wollte Vanuzzi, vor allem aber Daria ins Bild setzen über seine Zweifel. Doch als er von seinem Treffen mit Sarkis erzählte, geriet Vanuzzi völlig außer sich, schrie Eckart an, was er sich denn dabei gedacht habe, falls er überhaupt denke, und ob er die Mission sabotieren wolle; und außerdem, er sei doch immer derjenige, der predige: keine Alleingänge!

Schweigend reichte Eckart das Papierkonvolut an Daria weiter und erklärte ihr, dass es von seinem Sohn stamme. Sie überflog es mit weit aufgerissenen Augen, übersetzte ausgewählte Passagen ins Deutsche, blätterte vorwärts, übersetzte weiter. Währenddessen wurde Vanuzzis Gesichtsausdruck immer wütender. Schließlich riss er es ihr aus der Hand und knallte es auf den Tisch.

»Schrott! Das ist so alt, das kannte schon meine Großmutter.«

»Es ist ein Anfang«, sagte Daria.

»Gar nichts ist das! Der übliche Versuch, uns mit einem Wust an Gemeinplätzen, unübersichtlichen Details und altem Kram einzulullen. Sojus spielt mit uns!«

Daria sah Eckart, der Vanuzzis Augen vermied, voller Mitleid an.

»Schalten Sie doch endlich wieder ihr Hirn ein, Doc! Ich verwette meinen Arsch, dass sein Führungsoffizier sagte: Lass dich zum Schein auf ihr Angebot ein und finde heraus, ob es eine Abschrift des Dossiers gibt. Wenn ja: Hol sie dir. Wenn sie sie vor dir bekommen: Hol sie dir von ihnen und liquidiere sie!«

Eckart spürte Zorn in sich aufsteigen. Wahrscheinlich hatte Vanuzzi recht, aber … er konnte, wollte ihm nicht länger entgegenkommen, nicht einen Schritt weit.

Und dann überdrehte Vanuzzi endgültig die Schraube: »Ich kannte mal einen Psychoanalytiker, der hat seinem Gegenüber an der Nasenspitze angesehen, ob es lügt oder nicht. Und heute? Blinder als ein Maulwurf! Und das nur, weil es um die Lügen seines eigenen Sohnes geht. Der noch dazu ein Dreckskerl ist.«

»Sie können mich mal, Vanuzzi!«

Eckart verließ die Küche, schlug die Tür des »Männerzimmers« hinter sich zu. Vanuzzi sah Daria Bestätigung heischend an.

»Vielleicht stimmt es, Dan. Aber selbst dann hättest du das in einem anderen Ton sagen können.«

»Wozu? Ich hab ihn aus Deutschland geholt, um Sojus umzudrehen, nicht andersrum. Er ist nicht gerade hilfreich.«

»Wundert dich das? Vielleicht musst du dir endlich eingestehen, dass du dich verkalkuliert hast.«

»Dann hab ich mich eben verkalkuliert. Zufrieden? Bringt uns auch nicht weiter. Dieser verdammte Informant lässt uns in der Luft hängen, und ich weiß nicht, was mein ›Partner‹ hinter meinem Rücken treibt. Kann ich ihm noch vertrauen oder rennt er zu Sohnemann und steckt ihm alles, weil er vor lauter Vaterliebe nicht mehr zurechnungsfähig ist?«

Vanuzzi begann sich in Rage zu reden. Darias Augen verengten sich zu schmalen Schlitzen.

»Wahrscheinlich muss ich von jetzt an nicht nur die zwei Idioten vor unserem Haus ablenken, sondern auch den Doc. Aber vielleicht ist das gar nicht *so* schwer. Wenn du nur ein bisschen mit den Wimpern klimperst, kriegst du das schon hin.«

»Weißt du was? *Mich* kannst du auch mal!« Eine Tirade ungarischer Flüche begleitete Daria auf ihrem Weg ins »Frauenzimmer«, dann knallte eine zweite Tür.

Vanuzzi stand in der Küche. Er spürte, wie sein Kopf heiß wurde, sein Pulsschlag sich immer mehr beschleunigte. Nicht auch noch das! Er riss alle Türen des Küchenschranks auf, bis er den Rest des Barack fand, den Ödön befreit hatte.

Ödön. Der Einzige, auf den er sich jetzt noch verlassen konnte. Auch heute war Vanuzzi keinen Schritt weitergekommen mit ihrem Informanten, er war dem zaudernden Kerl auf Gedeih und Verderb ausgeliefert. Dem zaudernden Kerl und dem Telefon, das einfach nicht klingeln wollte.

Von jetzt an gingen sie endgültig getrennte Wege. Sie kamen noch bei den morgendlichen und abendlichen Lagebesprechungen zusammen, doch auch dann sprachen Vanuzzi und Eckart kaum noch miteinander. Und wenn, gifteten sie sich an, um irgendwann, wenn es persönlich wurde, ins Englische zu fallen, damit Daria sie nicht verstand.

Eckart bestand darauf, weiterhin das Haus allein zu verlassen, und benutzte nun ebenfalls den Kellerausgang. Für ihre Beschatter musste es so aussehen, als ob er und Vanuzzi tagelang nicht mehr das Haus verließen. Das erhöhte die Gefahr, dass sie etwas über das unterirdische Labyrinth in Erfahrung brachten. Es war ein gut gehütetes Geheimnis, selbst die jüngeren unter den Hausbewohnern wussten nichts von seiner Ausdehnung – und das sollte auch so bleiben. Vanuzzi ahnte, dass diese Keller eines nicht mehr fernen Tages überlebenswichtig wären.

Vanuzzi bat Daria, doch einmal das Konvolut grob zu übersetzen, das ihm der Deutsche übergeben hatte. Nur um sicherzugehen. Aber sie weigerte sich. Wenn er ohnehin glaube, dass es nichts als »Schrott« enthalte, verzichte sie gern darauf, auch sie habe ihre Zeit nicht gestohlen. Solange er sich nicht mit Eckart versöhne, werde sie nichts mehr übersetzen. Und alles andere – damit meinte sie vermutlich Sex, der seit Eckarts Ankunft keine Rolle mehr zwischen ihnen gespielt hatte – könne er ohnehin vergessen.

Er hatte keine Idee, wo sich Eckart dieser Tage herumtrieb, überlegte, ihm selbst unauffällig zu folgen, doch das würde ihn nur Zeit kosten und auch nicht weiterbringen. So schärfte er Ödön über Funk ein, ein Auge auf Eckart zu haben (was selbst bei dessen verheerendem Gesichtergedächtnis möglich sein sollte). Kurze Zeit später berichtete Ödön, dass der Deutsche nicht einmal in die Nähe ihres Hauptquartiers gekommen war. Stattdessen sah Vanuzzi selbst ihn im Laufe des Dienstagnachmittags in Zoltáns Begleitung in einem Park sitzen, duckte sich weg, um selbst nicht gesehen zu werden, und schlug einen anderen Weg ein.

Er ging zu ihrem toten Briefkasten und steckte einen Zettel unter die Motorhaube. Darin bat er um einen Anruf am nächsten Tag zur verabredeten Uhrzeit unter der bekannten Nummer. Er hatte die Nachricht auf Deutsch verfasst. Er wusste nicht, wie ernst es Daria damit war, für ihn nicht mehr zu übersetzen, also verzichtete er fürs Erste auf ihre Dienste.

Dienstag und Mittwoch überschlugen sich die Ereignisse. Erst hielt Imre Nagy eine furiose Rede im ungarischen Rundfunk, kündigte das Ende des Einparteiensystems und die Rückkehr zur Regierung der vier Koalitionsparteien an, die 1945 die einzige freie Wahl des Landes gewonnen hatten; man amnestierte mehr als dreitausend politische Gefangene, entfernte prosowjetisch orientierte Generäle aus der Militärführung und ließ die bewaffneten Einheiten der Staatssicherheit durch die ungarische Armee entwaffnen. Nagy schloss seine Rundfunkansprache mit den Worten: »Wir erleben die ersten Tage des Sieges unserer Souveränität und unserer Unabhängigkeit. Hoch lebe die unabhängige, freie, demokratische ungarische Republik! Hoch lebe das freie Ungarn!«

Aufständische wurden in die neu aufgebaute Nationalgarde eingebunden. Der neue Militärkommandant der Hauptstadt achtete darauf, sie nicht einzeln, sondern gruppenweise mitsamt ihren Kommandanten zu übernehmen. Ödön berichtete über Funk, dass ihre Gruppe auseinanderzufallen drohe. Sojus hatte alle Hände voll zu tun, seinen Leuten klarzumachen, dass diese Nationalgarde nichts als eine Finte der Russen sei, um ihre Kampfbereitschaft zu untergraben. Trotzdem war mehr als die Hälfte seiner Jungs bereit, dort einzutreten. Mit den anderen hielt er weiterhin den Gebäudekomplex besetzt, lebte Tag und Nacht unter Hochspannung. Ödön hatte den Eindruck, dass er mittlerweile überhaupt nicht mehr schlief.

Dann zettelte Sojus einige Scharmützel mit Milizionären der Staatssicherheit an, auf die sich andere Aufständischengruppen einließen. Es kam zu massiven Ausschreitungen, zu Lynchjustiz an Stasi-Leuten; einem Obristen wurde bei lebendigem Leib das Herz herausgeschnitten, erzählte man sich. In Windeseile verbreiteten sich Gerüchte über die neu auflebenden Gräueltaten der Aufständischen. Niemand wusste, was Wahrheit, was Lüge war. Die Altstalinisten sammelten alle Informationen, um ihre Propaganda vom konterrevolutionären rechten Terror zu verbreiten.

Als die Sowjetregierung plötzlich signalisierte, ihre Truppen nicht nur aus Budapest abziehen, sondern mit Nagys Kabinett und Vertretern anderer Staaten des Warschauer Pakts über den Aufenthalt von Sowjettruppen auf ungarischem Boden verhandeln zu wollen, brach sich der Jubel auf den Straßen Bahn. Fremde umarmten einander, glaubten, dass der Austritt aus dem Ostblock längst Wirklichkeit war.

Ödön hatte seine ganze Vorsicht vergessen, tauchte ohne Vorwarnung in der Wohnung auf, um anzustoßen, und traf auf Vanuzzi und Daria.

»Worauf trinken wir denn?«, fragte Vanuzzi ironisch.

»Darauf, dass Ungarn ein neutrales Land wird. Wie die Schweiz.«

»Ach, wird es das?« Vanuzzi sprang aus dem Zimmer, kam mit einer Landkarte von Europa wieder und breitete sie auf dem Küchentisch aus. »Hier, werft mal einen Blick auf euer schönes Ländchen. Was seht ihr?«

Stille.

»Gar nichts? Ich sehe, dass Ungarn im Osten an die Sowjetunion grenzt. Für die ist jeder, der nicht ihr Freund ist, unwillkürlich ihr Feind. Neutral, das gibt es nicht, für Moskau ist das feindlich, der Westen. Falls Ungarn aus dem Warschauer Pakt austritt, grenzt der Westen an die Sowjetunion. Und wenn Ungarn fällt, fällt der schöne neue Ostblock.«

Ödön sah Vanuzzi traurig an. »Und was bedeutet das, Meister?«

»Nichts«, sagte Daria, »er führt wieder seine Privatmeinung Gassi. Du bist ein Schwarzseher, Dan. Du warst es und wirst es immer sein.«

»Gut, du hast es so gewollt. Wollt ihr die schlechte oder die ganz schlechte Nachricht zuerst?«

Die beiden jungen Leute schwiegen, fixierten Vanuzzi.

»Ich hatte Kontakt mit dem MI6. Ja, schaut mich nicht so an, ich war selbst überrascht, offenbar haben die Commies für einige Minuten vergessen, ihre Störsender einzustellen, oder sie hatten eine Panne.«

»Und was sagt der MI6?«, fragte Daria.

»Er hat erfahren, dass einige der schlimmsten Falken im Kreml, die sich in den letzten Tagen hier aufhielten, zu Konsultationen nach Moskau zurückgekehrt sind. ›Konsultationen‹! In einem solchen Moment bedeutet das nichts Gutes.«

»Wer sind diese Falken, Meister?«

»Molotow, Woroschilow, Kaganowitsch, Mikojan – der Troubleshooter von Stalin. Chruschtschow, Malenkow und Bulganin gehören zu den Liberalen.«

»Na und? Es ist zu spät. Wir sind so weit gekommen, der Westen kann uns gar nicht mehr fallen lassen«, raunte Daria.

»Ihr baut wirklich auf das Gerede von *Radio Free Europe* … es ist ein Geheimdienst-Sender. Die Jungs, die dort arbeiten, glauben selbst nicht, was sie euch erzählen.«

»Präsident Eisenhower sagte: ›Die Befreiung der versklavten Völker war und ist ein Hauptziel der amerikanischen Außenpolitik und wird es bleiben, bis der Erfolg errungen ist.‹«

»Sonntagsreden, Prinzessin. Es gibt eine antikommunistische Rhetorik in den Staaten, aber was tatsächlich gemacht wird, folgt geopolitischen Strategien. Wenn ihr einen Moment lang über euren Tellerrand hinaussehen würdet, wüsstet ihr, dass britische und französische Kriegsflugzeuge gerade die ägyptische Luftwaffe in Grund und Boden bomben. Dem Westen geht es um Suez. Dort spielt sich die Weltpolitik ab. Ägypten will den Kanal verstaatlichen und abriegeln, damit etwas Kleingeld vom Ölhandel im Land bleibt und nicht nur bei British Petrol und Shell landet. Glaubt ihr, dass das dem Westen gefällt? Deshalb schlagen die Briten und Franzosen da unten alles zu Grus – um ihre Öleinnahmen zu schützen, um Druck auszuüben auf die ägyptische Regierung. Denkt ihr wirklich, die interessieren sich auch nur eine Sekunde für Ungarn? Wenn es dem Westen ernst wäre mit seinem ideologischen Kampf gegen die Commies, müsste er jetzt eingreifen. Jetzt, wenn die Chancen gut stehen. Aber das tut er nicht.«

Daria sah Vanuzzi skeptisch an, Ödön hielt den Blick gesenkt.

»Ihr glaubt mir nicht? Wollt ihr wissen, was mir der MI6 noch gesagt hat? Dass es ein Geheimtreffen von amerikanischen und sowjetischen Vertretern gegeben hat. Und was ist dabei rausgekommen? Wenn ihr euch nicht bei unserem Dreck einmischt, mischen wir uns nicht bei eurem ein. Der Westen verschachert Ungarn an die Sowjets, dafür sprudeln bei uns weiterhin die Petrodollars. Wacht endlich auf! Keine Sau im Westen interessiert sich für euch. Rettet eure eigenen Ärsche, das ist das Beste, was ihr tun könnt …!«

24
★

Der November begann mit typischem Wetter. Der Regen peitschte durch die Straßen, verwirbelt vom Ostwind. Es schien, als würde das Nass von oben und unten, von allen Seiten gleichzeitig kommen. Ein Tag, an dem man am besten zu Hause blieb, wenn man nicht unbedingt unterwegs sein musste.

In vielen Vierteln fuhren Trams und Busse wieder. Der Generalstreik, den Arbeiterräte eingefädelt hatten, die mit den Aufständischen solidarisch waren, war faktisch vorbei, auch wenn er offiziell erst am 5. November enden sollte.

Sowjetische Flugzeuge flogen über Budapest hinweg – in geringer Höhe, doch nicht niedrig genug, sodass viele Menschen die Hoheitszeichen als amerikanisch oder britisch deuteten und in spontanen Jubel ausbrachen.

Imre Nagy, so hatte Daria über ihre Quelle in dessen engstem Umfeld erfahren, machte sich Sorgen um diese Flüge, die offiziell sowjetische Staatsbürger aus dem Land bringen sollten – noch mehr allerdings um die Truppenbewegungen der Roten Armee, die er und seine Regierung nicht recht zu deuten wussten. Sein Kabinett beschloss die Flucht nach vorn, kündigte den sofortigen Austritt aus dem Warschauer Pakt an und erklärte die Neutralität des Landes. Nagy appellierte an die Vereinten Nationen, die Ungarnfrage auf die Tagesordnung ihrer Generalversammlung zu setzen, und bat darum, die Neutralität des Landes umgehend anzuerkennen, um schnellstmöglich Fakten zu schaffen.

Und wie immer zauderte die UN.

Vanuzzi war vor der Zeit im Kaffeehaus. Er setzte sich so, dass er jeden Gast sehen konnte, der in Richtung des Telefons ging. Näher kam er an den Apparat nicht heran, ohne selbst aufzufallen. Den Oberkellner war er mit einigen barschen Befehlen losgeworden. Dann saß er und wartete. Männer kamen und gingen. Die meisten saßen stundenlang vor ihrem Getränk, lasen Zeitung, führten Selbstgespräche oder unterhielten sich mit Bekannten. Auch wenn Vanuzzi kein Wort von dem verstand, was sie sagten, hörte er doch immer den Namen »Nagy« heraus. Seltener »Amerika«. Und nie »Chruschtschow«.

15.00 Uhr. Nichts. 15.15 Uhr. Nichts. 15.30 Uhr, 15.45 Uhr, 16.00 Uhr, 16.15 Uhr. Kein Mensch schien telefonieren zu wollen. Um 16.30 trank er seinen letzten Mokka, zahlte und ging. Sein Weg führte ihn zum toten Briefkasten. Er tastete unter der Motorhaube, zog seinen Zettel hervor. Er hatte am selben Ort gelegen und sah unverändert aus, wenn auch ein wenig labberig von der hohen Luftfeuchtigkeit der vergangenen Nacht. Vanuzzi zerriss ihn, zog eine Kladde aus seinem Mantel und schrieb einen neuen, bat um einen Anruf zur angegebenen Uhrzeit am 2. November. Er schob den Zettel an seinen Ort und kehrte in die Wohnung zurück, wobei er, wie in den letzten Tagen, den Geheimweg über den Keller nahm. Mit leuchtender Taschenlampe kam ihm Eckart zwischen zwei Häuserverbindungswegen entgegen. Beide erschraken, wollten sich wegducken. Als sie sich schließlich erkannten, gingen sie wortlos aneinander vorbei.

Ödön funkte, dass er ein Gespräch von Sojus mit seinem Führungsoffizier belauscht habe. Wenn sein Russisch doch nur ein wenig besser wäre – Mihálys Tod hinterließ auch hier eine schmerzhafte Lücke. Was er gehört zu haben glaubte, war, dass Sojus alles für den entscheidenden Moment vorbereiten und sich selbst bereithalten solle, falls er offen die Seiten wechseln müsse. Viel mehr habe er nicht verstanden.

Es ergab durchaus Sinn. Doch Vanuzzi hielt sich diesmal etwas zurück, wollte Ödön nicht noch weiter verunsichern. Seine Worte vom Abend zuvor waren nicht auf taube Ohren gestoßen, und er hatte Mühe gehabt, den Jungen überhaupt wieder dazu zu motivieren, zu Sojus zurückzukehren und nicht den eigenen Arsch zu retten, wie er selbst ihm empfohlen hatte. Zumal Ödön in den letzten Tagen nur knapp seiner Enttarnung entgangen war. Auch seine heimliche Anwesenheit bei Sojus' Gespräch mit Major F. hätte ihn den Kopf kosten können. Es waren seine jugendliche Unbefangenheit und die Tatsache, dass ihn alle, die in Sojus' Umfeld verblieben waren, für strohdumm hielten; dadurch vermochte er immer wieder zu entschlüpfen, auch aus den riskantesten Situationen. Doch wie lange noch …?

Nachdem sie die Funkverbindung beendet hatten, überlegte Vanuzzi.

Der entscheidende Moment. Es konnte nichts anderes bedeuten, als dass Moskau endgültig beschlossen hatte, den Aufstand mit Waffengewalt niederzuschlagen. Offen die Seiten zu wechseln hieß, dass Sojus zur Roten Armee übergehen musste, sobald die Invasion stattfände, um sein eigenes Leben zu retten. Der KGB rechnete also mit der größtmöglichen Zerstörung, sonst würde er dafür Sorge tragen, Sojus mit anderen aufständischen Kommandeuren einfach verhaften und verschwinden zu lassen; für eine spätere Verwendung, versteht sich, entweder im Gefängnis oder um etwaige Widerstandsgruppen nach der Invasion zu infiltrieren. Wenn sie dies aber gar nicht erst in Betracht zogen und er sich mit einem Seitenwechsel enttarnen sollte … dann konnte das nur eines bedeuten: eine große militärische Lösung, die alle Strukturen in Aufständischenkreisen radikal zerstören würde. Keine weitere Verwendung für Sojus in Ungarn, weil es Ungarn, wie sie es kannten, nicht mehr geben würde.

Die erste und zweite Invasion der Sowjets in Ungarn, General Tan Daojis sechzehntes Stratagem, dachte Vanuzzi. *Den Fisch fangen, indem du ihn vom Haken lässt.* Anstelle der unverzüglichen Vernichtung des Gegners riet es zur Zurückhaltung. Statt ihn in die Ecke zu drängen und verzweifelte Gegenwehr zu provozieren, was eigene Kräfte unnötig verschleißen würde, lässt der Starke den Gegner erst einmal los, um ihn später umso entschlossener packen und vernichten zu können.

Es war klar, dass eine Katastrophe bevorstand, und das in den nächsten Tagen. Wahrscheinlich war dies nicht nur ihm bewusst. Auch ihr Informant spielte auf Zeit, nur zog er die falschen Schlüsse. Vanuzzi war davon ausgegangen, dass er sie hinhielt, um abzuwarten, wie sich alles entwickeln werde. Vielleicht glaubte auch er wirklich an eine Befreiung durch die Revolution. Aber nun … seine Hinhaltetaktik schien eher darauf hinauszulaufen, mit der Übergabe auf den letzten Moment vor der Krise zu warten, um den Preis für das Dossier weiter in die Höhe zu treiben. Vielleicht rechnete er sogar damit, die beiden Seiten finanziell gegeneinander auszuspielen zu können. Doch wäre er wirklich so wahnsinnig, sich dabei auf den KGB einzulassen? Angesichts des Umstands, dass Piros Báty, dessen Vertrauter er gewesen sein musste, von den Sowjets umgebracht worden war, und das trotz bester Verbindungen nach Moskau. Ungarn war KGB-Land, Major F. hatte recht.

Und wenn sie ihn schon längst umgebracht hatten?

Unsinn! Wenn die Commies das Dossier bereits hätten, würde Sojus sie nicht länger beschatten lassen. Vielleicht hätte er sie dann auch schon umgebracht, je weniger Mitwisser … schon längst hing ihr Leben auch davon ab, wer das Dossier als Erster in den Händen hielt.

Der 2. November war ein ausgesprochen alltäglicher Freitag für die meisten Budapester. Die Euphorie der Revolution hatte sich allmählich zu legen begonnen, und man war drauf und dran, zur Normalität überzugehen. Auch der Regen hatte nachgelassen.

Die USA waren nicht begeistert vom Vorgehen Großbritanniens und Frankreichs in der Suez-Krise, wollten die Situation nicht weiter eskalieren lassen und drehten beiden Ländern den Geldhahn zu. Das Börsenparkett reagierte umgehend, Pfund und Franc begannen zu sinken. Dass Krieg in Ungarn war, schien die Welt vergessen zu haben.

Vanuzzi sah bei seinem morgendlichen Kontrollgang, dass der Zettel im toten Briefkasten verschwunden war, kehrte zurück in die Wohnung und bereitete sich auf den Nachmittag vor. Er überredete Daria, die noch immer schweigsam und zurückhaltend ihm gegenüber war, den Nachmittag über zu Hause zu bleiben. Wenn das Telefon klingelte, sollte sie versuchen, den Anrufer so lange wie möglich in der Leitung zu halten. Er sah nach Eckart, doch der war wieder außer Haus. Wie erwartet hatte er die Waffe zurückgelassen. Vanuzzi reinigte sie, tauschte sie gegen seine eigene aus. Wegen der Ladehemmungen am Tag, als er sie erbeutete, traute er ihr noch immer nicht, und wenn Eckart die seine ohnehin nicht bei sich tragen wollte …

Wieder war er vor der Zeit im Kaffeehaus, postierte sich am selben Tisch wie tags zuvor. Wieder wurde es drei, halb vier. Schon begann sich Hoffnungslosigkeit in ihm breitzumachen, als er im Augenwinkel sah, wie sich ein großer, athletisch wirkender Mann im dunkelgrauen dreiteiligen Anzug von seinem Tisch erhob und den Weg zum Telefonapparat einschlug. Zwicker und dunkler Vollbart, der farblich nicht zu seinem blonden Haupthaar passen wollte – ganz schlechte Kostümierung! Vanuzzi stand auf, bewegte sich einige Meter Richtung Telefon. Er sah, wie der Mann den Hörer abnahm und wählte. Es dauerte einen Moment, dann konnte Vanuzzi die vertraute Stimme hören, die etwas schleppend ungarische Worte sprach. Er zog seine

Pistole aus dem Jackett und verfrachtete sie unauffällig in die Manteltasche. Dann näherte er sich dem Mann, der nicht viel kleiner war als er und ihm den Rücken wies, um ungestörter telefonieren zu können. Vanuzzi steckte ihm den Lauf seiner Waffe in den Rücken und sagte leise auf Deutsch: »Keine abrupte Bewegung, nicht umdrehen! Sie legen den Hörer auf, dann gehen Sie langsam aus dem Kaffeehaus. Wenn Sie um Hilfe rufen oder jemand ein Zeichen mit den Augen geben, könnte ich nervös werden. Und das wollen wir beide nicht.«

Der Mann tat wie geheißen. Vanuzzi legte im Vorbeigehen Geld auf den Tresen. Beide wurden sie von den anderen Gästen wie der Bedienung ignoriert. Als sie aus der Tür in die beginnende Abenddämmerung traten, zischte Vanuzzi: »Links!«

Sie gingen langsam die leicht ansteigende Straße hinauf und hielten zueinander einen Abstand von vielleicht fünfzig Zentimetern. Erst jetzt bemerkte Vanuzzi, wie sich der Anzug des Mannes vor ihm auf Höhe des Kreuzbeins bauschte. Mit der Linken hob er das Jackett etwas an, sah einen Revolver. In der Sekunde, als er ihn aus dem Gürtel zog, spürte er eine Bewegung vor sich, und noch bevor er darauf reagieren konnte, wurde ihm ein Ellbogen in den Magen gerammt. Er krümmte sich, sah Sterne, dann traf ihn eine Faust ins Gesicht, und er ging zu Boden. Der Revolver entglitt ihm, und der Informant kickte ihn auf die Fahrbahn, bevor er Vanuzzi einen Tritt ins Gesicht verpasste und zu rennen begann. Er hatte sein linkes Auge getroffen, aber zum Glück nicht satt erwischt. Vanuzzi rappelte sich mühsam auf, bemerkte, wie sich die Blicke mehrerer Passanten auf ihn richteten, dann nahm er die Verfolgung auf. Der Informant hatte zwanzig, fünfundzwanzig Meter Vorsprung gewonnen. Im Gegensatz zu Vanuzzi, der nur mühsam in die Gänge kam, weil ihn Unterleib und Gesicht gleichzeitig schmerzten, war er unverletzt, doch er machte keinen besonders behänden Eindruck. Seine Schuhe staksten über den Boden, mehrfach drohte er in ihnen auszugleiten. Sie bogen um mehrere Ecken, Vanuzzi hatte die Distanz mittlerweile etwas verkürzt. Ihm war schlecht, er bekam Seitenstechen. Da der andere ausreichend ortskundig war, hätte er nur eine Chance, wenn er sich beeilte. Er mobilisierte seine letzten Kräfte und kam bis auf wenige Meter heran, als er über eine etwas hervorstehende Trambahnschiene stolperte und der Länge nach hinfiel. Die Pistole rutschte ihm aus der Tasche, er griff nach ihr, um sie sofort wieder einzustecken, und konnte dann nur noch sehen, wie der Informant auf das Trittbrett eines anfahrenden Busses sprang und in den Fahrgastraum verschwand. Porca Madonna!, fluchte Vanuzzi und stand auf, als ihn jemand von der Seite packte und ihm einen kräftigen Schubs gab. Er hörte ein Klingeln in nächster Nähe, dann donnerte eine Tram vor seiner Nase. Ziemlich knapp!

»Köszönöm szépen«, sagte er, einer der wenigen ungarischen Ausdrücke, die er beherrschte, doch der Mann, der ihn geistesgegenwärtig gerettet hatte, war längst weitergegangen.

Vanuzzi klopfte sich den Straßenschmutz von seinem Mantel. Er ging zu einem Schaufenster und besah sein Gesicht in dessen spiegelnder Oberfläche. Schöne Bescherung! Zahlreiche Abschürfungen, eine blutende Wunde, die sich von der linken Braue bis zur Mitte der Stirn zog, dazu ein prächtiges Veilchen am linken Auge, das bereits zuzuschwellen begann. Hoffentlich musste der Riss nicht genäht werden. Obwohl der Doc dann mal eine gute Gelegenheit hätte, zu zeigen, was er draufhatte. Er machte sich auf den Weg zurück.

Viel mehr Sorgen bereitete ihm die Frage, was der Informant über diese Begegnung dachte. Vermutlich würde er Vanuzzi für einen Sowjetagenten halten; sein Akzent im Deutschen war zwar kein russischer, aber auf solche Details kam es jetzt nicht an.

Was noch? Wenn der Kerl dachte, dass ihm der KGB auf den Fersen war, musste der Zettel im toten Briefkasten eine Falle sein. Vanuzzi hätte Daria einschärfen sollen, ihm am Telefon zu sagen, dass er sich keine Sorgen machen solle, dass es »ihr Mann« war, der gleich mit einer Waffe an ihn herantreten werde. Aber wer weiß, wie er darauf reagiert hätte? Vermutlich panisch, schlimmstenfalls wäre er davongelaufen, mit dem gleichen Ergebnis wie jetzt.

Wenn er glaubte, dass ihm der KGB auf den Fersen und der Zettel im toten Briefkasten eine Falle war, wäre ihr Übergabeort »verbrannt«. Keine Möglichkeit mehr, Kontakt darüber aufzunehmen. Ihr Informant würde sicher einige Tage abtauchen, darauf achten, dass mögliche Verfolger nicht auf ihn aufmerksam würden. *Keeping a low profile.*

Vielleicht mehr als das … warum sollte er sich überhaupt noch melden? Jemand wie er, ein Zauderer, der seinem eigenen Spiel nicht so recht zu trauen schien, würde dies womöglich als Zeichen nehmen und die ganze Aktion abblasen.

Vanuzzi hatte es vermasselt, und zwar gründlich! Er hätte sich ohrfeigen mögen, wenn nicht jede Berührung, die er seinem Gesicht angedeihen ließ, so schmerzhaft gewesen wäre.

Die Nacht auf den Samstag war ausgesprochen ruhig. Wenig Verkehr, keine Schüsse mehr. Dennoch lag Eckart wach, er konnte nicht in den Schlaf finden.

Er hatte den Tag wieder mit Zoltán verbracht und versucht, ihm Mut zu machen. Wie Daria hatte Zoltán seine Universitätsstelle verloren, machte sich Sorgen um die Zukunft, und Eckart willigte schließlich ein, sich für ihn verwenden zu wollen, falls er Ungarn verlassen und nach Deutschland kommen würde. Als Eckart gegen Abend zurückkehrte, fand er einen reichlich derangierten Vanuzzi mit einer klaffenden Wunde vor. Daria bat ihn, sie sich einmal anzusehen. Vanuzzi wollte davon nichts wissen, doch sie blieb hartnäckig.

»Wir können damit nicht ins Krankenhaus. Ihr seid illegale Ausländer. Und die sind dort außerdem noch damit beschäftigt, die Verwundeten aus den Straßenkämpfen zu versorgen.«

Eckart untersuchte den Riss an Vanuzzis Stirn. »Muss genäht werden. Ist noch Schnaps im Haus?«

»Zum Desinfizieren?«, fragte Daria.

»Und zur Betäubung.« Eckart spürte ein leises sadistisches Gefühl in sich aufsteigen – sollte Vanuzzi ruhig etwas spüren, wenn er ihm die Nadel im Fleisch versenkte … dann dachte er an den hippokratischen Eid, den er geleistet hatte, und flößte ihm eine gehörige Menge Barack ein.

Als die Operation fertig war, sprachen sie zum ersten Mal wieder miteinander.

»Na, hat Sie ein Pferd geküsst, Dan?«

»Witzig. Was bedeutet ein Pferdekuss für den Psychoanalytiker?«

»Keine Ahnung. Manchmal ist ein Pferd nur ein Pferd.«

»And a kiss is just a kiss.«

Der Waffenstillstand zwischen ihnen war fragil. Daria schien beschlossen zu haben, ihn nicht ungenutzt vorüberziehen zu lassen. Sie schickte Vanuzzi unter Protesten ins Bett, damit er sich auskurierte, und berichtete Eckart, was passiert war. Vanuzzi hatte erst jetzt davon erzählt, dass er Sojus und Major F. belauscht hatte; umso mehr war sie entschlossen, allen Heimlichkeiten ein Ende zu bereiten. Sie malte das mögliche Scheitern von Operation Achilles in schwärzesten Farben, rauchte Kette, und Eckart sah Tränen in ihren Augen aufsteigen.

»Und wie soll ich Ihnen helfen?«

»Ich bin mir sicher, dass wir etwas finden, wenn wir alle an einem Strang ziehen. Dan hat bestimmt etwas übersehen. Sie waren Kriminalist. Sie finden, was ihm entgeht.«

Eckart dachte nach. Dann sagte er: »Wenn ich Ihnen helfe, liefere ich meinen eigenen Sohn ans Messer.«

»Und wenn Sie uns nicht helfen, liefern Sie Tausende ans Messer.«

»Nennt man das nicht ›Staatsräson‹? Was soll ich Ihnen darauf antworten, Daria?«

Sie schwieg.

»Glauben Sie wirklich, dass Sojus diesen Kampf überleben wird? Sie bieten ihm eine Chance, er nutzt sie nicht.«

Sie griff nach seinen Händen, sah ihn dabei eindringlich an.

»Bitte, Andreas.«

Er wusste nicht, was er sagen sollte. Vielleicht war es wirklich zu spät, Sarkis zu helfen. »Geben Sie mir bis morgen früh Bedenkzeit.«

Die Nacht war kurz und schmerzvoll, Eckart wälzte sich hin und her. Das Dossier gegen das Leben seines Sohnes. Doch wer wusste, wozu es gut war, Sarkis in die Enge zu treiben, ihn zum Handeln zu zwingen, um sein wahres Gesicht zu sehen …?

Als sie endlich zur Besprechung um den Küchentisch zusammengekommen waren, war Eckart übernächtigt und mit seinen Gedanken nur halb bei der Sache. Bis er wie aus einem Nebel heraus die Stimme Vanuzzis hörte:

»… wenn das nicht klappt, können wir uns gleich zu den anderen ins Leichenschauhaus legen.«

»Es gibt kein Leichenschauhaus in Budapest.«

»Haarspalterei! Du weißt, was ich meine, Prinzessin.«

»Natürlich«, Eckart schlug sich vor die Stirn, »er hat ›Leichenschauhaus‹ gesagt.«

»Wer hat was gesagt?«

»Bei unserem ersten Gespräch sagte der Informant: ›Ich habe ihn gesehen, im … Leichenschauhaus‹. Aber Daria sagt, es gibt gar kein Leichenschauhaus in Budapest. Er geht davon aus, dass wir das nicht wissen. Er will unbedingt das Wort ›Pathologie‹ vermeiden, deshalb hat er auch einen Moment gezögert, bevor er das Wort aussprach.«

»Warum sollte er das Wort Pathologie vermeiden, Andreas?«

»Weil es zu viel über ihn verraten hätte. In die Pathologie kommen nur Rechtsmediziner und Kripoleute. Er ist eines von beiden, sonst wüsste er auch nichts von einer Obduktion.«

Daria sah Eckart mit einer Mischung aus Faszination und Skepsis an. »Und woher wissen wir, dass Piros Báty obduziert wurde?«

»Weil unser Informant sinngemäß sagte: Nachdem sie ihm das Genick gebrochen hatten, haben sie Gesicht und Hände verbrannt.«

»Da wollte einer nachhelfen, um Fingerabdrücke und Identifikation zu erschweren, Doc.«

»Zweifellos. Aber das kann nur jemand wissen, der die Leiche *obduziert* hat. Wie sonst stellen Sie als Laie fest, dass Wunden post mortem zugefügt wurden? Rechtsmediziner oder Kriminalpolizist! Die Vorgehensweise mit dem toten Briefkasten spricht eindeutig für Kripo.«

Eckart pausierte. Er spürte, wie sich die Gedanken in seinem Kopf überschlugen und er Mühe hatte, auf ihrer Spur zu bleiben. »Natürlich war es auch kein Zufall, dass er nach dem zweiten Gespräch nicht richtig aufgelegt hat, damit man ihn nicht aufspürt – er konnte sich denken, dass Dan die Nummer sofort ausprobieren würde.«

Vanuzzis Augen blickten weiterhin misstrauisch.

Eckart griff sich den Stadtplan von Budapest, breitete ihn über den Tisch aus. Dann sagte er zu Daria: »Zeigen Sie mir, wo das Kaffeehaus ist, aus dem er angerufen hat.«

Sie deutete auf einen Punkt. Eckart markierte ihn mit einer Stecknadel.

»Wo ist die Pathologie?«

Daria musste einen Moment suchen, dann fand ihr Finger ein weit entferntes graues Geviert. Eckart brachte eine weitere Nadel an.

»Und die Kripo?«

Sie zögerte. Ihre Hand wanderte in Richtung der ersten Stecknadel.

»Seltsamer Zufall, nicht? Warum sollte ein Zivilist, der etwas im Schilde führt, sich ausgerechnet ein Kaffeehaus neben der Polizei aussuchen?«

»Weil es das Einzige weit und breit war, das geöffnet hatte, Doc.«

»Pragmatismus? Möglich. Wahrscheinlicher ist aber, dass er auf dem kurzen Weg vor Heckenschützen gefeit ist. Und dass er sich in diesem Kaffeehaus sicher fühlt, weil er es gut kennt. Kripoleute sind Gewohnheitstiere. Ich hätte das in Berlin nicht anders gemacht.«

»Aber wenn ihn alle im Kaffeehaus kennen …«

»Kalkuliertes Risiko, wie Sie immer sagen. Vielleicht hat er sich ein wenig verkleidet, man sagt, Kripoleute tun das gelegentlich …«

Vanuzzi schien zu überlegen. »Gut, wir suchen also einen Kriminalpolizisten. Das schränkt es nicht gerade ein.«

»Sie waren bei fast allen Telefonaten dabei. Wie klang die Stimme, Daria? Hatte sie einen Akzent?«

»Im Ungarischen? Wenn, dann nur einen schwachen.«

»Und im Deutschen?«

Daria dachte nach. »Jetzt, wo Sie es sagen … er sprach es sehr gut.«

»Vielleicht etwas zu gut für einen ungarischen Muttersprachler?«

»Ja, Sie haben recht.«

»Könnte er Ungarndeutscher sein?«

»Ausgeschlossen, den Akzent kenne ich von meiner Mutter.«

»Österreicher? Schweizer?«

Daria schüttelte vehement den Kopf.

»Wir brauchen also einen aus Deutschland stammenden Kripobeamten, der in der SS war. Das dürfte die Suche erheblich eingrenzen.«

»Whoa, whoa, whoa, langsam, Doc – warum SS?«

»Sie sollten diese Leute mittlerweile kennen, Dan. Die alten Kameraden halten zusammen wie Pech und Schwefel. Er hat von der Blutgruppentätowierung von Piros Báty gesprochen, konnte sie sofort zuordnen. Der Mann ist selbst in der SS gewesen, wahrscheinlich in derselben Standarte.«

Daria näherte sich Eckart und hauchte ihm einen Kuss auf die Wange. Er errötete wie ein Backfisch, fing Vanuzzis interessierten Blick auf.

»Nicht übel, Doc, gar nicht übel. Was wir jetzt brauchen, ist etwas Zeit, dazu freie Bewegung in der Stadt. Und einen schönen roten Hering für Sojus … einen Backstein werfen, um Jade zu erlangen …«

Eckart und Daria sahen einander konsterniert an.

Als sie das Haus verließen, stritten sie schon wieder lautstark auf Deutsch. Eckart hielt Vanuzzi, der vorneweg strebte, an der Schulter zurück, und dieser riss sich barsch los.

»Dafür ist keine Zeit, Doc, überhaupt keine Zeit!«

»Wenn Sie denken, dass Sie mich damit abspeisen können –«

Vanuzzi drehte sich abrupt zu Eckart um. »Sie kapieren es einfach nicht, oder? Es hat nie ein Dossier gegeben. Es war ein Ablenkungsmanöver, nicht mehr.«

»Ein Ablenkungsmanöver?«

»Um die Enttarnung von Major F. zu verhindern. Das Dossier sollte davon ablenken, dass alle Informationen, die an uns rausgingen, vom Major selbst kamen. – Glauben Sie ernsthaft, dass ein x-beliebiger ungarischer ÁVH-Mann in Moskau Einsicht in brisante Akten nehmen könnte …?!«

»Die Tötung von Piros Báty – war ein Bauernopfer? Und Sarkis? Wird das nächste?«

»Was ist der schon im Vergleich?! Wir können es uns nicht leisten, jemand wie den Major zu verlieren.«

Eckart packte Vanuzzi am Mantelkragen. »Ich lasse mir Sarkis von Ihnen nicht wegnehmen.«

»Und was willst du dagegen tun, alter Mann …?«

Vanuzzi holte nur kurz aus, dann traf seine Faust Eckart am Wangenknochen. Der ehemalige Kommissar ging zu Boden. Vanuzzi klopfte sich den Staub von seinem Mantel, dann drehte er sich um und strebte rasch dem Stadtzentrum zu.

Aus dem Augenwinkel konnte Eckart beobachten, wie Vanuzzi in kurzer Distanz ein Mann in grauem Trenchcoat folgte und ihm zudem zwei Zettel aus der Tasche gefallen waren, die nun auf dem Bürgersteig lagen. Eckart schüttelte sich, griff nach den Papieren und begann zu lesen. Er stockte. Sah nach rechts und links. Steckte sie vorsichtig in seine Manteltasche, bevor er sich wieder aufrappelte. Er machte Anstalten, ins Haus zurückzukehren, schien sich zu besinnen, dann nahm er seinen Weg in die Vanuzzi entgegengesetzte Richtung auf.

Es dauerte keine fünfzig Meter. Er spürte, wie ihn jemand von hinten anrempelte und ihm, während er um Gleichgewicht rang, die Zettel entriss und davonrannte. Eckart sah ihm nach, dann drehte er sich auf der Stelle und eilte seinerseits davon.

Sie trafen sich am toten Briefkasten. Vanuzzi wollte zur Sicherheit noch einmal überprüfen, ob sich der Informant nicht doch gemeldet hatte. Er hatte es nicht.

»Sie hätten ruhig etwas weniger hart zuschlagen können, Dan.«

»Aber Doc, es musste doch einigermaßen echt aussehen.« Vanuzzi grinste. Seine sadistische Ader verlor er wohl nie, dachte Eckart.

»Hat Ihrer die Papiere?«

»Ist längst weg damit. Was ist mit Ihrem?«

»Schläft den Schlaf des Gerechten.«

»Haben Sie ihn getötet?«

»Wofür halten Sie mich, Doc?! Nur gut verschnürt.«

»Glauben Sie, dass die das wirklich fressen?«

»Es reicht, wenn wir Sojus misstrauisch machen. Wenn er versucht, mit dem Major Kontakt aufzunehmen, um die Situation zu klären. Dann haben wir sechs, sieben Stunden.«

Das erste Papier war das echte Schreiben des Majors, das Vanuzzi dem toten KGB-Mann abgenommen hatte. So banal sein Inhalt war, so wichtig war es, um Sojus die vermeintliche Echtheit des zweiten Papiers zu demonstrieren. Vanuzzi hatte bis in die Nacht hinein geübt, um die ungewohnten kyrillischen Schriftzüge täuschend echt nachzuahmen. Darias Russisch war nicht sattelfest genug, also hatten sie sich an Zoltán gewandt, der nach dem Krieg einige Jahre in russischer Kriegsgefangenschaft verbracht und die Sprache anschließend studiert hatte. Vanuzzis Fälschung enthielt zahlreiche Informationen über das Verhältnis von Sojus und Major F. – alles, was Vanuzzi und Mihály

mitangehört hatten, und natürlich einiges von dem, was Ödön wusste. Es würde genügen, selbst wenn das Russisch, in dem es verfasst
war, nicht perfekt muttersprachlich klang. Sojus würde beginnen, am
Major zu zweifeln. Bei allem, was er las, handelte es sich um Insiderinformationen, und er würde sich nicht erklären können, woher sie
sonst stammten als – vom Major selbst. Sarkis war der Typ junger
Mann, der empfänglich für Verunsicherungen war und mit Spannungen nicht gut umgehen konnte. Eckart schätzte ihn so ein, dass er die
Situation umgehend zu klären versuchte, besonders da er den Major
an Vater statt zu akzeptieren schien. Doch ein Treffen mit seinem Führungsoffizier wäre bestimmt nicht von jetzt auf gleich zu haben.

»Wir arbeiten damit, dass der Major Sojus beim Dossier von Anfang an nicht eingeweiht hat. Er hat von dessen bloßer Existenz erst
durch uns erfahren«, hatte Vanuzzi gesagt, »das wird bis zum heutigen
Tag an ihm nagen. Das ist unser Hebel!«

Als sie vor das Gebäude der Kriminalpolizei traten, kam ihnen Daria
bereits entgegen. Sie trug ein weißes Kopftuch und Sonnenbrille, sah
aus wie eine Filmdiva. Zu dritt nahmen sie ihren Weg auf, als gingen
sie scheinbar zufällig nebeneinander her.

»Was hast du für uns, Prinzessin?«

»Zwei, auf die unser Profil passt. Ein dicker, asthmatischer Sech-
zigjähriger und ein großer, athletischer Mittdreißiger.«

»Würden Sie zugeben, wenn es der Erste gewesen wäre, Dan?«

»Du hast Namen?«, fragte Vanuzzi.

»Ich habe sogar Adressen.« Sie schmunzelte, übergab ihm einen
kleinen Zettel, nahm endlich ihre Brille ab. Eckart sah in ihre aus-
drucksvollen Augen.

»Wie haben Sie das bloß angestellt?«

»Das wollen Sie nicht wissen. Nur so viel: Einer Frau verheimlicht
niemand den Aufenthaltsort ihres Geliebten, von dem sie ein Kind
erwartet. Nicht einmal die Polizei.«

An der nächsten Straßenecke trennten sie sich. Die junge Frau strebte einer Tram entgegen, die deutliche Spuren von Beschuss trug. Ob aus dem letzten Krieg oder dem jüngsten Aufstand, war für Eckart schwer zu erkennen.

25

★

Wie Vanuzzi bereits vermutet hatte, war ihr Informant nicht zu Hause. Nachdem sie ergebnislos Sturm geläutet hatten, verschaffte er ihnen in einem unbeobachteten Moment mithilfe seines Dietrichs Zugang zur Wohnung. Sie warfen einen ersten Blick auf die durcheinander liegenden Klamotten, Bücher (fast alle auf Deutsch), Akten. Es sah nicht so aus, als hätte hier ein Fremder Chaos veranstaltet – wenn der KGB eine Wohnung durchsuchte, war die Verwüstung größer. Alles erweckte den Eindruck eines raschen, unkontrollierten Aufbruchs. Es war Samstag, bis Montag würde sein Verschwinden im Polizeipräsidium niemandem auffallen. Bis dahin könnte er sich also Gedanken machen, was weiter geschehen sollte. *Keeping a low profile.*

»Wenn wir nicht davon ausgehen, dass er den zweiten Ausgang genommen hat, als wir klingelten …«

Vanuzzi schreckte auf: »Welchen zweiten Ausgang?«

Eckarts Augen wanderten zum Wohnzimmerfenster.

»Wir sind im dritten Stock, Doc. Wenn er kein professioneller Fassadenkletterer ist, wäre er tot. Außerdem sind die Fenster verriegelt.«

»Folglich ist unser Vögelchen ausgeflogen.«

Vanuzzi ließ die Schultern hängen, während Eckarts Blick routiniert durch das kleine Wohnzimmer in der insgesamt kleinen Zweizimmerwohnung schweifte. Noch aus Kripo-Zeiten war er gewohnt, hierbei seiner Intuition zu folgen – und die zwang ihn zu einem Papierkorb. Er schaute hinein: neben mehreren Briefanfängen, die sie nicht weiterbrachten, eine kleinteilig zerrissene Visitenkarte. Der ehemalige Kommissar nahm alle Fetzen, derer er habhaft werden konnte, und legte sie auf einen Schreibtisch. Dann begann er zu puzzeln.

»Was machen Sie da?«

»Herausfinden, wo unser Informant gerade zur Sommerfrische ist.«

»Glauben Sie ernsthaft, dass uns das weiterbringt? Wenn er nicht will, dass jemand die Visitenkarte findet, zündet er sie doch an.«

»Menschen machen Fehler, wenn sie unter Druck geraten. Ganz einfache, dumme Fehler. Auch davon lebt die Polizeiarbeit. – Was halten Sie von dem hier?«

Dr. Dr. Gero von Steinau, Angehöriger des Diplomatischen Corps der Bundesrepublik Deutschland, Budapest

Ein Diplomat! Eckart verzog den Mund. Er war kein Freund des Diplomatischen Corps; er hatte dort einst eine Art Ziehvater gehabt, einen alten Studienfreund seines Vaters, Friedrich Klant. Beide hatten ihn ins Auswärtige Amt holen wollen, aber Eckart hatte sich verweigert – es war nicht sein Weg, und schon gar nichts wollte er mit dem Amt zu tun haben, mit der Nähe zur Macht, die arrogant und zynisch werden ließ.

Er sah Vanuzzi an, der sich die Privatadresse notierte, die auf der Visitenkarte stand. Dann sagte er: »Ich könnte schwören, unser Herr von Steinau war bei der SS.«

»Wir sollten ihn fragen, Doc.«

Der Diplomat war nicht zu Hause. Offenbar hatte er, als die Lage in der Stadt kritisch zu werden drohte, rechtzeitig das Land verlassen. Ihnen öffnete eine Zugehfrau, die mit ungarndeutschem Akzent sprach und sie zögerlich in die Wohnung bat. Als sie sie nach dem Besuch des Hausherrn fragten, deutete sie auf ein Zimmer am Ende des Korridors. Während Eckart sie freundlich in Richtung Küche zog und sie über ihren Arbeitgeber ausfragte, zückte Vanuzzi seine Pistole, entsicherte sie so leise wie möglich und ging auf die bezeichnete Tür zu. Er blieb neben ihr stehen, hielt ein Ohr an das Holz. Deutlich vernehmbares Schnaufen auf der anderen Seite. Er ging einen Schritt zurück, dann trat er vehement gegen die Klinke. Die Tür platzte regelrecht auf, knallte gegen einen Körper, riss diesen zu Boden. Noch bevor der Mann sich orientiert hatte, stand Vanuzzi bereits auf seiner Hand, die einen kleinkalibrigen Revolver hielt.

»Du?«, eine Stimme wie feuchtes Schwarzpulver, »gut, dann bring's jetzt auch zu Ende!«

Ein großer Blonder Mitte dreißig, schlecht rasiert. Er krampfte die Augenlider in Erwartung des Kopfschusses zusammen.

»Bringen wir es zu Ende«, sagte Vanuzzi, trat von der Hand und brachte den Revolver an sich. Dann warf er dem am Boden Liegenden zwei Geldrollen entgegen.

Es dauerte einige Minuten, bis Vanuzzi den Informanten davon überzeugt hatte, dass er kein KGB-Agent war und Geld brachte, statt ihm das Leben zu nehmen. Eckart, der die Zugehfrau mit reichlich Zigaretten losgeworden war, kam ins Zimmer, wo sich die beiden mittlerweile gegenübersaßen.

»Wie sollen wir Sie nennen?«, fragte er mit süffisantem Lächeln. »Kleiner roter Bruder …?«

»Viel interessanter wäre zu erfahren, warum du so lange gezögert hast mit der Übergabe. Und am Ende gar nicht mehr damit rausrücken wolltest«, sagte Vanuzzi. Er hatte sich eine Zigarette angezündet und bot ihrem Informanten ebenfalls eine an.

»Bin bei der Kripo – wisst ihr ja, wenn ihr in meiner Wohnung wart. Je nachdem, wer diesen Konflikt gewinnt …«, sagte der Blonde, blies Rauch aus, und Eckart sah, wie seine Hände zitterten, »… geht es mir vielleicht an den Kragen. Die Lage wird immer unübersichtlicher, jede Stunde andere Befehle. Erst übernehmen wir Aufgaben der Staatssicherheit – schon dafür hängen mich die Aufständischen an die nächste Laterne. Dann vernichten wir Akten, Hunderte, Tausende, keine Ahnung, ob mein Chef Angst hat, dass sie dem KGB oder den Revolutionären in die Hände fallen. Will nicht, dass es mir so geht wie Piros Báty … und dann wird auch noch Sándor Kópacsi neuer Polizeichef. Keiner weiß, was von dem zu erwarten ist … ich bin Deutscher, er ist Deutschenfresser …«

»SS-Fresser meinen Sie wohl«, sagte Eckart.

»Was? Wieso SS …?«

»Zeigen Sie uns Ihren Oberarm.«

Zögerlich tat der Informant wie geheißen. Es war die verräterische Narbe, die Eckart erwartet hatte. Auch der Mann vor ihnen hatte seine Blutgruppentätowierung, wie die meisten alten Kameraden, nach dem Zusammenbruch des »Tausendjährigen Reichs« ausbrennen lassen.

»Es waren die letzten Kriegstage … war jung, als ich eintrat, jung und dumm …«

Eckart rollte mit den Augen. Die Ausrede hatte er schon mehr als ein Dutzend Mal gehört.

»War ja nur die ungarische Waffen-SS … habe in Budapest studiert … die ungarischen Kameraden – alles halb so schlimm … am Ende war die SS nicht mehr, was sie mal war … haben nie einen Juden zu sehen bekommen … haben eine Suppenküche für die alten Leute organisiert …«

Eckart begann zu klatschen, sagte: »Fabelhaft, das war wirklich komisch. Fast könnte man Ihnen den Dreck abkaufen. Aber es war doch ein Quäntchen zu viel von allem.«

»Ich hätte das Geld auch lieber jemand gegeben, bei dem ich keinen Kotzkrampf kriege«, sagte Vanuzzi, »aber wir können es uns hier und heute nicht aussuchen. Also: Darf ich bitten?«

Der Informant drückte seine Zigarette in einem Aschenbecher aus und trat dann an eine Liege heran, die in der Zimmerecke stand. Er hob die Matratze an, trennte einige Fäden auf und grub seinen Arm tief in das Füllmaterial. Dann förderte er ein Päckchen heraus und übergab es Vanuzzi. Wie ein Kind, das am Weihnachtsabend Geschenke öffnet, machte der sich über den Inhalt her und riss die Verpackung auf. Eckart, der bemerkt hatte, dass beim Anheben der Matratze noch etwas zu Boden gefallen war, nahm den Gegenstand an sich. Eine deutsche Stielhandgranate aus dem Zweiten Weltkrieg. Bevor er den Informanten danach fragen konnte, hörte er schon dessen Stimme:

»Wie habt ihr mich hier gefunden?«

»Sie haben vergessen, den Papierkorb in Ihrer Wohnung zu leeren«, sagte Eckart tonlos. Es fiel ihm schwer, mit diesem Menschen weiterhin zu reden. Er steckte die Handgranate achtlos in seine Manteltasche.

»Anfängerfehler«, murmelte sein Gegenüber.

»Die Frage ist eher, warum Sie diese Visitenkarte überhaupt brauchten. Ihr alten Kameraden seid doch übereinander orientiert.«

»Hatte von Steinau komplett aus den Augen verloren … er ist neu in Budapest akkreditiert, wir haben uns vor Kurzem auf einem Empfang wiedergetroffen. Die BRD besetzt jetzt vermehrt wichtige Positionen mit Kameraden … habe mich daran erinnert und sein Plazet bekommen, einige Tage hier unterzuschlüpfen …«

»Na, dann können Sie es sich ja so richtig gemütlich machen, wenn wir gegangen sind. Falls uns nicht der KGB auf den Fersen ist.«

Der Informant schreckte auf. »Ihr habt euch abgesichert, oder?«

Eckart zuckte mit den Schultern. »Anfängerfehler. Macht jeder mal.«

»Aber —«

»Zum Beispiel fällt mir gerade ein, dass ich die zusammengesetzte Visitenkarte auf Ihrem Schreibtisch vergessen habe. So ein Pech!«

Vanuzzi strahlte übers ganze Gesicht, als Eckart seinen Blick auffing. »Genug gesehen. Abmarsch, Doc!«

Der Blonde war in hektische Betriebsamkeit verfallen und raffte seine Habseligkeiten in einem Koffer zusammen. Er hängte sich an Vanuzzis Arm, bat ihn um Schutz bei der Flucht aus dem Land. Vanuzzi schüttelte ihn ab wie einen lästigen Hund.

Als sie aus dem Haus traten, übergab Eckart Vanuzzi die Handgranate, die er eingesteckt hatte. »Hier, vermutlich können Sie damit mehr anfangen als ich.«

Die letzten Wolken hatten sich verzogen. Die Sonne strahlte von einem stahlblauen Novemberhimmel auf sie herab.

Sie hatten einiges zu tun.

Daria setzte einen letzten Funkspruch an Ödön ab: *Häschen in der Grube.* Es war der Code, sich umgehend aus Sojus' Umfeld zurückzuziehen und zu ihrem verabredeten Treffpunkt zu kommen. Sobald die Sache mit Major F. geklärt war, wusste Sojus, dass es einen Maulwurf in den eigenen Reihen gab – von wem sonst hätten die Insiderinformationen stammen können?! Und da seine Gruppe beträchtlich geschrumpft und niemand so viel unterwegs gewesen war wie Ödön, würde sein Verdacht rasch auf ihn fallen.

»Sarkis weiß, dass etwas Entscheidendes passiert sein muss, sonst hätten wir dieses aufwendige Ablenkungsmanöver nicht inszeniert. Er weiß auch, wo wir wohnen. Wohin gehen wir also?«

»In den Keller, Andreas. Es wird sehr gemütlich zu viert … aber eine Nacht werden wir es aushalten.«

Sie zogen mit Sack und Pack in den Kellerverschlag im Nachbarhaus, der mit einer festen Stahltür verschlossen wurde. Er trug die Aufschrift »Heizungsraum/Betreten für Unbefugte verboten«, auf Ungarisch und Deutsch. Das größte Plus war indes, dass die Verbindungstür zwischen den beiden Häusern für einen Nichteingeweihten als solche nicht zu erkennen war. Wenn Sojus das Haus stürmte, in dem ihre alte Wohnung lag – und davon war auszugehen –, und es gründlich von oben bis unten durchsuchte, sofern ihm das überhaupt möglich war, da die Nachbarn sich als durchaus renitent erwiesen hatten gegen sowjetische Übergriffe, würde er doch nie und nimmer den Verbindungsgang zum Nachbarhaus entdecken.

Daria hatte den »Heizungsraum«, der offenbar schon länger keiner mehr war, im Laufe des Tages notdürftig hergerichtet und mit den Lebensmitteln versehen, die sie noch besaßen. Tag und Nacht konnten sie in der unterirdischen Dunkelheit nur unterscheiden, indem sie die Bretter entfernten, mit denen das einzige Fensterchen im Raum verrammelt war, ansonsten mussten sie sich auf ihre Uhren verlassen.

Noch warteten sie auf Ödön. Zusammen mit Vanuzzi beugte sich Daria im schwachen Licht einer Petroleumlampe über das Dossier. Eckart beobachtete, wie sie einander immer wieder stumm ansahen.

Kopfschüttelnd sagte sie: »Der also auch …!«

»Zufrieden?«, fragte der ehemalige Kommissar.

»Mehr als das, Andreas. Es werden Köpfe rollen …«

»Und wie genau geht es *für uns* weiter?«

»Das Dossier muss nach Österreich. In Wien nimmt es der MI6 in seiner Zentrale in Empfang. Ödön und ich werden Sie morgen wieder zur Grenze bringen. Diesmal ohne Postbus, weil Mihály … Ödön kann ein Fahrzeug organisieren.«

»Und Sie bleiben hier, Daria? Ist das nicht zu gefährlich? Sarkis ist in der Stadt, er wird tun, was auch immer ihm befohlen wird. Ich weiß nicht, ob er Sie in Verbindung mit uns bringen kann, aber Ödön …«

Sie sah scheu zu Vanuzzi hin. Der hielt seine Augen aufs Dossier gerichtet.

»Wir werden sehen. Erst mal tauchen wir im Süden unter, bei Verwandten meiner Mutter, in der Nähe von Pécs. Ich habe das Gefühl, dass sich dieses Land in kurzer Zeit radikal verändern wird, und dann möchte ich hier sein. Ich möchte es erleben.«

»Ein Schatz«, sagte Vanuzzi gedankenverloren, »ein wahrer Goldschatz!«

Zunächst dachte Eckart, dass er Daria meine, doch dann fiel ihm auf, dass Vanuzzi lediglich in seine Lektüre verliebt war.

Als es gegen die Tür hämmerte, zuckte Eckart innerlich zusammen. Er hatte keine Ahnung, wo die Pistole war, die ihm Vanuzzi gegeben hatte. Der Italoamerikaner legte einen Zeigefinger an die Lippen, zog seine Waffe und schlich zur Tür. Er lauschte in die Kellerstille.

Dann hörten sie eine jammernde Stimme: »Lasst mich rein! Ich hab vergessen, was wir ausgemacht hatten. Hab euch gleich gesagt, ich tu mich schwer mit Klopfzeichen.«

Die Erleichterung erzeugte eine Bugwelle im Raum.

Kaum hatte er sich satt gegessen, berichtete Ödön von Sojus' Wutanfall. Nach der Ankunft von Eckarts Beschatter habe der das ganze Zimmer zerlegt, noch nie habe Ödön Sojus so außer sich erlebt. Kurze Zeit später sei er mit seinem Adjutanten abgezogen und nicht zurückgekommen, bis der Funkspruch kam, der Ödön zu Operation Achilles zurückbeorderte.

»Wahrscheinlich ein Gefühl, als ob sein wahrer Papi ihn verraten hätte«, sagte Vanuzzi und blickte zu Eckart hinüber. »*Sorry, Doc, no harm intended.*«

Ödön bat seinen »Meister« um Aufklärung, welche brisanten Neuigkeiten Eckarts Beschatter denn mitgebracht habe.

Er lauschte mit offenem Mund und sagte: »Dann wird's jetzt richtig dreckig …! Wenn Sojus merkt, dass wir ihn angeschmiert haben … Demütigungen erträgt er nicht. Er wird uns vierteilen, wenn er uns kriegt.«

»Nur dass er uns nicht kriegen wird«, lachte Vanuzzi, »dafür sorge ich.«

Ödön packte einige Flaschen befreiten Weines aus. Eckart lächelte nachsichtig – sosehr es ihnen in den letzten Tagen an Essen gemangelt hatte, mit Alkohol waren Sarkis' Leute offenbar gut versorgt. Da sie keine Gläser hatten, kreiste die Flasche.

Eckart traute dem Frieden nicht. Er erwartete jeden Moment den »Besuch« seines Sohnes im Nachbarhaus. Sie durften nicht zu laut sein, durften nicht übermütig werden, auch wenn ihm Daria versichert hatte, dass der Kellerraum mehr oder weniger schalldicht war.

Vanuzzi hatte recht. Sarkis musste sich fühlen, als ob sein wahrer Vater ihn verraten hätte. Der Major würde nicht lange brauchen, um das grobe Gespinst, das sie entworfen hatten, als Lüge zu entlarven. Sarkis wäre beschämt, seinem Ziehvater so etwas zugetraut zu haben. Er würde sie foltern und einen langsamen, qualvollen Tod sterben lassen, um an das Dossier zu kommen, um Rache zu nehmen, um dem Major zu zeigen, dass er loyal zum KGB stand.

Noch immer war Eckart hin und her gerissen. Er war nach Ungarn gekommen, um seinen Sohn zu treffen. Was dann geschehen würde, hatte er sich nicht auszumalen gewagt. Noch bei ihrem letzten Treffen hatte er die Hoffnung gehabt, irgendwie, irgendwann eine Ebene mit Sarkis zu erreichen, die es ihnen erlaubte … ja, was eigentlich? Ihn dazu überreden zu können, mit nach Deutschland zu kommen? Da war diese Hoffnung, ja. Und noch mehr: dieses Gefühl, als könnte es glücken. Natürlich war das naiv. Aber wer in seiner Lage würde nicht naiv sein wollen …?!

In den Tagen zuvor hatte er es vermieden, ihn wiederzutreffen. Er wollte nicht erleben, wie ihm sein Sohn noch einmal dreist ins Gesicht log. Vielleicht hatte er dabei seine letzte Chance verpasst. Seine letzte Chance, naiv sein zu dürfen.

Es musste nach Einbruch der Dämmerung gewesen sein, als sie plötzlich hörten, wie ein Tumult im Nachbarhaus entstand. Stiefel, die synchron auf den Boden knallten. Vanuzzi drehte die Petroleumlampe aus. In der vollkommenen Finsternis hörte jeder seinen eigenen Atem, den der anderen, sein Herz und den Herzschlag der anderen.

Dazwischen fernes Rauschen, immer wieder das Geräusch zersplitternden Holzes, ab und an ein schrilles Geräusch und ein Befehl, der gebellt wurde.

Eckart schätzte, dass darüber eine Viertelstunde verging. Dann wieder das synchrone Stiefelklappern auf den Stiegen – der Spuk schien vorüber. Die Lampe wurde wieder angedreht, eine weitere Flasche Wein ging herum. Es herrschte keine nachgerade ausgelassene Stimmung, doch Daria und Ödön hatten leise begonnen, ungarische Volkslieder zu singen.

Eckart schloss die Augen, um sich ganz auf die melancholischen Melodien zu konzentrieren, als er plötzlich eine Bewegung an seinen Füßen spürte. Er öffnete die Lider und sah, wie Vanuzzi abrupt aus dem Kellerabteil ging, ohne ein Wort. Die Melodie erstarb. Wahrscheinlich hatte er etwas gehört oder wollte etwas überprüfen. Doch als er auch zehn Minuten später noch nicht wieder zurück war, nahm Eckart einen fragenden Blick von Daria auf. Er erhob sich, nahm eine Taschenlampe und verließ den Raum.

Von Vanuzzi keine Spur. Dann hörte Eckart entfernte Schritte. Sie schienen aus dem Keller des Nachbarhauses zu kommen, und tatsächlich, die Verbindungstür stand leichtsinnigerweise offen. Als Eckart in den Gang trat, bot sich ihm ein Anblick, den er bereits kannte: Vanuzzi tappte den Kellerflur auf und ab wie ein eingesperrtes Tier. Eckart leuchtete ihn direkt mit seiner Taschenlampe an und sah, wie in Vanuzzis schweißüberströmtem roten Gesicht die Kaumuskeln mahlten und bebten – doch hob er nicht die Hand, um seine Augen gegen das frontale Licht zu schützen. Selbst als Eckart ihn ansprach, erfolgte zunächst keine Reaktion. Dann knurrte er unvermittelt: »*A little privacy, for God's sake!*«

Der Deutsche sprach beruhigend auf ihn ein, als würde er ein kleines Kind in den Schlaf lullen. Es gelang ihm, Vanuzzis Unterarm zu fassen, der stark zitterte. Er sah auf seine Uhr. Zählte bis dreißig in fünfzehn Sekunden. »Interessanter Puls, Dan.«

»Ist immer so. Meist sogar noch schlimmer.« Vanuzzis Stimme klapperte wie auf Stelzen durch das Dämmerlicht.

»Und nach zwanzig Minuten beruhigt er sich von selbst, und Sie sind wie zerschlagen, den ganzen Tag lang.«

»Woher wissen Sie ...?«

»Ich bin ausgebildeter Nervenarzt, schon vergessen?!«

»Irgendwas in meinem Körper ist kaputt, Doc.«

»Nein. Mit Ihrem Körper ist alles in Ordnung. Sie haben nur Panikattacken, das ist alles.«

»›Nur‹ Panikattacken? Ich hab jedes Mal das Gefühl zu sterben.«

»Sie sterben aber nicht. Nicht jetzt. Nicht an so was. Vielleicht an einer Kugel, die ein KGB-Mann auf Sie abfeuert, aber nicht *daran*.«

»Das ist ja das Verrückte: Ich habe bei Einsätzen die schlimmsten Situationen durchgestanden und war okay. Und jetzt sitze ich hier oder kaufe mir Zigaretten und bekomme diese Zustände. Ich kann nicht mehr unter Leute, weil ich nicht weiß, ob ich wieder durchdrehen und das überstehen werde. Es passiert einfach so, ohne dass irgendetwas vorgefallen wäre.«

Eckart bemerkte, wie sich Vanuzzi allmählich zu beruhigen begann. Obwohl er erregt war, fiel sein Puls weiter.

»Hab sogar angefangen, Schnaps zu saufen. Hilft kurzfristig.«

»Wahrscheinlich hat sich das in all den Jahren hochgeschaukelt, in denen Sie den übelsten Situationen ausgesetzt waren. Und jetzt sucht sich die Angst ein Ventil, um von Ihnen endlich einmal wahrgenommen zu werden.«

»Aber ich bin doch nicht bekloppt!«

»Wie ich, meinen Sie.«

»Nein, das meine ich nicht.«

»Sie sind auch nicht bekloppt, das redet Ihnen nur Ihr Kopf ein. Es wird von selbst wieder aufhören. Niemand weiß genau, woher solche Attacken kommen. Da wird ein uralter Mechanismus in Gang gesetzt, deshalb auch der schnelle Puls: Der Körper macht sich bereit für Kampf oder Flucht. Ohne diesen Mechanismus hätte unsere Spezies nicht überlebt. Ihre körperlichen Reaktionen sind völlig normal, auch wenn es sich nicht so anfühlt. Nur kommen sie zur falschen Zeit, weil Sie weder vor einem Säbelzahntiger noch vor einem Mammut stehen.«

»Und wenn ich in einer kritischen Situation versage?«

»In einer kritischen Situation werden Sie keine Attacke bekommen – und wenn, sind Ihre Sinne so geschärft, Ihr ganzer Körper ist so unter Hochspannung, dass Sie die Situation meistern. Versuchen Sie, logisch zu denken, logisch damit umzugehen. Lachen Sie darüber! Ihr Körper spielt Katz und Maus mit Ihnen, gönnen Sie ihm den kleinen Spaß.«

Vanuzzis Herzfrequenz war auf weniger als achtzig Schläge in der Minute gefallen, sein Gesicht kreidebleich, und Eckart nötigte ihn, sich auf eine Holzkiste zu setzen, bevor er den Boden unter den Füßen verlor.

Seine Großmäuligkeit, die in den letzten Jahren noch zugenommen hatte und Eckart mehr als einmal dazu gebracht hatte, ihm den Bettel einfach vor die Füße zu werfen ... nichts als der verzweifelte Versuch eines Ertrinkenden, anderen und sich selbst zu beweisen, dass er noch Kontrolle über sein Leben hatte ...?

»Sagen Sie mir, wo das herkommt, Doc.«

»Ich bin Psychoanalytiker, nicht Gott. Auch wenn einige meiner Kollegen überzeugt sind, dass zwischen beidem nur ein gradueller Unterschied besteht. Und wenn er hart arbeitet, kann aus Gott irgendwann noch ein guter Analytiker werden.«

Vanuzzi begann zu schmunzeln. Immerhin.

»Sie hatten mir auf unserer Mission in Bozen erzählt, dass Sie mit Ihrer ganzen Familie nach Israel auswandern wollen. Was ist aus dem Plan geworden?«

»Meine Schwestern haben mich hängen lassen. Sie wollen einfach nichts ins Gelobte Land.«

»Was ist mit Ihren Eltern?«

»Tot, alle beide. Es war … schwierig. Als ich mich zur Army verpflichtet habe, hat mich mein Vater verstoßen, weil ich nicht mehr genug Geld nach Hause brachte. Mit meiner Mutter und den Schwestern hatte ich heimlich Kontakt. Vater hat sich totgesoffen, als ich in Italien kämpfte.«

»Und Ihre Mutter?«

»Tuberkulose. Kurze Zeit später.«

»Sie waren nicht bei ihrer Beerdigung, oder?«

Vanuzzi schüttelte den Kopf.

»Vermutlich auch nie an ihrem Grab?«

Wieder Kopfschütteln.

»Und das soll Sie kaltlassen, einen Neapolitaner? – In meiner Praxis hatte ich Patienten, bei denen unverarbeiteter Schmerz der Auslöser für solche Attacken war. Denken Sie einmal darüber nach, wenn Sie hier raus sind.«

Vanuzzi zuckte mit den Schultern und machte Anstalten, wieder zu den anderen zu gehen. Eckart hielt ihn zurück.

»Noch was. Es geht mich nichts an. Aber ich mag Daria – tun Sie ihr nicht weh!«

Vanuzzi sah ihn eindringlich an. »Sie haben recht, es geht Sie nichts an.« Er wischte sich mit einer Hand den Schweiß von der Stirn. »Okay, hab's hinterm Ohr, Doc. Und jetzt sollten wir wirklich zurück, sonst kriegen die noch schmutzige Gedanken.«

Es war die Nacht auf Sonntag, den 4. November 1956. Sie waren von Jägern zu Gejagten geworden.

Teil 3

Kommunismus ist nicht Liebe.
Kommunismus ist der Hammer, mit dem wir den Feind zerschlagen.

Mao Zedong

26

*

Auf allen Straßen wogte eine keuchende, tiefschwarze Masse. Das Kind hörte, sah sie, wenn es sich in seinen Kissen hoch aufrichtete. Man hatte das Bett direkt vors Fenster geschoben, damit es frische Luft bekam, damit es eine Beschäftigung hatte, solange die Mutter fort war. Fast eine Woche war sie das nun schon. Immer wieder sprach der Vater davon, dass sie zurückkommen werde. Aber sie kam und kam nicht. In den frühen Morgenstunden war das fiebernde Kind erwacht, hörte durch die angelehnte Tür die Stimme des Vaters. Er sprach ein ungewohnt schlechtes Italienisch, stammelte, rang mit den Worten. Am fernen Ort, an dem sie war, hatte man den Arzt geholt, weil die Mutter über Schwächegefühle geklagt hatte, weil ihr das Atmen schwergefallen war. Sie wollte zurück zu Mann und Kind, aber der Doktor hatte sie wegen der beschwerlichen Fahrt von dieser Idee abgebracht. Dann begann sie Blut zu husten. Sie spie, würgte es hervor. Der Arzt ließ sie aufrecht betten und verordnete kalte Umschläge, aber als sie immer wieder ohnmächtig wurde, sollte sie sich flach hinlegen. In der Nacht war sie an ihrem eigenen Blut erstickt.

Das Kind hatte sich in seinen Kissen hoch erhoben, sah auf die keuchende, tiefschwarze Masse hinab. Für einen Moment schien sein Fieber zu weichen, und doch fühlte es sich nun erst recht wie gelähmt, unfähig, irgendeine Regung zu zeigen. Es hoffte, dass niemand ins Zimmer kam. Wenn es einfach nur dalag und aus dem Fenster blickte, könnten die Worte vielleicht ungeschehen gemacht werden. Das immer gleiche Treiben dieser immer gleichen Stadt, die der Vater »die Ewige« nannte, würde die Zeit zurückdrehen um eine Woche, um einen Monat, um ein Jahr. Ein Jahr wäre die Mutter dann noch bei ihm. Ein endlos lange scheinendes Jahr. Ein endlos kurzes Jahr.

Das Kind konzentrierte sich darauf, die Zeit zurückzudrehen, hielt den Atem an, presste die Augen zusammen. Dann trat der Vater in sein Zimmer, mit hängenden Schultern und tränenüberströmtem Gesicht. Er sprach die Worte aus, die alle Anstrengungen des Kindes zunichte machten, sie wieder zurückzubringen aus dem Strudel der Zeit. Es war wie eine schallende Ohrfeige, und sie holte Eckart zurück aus dem Strudel seines Traums.

Er hatte Mühe, sich zu orientieren. Hörte das laute Schnarchen Vanuzzis.

Die Träume, in denen seine Mutter starb, hatten ihn nie verlassen, auch wenn ihr Tod jetzt schon fünfundsechzig Jahre zurücklag. Er war Mediziner geworden, um nie wieder eine solche Hilflosigkeit und Ohnmacht zu fühlen, wie sie dieser Morgen über ihn gebracht hatte. Die ärztliche Wissenschaft gab ihm in gewissem Maße Trost und Sicherheit, auch wenn sie ihm die Mutter nicht zurückgab. Aber er hatte nie aufgehört, nach ihr zu suchen. Nacht für Nacht schien er es zu tun. Besonders in unruhigen Nächten wie diesen …

Gern hätte er etwas getrunken, doch hätte er sich in der Kellerfinsternis nicht zu orientieren vermocht. Also blieb er liegen, sah auf seine Uhr: kurz nach vier. Er schloss die Augen wieder und konzentrierte sich auf sein noch immer wild pochendes Herz, als er plötzlich ein fernes Hämmern und Krachen vernahm, das er jetzt auch in der Magengrube spürte.

Ein Gewitter. Anfang November …?

Wieder erzitterte der Boden. Ein Gewitter, von dem der Boden bebt … er setzte sich mühsam auf, erinnerte sich daran, dass er nah an der Außenwand geschlafen hatte. Tastete sich den Brettern entgegen, die das Fenster verrammelten, schob das oberste ein Stück zur Seite. Noch immer tiefe Nacht. Die Stadt lag im Schlaf.

Und dann sah er ihn – einen unnatürlich roten Feuerschein am Himmel, der aufglomm und wieder erlosch. Auch das Geräusch veränderte sich jetzt, es waren eindeutig Explosionen in der Ferne, die er vernahm. Er zog auch das zweite Brett vom Fenster, sodass ein klein wenig Licht einfiel. Sah zu den anderen hin. Erkannte Vanuzzi und

Daria – doch Ödön war verschwunden. Er weckte die beiden, bekam sie nur mühsam wach.

Daria rieb sich die Schlafkörner aus den Augen. Dann fragte sie Vanuzzi: »Weißt du, was das zu bedeuten hat?«

»Weißt du es denn nicht?«

Schweigen. Vanuzzi ohrfeigte sich selbst zweimal, dann stand er auf, schaltete die Petroleumlampe an. Er sagte: »Es ist die Uhrzeit, zu der die Artillerie loslegt, um alles weich zu schießen vor der Attacke. So viel zum Thema: Die Russen ziehen sich zurück.«

»Das ist nicht mehr als eine Vermutung, Dan.«

»Es ist schon etwas mehr als das, Prinzessin.«

Vanuzzi erklärte in wenigen Worten, was er durch Ödön erfahren hatte: dass sich Sojus für einen offenen Seitenwechsel bereithalten solle. Seit Tagen habe er eine zweite sowjetische Invasion erwartet, aber gehofft, noch mal davonkommen zu können.

»Das hat dir deine ›Quelle im Umfeld von Imre Nagy‹ wohl nicht verraten …?«

Daria starrte ihn böse an.

»Und wo ist Ödön?«, fragte Eckart.

»Er wird versuchen, an unser Fahrzeug ranzukommen. – Was schauen Sie so, Doc? Denken Sie, dass er die Seiten gewechselt hat? Blödsinn! Ich würde ihm sogar das Dossier anvertrauen.«

»Gut, wenn Sie das sagen. Aber er hätte eine kleine Nachricht für uns dalassen können.«

»Er tut sich schwer mit –«

»… dem Schreiben. Kann's mir vorstellen, Daria. Und jetzt zu Ihnen: Sie dürfen unter diesen Umständen nicht im Land bleiben, das wäre Selbstmord! Wenn das wirklich die Sowjets sind, werden sie diesmal nicht so dilettantisch vorgehen wie vor zwei Wochen. Es wird ein Gemetzel …«

Daria rang mit sich. Schließlich willigte sie ein, mitzugehen.

Das Wummern war lauter und vehementer geworden. Ödön, der mittlerweile zurückgekehrt war, erklärte, er habe keine Chancen mehr, an einen fahrbaren Untersatz heranzukommen, und auf den Straßen spreche man davon, dass sich mehr als sechzigtausend Russkis und Hunderte Panzer auf das Stadtzentrum zubewegten.

Die Sowjets hatten lange gezögert mit ihrer zweiten Invasion. Vanuzzi sah förmlich das Bild vor Augen: Wahrscheinlich hatte Chruschtschow in einem Moskauer Park Blumen gepflückt. Er rupfte ein Blütenblatt aus: Ich marschiere ein. Dann zupfte er an einem zweiten: Ich marschiere nicht. Ich marschiere ein, ich marschiere nicht, ich …

Vanuzzi wurde aus seinen Gedanken gerissen, als er hörte, wie Daria Eckart und Ödön bat, so rasch wie möglich zu packen, während sie sich mit Dan in der Stadt umtun und Möglichkeiten auskundschaften wollte, wie sie den Panzerkordon durchbrechen könnten, um noch aus Budapest herauszukommen.

Sie verließen das Haus, vor dem beunruhigte Menschen standen, die gerade aus dem Schlaf gerissen worden waren.

Als sie sich der ersten größeren Straße näherten, sahen sie kleine Gruppen schwer bewaffneter Männer mit entschlossenen, grimmigen Gesichtern. In der Kossuth Lajos utca bereiteten sie Barrikaden vor. Man ging davon aus, dass die Sowjets diesen Weg Richtung Parlament nehmen würden. Einer der Barrikadenbauer rief Daria etwas zu, sie errötete und wandte sich ab.

»Was wollte er?«

»Er hat mir geraten, mich in Acht zu nehmen vor den Schwänzen der Russen. Es gab Massenvergewaltigungen vor elf Jahren … und er traut dir wohl nicht zu, mich zu beschützen.«

Vanuzzi schnaubte verächtlich.

Sie zogen weiter Richtung Zentrum. Mit jeder Minute, die verging, erhoben sich über den Basso continuo der Artillerie das schärfere, ohrenbetäubende Geräusch feuernder Panzer und die kurzen Salven von Maschinengewehren.

»Wohin genau gehen wir, Prinzessin?«

»Ich hatte dir von meiner Quelle im Umfeld von Imre Nagy erzählt … wenn jemand die Möglichkeit hat, jetzt noch an einen Wagen zu kommen, dann er … Deckung!«

Daria hatte Vanuzzi gegen die Häuserwand gezogen. Er hörte ein hohes Zischen, dann schlug eine Granate mit markerschütterndem Lärm einen Block von ihnen entfernt ein. Rauch, Staub und Trümmer stoben auf.

Das Vorgehen der Sowjets war brutaler als bei der ersten Invasion. Sobald Schüsse fielen, belegten die Panzer ganze Wohnblöcke mit ihren Geschossen und feuerten wahllos in Häuser hinein.

Vanuzzi sah, wie Frauen, junge wie alte, sich um verletzte Aufständische kümmerten, Erste Hilfe leisteten und Verwundetentransporte organisierten. Sie hatten ihre Privatautos mit einem großen roten Kreuz versehen, die Rückbänke teilweise herausgerissen und legten nun die blutenden Männer und Frauen ins Heck. Einige kamen mit Eimern aus den Häusern gelaufen, in denen Suppe und Brei dampften. Daria blieb plötzlich stehen und trat auf die Straße, zu einer weiblichen Leiche hin. Vanuzzi erkannte Darias ehemalige Studentin Eszter wieder. Daria kniete sich hin, schloss der Toten die Augen, dann zog sie ihren Mantel aus und breitete ihn über deren Oberkörper, über das schmerzverzerrte Gesicht. Als sie einen Moment zu lange so verharrte, ohne dass etwas geschah, trat Vanuzzi zu ihr und zog sie mit sich. »Komm weiter, Prinzessin!«

Der Beschuss wurde stärker, mehrmals mussten sie umkehren, Seitenstraßen nehmen. Überall herrschte großes Durcheinander. Als Daria einen nicht mehr ganz jungen Aufständischen, der an ihnen vorbeieilen wollte, nach einer Möglichkeit fragte, zur nördlichen Belváros zu gelangen, schüttelte der nur den Kopf und zeigte in die Richtung, aus der sie gekommen waren.

»Willst du dich umbringen? Geh zurück in dein Haus, runter in den Keller. Und bleib da ein paar Tage.«

Vanuzzi dachte darüber nach, dass es vielleicht besser war, zu versuchen, sich zu einer der westlichen Botschaften durchzuschlagen. Anschließend würden sie weitersehen. Dann standen sie unvermittelt einer Gruppe von acht oder neun Männern gegenüber, die gerade um die Straßenecke gebogen war. Er erkannte das Gesicht von Major F. und blieb wie vom Schlag gerührt stehen. Dann tauchten auch Sojus' Züge aus der anonymen Masse der Männer auf.

»Smotrite, wot on!«

Die Stimme klang übernächtigt, wie mit einem Reibeisen bearbeitet. Vanuzzi riss Daria mit sich herum, hörte das Durchladen von Pistolen. Sie hielten auf die andere Straßenseite zu. Wieder die Stimme: »Wir brauchen ihn lebend! Zielt auf die Beine, nur auf die Beine!«

Sein Herz schlug schneller, um mehr Blut in die Muskeln zu pumpen. Das Hirn schaltete weitgehend ab, oder vielmehr in einen frühmenschlichen Modus zurück – nun war wirklich der Säbelzahntiger hinter ihm her; der Instinkt produzierte Bilder aus dem Straßenkampf im Krieg in Italien, in Deutschland. Noch bevor er die ersten Schüsse krachen hörte, begann er unbewusst Haken zu schlagen und die Umgebung zu scannen nach einer möglichen Deckung. Autowrack auf elf Uhr, wollte er rufen, als er spürte, wie ihn eine Kugel leicht am Oberschenkel streifte. Vanuzzi hechtete hinter das Auto. Sah, wie Darias Körper aufzuckte, noch vier, fünf Meter wie ein Aufziehspielzeug weiterlief, dann in sich zusammenklappte.

Auf der anderen Straßenseite luden sie durch. Einige bewegten sich bereits langsam auf sie zu. Daria lag acht oder zehn Meter von ihm entfernt, hob den Kopf, versuchte weiterzurobben, kam nicht voran.

Sein mit Sauerstoff unterversorgtes Hirn produzierte eine Erinnerung. Er fuhr mit der Rechten in die Innentasche seines Mantels – die

Pistole hatte er im Keller vergessen, aber er fand die Handgranate. Öffnete die Sicherungskappe, zog an der Abreißschnur und warf sie in die Gruppe gegenüber. Die Detonation war lauter als erwartet und verschaffte ihm einige Sekunden Zeit. Die Staubwolke nahm ihm einen Gutteil der Sicht, doch es war offensichtlich, dass er mehr als die Hälfte der Männer erwischt hatte. Nur die beiden Ranghöchsten, die hinten gestanden hatten, Sojus und sein Führungsoffizier, schienen überlebt zu haben.

Er hechtete zu Daria hinüber. Sie war benommen, aber nicht bewusstlos. Er sah, dass sie dreimal in den Rücken getroffen worden war, zog sie unsanft vom Boden hoch, setzte sie sich auf den Rücken, nahm sie huckepack. Sie schrie auf vor Schmerz. Er musste sie so lange wie möglich bei Bewusstsein halten.

Dann begann er zu rennen.

Die Schmerzen mussten unbeschreiblich sein, doch Daria hielt sich tapfer. Vanuzzi fühlte den Griff ihrer Arme um seinen Hals.

Allmählich machte sich auch seine Verletzung bemerkbar. Er spürte, wie ihm der Oberschenkel zu erlahmen begann, sein Hosenbein war schon ganz feucht von Blut. Dann löste Daria mit einem Mal ihre Umklammerung und kippte nach rechts weg. Er machte einen Schritt zur Seite, ließ sie gegen eine Mauer sinken. Sie war ohnmächtig. Er riss sich das Hemd vom Leib, stützte sie gegen die Häusermauer und band sie mit dem Hemd an seinen Oberkörper, zog ihre Arme über seine Schultern, rannte weiter. So hatten sie schon im Krieg bewusstlose Kameraden getragen. Aber nun war er zehn Jahre älter, und mit jedem Schritt, den er tat, sackte der Körper hinter seinem ein wenig tiefer.

Als eines der improvisierten Rotkreuzautos vor ihm auf der Straße auftauchte, schnallte er Daria ab und trat dem Wagen in den Weg. Er hielt mit quietschenden Reifen. Am Steuer saß ein Mann Mitte fünfzig. Zu zweit hievten sie die junge Frau auf den Rücksitz.

»Wo ist das nächste Krankenhaus?«, fragte Vanuzzi auf Deutsch.

»Keine Chance«, antwortete der Mann, »total überlastet, kein Durchkommen.«

Er brachte den Fahrer dazu, ihn zu ihrem Haus zu chauffieren, dann zog er Daria mit sich in den Kellerraum.

Eckart und Ödön saßen buchstäblich auf gepackten Koffern und waren sichtlich geschockt vom Anblick der blutüberströmten Gestalten, die in der Kellertür auftauchten. Sie legten Daria auf eine Matratze, und Eckart besah sich ihren Rücken.

»Machen Sie was, Sie sind Mediziner!«, herrschte ihn Vanuzzi an.

»Aber kein Chirurg.«

»Sie waren im Ersten Weltkrieg Stabsarzt an der Westfront, oder nicht? Was haben Sie anderes getan, als Menschen zusammenzuflicken …?«

»Das ist lange her … ich … wir bräuchten ein Skalpell …«

»In der Wohnung!«, sagte Ödön und verschwand im selben Moment aus der Tür. Wenige Minuten später kehrte er tatsächlich mit einem Skalpell, einer Flasche Jod und Mullbinden zurück. Eckart nötigte Ödön, ihm zu assistieren, Vanuzzi schickte er hinaus, damit dieser seine eigene Wunde am Oberschenkel desinfizieren und verbinden konnte.

Vanuzzis Hände zitterten, wollten ihm nicht gehorchen. Jede Anspannung der Muskeln musste er sich befehlen, es war, als würde sein Körper mit einem Mal nur noch durch sein Bewusstsein aufrechterhalten. Er musste die Kontrolle behalten. Keine Bewegung zu viel, keine zu wenig. Als er endlich den Verband so angelegt hatte, dass er auch wirklich hielt, saß er da und wartete. Er sah zu Boden. Sah einen Weberknecht über den Flur jagen. Kein Geräusch aus dem »Operationszimmer«. Dafür draußen das Zermalmen von Gebäuden, ferne Maschinengewehrsalven. Von der Decke tropfte Feuchtigkeit auf den Boden. Jedes Aufplatschen ein Schmerz an seiner Stirn. Alle seine Sinne waren überscharf gestellt.

Als Eckart aus dem Zimmer trat, waren seine Hände bis zum Ellbogen blutverschmiert. Er vermied es, Vanuzzi direkt in die Augen zu sehen. Seine Gesichtsmuskeln mahlten.

»Ich konnte die drei Kugeln herausholen, aber … sie hat zu viel Blut verloren, sie … in den nächsten Stunden wird sie immer wieder zu Bewusstsein kommen. Sie haben wenig Zeit, um Abschied zu nehmen. Es tut mir leid, Dan.«

Keine Reaktion. Erst jetzt blickte er Vanuzzi an. Dessen linkes Auge war weit aufgerissen, die Adern darin waren geplatzt und durchzogen die Netzhaut wie ein Fadenkreuz mit der Iris im Korn.

Plötzlich ging ein Ruck durch den Körper des Italoamerikaners. Er schrie Eckart an: »Wir müssen weg! Jetzt! Sofort!«

»Was? Aber wir können Daria nicht zurücklassen …«

»Wie groß sind ihre Überlebenschancen?«

Eckart zögerte zu antworten.

»Präzise Frage, präzise Antwort, Doc!«

»Den Blutverlust kann sie ohne Blutspende nicht überleben …«

»Okay, das *ist* eine präzise Antwort. Können Sie jemand von uns anzapfen?«

»Nicht ohne ihre Blutgruppe zu kennen. Wir brauchen eine professionelle Lösung, Vollblut aus dem Krankenhaus …«

»Kein Durchkommen. Wir gehen!«

Eckart hörte, dass Vanuzzis Stimme unnatürlich klang, hörte, wie er um Fassung, wie er mit sich selbst rang.

»Fünf Minuten, Doc.«

Eckart wies Ödön an, die Koffer aus dem Kellerraum zu holen und im Flur aus vier einen zu machen, nur mit dem Nötigsten versehen; sie nahmen den kleinsten, den sie über eine längere Strecke würden tragen können. Sie waren bestrebt, einander nicht anzusehen. Kein Laut drang von drinnen zu ihnen heraus.

Nach der von ihm selbst gesteckten Zeitspanne öffnete sich die Tür. Vanuzzis Gesicht wirkte seltsam aufgedunsen und schwarz. Er stand da, in seinem blutverschmierten Unterhemd, und sah mit leerem Blick die Gänge entlang. Dann bemerkte Eckart, dass die Kette mit der Zyankali-Kapsel, die er um den Hals getragen hatte, verschwunden war.

Vanuzzi zog seinen dreckstarrenden Mantel achtlos über das Unterhemd, sagte: »Da entlang!«, und deutete in die Richtung, die sie üblicherweise nahmen, um dem Kellerlabyrinth zu entsteigen. Im nächsten Moment erschütterte ein Schlag ihr Haus, dass die Wände erbebten, Gegenstände zu Boden krachten und der Putz so dicht von der Decke rieselte, dass Vanuzzis Haar von einem weißen Firnis bedeckt wurde. Sie bahnten sich ihren Weg durch eine Wand aus Staub.

27

*

Als sie die Verbindungstür in den Nachbarkeller aufbrachen, schlugen ihnen Flammen entgegen. Der Windsog war so stark, dass Vanuzzi auf die beiden ihm folgenden Männer geschleudert wurde. Eckart bemerkte, dass ein Ärmel Vanuzzis Feuer gefangen hatte, riss sich selbst den Mantel herunter und bändigte die Flammen damit.

In dieser Richtung war kein Weiterkommen, also strebten sie in die entgegengesetzte, die Eckart bislang unbekannt war. Offenbar hatten die Artilleriegranaten im ganzen Viertel schwere Verwüstungen angerichtet: Im Keller zur anderen Seite lagen Gebäudetrümmer, sodass sie nur wenige Meter weit kamen. Tragende Teile!, dachte Eckart, das Haus konnte jeden Moment über ihren Köpfen zusammenkrachen. Es half nichts, sie mussten oberirdisch weiter.

Die British Embassy war zu weit weg, also war Vanuzzis Überlegung, sich zur amerikanischen Botschaft durchzuschlagen, egal, was für beide auf dem Spiel stand, sollte es dabei eine Begegnung mit dem CIC geben. Im Moment war das ihr geringstes Problem.

Als sie zurück ins Mittelhaus liefen und die Tür öffneten, die den Keller vom Treppenhaus trennte, kam ihnen dicker schwarzer Rauch entgegen. Sie schlugen die Mantelkragen vor den Mund, um sich vor dem Qualm zu schützen, der das Atmen fast unmöglich machte. Teile der hölzernen Stiegen, die zur Ausgangstür führten, standen bereits in Flammen. Mit Mühe erreichten sie die Tür, rannten ins Freie, um Luft zu schnappen, doch konnten sie auch hier kaum atmen, weil der Rauch in der ganzen Straße stand.

Um sie herum war ein Inferno ausgebrochen. Die meisten Häuser brannten lichterloh. Sie sahen, wie sich verzweifelte Menschen auf die Dächer retteten, ihre Kinder und anschließend sich selbst in die Tiefe stürzten.

Sie wandten sich ab, und Ödön übernahm die Führung. Während Vanuzzi ihm zu erklären versuchte, welche Straßen er mit Daria genommen hatte, Straßen, auf denen schon vor einer Stunde kein Durchkommen gewesen war, beobachtete Eckart Scharfschützen, die auf beiden Konfliktseiten Flüchtende unter Beschuss nahmen; mehr als einmal mussten sich die drei in einen Hauseingang quetschen, weil Kugeln an ihren Köpfen vorbeizischten. Dann standen sie vor einer Barrikade aus zerstörten Autos, an der kein Vorbeikommen war.

»Wenn's auch hier nicht mehr geht, wird's eng, Meister …!«

Ödön hatte kaum ausgesprochen, als eine Granate unweit von ihnen in ein Haus einschlug. Der Boden wankte unter ihren Füßen, sie verloren das Gleichgewicht. Überall zersprangen die Fensterscheiben – der letzte Laut, den Eckart hörte, bevor er minutenlang nahezu taub war, alle Geräusche nur wie durch eine dichte Watteschicht wahrnahm, die sich in seinem Ohr festgesetzt hatte. Vanuzzi beugte sich über ihn. Er konnte ihn nicht verstehen, nahm an, dass er die Worte: »Alles okay?« formte. Eckart nickte, deutete auf seine Ohren, dann half ihm Vanuzzi auf die Beine. Rauch und feiner Trümmerstaub drangen ihnen in Augen, Mund, Nase. Der Geschmack von Steingrieß auf der Zunge, der beißende Geruch von Sprengstoff.

Von hier aus konnten sie sehen, wie die Sowjets operierten. Ihre Panzer waren nun zu zweit unterwegs, einer sicherte den anderen gegen die aus der ersten Invasion bekannte Molotowcocktail-Taktik. Die Türme schwangen vor und zurück. Trafen sie wie hier auf eine Barrikade, schossen sie sie aus kurzer Distanz sturmreif und fuhren über sie hinweg. Infanterie folgte ihnen nach.

Eckart und seine Gefährten ließen ihren Koffer zurück. Die Mantelkragen aufgeschlagen, kehrten sie auf der Stelle um, versuchten es eine Straße weiter.

Überall auf der Fahrbahn lagen Leichen. Junge Männer, die Leiber verrenkt. Ab und an kamen Menschen aus Häusern gelaufen und zerrten Kämpfer, die angeschossen, aber nicht tot waren, von der offenen Straße weg und legten sie in Eingängen ab – in der Hoffnung, dass sie irgendwann abgeholt würden oder von selbst weiterkamen.

Häuser, die von oben getroffen worden waren, ergossen ihre Eingeweide auf die Bürgersteige. Eckart und seine Gefährten kletterten mit Mühe über solche Trümmerberge, um zwanzig Meter weiter festzustellen, dass auch hier kein Durchkommen mehr war und sie zurück in eine Nebenstraße mussten.

Granatsplitter, die den typischen Überschallton hören ließen, rasierten durch die Luft und rissen schwere Wunden. Eckart kannte den Ton aus dem Ersten Weltkrieg, Vanuzzi aus dem Zweiten. Nur für Ödön war er neu, und sie mussten ihn warnen, eines ums andere Mal, sofort in Deckung zu gehen, im selben Moment, in dem er das Geräusch vernahm.

Eckart hätte nicht zu sagen gewusst, wie viel Zeit mittlerweile vergangen war. Zehn Minuten. Zwanzig. Eine Stunde. Zwei. Sie waren kaum zehn Blöcke weiter nach Nordwesten vorgedrungen. Hier war das Scharfschützenfeuer so schwer, dass sie von Türeingang zu Türeingang liefen, Vanuzzi voraus. Ödön bildete den Abschluss und musste ihre Bewegungen imitieren. Die wenigen Tage Kriegsspiel, die er hinter sich hatte, hatten sein Verhalten noch lange nicht geschult.

Vanuzzi packte ihn an beiden Armen und brüllte ihm die Anweisungen, die er einst im Straßenkampf in Deutschland bekommen hatte, ins Gesicht: »Nie lange still stehen! Nie in direkter Linie laufen! Haken schlagen wie ein Hase, damit der Scharfschütze keine Chance hat, sich auf deine nächste Bewegung einzustellen!«

Eckart hatte Mühe mitzuhalten. Sein Herz raste, die Lunge schien zu kollabieren, zumal der Korditgestank in den Straßen kaum auszuhalten war. Ihm wurde in kürzeren Abständen schwindlig, er musste sich immer häufiger ausruhen, die Beine drohten ihm wegzusacken. Bei jedem Schuss, den er hörte, dachte er daran, dass er ihn zwar verfehlt, aber wahrscheinlich einen anderen getroffen hatte.

Sie hatten es in einen Toreingang geschafft. Das Feuer der Scharfschützen war hier so intensiv, dass alle paar Sekunden eine Kugel in einer Hauswand einschlug. Vanuzzi wischte sich Blut und Schweiß aus dem Gesicht, Ödön klopfte sich den Staub aus den Haaren, und Eckart war damit beschäftigt, irgendwie zu Atem zu kommen.

»Ich schaffe das nicht mehr. Gehen Sie ohne mich weiter!«

»Das habe ich nicht gehört, Doc.«

»Gehen Sie ohne mich weiter!«

»Ich bin nicht taub!«

Einen Moment dachte Eckart daran, wie sie Daria zurückgelassen hatten. Daran, dass hier und jetzt Panik durchaus angebracht gewesen wäre. Aber der Mann vor ihm war kontrolliert und willensstark wie nie zuvor.

Zweimal versuchten sie, weiter vorzudringen, doch kaum hatten sie einen Meter aus ihrem Versteck getan, knallten ihnen die Kugeln um die Ohren. Hinter ihnen war es mittlerweile gedrängt voll. Eine Fluchtgruppe, die aus zwei Familien zu bestehen schien, hatte sich in ihrer Nähe verschanzt: zwei junge Frauen, die beide Kopftücher trugen, an jeder Hand ein Kind, zwei ältere Damen mit geblümten Hüten und Handtaschen oder einfachen Reisetaschen. Aus ihrer Gruppe ragte der Kopf eines gut, wenn auch etwas altmodisch gekleideten, vielleicht fünfundsechzigjährigen Mannes heraus. Er trug einen weißen Schnurrbart, wirkte sehr gepflegt. Er blickte Eckart an, der um Atem rang, dann kramte er in seiner Manteltasche und förderte Tabletten hervor, die er an ihn weiterreichte. Er sagte etwas auf Ungarisch, Eckart sah Ödön an.

»Die erleichtern das Atmen«, verdolmetschte der junge Mann.

Was soll's!, dachte Eckart, bedankte sich und schluckte eine.

»Kálmán, Imre«, stellte sich sein Gegenüber jetzt auf Deutsch vor, »wohin wollen Sie?«

»Amerikanische Botschaft«, antwortete Eckart, »und Sie?«

»Nur weg. Amerikanische Botschaft ist gut.«

Eckart nickte, dann sagte er zu Vanuzzi: »Wir haben Zuwachs bekommen.«

»Ganz reizend! Und wie wollen wir mit denen rennen?«

»Im Moment sieht's mit Rennen ohnehin nicht gut aus, Dan.«

Eckart spürte, wie ihm die Tablette binnen Sekunden tatsächlich Erleichterung verschaffte. Dann kam ihm eine Idee. Er ließ sich von Ödön auf der Karte zeigen, wo sie waren, und erbat sich von Vanuzzi Darias Aufzeichnungen über die unterirdischen Kellergänge. Das Haus auf der anderen Straßenseite besaß einen Einstieg. Die Gebäude in der Gegend waren bislang weitgehend unversehrt von Artilleriefeuer, also wären es wohl auch die Keller. Mit ein wenig Glück würden sie hier ein ganzes Stück in die richtige Richtung zurücklegen können. Er teilte seine Entdeckung Vanuzzi mit, der schüttelte den Kopf.

»Wie wollen Sie über die Straße kommen? Wir haben's ja nicht mal zum nächsten Eingang auf unserer Seite geschafft!«

»Haben Sie Ihre Pistole noch?«

»Ja.«

»Wie viel Schuss?«

Vanuzzi ließ das Magazin herausschnappen. »Zehn.«

Eckart überlegte. Er nahm einen auf dem Boden liegenden Holzstecken, bat um Kálmáns Hut, befestigte diesen darauf und hielt den

Stab am ausgestreckten Arm auf die Straße, während er vorsichtig um die Mauer lugte. Sofort fing sich der Hut einen Treffer ein, und Eckart blickte in zwei Mündungsfeuer.

»Erster Scharfschütze auf neun Uhr, zwei Häuser vor, dritter Stock, erstes Fenster von rechts. Zielt um die Ecke. Zweiter auf elf Uhr, vierter Stock, Mittelfenster, frontal.«

Vanuzzi nickte, schien die Informationen im Kopf noch einmal durchzugehen.

Eckart gab den Hut mit schuldbewusstem Lächeln zurück. Kálmán nahm ihn entgegen, steckte den Zeigefinger durch das Einschussloch und begann zu lachen. Wenigstens hatten die Menschen ihren Humor noch nicht verloren! Dann bat Eckart Ödön, seine Anweisungen an ihre Flüchtlingsgruppe Wort für Wort zu verdolmetschen.

Mittlerweile wurde auch hinter ihnen geschossen, ein Gewehr hatte die Scharfschützen im Visier. Das war ihre Chance: Sekunden später gab Eckart das Kommando. Drei aufeinanderfolgende Kugeln von Vanuzzi, dazu weitere Schüsse aus ihrem Rücken. Einer fällte den Scharfschützen auf elf Uhr, der sich wohl etwas zu sicher gefühlt hatte. Er fiel mehrere Stockwerke tief. Ödön und die jungen Frauen mitsamt Kindern hatten zu rennen begonnen. Offenbar beeindruckte der Tod seines Kameraden den anderen Scharfschützen, denn für einen Moment hielt er still. Ödöns Gruppe hatte es auf die andere Seite ins Haus geschafft. Dann setzte der Kugelhagel wieder ein. In der nächsten Feuerpause das zweite Kommando. Vanuzzi gab wieder drei schnelle Schüsse ab. Eckart, die beiden älteren Damen und Kálmán setzten sich etwas zaghaft in Bewegung, gerieten unter Beschuss, also feuerte Vanuzzi unablässig weiter. Doch als die zweite Gruppe unversehrt ins Hausinnere verschwunden war, hatte er nur noch eine Patrone übrig. Vanuzzi murmelte ein kurzes Gebet, begann zu rennen und setzte seine letzte Kugel ab. Spürte den Schmerz im Oberschenkel, stolperte unter den Schüssen des Scharfschützen auf die Schwelle und wurde von Eckart und Ödön ins Innere gezogen.

»Alles in Ordnung, Dan?«

Vanuzzi schnaufte tief durch und nickte. »Nur das hier«, er hob die Pistole hoch, »ist jetzt nutzlos geworden.«

»Behalten Sie sie! Wer weiß, wozu sie noch gut sein wird.«

Statt wie von Eckart beabsichtigt in den Keller zu gehen, war ihre Flüchtlingsgruppe intuitiv die Treppe hochgestiegen, hatte sich in eine Wohnung begeben, deren Tür aufgebrochen war, und sich auf den Boden fallen lassen.

»Nein, nein, Ödön, sag ihnen, wir müssen in den Keller, in den Keller!«

Der junge Mann tat sein Bestes, aber die Leute schüttelten die Köpfe. Nicht nur die Kinder waren sichtlich erschöpft und wollten ausruhen.

»Was befürchten Sie?«, fragte Kálmán.

»Das kann ich Ihnen auch nicht genau sagen, Herr Kálmán. Wir haben nur die Erfahrung gemacht, dass die Keller immer besser sind als die Wohnungen.«

Wenige Minuten später hörten sie laute Geräusche vom Hauseingang. Vanuzzi legte den Zeigefinger an den Mund, forderte absolute Stille. Zusammen mit Eckart tastete er sich vorsichtig zur Wohnungstür. Sie zogen sie zu, bis auf einen kleinen Spalt. Dann sahen sie Infanteriesoldaten, die sich im Treppenhaus aufteilten. Der erste Trupp ging zur gegenüberliegenden Wohnung, der zweite nahm sich die links von ihrer vor. Die Soldaten traten die Türen ein, warfen Handgranaten in den Flur, gaben einige Salven mit der Maschinenpistole ab und betraten anschließend die Wohnung, um sie von Raum zu Raum zu durchkämmen.

Sie mussten schnell sein, schnappten sich die leise schluchzenden Kinder und trieben den Rest der Gruppe an, sofort mit ihnen in den Keller zu verschwinden. Das Feuer der MPs schallte unaufhörlich. Es war so laut, dass ihre Geräusche nicht weiter auffielen. Als sie die Kellertür hinter sich zugezogen hatten und in vollkommenem Dunkel standen, hörten sie über sich eine Handgranate detonieren. Wahrscheinlich in der Wohnung, die sie soeben verlassen hatten.

Vanuzzi kramte nach seiner Taschenlampe. Nachdem er sie angeschaltet hatte, sahen sie, dass der Raum vor ihnen bereits mit Menschen gefüllt war, die ihnen ängstlich entgegensahen. Junge Frauen vor allem und Kinder. Abermals legte Vanuzzi den Zeigefinger an den Mund. Dann knipste er das Licht aus, um die Batterien zu schonen.

Die Sowjets waren methodisch von Wohnung zu Wohnung gezogen. Dass die Soldaten dabei niemanden vorfanden – jedenfalls waren im ganzen Haus keine Schmerz- oder Angstschreie zu hören gewesen –, schien sie nicht weiter zu verwundern. Irgendwann hörte man Stiefelknallen, das langsam lauter wurde. Alle hielten den Atem an, bis das Getrappel im nächsten Moment eine andere Richtung bekam und schließlich verstummte. Den Keller hatten die Sowjetsoldaten ausgelassen, dabei konnten sie sich doch denken, dass die Menschen hier zusammengekommen waren. Ob das Zeichen einer menschlichen Regung, Faulheit oder etwas ganz anderes war, hätte Eckart nicht zu sagen gewusst.

Kurz darauf schaltete jemand das Kellerlicht an.

Am Ende des Flurs war plötzlich eine Gruppe junger Männer aufgetaucht. Sie waren zu sechst, im Alter von sechzehn bis zwanzig Jahren, schätzte Eckart. Sie mussten durch einen der unterirdischen Verbindungsgänge gekommen sein, hielten Backsteine und Holzprügel in den Händen. Ihr Anführer bellte ein paar Brocken Ungarisch. Eine Bewegung ging durch die ihnen am nächsten Sitzenden, sie durchsuchten ihre Kleidung und Taschen und gaben, was sie fanden, an die Jungen weiter. War man nicht schnell genug, wurde nachgeholfen, man schlug auf Frauen ein, schubste Kinder aus dem Weg. Ein alter Mann, der sich standhaft weigerte, seine Uhr auszuhändigen, erhielt einen Schlag mit einem Holzprügel und ging zu Boden. Als sich einer der Jungen Herrn Kálmán näherte, schrie Eckart ihn an.

Einen Moment standen sie einander gegenüber, Eckart gut fünfzehn Zentimeter größer, und blickten sich hasserfüllt an. Dann hob der Junge grinsend seinen Backstein und holte aus zum Schlag. Noch bevor er seine Waffe wieder senken konnte, beförderte ihn ein Tritt zwei Meter zur Seite. Seinen neben ihm stehenden Kameraden streckte Vanuzzi mit einer harten Geraden nieder. Ödön nahm sich einen weiteren Jungen aus der Gruppe vor, als deren Anführer plötzlich ein Beil aus seinem aufgeschlagenen Mantel zog und damit auf Vanuzzi zuging. Ein Aufschrei des Entsetzens durchfuhr den Raum. Vanuzzi zog seine Pistole, zielte aus kurzer Distanz beidhändig auf den Kopf des Anführers. Ein maliziöses Grinsen erschien auf seinem Gesicht.

»*Come on*«, sagte er, »*go ahead!*«

Es dauerte einige Sekunden, in denen man förmlich das Gehirn des Mannes rattern hören konnte. Dann ließ er sein Beil fallen und hob die Hände, seine Komplizen taten es ihm gleich. Eckart und seine Gefährten begannen damit, die Bande zu fesseln. Dann überließen sie sie den Vergeltungsgelüsten der Anwesenden und drangen durch die Verbindungstür in den Nachbarkeller vor. Herr Kálmán folgte ihnen mit den vier Frauen und vier Kindern nach.

»Gut gebluft, Dan!«, sagte Eckart, »haben Sie das auch in Little Italy gelernt?«

»Ja. Von meiner kleinen Schwester.«

Sie kamen nur wenige Häuser weiter. Die Strapazen der letzten Stunden waren ihren Mitflüchtenden deutlich anzumerken. Seltsamerweise war es Vanuzzi, der unvermittelt vorschlug, eine kleine Pause zu machen.

Herr Kálmán stellte sie der Reihe nach vor: seine Frau, seine Schwester, die Schwiegertochter mit ihren zwei Kindern, und eine junge Nachbarin, ebenfalls mit Kindern. Die dazugehörigen Männer waren irgendwo in der Stadt, im Straßenkampf. Eckart und seine Gefährten gaben vor, Journalisten zu sein.

»Journalisten mit Waffe?«, fragte Herr Kálmán schmunzelnd.

»Eine ungeladene«, antwortete Eckart. Er nahm den Gesichtsausdruck seines Gegenübers auf.

Die beiden älteren Damen verteilten Wasser und Essen. Eine Viertelstunde war alles damit beschäftigt, dann fielen die Kinder in leichten Schlaf. Bei jedem Granateneinschlag in der Ferne schreckten sie hoch. Herr Kálmán bat um eine Zigarette. Vanuzzi, der nur noch vier übrig hatte, teilte sie kameradschaftlich mit ihm, Eckart und Ödön. Sie inhalierten tief, rauchten schweigend.

Herr Kálmán schien gut orientiert zu sein. Er erzählte auch, dass der Radiosender seit dem späten Morgen tot war. Imre Nagy hatte noch dazu aufgerufen, keinen Widerstand zu leisten, und sich anschließend in die jugoslawische Botschaft geflüchtet. Dafür habe Innenminister Ferenc Münnich, von dem gemunkelt wurde, er sei mit János Kádár nach Moskau verschwunden, vom sowjetischen Sender aus gefunkt, dass man dem Treiben der Konterrevolution nicht länger zuschaue und die Sowjets gebeten habe, die Lage endlich »zu bereinigen«.

»Was bedeutet das?«, fragte Eckart.

»Dass wir eine neue Regierung bekommen. Eine von Moskaus Gnaden. Ich nehme an, Münnich und Kádár werden ihr angehören«, zischte Herr Kálmán mit bitterem Zug um den Mund.

Seine Schwiegertochter, die Deutsch verstand, es aber nicht gut zu sprechen schien, antwortete mit einigen Sätzen.

Eckart sah Herrn Kálmán an. »Was hat sie gesagt?«

»Dass bestimmt schon UN-Truppen im Anmarsch zur ungarisch-österreichischen Grenze sind und die Sowjets sich im Laufe des Tages noch ganz schön wundern werden.«

Vanuzzi lachte freudlos auf. »Aber was euch *Radio Free Europe* nicht erzählt: In der UN steht Suez auf der Tagesordnung, nicht Ungarn. Selbst Chruschtschow geht's nur um seinen eigenen Stuhl. Niemand interessiert sich für –«

»Hören Sie auf, den Menschen ihr bisschen Hoffnung zu nehmen«, fauchte Eckart auf Englisch, »es ist, verdammt noch mal!, alles, was sie haben.«

Einen Moment kehrte Stille ein. Sie sahen die bangen Blicke der anderen, die sie nicht verstanden hatten.

»Es verleitet sie nur dazu, den größten Unsinn zu glauben, und noch größeren Unsinn zu tun. Hoffnung ist in diesen Tagen ein Mörder, Doc.«

»Mag sein. Aber diese Menschen brauchen etwas, woran sie sich festhalten können. Wenigstens für die nächsten Stunden.«

Der Rest ihrer Pause verlief schweigend. Wenig später machten sie sich wieder auf, nicht ahnend, dass sie den schwersten Teil des Wegs noch vor sich hatten.

Unterirdisch ging es nicht mehr voran, also arbeiteten sie sich Block für Block Richtung Nordwesten vor. Der Scharfschützenbeschuss hatte aufgehört, auch das Granatfeuer war hier im Moment kein so großes Problem wie in den Vierteln, die von den Sowjets als Aufstandsnester zerschossen wurden. Als sie von Weitem die Flagge der USA von einem repräsentativen Gebäude wehen sahen, warf Vanuzzi seine Pistole in ein Gebüsch. Er hätte die Waffe ohnehin nicht mitnehmen dürfen und wollte sich und seinen Gefährten Nachfragen ersparen.

Als sie näher kamen, bemerkten sie, dass um das Botschaftshaus herum ein sowjetischer Panzerkordon stand und Uniformierte patrouillierten, die offenbar nur durchließen, wer einen gültigen amerikanischen Pass besaß.

»Versuchen Sie, so amerikanisch wie möglich zu klingen. Denken Sie an die heiße Kartoffel im Mund. Denken Sie an Texas. Reden Sie viel, reden Sie laut!«

Ödön ließen sie fürs Erste als Aufsichtsperson bei den Familien zurück. Selbst wenn sie durch den russischen Kordon gekommen wären – das Botschaftspersonal würde sie nicht hereinlassen.

Vanuzzi steckte die Hände in die Hosentaschen und schlenderte breitbeinig auf die Rotarmisten zu. *»Hi, guys!«*

Er machte Anstalten, einfach weiterzugehen, doch zwei starke Arme hielten ihn zurück. Dann blickte er in eine vorgehaltene Maschinenpistole.

Im selben Moment begann Vanuzzi mit einer Tirade, die keinen Anfang besaß und kein Ende zu finden schien, er redete und redete, bezog dann Eckart mit ein, der nun ebenfalls wild auf Englisch zu faseln anhob. Da ihm für den Moment nichts Besseres einfiel, rezitierte er Gedichte von Robert Frost, was nicht weiter auffiel, da die Soldaten ohnehin nur Bahnhof verstanden und Vanuzzis lauter Bariton alles übertönte. Eine gefühlte Ewigkeit später wurde es einem der sowjetischen Offiziere zu dumm, er brüllte dreimal, viermal, brüllte sich heiser. Als auch das nicht weiterhalf, ließ er von einem Untergebenen eine Maschinenpistolensalve in die Luft feuern. Alle hielten erschrocken den Atem an, dann sagte der Offizier, während er zunächst mit dem Zeigefinger auf Vanuzzi, dann auf Eckart zeigte, in gebrochenem Englisch: *»You – go! You – stay!«*

Vanuzzi setzte sich langsam wieder in Bewegung.

Vor dem Zaun, der die Botschaft umgab, standen zwei GIs und sahen sich nervös nach rechts und links um. Die Gewehre zielten auf Kniehöhe. Vanuzzi war nicht der Einzige, der eingelassen werden wollte, aber der Lauteste. Sie öffneten das Tor für ihn und schoben die nachdrängenden Menschen mit vorgehaltenen Waffen zurück. Schließlich stand er in der Empfangshalle, die ein riesiges Indoor-Camp geworden war. Überall lagen Menschen, teils verängstigt in sich zurückgezogen, teils wild gestikulierend, auf Botschaftspersonal oder die neben ihnen Kauernden einsprechend. Journalisten pressten schlafend ihre Reiseschreibmaschinen an ihre Körper. Schreiende Kinder, Frauen, die mitten in der Halle Windeln wechselten. Der Kantine sei das Essen ausgegangen, er möge sich mit einem Snack vom improvisierten Büfett begnügen, sagte ein Botschaftsangestellter zu einem Mann, der augenscheinlich kurz vor Vanuzzi durchgelassen und nun abgefertigt wurde. Nein, die Landesgrenzen seien komplett dicht, im Moment komme niemand rein oder raus. Außerhalb der Stadt warte die sowjetische und Reste der ungarischen Geheimpolizei auf alle, die versuchten, Budapest zu verlassen. Die Sowjets behaupteten inzwischen, alle westlichen Staatsbürger seien nur da gewesen, um die Studenten aufzuwiegeln. Man bemühe sich, könne aber nicht sagen, wann es weitergehe. Und wie. Ob überhaupt. Die Telefonleitungen seien zerstört, man habe keinen Kontakt mit den Staaten.

Als sich der Mann vor ihm trollte, winkte der Botschaftsangestellte Vanuzzi heran. Ein kleiner, dünner, vielleicht fünfunddreißigjähriger Mann mit schwarzem Haar, schwarzem Schnauzer und Westküstenakzent. Er sah ihn nicht an, sagte nur barsch: »Name?«

»Daniele Vanuzzi.«

»Ausweis!«

»Ich bin Israeli. Aber ich war amerikanischer Staatsbürger bis –«

»Dann gehen Sie zur Botschaft Ihres Landes. Wir können nur US-Bürger aufnehmen. – Nächster!«

»Mein Land hat keine Botschaft. Und im Moment gibt es keinen Nächsten.«

Der Botschaftsangestellte sah erstmals auf und bemerkte, dass tatsächlich niemand hinter Vanuzzi stand. Er strebte an ihm vorbei, doch Vanuzzi packte seinen Oberarm und flüsterte ihm einige Sätze zu. Der schwarze Schnauzer wand sich aus dem Griff, schaute ihn sichtlich irritiert an. Dann gab er ihm ein Zeichen zu folgen. Sie durchquerten die Halle, stiegen über biwakierende Kleinfamilien, kamen durch eine übertapezierte Tür in einen Nebenraum, gingen weiter durch verschiedene Zimmer, in denen Menschen hektisch auf Schreibmaschinen eintrommelten oder Anrufe zu tätigen versuchten. Schließlich hielten sie vor einer Tür, an die der Botschaftsangestellte vorsichtig anklopfte. Er signalisierte Vanuzzi mit den Augen, einen Moment draußen zu warten, und verschwand hinter der Tür. Kurz darauf öffnete sie sich wieder, der schwarze Schnauzer kam heraus, ließ Vanuzzi eintreten und schloss hinter ihm. Vanuzzi stand einem beleibten Mittsechziger gegenüber – Glatze, buschige weiße Augenbrauen, eine tiefe Narbe im Gesicht –, der hinter einem großen Schreibtisch saß und sich als Colonel Edwards vorstellte. Er wollte gerade wieder mit seiner Geschichte beginnen, als Edwards ihn abwürgte.

»Ich weiß, wer Sie sind. Setzen Sie sich, Sie machen mich nervös.«

Verblüfft ließ Vanuzzi sich auf einen Stuhl fallen.

»Ich bin ein Freund von Howard Swartz. Ich weiß, welchen Ärger Sie ihm vor zehn Jahren in Italien gemacht haben.«

»Sie arbeiten für das CIC?«

»Das geht Sie gar nichts an, Vanuzzi. Sagen wir, es gibt in dieser Botschaft neben dem normalen Personal auch Leute, die sich um Politik kümmern. Ich bin einer davon. Zufällig der Ranghöchste.«

»Sie arbeiten für das CIC!«

Edwards lehnte sich in seinem Stuhl zurück. Eine Ärgermimik lief über sein gezeichnetes Gesicht, dann begann er zu lachen. Erst zaghaft, dann laut und lange. Schließlich sagte er mit asthmatisch belegter Stimme: »Sie kommen hier nicht rein, Vanuzzi. Nicht mal, um von mir verhaftet zu werden. Was ich machen könnte, schließlich sind Sie ein Landesverräter. Doch den Gefallen werde ich Ihnen nicht tun. Schauen Sie zu, wie Sie sich zur Grenze durchschlagen! Sie haben unsere Ausbildung genossen, die wird Ihnen helfen. Oder fragen Sie die Briten – falls es stimmt, was Sie meinem Kollegen erzählt haben, schaffen Ihre neuen Freunde Sie hier raus.«

»Wie gut stehen die Chancen, über die Donau zur britischen Botschaft zu kommen?«

Edwards begann wieder zu lachen. Dann erhoben sich beide.

»Eine Frage, Colonel.« Vanuzzi schilderte seinem Gegenüber die Lage ihrer ungarischen Familien.

Edwards zögerte, dann sagte er: »Da Sie sich trotz Ihres Abgangs einige Verdienste erworben haben und Swartz viel von Ihnen hielt …

in Ordnung, bringen Sie sie her, wir nehmen diese Leute auf. Man ist ja kein Unmensch.«

Vanuzzi wurde aus der Botschaft zum sowjetischen Panzerkordon geleitet. Dort überbrachte er die nur teilweise frohe Neuigkeit. Herr Kálmán schüttelte allen zum Abschied überschwänglich die Hände.

Eckart und seine Gefährten erörterten die neue Situation. Schließlich sagte der ehemalige Kommissar: »Wir sollten uns aufteilen, Dan. In der Gruppe haben wir keine Chance, hier rauszukommen. Außerdem kann man unsere Spuren schwerer nachverfolgen, falls Sarkis Witterung aufnimmt.«

»Jeder allein?«, fragte Ödön. Eckart hätte nicht zu sagen vermocht, ob aus seinen Augen Abenteuerlust sprach oder Angst.

»Vielleicht kann dich Dan mitnehmen …«

»Nein«, sagte der junge Mann mit Stolz in der Stimme, »ich komm durch. Die Leute, die uns den Wagen besorgen wollten, haben angeboten, mich über die Grenze zu bringen. Ich bin klein, ich passe überall rein. Aber nur mich. Ich habe natürlich abgelehnt, aber jetzt …«

»Jetzt solltest du schauen, dass sie noch nicht weg sind, Ödön.« Vanuzzi atmete einmal tief durch, dann sprach er weiter. »Bevor du gehst … vielleicht sollten wir auch das Dossier aufteilen. So kommt wenigstens ein Teil der Namen an den MI6 durch.«

Vanuzzi erklärte die MI6-Zentrale in Wien zu ihrem Treffpunkt. Er schärfte beiden die Adresse ein und dass man auf alle Fälle bis 15. November auf die anderen dort warten würde. Hier und jetzt war das Ende ihrer Mission in Ungarn erreicht, aber noch lange nicht das Ende von Operation Achilles.

Nachdem sie auseinandergegangen waren, blickte sich nur Eckart noch einmal um. Er sah Vanuzzi den Weg Richtung Donau einschlagen. Sah seine gebeugte Haltung und das Bein, das er leicht nachzog. Der Mann hatte heute alles verloren, was für ihn von Bedeutung war. Nichts als das vermaledeite Dossier hatte er, nur ein weiterer Fetisch dieses Kalten Krieges, der jetzt nicht mehr kalt war.

Und doch war seine Haltung seit Darias Tod bemerkenswert. In den letzten Stunden hatte er Eckarts Respekt wiedergewonnen, mehr als je zuvor. Vielleicht hatte Daria recht gehabt: Dieser Vanuzzi war in Wirklichkeit ein ganz anderer.

»Pass auf dich auf, verdammter Sturkopf!«, murmelte Eckart. Dann führten ihn seine schneller werdenden Schritte Richtung Süden zurück.

28

★

Der Sturkopf hatte zwei vage Pläne. Der erste sah vor, über die Donau zur britischen Botschaft zu gelangen, Plan B würde ihn wieder zur amerikanischen zurückführen.

Als er an einer Telefonzelle vorbeikam, sah er, dass sie bis obenhin vollgestopft war mit Maschinenpistolen, Gewehren, Revolvern. Ödön hatte nach der ersten Invasion erzählt, dass Aufständische hin und wieder Schusswaffen für andere potenzielle Kämpfer an leicht zugänglichen öffentlichen Orten zurückgelassen hatten. Die ganze Stadt war ein einziges Arsenal. Er sah sich um, ob er beobachtet würde, dann öffnete er die Tür der Zelle. Er entschied sich für einen US-Colt, prüfte ihn. Er sah aus wie neu, sein Vorbesitzer hatte ihn frisch geölt. Fünf Schuss Munition. Er suchte nach weiteren passenden Patronen, fand keine, verstaute den Revolver im Mantel und ging weiter.

Je näher er der Donau kam, desto kälter wurde es. Es hatte zu regnen begonnen, Rauch, eisiger Nebel und Ruß mischten sich, teilweise konnte er nicht mehr als fünfzig Meter weit sehen, aber das reichte, um zu verstehen, dass es keine Chance gab, über die Brücke zu kommen. Die Kampfhandlungen waren so erbittert, dass sie Stunden, ja, Tage dauern konnten. Die ganze Gegend lag unter Dauerbeschuss sowjetischer Panzer. Patrouillen von Infanteriesoldaten durchstreiften die Straßen. Er musste weiter, Plan B.

Vanuzzi kehrte zurück zur US-Botschaft. Als er vorhin das Gelände verlassen hatte, geleitet vom schwarzen Schnauzer, der mehrmals zurückgehalten wurde von fragenden Journalisten, hatte er gehört, dass ein Autokonvoi britische und amerikanische Staatsbürger nach Österreich bringen sollte; einer der Wagen transportierte angeblich Tote. Planmäßige Abfahrt aus der US-Botschaft war 13.00 Uhr. Wenn es kein bloßes Gerücht war, wenn sich nicht alles längst geändert hatte, wenn er sich ein wenig beeilte … natürlich hatte er noch immer keinen Pass, und freiwillig würden ihn diese Leute auch nicht mitnehmen …

Der sowjetische Panzerkordon um die Botschaft schien weiter verstärkt worden zu sein. Vanuzzi hielt Ausschau nach der Gruppe mit dem ihm bekannten Offizier, setzte ein breites Grinsen auf und begann bereits im Näherkommen zu quasseln. Der Russe rollte mit den Augen, griff nach Vanuzzis Armen und schubste ihn durch die Reihen der Infanteristen hindurch.

Das Gebäude war umstellt von Hunderten von Menschen. Sie buhlten um die Aufmerksamkeit der US-Soldaten, die sich zu ihrer eigenen Sicherheit hinter den Zaun zurückgezogen hatten. Es war kein Durchkommen mehr, zumindest nicht durch den Vordereingang. Aber ein solches Gebäude hatte einen Hinterausgang, irgendwo musste der Konvoi schließlich durch. Vanuzzi teilte die Menge, bis er fand, was er suchte: den gut gesicherten zweiten Eingang. Merkwürdigerweise war außer ihm niemand da.

Er schlug sich seitab ins Buschwerk und beobachtete das Geschehen im Hinterhof, der von sieben oder acht Soldaten geschützt wurde. Busse und Autos mit österreichischen Kennzeichen, dazu ein Wagen, der eine Plakette des ungarischen Außenministeriums trug; ein dreckstarrender M20 Pobeda, daneben standen drei finster dreinblickende Kolosse in schwarzen Ledertrenchcoats und Hüten, die sie aus einem US-Mafiafilm geborgt zu haben schienen. Die Busse waren mittlerweile voll besetzt mit Zivilisten, während zwei Männer mit Tragen zwischen dem Haus und einem dunklen Kombi pendelten. Die Körper auf den Bahren waren bis über den Kopf mit Armeedecken verhüllt.

Der Leichenwagen war das Auto, an das er sich halten musste.

Noch gab es wegen des Sicherheitspersonals keine Möglichkeit, näher heranzukommen; doch der Konvoi konnte nur einen befestigten Weg nehmen und würde am sowjetischen Panzerkordon stoppen müssen, um dort, Fahrzeug für Fahrzeug, durchgelassen zu werden. Wie die Autos jetzt standen, würde der Leichenwagen den Abschluss bilden. Vanuzzi ließ ihn nicht aus dem Blick, bis er sah, dass dessen Fahrer die Heckklappe zuknallen ließ, ohne sie abzuschließen.

Als sich die Kolonne aus dem Hof in Bewegung setzte, versuchte Vanuzzi den idealen Abstand zu finden und hielt sich im toten Winkel des letzten Autos. Dann kam alles zum Stehen. Er blickte sich nach hinten um, nach vorn – alles schaute zu den Sowjetsoldaten hin, die jetzt, in aller Seelenruhe, das erste Auto durchwinkten. Vanuzzi sprintete, noch immer im toten Winkel, auf das Fahrzeug zu, öffnete behutsam die Heckklappe, schlüpfte hinein, schloss sie leise klackend wieder. Gemächlich rollte der Wagen an.

Er sah sich um: Niemand schien ihn bemerkt zu haben. Er legte sich zu den Leichen, sah ramponiert genug aus, um selbst als eine durchzugehen. Dann klaute er seinem Nachbarn die Decke und breitete sie über sich.

Wenige Minuten später wurde der Kofferraum geöffnet, die Rotarmisten schienen einen Blick auf die Leichen werfen zu wollen. Immerhin beabsichtigte niemand, auch die Pässe der Toten zu kontrollieren. Dann wurde die Heckklappe wieder zugeworfen, und sie setzten sich in Bewegung.

Ihr Weg führte nach Westen.

Eckart ging weiter. Er hatte zwei halbherzige Versuche hinter sich, die Donau zu überqueren, um die Stadt über Buda zu verlassen. Doch da ihm sowjetische Patrouillen immer wieder den Weg abschnitten und an den Brücken unvermindert gekämpft wurde, lief er lediglich im Kreis.

Seine Füße schmerzten, und er hatte den Eindruck, keinen Schritt mehr gehen zu können. Er setzte sich einen Moment in einen Hauseingang, der in einem erstaunlich ruhigen Quartier lag.

Nun merkte er, was Darias Tod in ihm angerichtet hatte. Es war alles so beiläufig geschehen, und die Ereignisse danach hatten ihn derart übermannt, dass die Erschütterung erst jetzt Besitz von ihm ergriff. Er dachte an ihr schiefes Lächeln, die etwas zu kleine Nase, das ungebändigte Haar, die grüngrauen Augen. All das war durch den Brand in ihrem Haus zu Kohlenstoff geworden, Kohlenstoff, der in die Luft entwichen war. Das ganze Viertel hatte lichterloh gebrannt. Vielleicht atmete er gerade ein, was sie gewesen war.

Er sah die totale Zerstörung um sich her. Verlor die Hoffnung, aus der Stadt herauszukommen.

Doch wollte er das überhaupt …? Im Gegensatz zu Vanuzzi war er nicht hierhergekommen, um dieses Dossier zu finden. Er wollte nicht gehen, ohne ein letztes Mal mit seinem Sohn gesprochen zu haben. Vielleicht begriff Sarkis jetzt, wohin seine unbedingte Loyalität führte, dass die Sowjets das Land, in dem er studiert, das ihn freundlich aufgenommen hatte, in Schutt und Asche legten. Vielleicht musste es erst so weit kommen, damit er zu denken begann.

War das naiv? Noch am Abend zuvor schien Eckart davon überzeugt, Sarkis aufgeben zu müssen. Sein Sohn hätte ihn gefoltert, getötet, um an das Dossier zu kommen. Doch mit der zweiten Invasion und der brutalen Vernichtung dieser Stadt änderte sich alles, musste sich alles ändern – schließlich war er der Sohn von Aghawni, irgendwie musste sich ihr Einfluss jetzt geltend machen, musste Sarkis begreifen, welchem Herrn er diente …

Eckart wurde aus seinen Gedanken aufgestört, als ein junger Mann, der am Hauseingang vorüberlief, ihn in seiner Nische sitzend entdeckte, haltmachte und ihm etwas zurief.

»Ich spreche kein Ungarisch.«

»Sie missen laufen! Jetzt! Russe kommt!« Der junge Mann hechtete auf ihn zu, zog ihn hoch und mit sich.

Eckart folgte ihm, solange es ging. Als ihm die Straßen wieder bekannt vorkamen, bedankte und verabschiedete er sich. Er war ganz nah am Gebäudetrakt, den Sarkis mit seinen Jungs gehalten hatte.

Vielleicht schlug er diesen Weg nur ein, um Vanuzzi, um Ödön Zeit zu verschaffen. Vielleicht aber auch nicht. In jedem Fall hatte er nichts zu verlieren – doch einen Sohn zu gewinnen. Wenn er Sarkis überzeugen könnte, hätte er alles gewonnen; und wenn nicht …

Ein in der Obersekunda auswendig gelerntes Stück althochdeutscher Literatur fiel ihm unvermittelt ein:

Ik gihorta dat seggen, dat sih urhettun ænon muotin, Hiltibrant enti Hadubrant untar heriun tuem. – Ich hörte, dass sich zwei Krieger, Hildebrand und Hadubrand, zwischen ihren beiden Heeren trafen.

Das vermaledeite germanische Schicksal hatte es gewollt, dass Hildebrand und Hadubrand, Vater und Sohn, die sich lange nicht gesehen hatten, zwei verfeindeten Lehensmännern dienten. Sie mussten gegeneinander kämpfen auf Leben und Tod. Für Hildebrand, den Vater, gab es nur zwei Alternativen, seine Ehre nicht zu verlieren: von der Hand des eigenen Sohnes getötet oder zum Mörder am eigenen Fleisch und Blut zu werden. Eckart hoffte, dass es mehr als tausend Jahre später einen dritten Weg gäbe …

Er pirschte sich vorsichtig an den Haupteingang heran. Das Gebäude war in großen Teilen zerstört, doch nicht mehr umkämpft. Sicherlich hatten die Sowjettruppen die Information bekommen, das Haus zu verschonen, zumindest solange sich ihre fünfte Kolonne darin aufhielt. Er trat vorsichtig ein, und obwohl er keine Waffe bei sich trug, sicherte er zunächst das Hauptgebäude nach allen Regeln polizeilicher Kunst, die sie ihm in Berlin zu Beginn der Zwanzigerjahre beigebracht hatten. Niemand zu sehen. Leer waren die Räume dennoch nicht, vor allem nicht der von Sarkis. Eckart fand in seinem Schreibtisch noch einige persönliche Habseligkeiten und war sich sicher, sein Sohn würde zurückkehren, sobald die Kämpfe abflauten. Wegen des massiven Einsatzes der Sowjettruppen würde das wahrscheinlich schon im Laufe des Tages geschehen.

Er versteckte sich in einem Schrank, falls marodierende Rotarmisten oder Aufständische auftauchten. Wartete. War so erschöpft, dass er binnen weniger Minuten einschlief.

Es war entsetzlich stickig im Kofferraum, aber der Sprengstoffgestank, der sich tief in die Kleidung der Toten gegraben hatte, überdeckte wenigstens den Leichengeruch.

Aus dem Rückfenster konnte er sehen, dass in den Außenbezirken kaum Zivilisten auf den Straßen waren. Die Quartiere waren hier weitgehend von Kampfmaßnahmen verschont geblieben, doch kilometerweit durchstreiften sowjetische Panzer und andere Militärfahrzeuge die westlichen Vorstädte. Es war eine absurd große Armee, die Chruschtschow aufgeboten hatte – aufgeboten, um sich als starker Mann in Moskau aufzuspielen. Es ging wirklich nicht um Ungarn, nie ging es hier um Ungarn. Vanuzzi stellte sich vor, wie der kleine Mann mit Glatze und väterlicher Miene in wenigen Tagen vor das ungarische Volk treten und sagen würde: »Hey, nehmt das nicht persönlich, die Zerstörungen, die Toten, den ganzen Scheiß! Ich selbst hab ja nichts gegen euch, aber meine Buddies im Kreml wollten Blut sehen. Mir blieb gar nichts anderes übrig, als euer Land ein wenig umzupflügen. Nix für ungut, ja?!«

Als sie Budapest nach zahlreichen oberflächlichen Kontrollen der Sowjets endlich hinter sich gelassen hatten, blickte Vanuzzi in die ganze Tristesse dieses Herbsttages. Grau und neblig, Regenschauer klatschten gegen die Scheiben. Sie fuhren halbstundenweise in langsamem Tempo über holprige Pisten, bevor sie den nächsten Checkpoint passierten. Er begann zu dösen, doch sobald das Fahrzeug hielt, war er wieder hellwach und konzentrierte sich auf seine Rolle – die vorsah, nicht zu atmen und mit weit aufgerissenen Augen in den Dachhimmel zu starren, sollte die Decke einmal gelüftet werden.

Die Sonne war schon untergegangen, als sie Győr erreichten. Im Schein der wenigen leuchtenden Laternen sah er die großflächig zerstörte Stadt: Häuserruinen, ausgebrannte Panzer, Reste von Barrikaden, die sie mühevoll umfuhren, Leichen auf den Straßen.

Je näher sie der Grenze kamen, desto mehr Flüchtlingstrecks bemerkte er. Lange Linien von Menschen, die zu Fuß durch den prasselnden Regen unterwegs waren. Menschen mit schweren Säcken über der Schulter, die sich mühsam weiterschleppten; Männer mit Fahrrädern, beladen mit ihren Habseligkeiten; Frauen schoben Kinderwagen, zogen Handkarren, auf denen Mädchen und Jungen inmitten von Gepäckstücken saßen, während die älteren Kinder hinter ihnen herschlurften, müde bis zum Umfallen. Achtlos fuhren sie an ihnen vorbei, verringerten das Tempo nur unmerklich. Wasserfontänen spritzten aus den Pfützen, die Passanten reagierten nicht darauf.

Es war kurz vor der Grenze, der neue Tag längst angebrochen, Montag, der 5. November. Bei einem Halt, der dazu diente, noch einmal dringende Toilettengänge zu erledigen, hörte Vanuzzi, wie sich die amerikanischen Fahrer rauchend unterhielten.

»Ist doch Schwachsinn, können die Idioten nicht auf österreichischer Seite pissen?«

»Ist halt die Frage, wann wir auf österreichischer Seite sind.«

»In einer Dreiviertelstunde.«

Vanuzzi hörte ein meckerndes Lachen.

»Glaubste doch selbst nicht! Die nächste Kontrolle wird scharf, die Russen werden sich sogar die Toten vornehmen.«

Vanuzzi zuckte zusammen.

»Wozu das denn?«

»Wahrscheinlich haben sie Angst, dass wir da hinten Imre Nagy aus dem Land schmuggeln.«

Wieder das meckernde Lachen.

Natürlich!, nur weil die Sowjets bisher lax waren, hieß das nicht, dass sie sie einfach über die Grenze ließen. Vielleicht würden sie jetzt sogar durchzählen, und dann fiele auf, dass da ein Toter zu viel lag.

Als alle wieder in den Fahrzeugen waren und der Leichenwagen langsam anfuhr, öffnete Vanuzzi die Heckklappe und rollte sich in den Straßengraben.

Sobald er keinen Schimmer der Rücklichter mehr sah, stand er auf und klopfte sich Matsch und Staub von seinem Mantel. Er stank erbärmlich, als ob er einen ganzen Tag unter Toten verbracht hätte.

Es hatte aufgehört zu regnen. Niemand war weit und breit zu sehen. Die Grenze konnte nicht in unmittelbarer Nähe sein, sonst würde die Gegend starren vor Rotarmisten. Als er sich auf den Weg machte, kam der Mond zwischen zwei Wolken heraus. In seinem aufscheinenden Licht erkannte Vanuzzi einen Wegweiser, zog seine Karte und versuchte sich zu orientieren. Der Konvoi war offenbar nördlich von der direkten Linie Győr–Sopron abgewichen, vielleicht musste er ein Stück Straße umfahren, das zu zerstört war, um von den Bussen befahren zu werden. Ginge er querfeldein, wären es kaum mehr als zehn Kilometer bis zur Grenze. Unter normalen Umständen kein Problem, doch müde und entkräftet, wie er sich fühlte … Er hatte nichts mehr gegessen seit der Rast mit ihren Flüchtlingsfamilien. Und vor allem musste er schlafen. Eine Stunde wenigstens.

Nach kurzem Suchen fand er ein Häuschen, das auf freiem Feld fernab eines Dorfes stand. Das Dach war teilweise eingestürzt, die Wände starrten vor Ruß. Auch sonst wirkte es, als ob es einen Artillerietreffer abbekommen hätte, sicher nicht erst im Laufe dieses Tages, vielleicht bei der ersten Invasion.

Innen roch es nach Schwefel und Mäusekot, doch ein Raum war hinlänglich trocken und würde ihm für kurze Zeit Schutz und Sicherheit bieten.

Er suchte sich einen Platz in der Ecke, den er oberflächlich säuberte, und schlang den Mantel enger um seinen Körper. Sofort fiel er in tiefen Schlaf.

29

★

Wie Eckart vorhergesehen hatte, bekam er im Laufe des Nachmittags und Abends hin und wieder Besuch von sowjetischen Soldaten, die das Gebäude durchkämmten. Doch taten sie dies so flüchtig, dass er unentdeckt blieb. Dann geschah stundenlang gar nichts. Er war trotz Magenknurren vor Erschöpfung eingeschlafen, wurde wach durch Stimmen, die laut stritten und sich rasch näherten. Er rieb sich das Gesicht, um das letzte bisschen Müdigkeit zu vertreiben. Auch wenn er die Worte nicht verstand, erkannte er doch den Tonfall seines Sohnes. Eckart trat aus dem Schrank heraus, setzte sich auf den Stuhl hinterm Schreibtisch, der das Wüten des jungen Mannes vom vorvorigen Tag einigermaßen überstanden hatte, und wartete, bis das Licht anging.

»Hallo, Sarkis.«

Die beiden Männer fuhren herum, hoben ihre Pistolen in Eckarts Richtung.

»Ich bin unbewaffnet«, sagte der.

Sojus' Gesicht sah rußverschmiert aus. Er hatte verschorfte Verletzungen auf den Wangen, und an der Stirn klaffte eine offene Wunde. Sein blonder Adjutant wirkte nicht weniger ramponiert, Eckart sah, dass er einen blutdurchtränkten Verband an der linken Hand trug.

Sojus senkte die Waffe, steckte sie in seinen Gürtel. Er sprach einige leise Worte, dann kehrte ihm der Adjutant den Rücken und trat aus dem Zimmer.

»Das hätte ich selbst dir nicht zugetraut, hier noch mal aufzutauchen. Ist wohl doch weniger Mut als Wahnsinn.«

»Das sieht nicht gut aus. Soll ich mir deine Stirn mal ansehen?«

Sojus lachte freudlos auf. »Nein, Väterchen. Ich hab's auch ohne deine Hilfe dreiunddreißig Jahre geschafft, zu überleben.«

»Umso ärgerlicher wäre es, an einer dummen Blutvergiftung zu sterben.«

»Das hab ich deinem Freund zu verdanken. Eine Handgranate …? Ich muss schon sagen, ihr Westagenten seid nicht schlecht ausgestattet! Vier Leute tot, Mitja hat drei Finger verloren …«

»Wer ist Mitja? Der Blonde, dein Adjutant?«

»Adjutanten gibt's bei uns nicht mehr.«

»Fällt mir schwer, zu sagen, dass es mir leid tut. Ihr habt eine Frau von hinten erschossen!«

»Ich habe ihnen gesagt, sie sollen auf die Beine zielen. Ich weiß nicht, was da schiefgelaufen ist.«

»Das kann ich dir sagen: Ihr seid ideologisch so verblendet, dass ihr alle, die nicht eure Freunde sind, auch nicht mehr als Menschen respektiert, das ist schiefgelaufen!«

»Das nennt man Krieg. Solltest du eigentlich wissen.«

»Ich war Sanitätsoffizier, nicht Soldat. Und soweit ich weiß, hat niemand Ungarn den Krieg erklärt.«

»Worte klauben, das könnt ihr Westler.«

»Und du? Hast du jetzt offiziell die Seiten gewechselt? Tötest du alle, die dir bis eben noch treu ergeben waren?«

»Ich beende die Konterrevolution. Es ist das, was ich tun muss.«

»Ich glaube nicht, dass du das tun musst. Du bist kein Schlächter!«

»Du hast mich gerade erst kennengelernt. Woher willst du das wissen?«

»Nenn es Intuition. Oder Instinkt.«

Sojus lachte.

»Jetzt oder nie, Sarkis! Falls du mal schnell wegmusst, hast du letztes Mal zu mir gesagt. Komm mit mir, jetzt ist *die* Gelegenheit! Im Flüchtlingstreck werden wir nicht auffallen. Ein Sohn mit seinem gebrechlichen Vater.«

Beider Blicke bohrten sich ineinander.

»Du verstehst es nicht, oder? Ich will nicht in den Westen. Ihr seid Abschaum! Lasst euch knechten und merkt es nicht einmal, ihr küsst euren Ausbeutern die Füße.«

»Seh ich aus wie ein Knecht?! Glaubst du wirklich, dass es diesen *einen* Westen gibt? Dass das mehr ist als Stalins Propaganda?«

»Stalin ist Vergangenheit, genau wie ihr. *Ich* lebe für die Zukunft.«

»Klingt schön, aber was soll das bedeuten? Eine Zukunft in einem Land, das seine Bündnispartner überfällt, zerbombt und abschlachtet. Wenn ihr die Weltherrschaft habt, dann … was dann …?«

»Es ist das Ende der Geschichte von Herren und Knechten, von Ausbeutern und Ausgebeuteten.«

»Oder der Anfang einer Geschichte von privilegierten Parteioberen und nichtprivilegierten Parteimitgliedern. Wo ist da der Fortschritt?«

»Die Partei ist die Vorhut der Geschichte. Kurzzeitig kann es zu Ungerechtigkeiten kommen, aber das ändert sich, wenn die Menschen so weit sind.«

»Wenn die Partei so weit ist, meinst du. Also nie. Warum sollte man seine Privilegien aufgeben?«

»Dein Zynismus ist ermüdend. Und ich hab noch zu tun.«

»Was hast du denn noch zu tun?«

»Beispielsweise dafür zu sorgen, dass Agenten hier keinen Schaden mehr anrichten. Leute wie du.« Sojus zog seine Pistole aus dem Gürtel und zielte auf Eckarts Kopf.

»Ich hab dir schon gesagt, du kannst mich erschießen. Das schreckt mich nicht.«

»Nein?«

»Nein.«

Der junge Mann taxierte seinen Vater. »Wahrscheinlich ist das sogar wahr. Aber wir haben Methoden, die sind schlimmer als der Tod.«

»Die kenne ich zur Genüge. Von der Gestapo. Auch das schreckt mich nicht mehr.«

»Gib mir das Dossier.« Sojus prononcierte jedes einzelne Wort.

Eckart schwieg.

»Glaubst du wirklich, ich wüsste nicht, dass das nur eine Schmierenkomödie war, die ihr meinen Leuten vorgesetzt habt, du und dein Engländer?«

»Na ja, der Major wird dich schon ins Gebet genommen haben bei eurem letzten Treffen. Immerhin hast du es für möglich gehalten, dass er falsch spielt, und die Spur zu uns verloren.«

»Jetzt hab ich sie ja wieder.«

»Es ist zu spät, Sarkis, du wirst es nicht mehr aufhalten können.«

»Ich könnte wetten, ihr habt das Dossier aufgeteilt, damit wenigstens ein Teil durchkommt.«

»Dein Name stand schon in der ersten Kostprobe, die der MI6 bekommen hat. Wenn jemand als Agent verbrannt ist, dann du.«

»Mag sein. Aber ich werde für viele Kameraden zum Lebensretter.«

»Und du glaubst wirklich, dass ich das Dossier bei mir habe? Für wie blöd hältst du uns?«

»Erspar mir die Mühe, dich durchsuchen zu müssen.«

»Bitte, bedien dich!«

Als Sojus zögerte, stand Eckart auf, hob die Arme, schob ein verächtliches: »Na los doch!« hinterher.

Der junge Mann näherte sich vorsichtig, begann seinen Vater zögerlich abzutasten.

»So wird das nichts!«, sagte Eckart, schnappte nach Sojus' linkem Arm und zog ihn ganz nah an sich heran. »Du musst schon auf Tuchfühlung gehen!«

Sojus war irritiert, suchte sich zu befreien, während Eckart seinen Arm in einem eisernen Griff hielt. Plötzlich entstand ein Handgemenge, und sie begannen miteinander zu ringen. Es hätte das Kräftemessen von Vater und Sohn sein können, einem wesentlich jüngeren Vater, einem wesentlich jüngeren Sohn, das Balgen während eines Picknicks ... Sonntagnachmittag im städtischen Park, der Junge hätte einen Hähnchenschenkel, vom Teller des Vaters geklaut, wäre triumphierend so lange um diesen herumgesprungen, bis der sich auf das Spiel eingelassen, mit schneller Bewegung aufgesprungen und den Kleinen in den Schwitzkasten genommen hätte. Eben das, was Eckart nie erlebt hatte, und doch fühlte es sich für einen kurzen Moment gerade so an ... dann war die Pistole plötzlich in seiner Hand, er hätte selbst nicht zu sagen vermocht, wie es hatte geschehen können. Obwohl sie nicht einmal entsichert war, trat Sojus zwei Schritte zurück und hob die Arme.

»Sarkis, ich kann dich nicht zwingen, mitzukommen, aber –«

Weiter kam Eckart nicht. Im nächsten Augenblick spürte er einen ziehenden Schmerz in der Lunge. Erst dann nahm er das Mündungsfeuer wahr und hörte den Knall. Die Pistole entfiel seiner Hand. Er sank in die Knie, sah an sich herab, sah, wie sich Blut auf seiner Brust ausbreitete. Mitja stand noch immer mit gezogener Waffe da und zielte auf ihn. Sojus schrie seinen Adjutanten an. Aus dem ziehenden wurde ein brennender Schmerz. Eckart kippte langsam nach vorn, fiel aufs Gesicht.

»Tatsächlich, eine Alternative, Hadubrand ...«, murmelte er.

Sarkis hatte sich neben ihn gekniet. »Was? Ich versteh dich nicht. Sag mir, wo dein Engländer ist. Wo ist das Dossier?«

Eckarts Mund gehorchte ihm nicht mehr. Er hörte sich selbst brabbeln.

»Sprich lauter, lauter!«

Es war nicht sein Leben, das noch einmal an ihm vorüberzog. Es waren die Straßen von Würzburg, die er unvermittelt vor sich, unter sich sah. Die Domstraße, wieder völlig intakt, die Kirche selbst mit den alten Türmen, die er nur von Bildern kannte. Und jetzt, wenn er sich nur etwas Mühe gab, konnte er sogar den Boden unter seinen Füßen spüren. Er ging, tatsächlich, er ging. Langsam zwar und wacklig, doch er ging. Ging stetig, den Dom im Rücken, auf den Fluss zu. Aus den Seitenstraßen, die er passierte, kamen Menschen, immer mehr Menschen, die sich ihm anschlossen. Fremde, Bekannte, Menschen, die am Leben, und Menschen, die längst tot waren. Menschen mit Tierköpfen und Menschen mit Tierleibern, sie alle hielten mit ihm auf den Main zu. Als er einen Moment später seine Beine nicht mehr spürte, hoben sie ihn an und trugen ihn dem Ufer entgegen.

Kurz bevor Eckart starb, kehrte noch einmal so etwas wie Bewusstsein zurück. Er sagte: »Ein Eis, ein riesengroßes braunes Schokoladeneis.«

Dann tauchte er ein in die Fluten, zusammen mit allen, die ihn geleiteten.

30

★

Vanuzzi sah die Tür aufgehen, Daria trat ein. Sie hatte eine Militärjacke übergeworfen. Ihr schiefes Lächeln fand eine neue Symmetrie. Mit heiser klingender Stimme sagte sie: »Du glaubst doch wohl nicht, dass du mich schon los bist, Dan. Jetzt fängt alles erst richtig an ...«

Er schreckte hoch. Es hatte wieder zu regnen begonnen, Wind peitschte gegen die wenigen Fenster, die nicht zerbrochen waren. Er hatte viel länger geschlafen als geplant. Es war noch immer finstere Nacht, aber doch schon fast halb vier, wie ihm seine Uhr verriet. Er musste sich beeilen!

Sein Magenknurren hielt er zunächst für ein Geräusch von draußen, so laut war es. Er sollte etwas Essbares auftreiben, sonst würde er nicht durchhalten. Er sah sich noch einmal im Haus um. Eine Kammer hatte er übersehen, bevor er eingeschlafen war. Die Dachbalken hingen von der Decke. Den Raum zu betreten war nicht ganz einfach. In einem Schrank entdeckte er zerbrochene Gläser mit eingemachtem Obst und Gemüse. Im obersten Winkel war noch eines intakt, und als er es herauszog, fand er dahinter zwei Ringe Paprikasalami. Zwar waren sie von Mäusen angebissen, aber wenn er die betroffenen Stücke abschnitt, würde es für zwei Mahlzeiten reichen. Er machte sich über die eingemachten Aprikosen und die Wurst her, aß rasch und gierig, war viel schneller satt, als er es für möglich gehalten hatte. Er packte die zweite Salami in den Mantel und zog los.

Nach einer halben Stunde stieß er auf einen Flüchtlingstreck. Zunächst ging er auf Tauchstation, weil er sie für versprengte Sowjetsoldaten hielt, und ließ einen Großteil der Menschen an sich vorübergehen. Dann beschloss er, sich ihnen anzuschließen. In der Menge aufzugehen war immer noch die beste Tarnung.

Er sah, wie sich durch das Gewimmel der Menschen vor ihm ein kleiner, schmutziger Junge von elf oder zwölf Jahren seinen Weg in die entgegengesetzte Richtung bahnte. Er streckte seine rechte Hand vor, sprach die Menschen an. Die schüttelten den Kopf, gingen schweigend weiter, manche schlugen halbherzig nach ihm. Schließlich kam auch Vanuzzi an die Reihe.

»Ich versteh dich nicht, Kleiner«, sagte er.

Der Junge wiederholte seine Frage in gebrochenem Deutsch. Sie blieben am Rande des Trecks stehen, sahen einander in die Augen. Müde von den Strapazen, frierend, mit vom Dauerregen klammen, durchfeuchteten Klamotten, der eine hungrig, der andere nicht mehr. Vanuzzi zog die Salami aus der Manteltasche und hielt sie dem Jungen entgegen. Dessen Augen liefen gleichsam über, und noch bevor er sich bedanken konnte, war Vanuzzi weitergegangen.

Eine weitere Viertelstunde später nahm er in seinem Augenwinkel einen Schatten wahr. Es war der Junge. Offenbar kam er, um sich zu bedanken.

»Bist du allein? Wo sind deine Eltern?«

»Keine Eltern. Waisenhaus. Chef sagen heute: Ihr gehen Österreich. Wir gehen.«

»Porca Madonna! Wie lange gehst du schon?«

»Heute Morgen.«

»Kommst du von hier? Kennst du dich aus?«

Der Kleine schüttelte den Kopf. Vanuzzi seufzte.

»Wär ja auch zu schön gewesen!«

»Name.«

»Mein Name? Dan. Und wie heißt du?«

»Rezső.«

»Okay. Irgendeine Ahnung, was das da vorn für Lichter sind, Rezső?«

»Nix verstehen.«

Vanuzzi zeigte in die Ferne, in der einzelne Feuer zu erkennen waren.

»Ah«, sagte Rezső, »Leute sagen: Österreich machen Feuer. Zeigen Grenze.«

»Sehr aufmerksam von Österreich«, murmelte Vanuzzi.

Je näher sie der Grenze kamen, desto mehr Flüchtlinge schwärmten aus, manche aufs offene Feld, andere in die kleinen Waldgebiete. Keine besonders gute Idee angesichts der Minenfelder und des Stacheldrahts, dachte Vanuzzi. Aber einfach auf dieser Straße weiterzumarschieren würde ihn auch nur den Commies in die Arme treiben.

Sie kamen an einem kleinen Trupp Männer vorbei, die neben der Straße zu lagern schienen. Hörten sie lachen. Die anderen Flüchtlinge schienen sie zu ignorieren. Als Vanuzzi Anstalten machte, sich ihnen zu nähern, versuchte Rezső ihn zurückzuziehen und sprach wild auf ihn ein.

»Ich versteh kein Wort, Junge. Was sind das für Männer?«

»Schlechte Leute. Lachen über uns. Stehlen. Bringen Sachen Österreich.«

Schmuggler …? Ein Geschenk des Himmels! Trotz des Widerstands des Jungen näherte sich Vanuzzi der Gruppe und sprach sie an. Einer mit pockennarbigem Gesicht, etwa in seinem Alter, stand auf, schien Ärger zu wittern, taxierte ihn. Die Kommunikation verlief ausgesprochen schleppend, keiner der Männer sprach Deutsch, wenigstens behaupteten sie das. Auf Vanuzzis dringende Bitte dolmetschte Rezső. Offenbar waren es tatsächlich Schmuggler, aber die Bereitschaft, mit ihm zu reden, hielt sich in Grenzen. Als er ihnen fünfzig Dollar bot, lief zwar kurz ein Grinsen über das Gesicht des Anführers, aber im nächsten Moment pfiff er durch die Zähne, seine Leute erhoben sich, und er kehrte ihm den Rücken, um einfach mit dem Geld davonzutrotten. Als Vanuzzi ihn an der Schulter packte und umdrehte, sah er ein Messer in der Hand seines Gegenübers aufblitzen. Kurz entschlossen trat Vanuzzi ihm zwischen die Beine, der Kerl krümmte sich, ging zu Boden. Als die anderen sich für den Kampf bereit machten, griff Vanuzzi nach seinem Revolver und spannte ostentativ den Hahn. Alle schreckten zusammen, auch Rezső.

Wenige Minuten später reihten sich Vanuzzi und der ungarische Junge wieder in den Flüchtlingsstrom Richtung Grenze ein.

Er hatte erfahren, worauf es ankam. Zwar war er dabei noch einige Dollar mehr losgeworden, doch die Schmuggler waren durch die Mischung aus Gewalt und Geld hinlänglich gesprächig gewesen.

Sie hatten erzählt, dass die Kontrollen bei Weitem nicht so intensiv seien, wie behauptet wurde. Weder die Ungarn noch die Sowjets interessierten sich im Moment für Leute, die aus dem Land wollten. Österreich habe beschlossen, die Grenze offen zu halten, sodass alle Flüchtenden, mit oder ohne Papiere, ohne jede Formalität aufgenommen würden. Trotzdem empfahlen sie, nicht den Grenzübergang vor ihnen zu nehmen, denn der sei verstopft, sondern den Weg, den auch sie bei ihren nächtlichen Aktionen nutzten. Sie schärften ihm ein, keinesfalls davon abzuweichen, da es überall Minenfelder gebe.

Rezső wich nicht von seiner Seite, obwohl Vanuzzi ihm begreiflich zu machen versuchte, dass er einen sehr unbequemen Weg gewählt habe.

Als sie sich seitab schlugen, war ein wildes Rauschen, die Sprache des grauen Windes, alles, was Vanuzzi hörte. Sein Schutzbefohlener hatte nach seiner Hand gegriffen. Es war noch immer Nacht, während sie durch ein Wäldchen schlichen, immer auf die Leuchtfeuer zu, die vor ihnen in der Dunkelheit brannten. Als sie die Bäume hinter sich gelassen hatten, jagten sie noch einige Hundert Meter durch offenes Feld, bis sie an einer ramponierten, schmalen Holzbrücke über einen Kanal ankamen. Von Grenzsoldaten oder Sowjets keine Spur, auch ansonsten war niemand hier. Sie kletterten die unförmigen Stufen empor, und Vanuzzi riet dem Jungen, auf seinen Tritt aufzupassen, da die Bohlen glitschig und morsch waren. Kurz bevor sie die andere Landseite erreicht hatten, erinnerte er sich an den Colt und warf ihn ins Wasser. Am anderen Ufer angekommen, ließen sie sich ins nasse Gras fallen. Er spürte feinen Regen im Gesicht, atmete tief durch. Er hatte ein starkes Verlangen nach einer Zigarette. Und nach Darias Hand auf seinem Gesicht.

Kurze Zeit später wurden sie von österreichischen Grenzern in Empfang genommen. Sie tasteten Vanuzzi ab, offenbar wollten sie sichergehen, dass keine Waffen ins Land geschmuggelt wurden. Nachdem sie nichts von Interesse gefunden hatten, schickten sie die beiden weiter zu einem Bus, in dem sie mit Kaffee und Brötchen versorgt wurden. Bei Morgengrauen sollten sie zu einem improvisierten Flüchtlingslager gebracht werden. Sie warteten. Rezső war an Vanuzzis Schulter eingeschlafen. Er roch nach Bärlauch und Kinderschweiß, zuckte hin und wieder in seinen Träumen.

Als auch der letzte Platz im Bus besetzt war, ging es endlich weiter.

Im Rotkreuz-Lager hatte man Familienzelte und Feldküchen aufgebaut. Busse und Polizeiautos parkten chaotisch und nahmen einander den Platz weg, sodass sie kaum rangieren konnten. Es war ein wildes Gewimmel, und doch merkwürdig leise, wenn man bedachte, was die meisten Menschen hinter sich hatten.

Sie hatten gegessen und getrunken und waren auf der Suche nach einem Schlafplatz, als Vanuzzi vor sich plötzlich einen feuerroten, streichholzkurzen Haarschopf sah. Er fasste ihn von hinten an der Schulter. Der Moment des Wiedererkennens dauerte lange, länger jedenfalls als bei anderen Menschen, dafür fiel er umso leidenschaftlicher aus.

»Meister!«, schrie Ödön und holte Vanuzzi mit seiner Umarmung beinahe von den Beinen. Der Italoamerikaner brauchte einen Moment, dann erwiderte er den Griff.

»Diese verdammten Russkis kriegen uns nicht klein!«

»Nein, Ödön, sie kriegen uns nicht klein.«

Der junge Mann löste seine Arme, schnüffelte sichtlich irritiert. »Du riechst komisch, Meister. – Und wer ist das?«

Rezső hatte die Szene mit großen Augen verfolgt. Vanuzzi stellte sie einander vor, bat ihn, sich um den Jungen zu kümmern, der sie vielleicht nach Wien begleiten würde.

»Ein Kind? Muss das sein, Meister?«

»Muss! – Eckart schon gesehen?«

»Nein.«

»Wir halten weiter Ausschau nach ihm. – Was ist mit dem Päckchen?«

Ödön grinste Vanuzzi an, machte ihm Zeichen, ihn zu einer Latrine zu begleiten. »Ich muss mir die Hose ausziehen, sonst komme ich nicht ran …«

Kurz darauf hielt Vanuzzi das Dossier wieder in Händen. Das verfluchte Ding, das so viele Menschenleben gekostet hatte – und noch viel mehr kosten würde. Nach kurzer Diskussion hatten sie tags zuvor beschlossen, es Ödön vollständig mitzugeben. Trotz der Gefahr, dass Sojus ihn für einen Verräter hielte und kurzen Prozess machte – wäre er ihm in Budapest wiederbegegnet –, war es doch am wahrscheinlichsten, dass es der junge Mann war, der mit den Papieren unbehelligt durch die feindlichen Linien käme.

»Gut gemacht, Ödön! Und jetzt weiter: Ihr zwei haltet Ausschau nach einem Schlafplatz für uns, ich versuche rauszukriegen, wie wir so schnell wie möglich nach Wien kommen. Sei vorsichtig! Der KGB wird Agenten unter die Emigranten geschleust haben.«

»Warum sollte er das tun, Meister?«

»Weil sie ihnen hier mehr helfen als in Ungarn. Um die Gegenwehr der Aufständischen zu brechen, braucht man in den nächsten Wochen Soldaten. Geheimdienstleute müssen sich ab sofort um alle kümmern, die von Österreich aus den Widerstand und die Fluchthilfe organisieren.«

»Verstehe. Und ich bin leider sehr auffällig mit meinen roten Haaren. – Ich werde aufpassen, und der Zwerg hier auch.«

Vanuzzi kehrte ihnen den Rücken. Umgehend war er eingetaucht ins Gewimmel einer Gruppe männlicher Flüchtlinge. Ödön erkannte ihn nur noch daran, dass er sie deutlich überragte.

»Also los, suchen wir drei schöne Plätze für uns.«

»Darf ich wirklich mitkommen?«

»Wenn's nach mir ginge … aber der Meister hat Ja gesagt, also kommst du mit.«

Rezsős Gesicht leuchtete auf. Sie setzten sich in Bewegung.

»Warum nennst du ihn Meister?«

»Weil er mein Meister *ist*, darum.« Ödöns Blick wanderte in Richtung des von ihnen aus nächstliegenden Zeltes. »Probieren wir's hier.«

Im ersten Moment erkannte er die Züge des Mannes nicht, der gerade aus dem Zelteingang kam und geschäftig an ihm vorüberging. Dann blieb Ödön wie vom Blitz gerührt stehen.

Ein gut aussehender junger Mann, hoch aufgeschossen, etwas schlaksig, orientalische Augen, dunkel-bronzener Teint mit Fünftagebart.

Sojus hielt auf die Gruppe von Männern zu, in der Vanuzzi verschwunden war.

Epilog

Sojus und Mitja hatten die Leiche von Andreas Eckart auf die Straße geschafft. Sie wurde in einem anonymen Massengrab bestattet, zusammen mit siebzig gefallenen Aufständischen. Es ist ein Feld außerhalb der Stadt, von tiefen Kuhlen durchzogen, begrenzt von vertrockneten Sträuchern, kniehohem Wacholder und einer Fertigbetonmauer. Ein Kreuz aus zwei rostigen Rohren kennzeichnet die Stelle als Grabstätte.

János Kádár wurde der neue starke Mann von Moskaus Gnaden. Auf ihn konnten sich Reformer und Falken im Kreml einigen. Die Liberalen waren für ihn, weil er von Rákosi ins Gefängnis geschickt und beinahe umgebracht worden war. Die Hardliner, weil er von Rákosi ins Gefängnis geschickt und beinahe umgebracht worden war. Den einen imponierte die vermeintlich aufrechte Haltung, den anderen seine Widerstandskraft. Er war gut darin, einer Sache jeweils nur so viel Energie entgegenzusetzen, dass er unbeschadet wieder aus ihr herauskam. Die schlimmsten Befürchtungen der Sowjets, dass aus Ungarn ein zweites Jugoslawien würde, das aus dem Warschauer Pakt ausscherte, erfüllten sich unter Kádár jedenfalls nicht. Chruschtschow war ein wohlbeleibter Mann mit kahlem Kopf, der nachts gut schlief.
    Zumindest eine Zeit lang.

Die Kämpfe forderten Tausende Tote, mehr als zweihunderttausend Menschen flüchteten aus Ungarn. Wie viele Verhaftungen und Verhöre in den nächsten Wochen und Monaten durch Spezialkräfte des KGB vorgenommen wurden, hat niemand gezählt. Ab Dezember 1956 übernahm wieder die ungarische Staatssicherheit. Auch wenn sie sich fortan anders nannte, galten ihre Einheiten, die sich aus ehemaligen ÁVH-Leuten zusammensetzte, als besonders sadistisch. Die Fäuste wie die Schlagstöcke saßen locker.

Für die Angehörigen von Arbeiter- und Revolutionsräten wurde das Standrecht verkündet, wobei es für die Staatssicherheit ausreichte, eine Waffe zu besitzen, um als Revolutionär zu gelten. In den kommenden fünf Jahren wurden mehr als vierhundert Menschen hingerichtet, die meisten jünger als fünfunddreißig. Lebenslange Gefängnisstrafen wurden über Nacht in Todesurteile verwandelt. Auf Drängen der Stasi eröffnete man auch wieder die Internierungslager für politische Gefangene. Die Vergeltung der Sieger schien keine Grenzen zu kennen.

Imre Nagy hatte sich mit einigen treuen Gefolgsleuten nach Rumänien geflüchtet, lebte dort in einem Schwebezustand zwischen Asyl und Haft. Im April 1957 lieferte man ihn schließlich an Ungarn aus, und er wurde nach Budapest gebracht, wo ihm ein politisch motivierter Geheimprozess gemacht wurde. Moskau versuchte, ihm und seinen Mitangeklagten alles in die Schuhe zu schieben, was zwischen Oktober und November 1956 geschehen war. Am 16. Juni 1958 wurde er mit dem Strang hingerichtet und im Gefängnishof verscharrt. János Kádár hatte seinen Einfluss geltend gemacht und die Hinrichtung besonders eifrig betrieben. Bis zum Schluss war die blanke Existenz seines ehemaligen Weggefährten Imre Nagy der Stachel in seinem Fleisch, ein Beweis für die fehlende Legitimation seines Regimes.

Kaum jemand sprach in den Jahrzehnten nach dem Aufstand darüber. Kaum jemand hatte noch etwas zu erzählen. Ungarn war ein Beinhaus geworden, doch die Menschen sagten: Vergiss, was geschehen ist!
Du kannst es nicht? Weil du im Gefängnis warst?
Oh …
Wie war das Essen dort? Und wie hast du das ausgehalten, so ganz ohne Frau? Ich glaube, ich könnte das nicht …

István Örkeny, der ungarische Dichter, hatte offenbar recht: Die letzte Waffe der Besiegten ist das Schweigen.

Nachwort des Verfassers

Die durcheinandergeschüttelten Biografien meiner eigenen Familie, vor allem die meiner Mutter, waren Produkte des Ungarischen Volksaufstands. Die von Kindheit auf vertrauten Geschichten, samt und sonders handelnd von den revolutionären Aktionen mir mehr oder weniger bekannter Großtanten und -onkel während der nervösen Oktobertage 1956, von der Flucht über Österreich nach Deutschland, haben mein frühes narratives Gedächtnis geprägt wie kaum ein anderes Ereignis. So lag es mir besonders am Herzen, das Thema dieser Katastrophe in einem Roman zu verarbeiten, der die historischen und mentalitätsgeschichtlichen Hintergründe der autoritären Verhältnisse im heutigen Ungarn, aber auch im Putin'schen Russland beleuchten sollte.

Die Entwicklungen, die in Ungarn unter dem Rechtspopulisten Viktor Orbán stattgefunden haben, hin zu einer »Demokratur«, einer Demokratie mit autokratischen Zügen – in gezielter Übernahme von Medienhäusern durch persönliche Freunde und Parteigänger des Ministerpräsidenten, in der Beschneidung von Verfassungsorganen und bürgerlichen Freiheitsrechten –: Sie sind nur zu verstehen vor dem Hintergrund des großen nationalen Traumas, der in den letzten drei Jahrzehnten gebetsmühlenartig wiederholten Erzählung, wie »der Westen«, wie Europa Ungarn 1956 im Stich gelassen, verraten, ja, verkauft habe. »Erst hetzt ihr uns auf, dann helft ihr uns nicht. Das war schon damals so, warum sollte es heute anders sein?!«, war einer der am häufigsten wiederholten Sätze, die ich 2004 hörte, als ich Ungarn während seiner Beitrittsfeierlichkeiten zur Europäischen Union besuchte und im Rahmen eines Forschungsprojekts eine große Zahl an Interviews im Land führte, um zu erfahren, was man sich vom EU-Beitritt erhoffte. Was man erwartete, war insbesondere bei der mittleren und älteren Generation erschreckend wenig, weil man »die Europäer« eben schon längst zu kennen glaubte.

Wenn man sich die Art und Weise vor Augen hält, wie der Westen auf diese Revolution reagierte – mindestens überrascht nämlich, wenn nicht überrumpelt, bisweilen sogar verärgert, weil man sich lieber anderen tagespolitischen Themen wie der Suezkrise gewidmet hätte –; wenn man sich also, so müsste man korrekter sagen, die Art und Weise vor Augen hält, wie der Westen *nicht* reagierte, ist die Verbitterung bis zu einem gewissen Grad verständlich, die viele Ungarn diesem Europa – einem Europa, das in der Europäischen Union seine immer noch stärkste ideologische Selbstdefinition findet – auch heute entgegenbringen.

Die mit dem Aufstand verbundenen und enttäuschten Hoffnungen Ostmitteleuropas, insbesondere, was die fehlende Hilfestellung seitens der USA, Großbritanniens und Frankreichs angeht, sind aber nur *ein* wichtiger und in die Gegenwart hineinwirkender Aspekt dieser gescheiterten Revolution. Zugleich bildete das Vorgehen von »Operation Wirbelsturm«, wie die Sowjets ihre Novemberoffensive nannten, die Blaupause für den Fall, dass in sowjetischen Satellitenstaaten wieder ein Aufstand drohte – so zum Beispiel 1968 in Prag. Noch heute prägt die Idee, dass sich große Politik hauptsächlich in militärischer Stärke und im Härtezeigen auszeichnet, einen nicht unwichtigen Teil der russischen Staatsphilosophie, besonders, was den Umgang mit vermeintlichen oder wirklichen Trabantenstaaten betrifft (auch wenn diese heute nicht mehr Ungarn oder Polen heißen, sondern Ukraine oder Belarus).

Die Rolle der Agents provocateurs, welche die Lage in den Straßen von Budapest anheizen sollten, um eine rasche sowjetische Invasion zu provozieren, ist eine der bis heute ungeklärten Fragen, wenn es um den Ungarischen Volksaufstand geht. Andere drehen sich darum, ob es sich in erster Linie um eine reformsozialistische oder eine nationalistische Erhebung gegen den noch immer herrschenden Betonkommunismus Stalin'scher Prägung handelte. Der Kampf um die Deutungshoheit dieser Revolution wird in Ungarn von Rechten,

Liberalen und Linken heutzutage erbittert und leider nur selten auf der Höhe des wissenschaftlich Aufspürbaren geführt.

Ich würde mir für das Land wünschen, dass es den nationalistischen Ultras nicht gelingt, diesen Aufstand endgültig für sich zu reklamieren.

Glossar

36 Strategeme: Eine Sammlung von Kriegslisten, die dem chinesischen General Tan Daoji (5. Jahrhundert nach unserer Zeitrechnung) zugeschrieben wird.

ÁVH: Államvédelmi Hatóság, eine nach sowjetischem Muster geformte politische Polizei in Ungarn (1948–57), deren Ziel der Schutz des Systems durch Verfolgung von Regimegegnern war.

Chiang-Kai-shek-Armee: Armee des nationalistischen Generals Chiang Kai-shek, des Staatsgründers von Taiwan.

Counter Intelligence Corps (CIC): Heeresnachrichtendienst der USA. Sein Nachfolger ist seit 1961 die DIA (Defense Intelligence Agency) als Dachorganisation der Nachrichtendienste von Army, Navy, Air Force und Marine Corps.

Corps diplomatique: Diplomatisches Korps des Auswärtigen Amtes.

Flashback: Das Wiedererleben früherer Gefühlszustände, besonders nach Drogen- oder Medikamentenabusus.

Jab: Eine mit der Führhand geschlagene Gerade im Boxen.

Jamais-vu: Gegenteil des Déjà-vu. Ein psychologisches Phänomen, währenddessen eine Person, ein Erlebnis oder ein Ort, die nachweislich bekannt sind, als fremd oder neu empfunden werden.

KGB: Komitee für Staatssicherheit, der sowjetische In- und Auslandsgeheimdienst (1954–91), Nachfolger des NKWD (politische Geheimpolizei). Seine Hauptaufgaben bestanden in der Auslandsspionage, der Gegenspionage und der Kontrolle von Regimegegnern in der Sowjetunion.

Maccabi: 1906 in Jaffa gegründeter Fußballverein der national-religiösen Maccabi-Bewegung, in Tel Aviv beheimatet.

MI6: Der britische Auslandsgeheimdienst (auch: Secret Intelligence Service). Der Name steht für »Military Intelligence, Section 6«.

Moskwitsch: Sowjetische Automarke.

Mossad: Der israelische Auslandsgeheimdienst. Der Name steht für: Institut für Aufklärung und besondere Aufgaben.

Operation Nemesis: Ein armenisches Sonderkommando der 1920er-Jahre, das die Verantwortlichen für den Völkermord an den Armeniern im Osmanischen Reich (1915–18) töten sollte, die juristisch nie zur Rechenschaft gezogen wurden.

Pobeda: Sowjetische Automarke.

Roter Hering: Ein durch Räuchern und Pökeln rot gewordener Hering – sprichwörtlich für ein Ablenkungsmanöver. Ursprünglich wurden solche Heringe bei der Fuchsjagd verwendet, um Hunde von der eigentlichen Spur abzulenken.

Schai: Kurzform für »Scherut Jediot«, eine 1940 ins Leben gerufene, geheimdienstliche Eliteeinheit der zionistischen Militärorganisation Hagana. Vorgänger des Mossad, vor allem aktiv in Palästina vor Gründung des Staates Israel.

Toter Briefkasten: Ein Übergabeort, der nur Absender und Empfänger bekannt und dadurch geschützt ist. Er wird hauptsächlich verwendet von Personen, die nicht offen oder postalisch miteinander in Kontakt treten können, beispielsweise von Mitarbeitern der Nachrichtendienste.

ZK: Zentralkomitee der Kommunistischen Partei, eines der obersten Entscheidungsgremien in kommunistischen Staaten.

Personen:

Nikita Chruschtschow: Nach Stalins Tod 1953 gewann er das interne Machtgerangel um dessen Nachfolge. Er wurde zum Parteichef der KPdSU (Kommunistische Partei der Sowjetunion) ernannt, von 1958 bis 1964 war er als Ministerpräsident auch offiziell Regierungschef der UdSSR.

Ernő Gerő: Vermutlich die Nummer 1 der sowjetischen Geheimpolizei NKWD in Ungarn. Als Stellvertreter Parteivorsitzender der Ungarischen Kommunistischen Partei war er in das Machtgerangel zwischen dem Stalinisten Rákosi und dem Reformer Nagy involviert. Im Aufstand fuhr er einen harten Kurs gegen die Demonstrierenden.

David Ben Gurion: Mitbegründer und erster Ministerpräsident des Staates Israel.

Isser Harel: Chef des israelischen Nachrichtendienstes Mossad 1952–63.

András Hegedüs: Ungarischer Ministerpräsident 1955–56, also zwischen den beiden Phasen, in denen Imre Nagy an der Regierung war. Ein stalinistisch orientierter Parteisoldat, der sich Ende Oktober 1956 sicherheitshalber in die Sowjetunion absetzte.

János Kádár: Hauptsächlicher Nutznießer des niedergeschlagenen Volksaufstands in Ungarn. Von 1956 bis 1988 war er Generalsekretär der Ungarischen Sozialistischen Arbeiterpartei, zudem immer wieder auch Ministerpräsident. Die Zeit zwischen 1956 bis zu seiner Entmachtung wurde als »Ära Kádár« bezeichnet.

Ferenc Münnich: 1956 eigentlich Mitglied der Regierung von Nagy, wechselte er in den ersten

Novembertagen die Seiten und floh mit János Kádár in die UdSSR. Der machte ihn nach Nie-
derschlagung des Aufstands zum Innenminister seines Regimes, später zum Ministerpräsidenten.

Imre Nagy: Ungarischer Reformkommunist, der zwischen 1954 und 1956 mehrmals Ministerpräsident war. Auf ihm ruhten die Hoffnungen vieler Ungarn – sowie teilweise auch des Westens –,
dass von seinen Reformen eine Liberalisierung des Landes ausgehen würde. Nach der Niederschla-
gung des Aufstands wurde er in einem Geheimprozess zum Tod verurteilt und hingerichtet.

Mátyás Rákosi: Von 1949 bis 1956 de facto ungarischer Diktator, der mit staatsterroristischen
Mitteln regierte. Ein treuer Gefolgsmann Stalins, geriet nach dessen Tod allmählich ins Abseits.
Doch auch, nachdem Rákosi 1956 nach Moskau geflohen war, hielt er weiterhin die Fäden der
ungarischen Politik in seiner Hand.

Iwan Serow: KGB-General, zwischen 1954 und 1958 Chef des sowjetischen Geheimdienstes.

Talât Pascha: Innenminister und Großwesir des Osmanischen Reichs 1911–17, einer der Haupt-
verantwortlichen für den Völkermord an den Armeniern. Von Operation Nemesis 1921 in
Berlin getötet (s. Martin von Arndt, *Tage der Nemesis*).

*Material für dieses Glossar ist der Encyclopedia Britannica, der deutschen und englischen Wikipedia
sowie dem Buch »Der Ungarnaufstand 1956« von Paul Lendvai entnommen.*

Zitate:

Einen Backstein werfen, um Jade zu erlangen: 17. Stratagem von General Tan Daoji

Ik gihorta dat seggen (usw.): Althochdeutsches Hildebrandslied, anonym, 9. Jahrhundert

Sein Blick ist vom Vorübergehn der Stäbe so müd geworden, dass er nichts mehr hält (usw.): Rainer
Maria Rilke, aus seinem Gedicht »Der Panther«

Übersetzungen:

A little privacy, for God's sake! (englisch): Ein bisschen Privatsphäre, Herrgott!

And a kiss is just a kiss (englisch): Ein Kuss ist nur ein Kuss – Zitat aus dem Film *Casablanca*

An orange a day (englisch): Jeden Tag eine Orange – Abwandlung des englischen Sprichworts:

An apple a day keeps the doctor away: Jeden Tag einen Apfel essen hält den Doktor fern.

Dzień dobry (polnisch): Guten Tag

Egészségedre (ungarisch): Zum Wohl!

Fish out of water (englisch): Wörtlich: Fisch an Land, im Sinne von: völlig deplatziert

Keeping a low profile (englisch): Zurückhaltung üben

Köszönöm szépen (ungarisch): Vielen Dank!

Mazel tov (hebräisch): Viel Glück!

No dobrze (polnisch): Na gut

No harm intended (englisch): Nichts für ungut!

Porca Madonna! (italienisch): Im Sinne von: Heilige Scheiße!

Really? Come on, Doc! (englisch): Im Sinne von: Ernsthaft? Das glauben Sie doch selbst nicht, Doc!

Smotrite, wot on! (russisch): Das ist er!

Stoj! (russisch): Stehenbleiben!

That's my man! (englisch): Das ist mein Mann, im Sinne von: der Richtige

Zur Aussprache der ungarischen Namen:

›S‹ entspricht dem deutschen ›Sch‹ (Rákosi = Raakoschi)

›Sz‹ ist deutsch ›S‹ (Köszönöm = Kösönöm)

›Zs‹ ist ein stimmhaftes ›Sch‹ (wie französisch: Jour)

›C‹ ist, auch im Wortauslaut, ein deutsches ›Z‹ (Ferenc = Färänz)

›Gy‹ in etwa ›Dj‹ (wie in Madjare)

›Ly‹ in etwa ›J‹ (Mihály = Mihaaj)

›Ty‹ in etwa ›Tj‹ (Mátyás = Maatjaasch)

Vokale werden durch Akzente gelängt, das gilt auch für Umlaute: á, ó, ő, ű, etc.

›A‹ und ›E‹ werden ohne Längungszeichen etwas dunkler ausgesprochen als im Deutschen, so ist ein ›A‹ eher ein kurzes, geschlossenes deutsches ›O‹, ein ›E‹ eher ein kurzes, geschlossenes deutsches ›Ä‹. Mit Längungszeichen sind die ungarischen Vokale insgesamt offener, sodass sie den deutschen Varianten einigermaßen entsprechen.

Ungarische Wörter werden grundsätzlich auf der ersten Silbe betont.

Ganz herzlichen Dank an ...

... Iris und Ansgar für das Schreibasyl, das sie mir gewährt haben;
... Dr. Annette Kosakowski für die Ideen und die unerlässliche Hilfe
beim Plotplan;
... Charlotte Bosch für die Anregungen;
... Stefan Imhof, Norbert Treuheit und das ganze Team von ars vivendi,
die mich maßgeblich bei Recherche, Lektorat und Produktion unter-
stützt haben.